陈晓峰导演戏剧作品集

中场

陈晓峰◎编著

时代文艺出版社

图书在版编目（CIP）数据

中场 / 陈晓峰编著. —长春：时代文艺出版社，2017.12（2021.3重印）
ISBN 978-7-5387-5586-2

Ⅰ.①中… Ⅱ.①陈… Ⅲ.①剧本—作品集—中国—当代 Ⅳ.①I230

中国版本图书馆CIP数据核字（2017）第276654号

出 品 人　陈　琛
责任编辑　刘瑀婷
装帧设计　孙　利
排版制作　隋淑凤

本书著作权、版式和装帧设计受国际版权公约和中华人民共和国著作权法保护
本书所有文字、图片和示意图等专有使用权为时代文艺出版社所有
未事先获得时代文艺出版社许可
本书的任何部分不得以图表、电子、影印、缩拍、录音和其他任何手段
进行复制和转载，违者必究

中场

陈晓峰　编著

出版发行 / 时代文艺出版社
地址 / 长春市福祉大路5788号　龙腾国际大厦A座15层　邮编 / 130118
总编办 / 0431-81629751　发行部 / 0431-81629755
官方微博 / weibo.com / tlapress　天猫旗舰店 / sdwycbsgf.tmall.com
印刷 / 三河市嵩川印刷有限公司
开本 / 710mm×1000mm　1 / 16　字数 / 370千字　印张 / 25
版次 / 2017年12月第1版　印次 / 2021年3月第2次印刷　定价 / 75.00元

图书如有印装错误　请寄回印厂调换

陈晓峰和他的戏剧性

金仁顺

我和晓峰第一次见面时,我只知道他是我戏剧学院的校友,好像在舞台剧方面做得还不错。我们在桂林路的一家咖啡馆喝了杯咖啡,他给我科普了中国当代小剧场话剧的ABCD,我听得云里雾里的,无法进入他的话域。最后,他说起他当时要做的一个戏,问我是否愿意编剧,故事框架是两个民工绑架了一个陪酒小姐,由此发生的一系列的故事。

我毫无兴趣。这种格调也非我所喜。所以咖啡喝完,我们各奔东西。而我们再次喝咖啡聊戏剧,已是十年之后。

在这十年间,晓峰导演了十多台戏,大部分是现成的剧本,原创剧本也有几个,《一个女人或疯掉的历史》《我的老婆叫嫦娥》《夜·迷茫》。真正让他声名鹊起的成名作和代表作,是《夜·迷茫》。这部戏最重要的梗是:两个民工绑架了一个陪酒小姐,由此发生的一系列的故事。

在学院读书的时候,我们表导专业的老师都很飞扬,能言善辩,肢体语言丰富。晓峰却不是。他大多数的时候是沉默的，哪怕我们谈的是戏剧的事，哪怕聚会是由他召集的，他也并不多话。他的沉默倒也不是故意装酷、摆谱儿。其他人聊天开玩笑时，他会随时介入个片言只语的，把大家逗笑，或者让谈话更融洽。当然他也有放飞自我的时候，他某个戏剧的点被触及了，开关打开，某些想法或者情绪让他兴奋不已，飞流直下三千尺，紧接着一转，一行白鹭上青天。

但更多的时候，他扛着他的头，仿佛脖子不能承受之重，仿佛戏剧不能承受之重，仿佛生命不能承受之重，沉默。

晓峰的头脑——毫无疑问里面有个剧场，美术、音乐、灯光，一出一出的戏，片断或者完整版，正在里面上演。这些戏有时候跟当下现实有关，有时候则天马行空，走哪儿是哪儿——跟现实世界总是间离的，存在一个巨大的虚拟。

这其实是艺术家的通病。是创作者思想内涵的必然外延。

艺术是表现矛盾的。晓峰的长相就是他跟现实遭遇的最显而易见的矛盾，他看上去更像个警察或者别的什么阳刚职业。他没有所谓艺术家们的明显标配：苍白脸、尖下巴、留飘飘长发或者络腮胡子、穿特殊的服装、戴围巾、礼帽之类。他倒是抽过几次烟斗，但——好吧，这个话题翻篇儿。

他的家庭中也没有谁用艺术熏陶了他，他倒是有个当警察的外公。晓峰的艺术源头就是他自己的喜好和中学语文老师的支持。1992年，他高考时想考中戏，去北京艺考前去人艺看了一场话剧：《狗儿爷涅槃》。那个戏把他震住了。他向往艺术生活，但艺术生活对于19岁的他而言，未免雾里看花，轮廓模糊，而这个戏却把一切都变得清晰确定了。他从小读的文学作品，看的影视作品，从未能在他的生命里引发如此巨震。舞台上面活人演绎活人，给舞台下面的活人看，这种交流如此直接，如此当下，加上这部戏是表现主义的手法，灵魂从未变得如此具象，闪耀在舞台灯光之中。

《狗儿爷涅槃》这个戏，让晓峰实现了自己梦想的涅槃。从剧场里出来，他明确了自己的理想，他要成为舞台剧导演。

晓峰有了戏剧梦想，却在中戏考试中落榜了。

他没有按照常规，复习，再考。用他自己的话说，背着个小包去外面公司上班去了，当推销员。

他放空了自己，在社会上漂流，或者换个文艺的说法儿：在虚无中漂流。晓峰的内心世界里，艺术并不是狮子、老虎那样生性凶猛，说到底，他对自己的才华并不那么自信，他选择了妥协，跟生活握手言欢。

他做推销员做了好几年。和阿瑟·米勒的《推销员之死》里面的威利刚好相反，晓峰差不多是史上最消极的推销员，爱卖不卖，爱买不买。他对外部世界的繁华和个人的致富美梦，天生地间离、隔阂。他的戏剧不是狮子或者老虎，倒更像猫头鹰或者啄木鸟，在夜深人静时猫头鹰的眼睛开始闪闪发亮，而啄木鸟一下接一下地啄叮着晓峰的内心，让他不安，让他疼痛，非得让他从现实蜗牛的壳里出来不可。

在一次偶然的机会下，晓峰看到吉林艺术学院表导演专业的招生广告。他再次妥协，这次是梦想打败了现实。1997年，在他的高中同学们已经从大学里毕业的时候，他考进了吉林艺术学院表导演专业。

和别的同学不同的是，晓峰是带着金矿来上学的。多年来他隐秘的思考和摸索，蓄积的见识和格局，在他进入专业领域学习时，变成了金币，在他的手指间一个接一个地变出来。他不是班级里长跑赛事的领跑，而是在别人跑步时，他在撑竿跳。

他的学生时代就开始导演话剧，自己改编，更多的是现成的剧本。他力图用自己的角度去诠释和呈现。剧本是固定的，却会因为导演的不同而产生不一样的世界观。说到这里要插一句，陈晓峰是个傲慢的人。大部分时间，他的傲慢掩饰得很好，但当傲慢跟才华相遇，纸就再也包不住火了。

现成剧本呈现出来的好景致很快让他感到不满足，因为，尽管有了个人化的阐述，但仍然是透过别人的窗子看到的风景。他不甘心，他想找到自己的景致，自己开一扇窗，给别人看。

他带着他的梗，ABCD，四处约见但凡能写点儿东西、有百分之一二可能性能写剧本的人，兜售他的故事和小剧场话剧的理想。这注定是个四处碰壁的过程。话剧太边缘了，又有演出门槛，不像文学创作，只需一支笔或者一台电脑，凭才华就能登上象牙塔；话剧又太穷了，不像影视创作，有丰厚的稿酬保驾护航。更何况话剧创作本身难度大、局限多、要求高，在长春这样的地方，搞小剧场话剧，除了所谓的艺术理想，还是所谓的艺术理想。

晓峰的挫折和沮丧是漫长的，也是必然的。理想是鲸鱼，现实却是水瓶。把鲸鱼放进水瓶的过程，也是晓峰自我沉淀、重新估算困难的时期。这个阶段和他青春期当推销员的迷惘不同，困难和目标都是确定的。

他最终和合作伙伴完成了《夜·迷茫》的剧本。这个剧本的完成也标志着他青春期的结束。

2008年，《夜·迷茫》被搬上了舞台，业内的一些专家把这个戏的成功演出标志为小剧场话剧在长春的正式登场。

2011年，这个戏进京参加全国戏剧文化节小剧场话剧展演，荣获了原创剧目大奖、导演金奖等五项大奖。

2012年，我看了这个戏，很惊艳。我原本以为的恶俗并未出现，它展现的是小人物的底层生活和独特的东北式幽默，爆笑全场又同时让人莫名的泪意涌动。它的成功不是随随便便的，而是经历了太多苦痛挣扎。

2013年，伟华老师把我和晓峰找到一起，想做个戏。

关于写什么、怎么写，我们都有些拿不准。晓峰说起他考虑了好几年的一个梗，想写一个东北大车店的故事。我对这个大车店没什么兴趣，我以一个包房为空间，写了几个年轻人的"游戏"。

因为合作，我们接触多了起来。晓峰自称是个懒人，但所有跟戏剧有关系的事，都能让他立刻行动起来，还打了鸡血似的可以连续战斗。他不断地给我更新小剧场话剧的ABCD，游说我从文学圈转行到戏剧圈里来。

他说，搞戏剧的人都很穷，因为穷，所以纯粹。不是谁都有机会成为纯粹的艺术家的。

他说，戏剧是可以不断完善的艺术形式，不像影视，一旦上映或者播出，便尘埃落定，戏剧却是可以在不断演出的过程中，不断完善。按这样的完善逻辑，只有戏剧作品有机会名垂青史。

他说，戏剧是真人演出，看一场好戏余音可以绕梁三日，肉味通常三月不知，你不觉得这才是艺术形式中最具价值、最有意义、最高级的吗？

2015年，我和晓峰合作了两个戏，《良宵》和《画皮》。

2016年，晓峰推出了他和另外两个伙伴的合作作品——《南门客栈》，这部戏获得了国家艺术基金小剧场项目的扶持，演出了五六十场，好评如潮，创造了他自己，以及长春小剧场话剧的票房新高。而《南门客栈》的梗，是抗日战争时期，东北深山老林里面，一家大车店的故事。

晓峰的梗，从来都不是随意的。真能在他脑箱里扎下根的梗，必然会在脑箱里面发酵、变异，连他自己都不知道最终它们被放飞出来时，会是什么模样。但他能确定的是，这些东西，这些酵素，经年累月地跟他的生命和灵魂厮缠、纠结，早晚有一天，会变得有筋骨、有血肉，让人哭也让人笑。

晓峰固执。固守于舞台的一亩三分地，执着于小剧场话剧。他不是没有机会踏足影视界，也不是没尝试过。他介入了却无法进入，而以他的性情，他必须融入，才能把事情做漂亮。影视界太大了，名利场光怪陆离，太容易让人迷失，那种悬浮状态令人失重，而晓峰只有两脚踩在舞台上，他的心才能踏实下来。

他说他认命了。他心甘情愿，画地为牢，把自己囚禁在戏剧舞台。世界很大，但他愿意固定于自己的角落，从舞台出发，坐井观天。天很大，他愿意大上面加上一横。局限对于他，是件好事，在有限的格局里面，逼着人去粗取精，去伪存真。

在艺术领域，晓峰以手艺人自诩。天才这类事情，通常是不大确定的，靠得住的都是时间和付出，好戏是磨出来的。把喜怒哀乐、爱恨情仇一股脑儿地扔在锅里，文火慢炖，煲出一锅清汤，清可鉴人，亮如明镜，每个观众都能照见自己。

所谓戏剧当如是。

所谓艺术当如是。

晓锋是戏剧人，人生如戏，戏如人生。

"中场"是戏剧很有意思的节点。

上半部的千红万紫已经安排好，一口气含着、品着，饱满、丰盈，屏息凝神，等待着下半场的春雷一声，大幕将启。

晓峰说，他一辈子有一部戏，就够了。

在这本《中场》之后，他的那部戏，就到了登场之时。

我们等着看这场好戏。

目 录

- 001 / 巨人与魔鬼
- 011 / 烈日
- 035 / 红字
- 063 / 一个女人或疯掉的历史
- 089 / 夜·迷茫
- 121 / 在夜色迷茫中勇敢前行
   ——小剧场戏剧《夜·迷茫》导演阐述
- 123 / 我的老婆叫嫦娥
- 179 / 从欢笑开始
   ——《我的老婆叫嫦娥》导演阐述
- 183 / 良宵
- 223 / 画皮
- 278 / 探寻情感生活的真相
   ——话剧《画皮》导演阐述
- 281 / 从人性出发的《画皮》，还原真实的情感生活
   ——长春小剧场戏剧节对话导演陈晓峰
- 285 / 南门客栈
- 367 / 《南门客栈》导演阐述
- 370 / 专访话剧《南门客栈》导演
- 372 / 戏剧创作三人谈

巨人与魔鬼

(独幕剧)

改编自莎士比亚悲剧《麦克白》
改编:陈晓峰

改　编：陈晓峰
导　演：陈晓峰

陈晓峰　饰　巨人
滕明辉　饰　魔鬼
司　鼓　　张淼

人物：巨人——麦克白
　　　魔鬼——麦克白的幻影
地点：一个非物质空间
时间：人类构筑灵魂的一瞬间

[伴随着有节奏的鼓声，巨人与魔鬼相向着做着造型而上。]

魔　鬼　这位就是鼎鼎大名的麦克白，一位英勇善战的将军，国家的栋梁和忠臣，一位立下赫赫战功的巨人。尊敬的大人，您率领征讨叛贼，立下了骄人的战功，获得了国王邓肯的恩宠和满朝文武的敬仰，我还听说邓肯王已经册封您为国务大臣。

巨　人　接受我们的贡献是陛下的本分，我们对于陛下和王国负有责任，为了我们敬爱的文明，无论做什么事都是应该的。

魔　鬼　多么高尚崇高和坦荡的灵魂。大人，您不觉得您得到的太少了吗？一个国务大臣的报酬怎么能抵偿您伟大的功绩。

巨　人　我的天职就应该效忠与尽责，因此在履行职责的过程中，我就已经得到了报酬。

魔　鬼　可那女巫的预言……（巨人一惊）
　　　　万福，麦克白！祝福你，英勇的将军！

巨　人　谢谢。

魔　鬼　万福，麦克白！祝福你，尊敬的大臣！

巨　人　谢谢。

魔　鬼　万福，麦克白！祝福你，未来的君王！

巨　人　什么？

[魔鬼隐去，画外音：未来的君王——麦克白，最大的尊荣还在后面。]

巨　人　这是谁在说话，谁？是女巫？还是我自己？"未来的君王——麦克白"，不不不"最大的尊荣还在后面"，这声音是出自我自己的喉咙吗？国王的宝座，谁能不在你面前流连忘返？谁又能不想坐在上面统率整个国家？而我麦克白有这个能力，我会比邓肯做得更好。未来的君王——麦克白。多么美妙的开场白！接下去就是帝王登场的正戏了。可为什么这句话会在我脑中引起恐怖的印象，使我毛骨悚然，使我的心全然失去常态，腾腾地跳个不停呢？邓肯王秉性仁慈，处理国政也没有什么过失，而且他还那么健康……

［魔鬼突然出现，受到惊吓的巨人从王座上跌下。

魔 鬼 那就杀了他！

巨 人 想象中的恐怖远过于实际上的恐怖；我的思想中不过偶然浮现出杀人的邪念，就已经使我全身震撼，心灵在胡思乱想中丧失了作用，把虚无的幻影当作真实了。

魔 鬼 那就杀了健康的邓肯王。

巨 人 不，叛贼，你要刺杀国王！

［巨人去抓魔鬼，抓了两次没能抓到。

魔 鬼 你抓不到我。

巨 人 来人哪，来人哪，有人要刺杀国王！

魔 鬼 别喊了，这儿没人，只有我们俩，永远只有我们俩，或者说只有我们一个。

巨 人 你是谁？

魔 鬼 我也不知道我是谁，我是我，我是她，是他们，我是你。

巨 人 滚开！叛贼，魔鬼，我和你没关系。

魔 鬼 没关系？难道你不想坐上那国王的宝座吗？难道你头脑中不曾泛起杀人的邪念吗？难道你的心中没有魔鬼的欲望吗？承认吧，在我面前承认不丢人，咱们有关系。

巨 人 可要是命运将会使我成为君王，那么也许命运会替我加上王冠，用不着我自己费力。

魔 鬼 命运就在我们自己的手中，想了不做到头来只能是一场空。

巨 人 是呀，如果不是我英勇善战，哪会得来现在的一切？可就是我现在得到的，使我无法再去做什么，邓肯王最近给了我极大的尊荣，我也好不容易从各种人的嘴里得到了无上的美誉，我的名声正在发出最灿烂的光彩，不能这么快就把它丢弃了。

魔 鬼 我真为他的天性忧虑。

巨　人	我充满了太多年轻人的乳臭，使我不敢来取最近的捷径。
魔　鬼	他希望做一个伟大的人物，他不是没有野心。
巨　人	可是却缺少那种和野心相联系的奸恶。
魔　鬼	他的欲望很大，但又希望只用正当的手段。
巨　人	一方面不愿耍弄狡诈，一方面却要做非分的攫取。
魔　鬼	我的巨人，满天下的人都知道，邓肯不如你，那王位更适合你来坐，我们的欲望并不是非分的，而是正当的。
巨　人	正当的？
魔　鬼	当然，你的胆识，你的谋略，你的才华，世人谁能企及？这样的人不来做国王，谁来做国王？
巨　人	我相信我比邓肯更有能力治理好这个国家，我的心中滋生出的欲望并不过分，只是因为这个就去杀人，那人类的良心，社会的道德……
魔　人	算了吧，何必在意那些生命中虚无缥缈的东西，登上王位才是最真实的，我的巨人，你想要的那东西正在喊："你要到手，就得这么干！"
巨　人	我也不是不肯这样干，而是不愿干，要是干了以后就完了，那倒没有什么。
魔　鬼	你害怕了？
巨　人	不，我不怕，麦克白是战无不胜的。
魔　鬼	对，我们要大胆，坚决，杀人不眨眼。什么人的力量都可以大笑一声抛在一旁，全不必放在心上……你要同狮子一般雄踞，全不要管它什么人挑衅，吹毛求疵，谁也打不倒麦克白！
巨　人	要是凭着暗杀的手段，可以取得美满的结果，又可以排除一切后患；要是这一刀砍下去，就可以完成一切，终结一切，解决一切，那么就让我去做吧。正是在这种事情上，我们往往逃不过现实的裁判，我们树立下血的榜样，教会别人杀人，结果反而自己被人所杀；把毒药放入酒杯里的人，结果也会自己饮鸩而死，这就是一丝不爽的报应。

［魔鬼给了巨人一巴掌。

魔　鬼　（大怒）你的懦弱玷污了我，我狠毒，我阴险，我狡诈，我有天大的欲望，我什么也不怕，可你呢？难道你自己的那种希望，只是醉酒后的妄想吗？它现在在从一场睡梦中醒来，因为后悔自己的荒唐，而吓得这么苍白吗？承认吧，你就是害怕了，我说过了在我面前承认不丢人。

巨　人　好吧，我承认，一想到要干的事，我的心就抖个不停。

魔　鬼　你不敢让你在行为和勇气上跟你的欲望一致。你宁愿像一头畏首畏尾的猫儿，不惜让你在自己眼中成为一个懦夫，让"我不敢"永远跟随在"我想要"的后面吗？

巨　人　别说了，别说了。只要是男子汉做的事，我都敢做。没有人比我有更大的胆量，我的决心已定，我要用全身的力量去干这件惊人的举动。

魔　鬼　来吧，让我把我的精神力量倾注在你的心中，命运和神奇的力量分明已经准备把黄金的王冠戴在你头上，用我的勇气，把那阻止你得到那顶王冠的一切障碍驱扫一空吧。

［两人叠一。

魔　鬼　星星啊，收起你的火焰！不要让光亮照见我黑暗幽深的欲望。

巨　人　眼睛啊，别望这双手吧。

魔　鬼　可是我仍要下手，不管干下的事会吓得眼睛都不敢看。

巨　人　什么在我面前摇晃着？它的柄对着我的手，这不是一把刀子吗？

魔　鬼　来，让我抓住你。

巨　人　我抓不到你，可是我仍旧看得见你。

魔　鬼　美丽的幻象，你只是一件可见不可触的东西吗？或者你不过是一把想象中的刀子，从思想的脑筋里发出来的虚妄和意念？

巨　人　我仍旧看见你，你的刃上和柄上还流着一滴一滴刚才所没有的血。

魔　鬼　没有这样的事，杀人的恶念使我看见这样的异象。

［隐约传来鼓声。

巨　人　坚固结实的大地啊，不要听见我的脚步是向什么地方去的，我怕路

魔　鬼　我在这儿威胁他的生命，他却在那儿活得好好的，在紧张的行动中间，所有的言语都是多余的。

巨　人　人类的命运啊，你来证明我正当的欲求并非过分，我要得到的东西本该就是我的，这王位是为我设计的，不是为他。

魔　鬼　巨人就应该坐到他相应的位置上。

巨　人　我去，就这么干，鼓声在招引我。

魔　鬼　我去，就这么干，鼓声在招引我。

巨　人　邓肯，这是召唤你上天堂或者下地狱的丧钟。

　　　　[两人下，鼓声越来越密集，突然一声巨响，随后是刀子落地的声音，两人上。

巨　人　（恐惧）好惨！

魔　鬼　（微笑的）好惨！

巨　人　他毫无声息地死去了，就像刀子不曾割断他的脖子，生命实在太脆弱了。

魔　鬼　他毫无声息地死去了，就像刀子不曾割断他的脖子，生命实在太脆弱了。

巨　人　我溅了一手的血。

魔　鬼　哈哈。你溅了一手的血！

巨　人　你为什么笑？

魔　鬼　难道不该笑吗？我们实现了梦想，邓肯死了，麦克白顺理成章地接过了国王的大权。

巨　人　是啊。实现了梦想……可我为什么笑不出来？来让我也笑一笑。

魔　鬼　我笑不就是你笑吗？我的头脑，永远不会被疑虑所困扰，我的心灵永远不会被恐惧所震荡。

巨　人　谁在喊？

魔　鬼　（环顾四周）没人在喊。

巨　人　有人喊"不要再睡了，麦克白已经杀害了睡眠"。

魔　鬼　我们干这种事，不能尽往这方面想下去，这样想会使我们发疯的。

巨　人　听！又有人在喊"不要再睡了，麦克白已经杀害了睡眠，所以麦克白得不到睡眠"。

魔　鬼　谁在喊这样的话，滚开，滚开！唉，我的主人，您这样胡思乱想是会妨碍您的健康的。来，把手上的血迹洗掉。

巨　人　这是一双什么手！大洋里所有的水，能够洗净我手上的血迹吗？不，想来我这一手的血倒是要把一碧无垠的海水染成一片殷红呢。

魔　鬼　就算我的两手也跟你同样的颜色，可我的心却羞于像你那样变成惨白，你的魄力不知道到哪儿去了？

巨　人　去，该死的血迹，去吧。一点，两点，谁能想到这上头会有这么多血，怎么洗不掉呢？

魔　鬼　也许到手的利益，会消除你的恐惧与不安。来，看看我们得到了什么。（旁白）他本来像大理石一样完整，像岩石一样坚固，像空气一样广大自由，现在却因为我被恼人的疑惑和恐惧包围拘束，我走进了他的灵魂，当然，说不定哪一天我也会走入你们的灵魂。

［传来一阵鼓声。

巨　人　（一惊）邓肯王，这是你的宝座，永远是你的，你不能说这是我干的事，别这样对我晃着你红色的头发。

魔　鬼　你怎么啦？邓肯已经死了，我是你的朋友，看着我。

巨　人　哦，我是一个堂堂的男子汉，使魔鬼胆裂的东西，我也不敢正眼瞧着他。

魔　鬼　那我，你就瞧着我。

巨　人　去！离开我的眼前！让土地把你藏匿了！你的骨髓已经枯竭，你的血液已经凝固，你那向人瞪着的眼睛也已经失去光彩。

魔　鬼　听着，邓肯已经被你用刀杀了，何必把你的思想念念不忘地集中在一个死者的身上？无法挽回的事只能听其自然，事情干了就算了，国王的宝座从此由我们来坐。

巨　人　我们？你是谁？为何要和我共同坐在这儿？

魔　鬼　是我驱使你杀了国王，是我辅佐你登上这王位。

巨　人　对，是你杀了国王。叛贼！杀人凶手！

魔　鬼　看看你手上的鲜血，你和我一样，叛贼！杀人凶手！

巨　人　你到底是谁？

魔　鬼　我是你的灵魂。

巨　人　不，你不是，我的灵魂怎么会如此的丑陋、肮脏、沾满了鲜血。

魔　鬼　你以为他是什么样子？

巨　人　我是英勇的将军，国家的栋梁，我是立下赫赫战功的巨人，我的灵魂高尚、洁白、坦荡。

魔　鬼　那是以前，你现在是个弑君凶手，残暴的魔鬼，你一刀剁下了你君王的头，你的灵魂就是我，丑陋、阴暗、沾满了鲜血！

巨　人　你撒谎！我虽然干下了大逆不道的事情，可那并非完全是我所想。我尊敬邓肯，我爱这个国家，我曾经一度不想干了。

魔　鬼　可你还是干了，你的善良抵御不了你的野心。

巨　人　我没有野心，我的要求是正当的，你说过，巨人就应该坐到他相应的位置上。

魔　鬼　我是说过，可你能算个巨人吗？看看你现在的样子，你是个不折不扣的懦夫、小丑！

巨　人　是你把我变成这个样子。魔鬼，你一步一步将我引向泥潭，使我的心受到地狱般的煎熬，我的灵魂拥有平静，是你打碎了它。

魔　鬼　是你自己打碎了平静。（旁白）人的灵魂永远无法平静，因为他经常生出一些来自于人，又被人所不齿的罪恶。

巨　人　我本是国家的英雄，现在却成了弑君的凶手，我愿拿我的一切换回我曾经的尊荣。

魔　鬼　晚了，麦克白。你的两足深陷于血海之中，你只能涉血前行，开始的事情，只能用罪恶使它巩固。

巨　人　天啊！愿告诉我这种话的舌头永受诅咒。因为它使我失去了做人的勇气！愿这些欺人的魔鬼再也不会被人相信。他们用模棱两可的话愚弄我们，听来好像是大有希望，结果却完全和我们原来的期望相反，谁能容忍自己有这样一个魔鬼般的灵魂。

[巨人要掐死魔鬼，魔鬼却安然无恙。

魔　鬼　巨人再强大，也杀不死魔鬼。我将永生永世追随着你，伴你左右，支配你的一切言行，我离不开你，你是我杀人的工具，是我的躯壳，我的奴仆。

巨　人　巨人成了魔鬼的奴仆？我把我未来的灵魂送给了人类的公敌，把整个的未来都拿来孤注一掷，使我的良心上负着重大的罪恶和不安，只是为了成为魔鬼的奴仆？

魔　鬼　你就是我的奴仆，我才是真正的麦克白。

巨　人　（冷笑一声）宝座、权利、欲望，得到了又能怎么样？人生不过是一个行走的影子，一个可怜的唱戏的，在台上蹦跳一阵后，就再也不知道他的下场。这好比是一个傻瓜讲的故事，虽然听起来有声有色，可是一点意义也没有！

[天边吐出一丝亮光。

魔　鬼　天亮了。

巨　人　我现在已经厌倦白昼的阳光。但愿这世界早一点崩溃。（登上高台）拥抱我吧，深渊；接受我吧，大地，只有你们才是最真实的。

魔　鬼　（惊慌地）你要干什么？

巨　人　巨人与魔鬼同在，你会追随我左右吗？

魔　鬼　我会……可你要干什么？

巨　人　让你随我而去。

魔　鬼　你不能干傻事，肉体消失了，灵魂将无从依附。巨人可以和魔鬼同在。

巨　人　你错了，巨人无法与魔鬼达成妥协。再见了，可喜、可悲、可乐、可憎的世界，吹吧！风！来吧！死亡！

[巨人纵身跳下，魔鬼也同时瘫倒在地，鼓声大作，切光。

[剧终

烈　日

编剧：陈晓峰

编　剧：陈晓峰

导　演：陈晓峰

张　淼 饰 阿　牛

滕明辉 饰 阿　文

高　鸽 饰 阿牛母

张　宇 饰 阿牛父

才柏荣 饰 女青年

林起明 饰 心理医生

王雪亮 饰 播音员

人物：阿　　牛——男，20多岁

　　　　心理医生——男，30岁

　　　　阿　　文——男，20多岁

　　　　女　青　年——女，20岁

　　　　阿　牛　母——女，50多岁

　　　　播　音　员——男，30岁

　　　　阿　牛　父——男，60岁

[这是一个炎热的午后，炎热的概念是气温已达到50℃左右，整个城市被一股恐怖的热气笼罩着，膨胀着，一丝风也没有。热闹的街市凝固了，空气凝固了，血液凝固了，我们的主人公阿牛也好似凝固了，但总有些东西在阿牛的体内蠕动、生发，这使得他更加地燥热与不安。

[伴随着原始的、充满动感、野性的音乐，灯光渐渐亮起，红、蓝、黄光随着音乐的节奏相互交错，音乐与光影交织在一起，张扬着一种原始的、自由的、冲破理性桎梏的生命气息，这气息感染着每一个人，充斥着剧场的每一个角落。音乐声渐渐隐去，传来粗重的喘息声，阿牛的身体在一台旧电扇旁上下起伏。这时舞台一侧的扩音喇叭里传出："广大市民请注意，下面为大家播报未来二十四小时的天气状况，今天夜间，晴，气温将比白天有所下降，大约在45℃左右，但明天白天气温将高达53℃，而且据气象局提供的信息，这种高温天气还将持续下去，望广大市民做好防暑降温工作。另据报道，市民中流传着世界末日的说法，这是个很可笑的谣传，望大家不要相信，世界不会消亡，人类将永远存在下去，和这酷热的天气一样，这次报道到这里就结束了，我们的呼号是FM444.4炎热快车，与你相伴，谢谢大家。"

[阿牛在报道声中惊醒，他走到喇叭下不解地望着它。阿文上。

阿　文　阿牛，干吗呢？
阿　牛　不知道谁在这儿安了个大喇叭。
阿　文　嗨，现在全市的街道上都安了这种喇叭，好让全体市民及时了解形势的发展。
阿　牛　什么形势？
阿　文　持续高温已经一个月了，而且据说还要持续下去。

阿　牛　不是据说，是它说的。（指喇叭）

阿　文　据说世界末日要来了！

阿　牛　据它说那还是造谣。

阿　文　它怎么知道是造谣，谁能证明它的话不是造谣？这世界没有永恒的东西，你信吗？

阿　牛　我不信，你信吗？

阿　文　我信，你呢？

阿　牛　我信，你呢？

阿　文　我不信，你呢？

阿　牛　我……那我也不知道了。

阿　文　（笑笑）就知道问你几句，你就没谱了，你怎么满头大汗呢？（拿出手帕为阿牛擦汗）

阿　牛　天热呗。

阿　文　是够热的，你看那太阳，好像伸手就能碰到。

阿　牛　你要是能碰到它，就把它掐死。

阿　文　你怎么了，特烦是吗？安静点，深呼吸，这样就不会觉得太热了。

　　　　[传来喇叭的声音。

阿　牛　这东西可真烦人。

阿　文　怎么了？

阿　牛　本来天儿就热，它还叽叽喳喳的让你心烦。

阿　文　那就拆了它。

阿　牛　拆了这个还有那个，你不说满大街都是吗，你知道他们在哪播的吗？

阿　文　不知道。我还有事，得走了，天儿热，多注意身体啊。

阿　牛　阿文，你说我顺着它那根线找，能找着吗？

阿　文　（笑笑）能吧。

　　　　[阿文下。阿牛看着喇叭琢磨着，阿牛父母上。

阿牛母　阿牛，阿牛！

阿　牛　来了。

阿牛母　傻站着干吗？过来帮帮忙。

阿　牛　啊，没什么。

阿牛母　你刚才干什么去了？

阿　牛　在外面。

阿牛母　在外面干吗？

阿　牛　遛遛。

阿牛母　孩子，外面太阳太毒，没什么事就别出去，瞧晒得。

　　　　［忽然发现了什么，伸手敲敲儿子的头。

　　　　（威严地）阿牛——

阿　牛　怎么了，妈妈。

阿牛母　你的头又偏了。

阿　牛　妈，您怎么总说我的头偏了，它很正。

阿牛母　不，偏了。你爸的头就偏，这是遗传的，他已经让我扳过来了，怎么二十几年，扳你就这么难呢？我养你这么大，我……

阿　牛　好了，好了。妈，我正过来就是了。

　　　　［阿牛把头向右偏了偏。

阿　牛　这样可以了吗？

　　　　［母亲拉阿牛同父亲并排坐下，审视了一番。

阿牛母　再往左点。行了。正正当当的多好。

阿　牛　（指澡盆）你们这是要干吗？

阿牛母　天儿太热，你爸爸的高血压受不了了。让他躺在这里，弄点凉水把你爸爸镇上。

　　　　［说着母亲将父亲扶进澡盆里躺下。

阿　牛　镇上？

阿牛母　对，镇上。

阿　牛　镇上干吗？

阿牛母　镇上就不热了。

阿　牛　不热了干吗？

阿牛母　不热就凉快。

阿　牛　凉快干吗？

阿牛母　凉快血压就下来了。

阿　牛　血压下来干吗？

阿牛母　（不耐烦地）血压下来就不会死了。

阿　牛　不死干吗？

阿牛母　不死就活着。

阿　牛　啊，活着，他活着能干吗？

阿牛母　（顿时语塞）他……你这孩子今天怎么了？

阿　牛　没什么，我只是觉得他活着跟死了是一样的。

阿牛母　（大怒）你说什么？你再说一遍。

阿　牛　（一惊）我说什么了？我什么也没说呀。

阿牛母　你居然敢说你父亲活着跟死了是一样的。

阿　牛　（痴呆地）我说过吗？不可能，绝对不可能。

阿牛母　还敢撒谎了，你刚刚说过。

阿　牛　那一定不是我说的。

阿牛母　不是你说的难道还是我？好，好，天儿热，我不跟你犟，我不能发火。要是再有下一次，我可跟你没完。去，再去打两桶水去，去呀！

　　　　［阿牛忙提桶走。来到台下，太阳晒得他睁不开眼睛。他索性坐下来。

阿　牛　来吧，晒吧。有多少能耐你就都使出来吧。你能把我晒爆吗？你能把这世界晒爆吗？但愿你能。可惜你不能。既然不能就离我们远一点吧。来点云吧，下点雨吧。嗨，我跟你说话呢，你能听到吗？你不用跟我眨眼睛，说话！我叫阿牛，你叫太阳，我二十四岁，你有几万岁了吧。我说你这么大岁数了，你跟我们较什么劲呢你。

阿牛母　阿牛，你干什么呢？还不快去打水。

［阿牛跑下。母亲扶父亲躺到澡盆里。看得出，这位母亲对丈夫和儿子是充满关爱的。

阿牛母　你别生气，儿子刚才是顺嘴胡说的，他还是很爱你的，瞧，他现在不就去给你打水了吗，不过，这孩子最近是有点奇怪，成天迷迷糊糊的，一会儿咱俩一起跟他谈谈。

［阿牛拎水上，和母亲一起将水倒到盆里，阿牛边倒边笑。

阿牛母　你笑什么？

阿　牛　我觉得好玩，多像个大棺材。

［阿牛说完后愣住了。

［广播声："FM444.4 炎热快车，与您相伴。下面为大家播报市政府今年第一号紧急令，鉴于一个多月的持续高温天气，现在宣布全市进入紧急状态，从今天起市民可以不用上班，希望大家待在家里，不要四处走动，以避免人为的中暑。"

阿牛母　什么叫紧急状态？

阿　牛　就是世界末日要到了。

阿牛母　别瞎说。

阿　牛　没瞎说，刚才阿文告诉我的。

阿牛母　你怎么那么信他的话呀，我不是不让你和他在一起吗。

阿　牛　（搪塞地）没在一起，就是刚才碰上了。

阿牛母　你怎么那么巧就碰上他了，两个大小伙子，从小到大成天泡在一起，这叫什么事呀？

阿　牛　我们谈得来嘛。

阿牛母　你们会谈什么？你能谈什么？你们懂什么？

阿　牛　我们什么也不懂，所以才在一起交流，而且我现在觉得，什么也不懂，要比什么都懂幸福得多。

阿牛母　浑蛋逻辑！老头子，你看看现在年轻人的思想，多可怕。

阿　牛　不是我们的思想可怕，是这世界太可怕了。瞧这天气，活活能将人压炸了。

阿牛母　没什么可怕的，大海航行靠舵手，再大的风浪我们也能闯过去，我告诉你，今后不准你跟阿文来往，他都把你给带坏了，脑子里都装了什么乱七八糟的东西，你的头又偏了！还有你的。要交流，以后跟我和你爸谈，有什么不懂的，我和你爸教你。

阿　牛　我说了，什么也不懂挺好。再说我能跟您谈什么，您除了一天告诉我二三十遍头偏了，头偏了，您还能告诉我什么？跟他谈，我已经记不住上一次他跟我说话是我上小学几年级的事了。他会说话吗？

阿牛母　我看你小子是热糊涂了，你爸不是每天都在说话吗？你听不到吗？

阿　牛　（不解地）每天都在说话，可什么也没听到啊？是我聋了，可母亲的话我字字句句都能听呀。（转向父亲）爸，你会说话吗？您说一句我听听。

〔父亲快乐地拍着水花。

阿　牛　行了，爸爸，你的嘴巴要还是您自己的，如果您还会说话，那就说句话吧。说话吧，爸爸！

父亲在母亲的牵引下坐起，父亲在前母亲在后，二人表演一段"双簧"。

阿牛父　孩子啊，孩子，要听妈妈的话，她让你往东走，你就尽量不要往西去；这世界太混乱，走丢了，不好办。妈妈爱我们，我们也要爱妈妈，怎么爱妈妈呢？要听妈妈的话，她让你往东走，你就尽量不要往西去；这世界太混乱，走丢了，不好办。

〔阿牛小心地走向浴盆。

阿　牛　这水怎么冒泡了？

阿牛母　（从父亲后面钻出）什么？

阿　牛　水冒泡了。

阿牛母　（伸手一试）热。

阿　牛　妈，水——开了。

　　　　[父亲瘫倒在浴盆中。

阿牛母　老头子！

　　　　[切光。

　　　　[光起。阿牛与阿文坐车台上。

阿　文　阿牛，你别太难过了。

阿　牛　他的心早就死了，只不过肉体一直没腐烂，天气这么热，肉体也支撑不住了。

阿　文　其实你爸这辈子也挺幸福的，什么事也不操心，都由你妈一人定了。

阿　牛　我可不愿意随着别人的舞曲跳舞。阿文，前些天我去了我们小时候常去玩的那个公园，记得吗？多美呀，红花绿草，挺拔的树，自由的风。

阿　文　那是我们童年的天堂。

阿　牛　可我上次去，一点也体会不到美的感觉了。

阿　文　那儿变样了吗？

阿　牛　公园没变，是我变了。我现在只会分辨这个公园和别的公园的差异，只会分辨这是草本植物，那是木本植物，我在计算着修这个公园得花多少钱，我像台计算机一样在公园里来回地走。

阿　文　我们长大了，总会丢失一些东西的，这是代价。

阿　牛　如果代价是失去欣赏美的能力，我宁愿做个孩子。我们没长大，我们退化了。

　　　　[两人相视一笑。

阿　文　你妈妈怎么样？这么热的天，你爸爸又刚去世。

阿　牛　她是个意志力极顽强的人，我现在对她更重要了，可我最近好像得了一种病。

阿　文　（急切地）怎么，你生病了，什么病？

阿　牛　你别急，不是身体上的病，是这儿。（指头）

阿　文　这怎么了？

阿　牛　我常常控制不住自己说出一些莫名其妙的话来，尤其在我母亲面前，而这些话又都是我最想说的。

阿　文　这很正常嘛，最想说的话为什么不说出来呢？

阿　牛　这些话我母亲她不爱听。你知道，我以前是很听我妈话的，可现在我常常想违抗她，逆着她。

阿　文　这也很正常，你已经二十多岁了，是个独立的人了，你干吗要把意志附着在另一个人身上？你有权利做你要做的事。你不觉得活在他人的意志之下，成为一件有规格有尺寸的产品是件极残忍极恐怖的事吗？就像你爸爸那样。

阿　牛　可如果那样做，我妈妈她……不那么做，我的心又不听使唤……啊，热死了，烦死了，阿文，我是不是要疯了？

阿　文　不会的，不会的，你很正常，平静下来，一切都会好起来的。我理解你的心思，尽量顺着你的母亲吧。

阿　牛　（安静下来）阿文，你对我真好，只有你最了解我。

阿　文　我们从小一起长大，在一起快二十年了。我就像你了解我那样了解你，就像你关心我那样关心你，我们是不可分的，阿牛——我们不是好朋友吗？

阿　牛　当然，是最好的朋友。想想这十几年来，我们都没红过脸，脾气这么相投的一对人，在这世界上恐怕只剩下你和我了。

阿　文　以前我们一起上学，一起放学，一起做作业。假期一起出去旅游，青山、海滨、沙漠哪儿都有我们俩的足迹。还记得那次在青岛吗？你游了那么远，结果没劲了，游不回来了。

阿　牛　是你用救生圈把我拖回来的。阿文，我一直不好意思说，其实我心里一直很依赖你。

阿　文　是吗？我喜欢你依赖我，我也是很依赖你。

阿　牛　那我们就像两个癞皮狗，永远赖在一起。

阿　文　真希望能那样。

　　　　[阿牛母上。

阿牛母　阿牛，阿牛！

阿　文　你妈来了。

阿　牛　她现在更急于把我变成她的产品了。

阿　文　阿姨好。

阿牛母　我不好。阿牛，把头放正，往左五度。

阿　牛　（无可奈何地）它是正的。

阿牛母　它是歪的。

阿　牛　那就让它歪下去吧。

阿牛母　你是越来越不听话了。你父亲已经没了，我只有你一个亲人了，你是我生的，我养的……

阿　牛　这是我的罪过还是您的罪过？

阿牛母　什么？

阿　牛　没什么。

阿牛母　我不是不让你和他在一起吗？

阿　牛　我们是朋友，就得在一起。

阿牛母　你——（转向阿文）阿文，我们阿牛可是个好孩子，我不希望他和你在一起。

阿　文　阿姨，我也不是坏人哪。

阿牛母　我觉得你是个坏人。

阿　文　您觉得我是个坏人，我就是个坏人了？

阿　牛　妈，您不能干涉我的一切。

阿　文　阿姨，我知道您这个年纪的人要想改变一些看法是很困难的，但您不妨偶尔反省一下自己，您所做的并不一定都是对的，再见，阿牛，我先走了。

［阿文下，阿牛目送阿文远去，扭头瞪了母亲一眼，转身欲走。

阿牛母　阿牛。

阿　牛　（站定）干吗？

阿牛母　到浴盆里去。

阿　牛　（转身大惊）什么？

阿牛母　（温和而又不容置疑地）躺到浴盆里，妈用凉水把你镇上。

阿　牛　不，我不。

阿牛母　（严厉地）听话，躺进去。

阿　牛　我不能，我不能，这是个棺材。

［音乐起，之后是阿牛与母亲的一段无言形体交流，围绕着进浴盆的主题，展现出阿牛与母亲各个年龄段的矛盾。最后母亲决然给阿牛跪下，逼其进入浴盆。阿牛瘫倒了，一步步爬向浴盆，将头深埋于浴盆之中。在这段无言交流中，有一处阿牛与母亲的定格，画外传出旁白：这是一个含辛茹苦的母亲，她把所有的精力倾注在家庭、丈夫、儿子的身上。她把最好吃的东西留给她深爱着的儿子，儿子冷了，她心冷，儿子热了，她心热，她把一个呱呱坠地的婴儿抚养成了一个身高一米八十多的大小伙子，那花白的头发，那刻在脸上的皱纹，那渐起的老年斑，记录着她二十年的辛酸。她曾经是儿子庇荫的大树，儿子休息的港湾，儿子依偎的靠山。如今儿子长大了，却要亲手剪掉维系母子之间的那条脐带。儿子没了脐带，可能会活得更自在，可母亲没了那条脐带，生命会变得更加艰难。

［从浴盆中拔出头，以下的表演是一种疯癫的状态。

阿　牛　生存还是毁灭，这是个无聊的问题，如何生存，这才是个值得考虑的问题。让我考虑考虑……

阿牛母　阿牛，阿牛，你怎么了？

阿　牛　让我像孩子一样充满朝气吧，让雨露和阳光滋润我稚嫩的头颅吧；让我像青年人一样满怀希望吧，迎着荆棘冲破黎明前的黑暗；让我像中年人一样担起生活的重担吧，我愿把肩膀磨出厚厚的老茧，让我像老年人深邃孤独吧，宽广的心胸会纳入世间百万河流。让我考虑，考虑……为什么世间最亲的人心灵却离我最远？为什么祖先剪掉尾巴，我们还要时时接上夹起来做人？为什么终点是死亡我们还要不停地奔跑？为什么人人都来教我做人，而我却越来越不像个人？让我考虑，考虑……

[阿牛说着茫然走下，母亲追下。心理医生上，母亲领着阿牛上，阿牛傻笑着，口中仍念念有词。

阿牛母　走，妈领你去医院。

[二人来到心理医生面前。

阿牛母　大夫。

心理医生　谁看病呀？

阿牛母　是他。

心理医生　小伙子，咱们聊一聊好吗？

阿　牛　让我考虑，考虑……

心理医生　（问阿牛母）他要考虑？

阿牛母　大夫，他总叨咕"让我考虑，考虑……"，再不就不说话，一个劲儿傻笑！他们说心理医生没准儿能治。

心理医生　当然，让我和他聊一聊好吗？请您先出去。

[母亲下。心理医生拉阿牛坐下。

心理医生　好了，现在就剩我们俩人了，我们可以开诚布公地谈谈了。

阿　牛　让我考虑，考虑……

心理医生　你总要考虑什么呢？

阿　牛　人生、社会、世界、宇宙，都是些很深沉的问题，只有关注生命的人才会考虑。

心理医生 你喜欢哲学?

阿　牛 我喜欢我的哲学。

心理医生 那你能否具体谈谈你都关注些什么?

阿　牛 你、我、他。

心理医生 你还关注我。

阿　牛 您不是人吗?或者说您不是一个正常的人?

心理医生 (激动地)谁说我不是一个正常的人?我很正常,我比所有正常的人都正常。

　　　　[阿牛被心理医生的异常举动惊呆,心理医生渐渐恢复常态。

阿　牛 您怎么了?

心理医生 (意识到自己的失态,尴尬地)噢,没什么,我们都冷静一点,平心静气地谈,好吗?

　　　　[阿牛疑惑地点了点头。

心理医生 你结婚了吗?

阿　牛 结了,您结婚了吗?

心理医生 结了。你们幸福吗?

阿　牛 (夸张地)非常非常的幸福。(注意到大夫脸显出一丝不快)您呢?

心理医生 我什么?

阿　牛 您的家庭生活幸福吗?

心理医生 当然。这怎么说呢,应该说还可以。

阿　牛 您撒谎了,刘铁大夫。

心理医生 (一惊)你怎么知道我的名字?

阿　牛 您瞧您怎么了,您的胸前不是戴着牌牌吗?您的心里已经有些失衡了是吗?我再问您一遍,要讲实话,您的家庭生活幸福吗?

心理医生 不太幸福。

阿　牛 为什么?

心理医生 因为……因为……因为我们夫妻感情不是太好。

阿　牛　为什么不好？

心理医生　性格脾气不大相投。

阿　牛　那当初为什么要结婚？

心理医生　当初是当初，现在是现在。

阿　牛　现在怎么了？

心理医生　现在……现在我太太有婚外情行了吧。

阿　牛　您又撒谎了。

心理医生　没有。

阿　牛　（逼问地）为什么用扶眼镜的动作掩饰你内心的慌张，是你要和我坦诚相待说出彼此的心里话，可为什么你一再地撒谎，你的心里到底健不健康。

心理医生　我不想和你谈了，你是大夫，还是我是大夫？你给我出去。

阿　牛　谁是大夫并不重要，关键是谁有病。

心理医生　我没病。

阿　牛　你没病你太太为什么有婚外情？

心理医生　因为她不爱我。

阿　牛　那就和她离婚。

心理医生　我不能。

阿　牛　为什么？

心理医生　因为我爱她。

阿　牛　那就给她爱。

心理医生　我也不能。

阿　牛　为什么？

心理医生　因为我无能。

阿　牛　是性无能对吗？

心理医生　对。（瘫软在椅子上）

阿　牛　啊，你终于说出来了。瞧瞧，天没塌，地也没裂，一切正常，我也丝毫没有鄙视你，相反，我很尊敬你。因为你的心理非常非常的健康，不愧是个心理医生。

心理医生 别告诉别人行吗？

阿 牛 我什么也不知道，告诉别人什么？再见。

[阿牛走到舞台的深处，以下是两人面对观众的朗诵式的独白。

心理医生 心理疾病？这世界谁的心里没有疾病，谁的心像冰一样透明，像水一样洁净？

阿 牛 孩子。

心理医生 对，孩子。可孩子注定要长大。

阿 牛 我们又永远变不成孩子。

心理医生、阿 牛 我们的心注定要蒙上一层厚厚的灰尘，不再鲜活，不再跳跃。

心理医生 那是一只眼睛。

阿 牛 那不是你的眼睛。

心理医生 那是一只耳朵。

阿 牛 那不是你的耳朵。

心理医生 那是一张嘴。

阿 牛 那不是你的嘴。

心理医生 一个人。

阿 牛 两个人。

心理医生 三个人。

阿 牛 一群人。

心理医生 他们在微笑。

阿 牛 他们活着。

心理医生 他们在倾听。

阿 牛 他们活着。

心理医生 他们在看戏。

阿　　牛　他们活着。

心理医生　对，他们呼吸，他们心跳，他们痛哭，他们狂笑，因为他们活着。

阿　　牛　对，他们呼吸，他们心跳，他们痛哭，他们狂笑，因为他们活着。

　　　　　[切光。

　　　　　[舞台后面光起。阿文与女青年在光影中交叉走动，阿牛从睡梦中缓缓起身，寻至后面。阿文隐去，台上只剩下阿牛和女青年两人。

阿　　牛　小姐，交个朋友好吗？

女 青 年　不好。

阿　　牛　怎么不好？

女 青 年　干吗要和你交朋友，你是谁呀？

阿　　牛　我是谁并不重要，重要的是咱们相遇了。

女 青 年　我遇到的人多了，有必要和每个人都交朋友吗？（小姐欲走）

阿　　牛　别走哇，听我说句话好吗？

女 青 年　说吧，说吧，这么热的天别把你的话憋傻了。

阿　　牛　你不必和你遇到的每一个人交朋友，可今天是我和你相遇了。

女 青 年　这么说你很与众不同。

阿　　牛　是优秀。

女 青 年　可我并没看出你哪里优秀啊，你有房子、汽车、足够的存款来证明你的优秀吗？

阿　　牛　（想了想）没有。

女 青 年　那你一定有渊博的学识、贵族化的教养来证明你的优秀。

阿　　牛　没有。

女 青 年　那什么能说明你很优秀呢？

阿　　牛　可能我并不优秀？算了算了，我搞不懂了，你走吧。（女青年站着没动）

阿　　牛　你走吧！

女青年　我不想走。

阿　牛　好，我走。

女青年　你回来。你不是说要和我做朋友吗？

阿　牛　（恍惚地）我说过这样的话吗？

女青年　当然。

阿　牛　如果我说过的话，我向你道歉，我并不是一个轻浮的人。

女青年　我知道你不是，所以我才有兴趣和你聊下去。

阿　牛　可我为什么要和你交朋友呢？你是谁？

女青年　我是谁不重要，重要的是咱们相遇了。

阿　牛　我每天遇到的人多了，有必要和每个人都交朋友吗？

女青年　可今天是我和你相遇了。

阿　牛　相遇又怎么样呢？

女青年　对，相遇又怎么样呢？

阿　牛　相识。

女青年　然后呢？

阿　牛　相知。

女青年　然后呢？

阿　牛　相爱。

女青年　然后呢？

阿　牛　然后……就是一种冲动。

女青年　对，这才是主题！但我认为首先是一种冲动，然后才是相遇、相识、相知、相爱的过程。

阿　牛　不能吧。

女青年　人何必要回避动物的本性呢？既然主题是冲动，就让我们把过程省略吧。

　　　　［音乐起，两人挑起拉丁舞。

女青年　你很优秀。

阿　牛　因为我是个动物吗？

　　　　［两人相拥，收光。光再起，阿牛与阿文相拥于台上。阿牛惊慌地推开阿文，阿文倒于舞台一侧，阿牛瘫倒于另一侧。

阿　牛　一切都发生了？

阿　文　发生了，你讨厌我吗？

阿　牛　不，你知道我依赖你，喜欢你。

阿　文　我也依赖你，喜欢你，我爱你！

阿　牛　不，别说出来。

阿　文　让我说，一切都发生了，开始了，点燃了。这炎热的天气使我无法再克制自己，我要对你说，我爱你！

阿　牛　爱是个神圣的字眼儿，只有异性之间才能使用。

阿　文　那是世俗的逻辑，不是生命的真实。阿牛，铲除你头脑中既定的程序，相信自己心中的感觉，告诉我，你爱我。

阿　牛　我不能，我承认心中激荡着爱的火花，它常常使我面红心跳，使我欲罢不能，但总有个人在耳旁怒吼，你不能，你不能！

阿　文　那是你的母亲，是那个大喇叭，是传统，是道德，是名誉。可爱之神圣，就因为它是自由的，它不受任何人的指使，只尊重内心的感受，承认吧，告诉我，你爱我！

阿　牛　凝滞的空气哽住了我的喉咙，使我无法将情感倾泻，既然它注定要留驻心中，既然生活注定无法轻松，那就让我负重而行，无怨无悔。爱之花朵，不管你是美丽还是邪恶，不管你给我带来幸运还是灾难，我都要将你采摘下来，送给我的爱人，让他和我一起精心呵护。

阿　文　阿牛。

阿　牛　我爱你，我只属于你。

　　　　［音乐起，两人向一起靠拢。

阿　文　知道我有多感动吗，我一直害怕事情发生以后，你会厌弃我，鄙视我，永远离开我。

阿　牛　如果我厌弃你，鄙视你，那就是厌弃我自己，鄙视我自己，我们是不可分的。

阿　文　你属于我，我属于你。

阿　牛　我们把心交织在一起。

阿　文　今天是我一生中最重要的一天，从今天开始，我再也不用掩饰自己的情感，再也不用担心爱情的无望，在今天我找到了爱的归宿。

阿　牛　相依相偎就是爱。阿文，其实我们的爱情早已降临，只不过今天它才破土而出，是吗？

阿　文　相依相偎就是爱。对，阿牛，其实我们早已相爱了。

阿　牛　我爱你。

阿　文　爱吧。

　　　　[两人拥抱在一起。传来广播声："FM444.4 炎热快车，与你相伴。高温不可怕，心静自然凉，这是我们在这炎热的气候里送给广大市民的一句忠告。下面为大家播报市政府第二号紧急令：鉴于持续高温的天气，全市的用水、用电承载了极大的负荷，市政府决定，从即时起，白天全市将分区供电，夜间十点半统一断电，为防止火灾，希望市民们在断电后不要点蜡烛。全市还将实行自来水配给制，从即时起，切断所有居民家中自来水管道，每人每天三壶水，请到所在街道办事处领取，凭票供应。望广大市民周知。另外，市政府倡议广大市民减少使用空调、电扇、冰箱等制冷用品，我们应用我们顽强的意志来对抗高温。这次报道到这里就结束了，FM444.4 炎热快车，与您相伴。"

　　　　[阿牛和阿文在广播声中将大喇叭拽了下来，并顺着线最后将播音员拉了出来。

阿　牛　行了，打住，闭嘴！（阿牛气极去掐男播音员的脖子，播音员在哽咽声中播完最后的话）

播音员　没有播完我决不会行了、打住、闭嘴的！你们是谁？

阿　牛　我们就是你述说的对象——群众。来吧，说吧，还有什么教导？说呀！

播音员　我没什么可说的了，说完了。

阿　牛　啊，有意思，让你说你不说了，不让你说，你没完没了地哇啦。

阿　文　同志，你知不知道现在老百姓需要的是安静，不是你那些扰乱人心的广播。

播音员　我的广播扰乱人心了？

阿　文　对。

播音员　那也没办法，那是我的工作，顺便说一声，我不是你们的同志。

阿　文　为什么？

播音员　你们刚才的行径无异于流氓。

阿　牛　我是流氓？！对，我现在就是个流氓，对于你们我永远是个流氓。

阿　文　我们不是你的同志，那谁是你的同志？

播音员　（大义凛然地坐下）不知道！

　　　　［阿牛和阿文相视一笑。

阿　牛　（煞有介事地）你的上级姓什么？你的下级叫什么？

播音员　我不说！

阿　文　说！

播音员　我就是不说！

阿　牛　非得给这小子吃点苦头不行。你是喜欢老虎凳啊，还是辣椒水？

阿　文　说吧，不然可就要受皮肉之苦了；说了，保证你今后官运亨通，黄金万两。

播音员　（憧憬地）我的同志是那些戴着大檐帽，奋斗在祖国各条战线的人们。战友哇，我想念你们。行了，我可以走了吧？

阿　牛　等等，把你的稿子给我看看。

播音员　干什么？

阿　牛　我看看还有什么新鲜事。

播音员　不行，那是上级领导给我的，谁也不能看。

阿　牛　你拿不拿？

播音员　不拿。

阿　牛　拿不拿？

播音员　不拿。

阿　牛　你拿还是不拿？

　　　　［阿牛动手去抢，两人扭作一团，播音员将稿子团成一团吃掉，露出胜利的微笑。

阿　牛　行，我服你了，你是好样的，请走吧。

播音员　历史会记录你们这一丑行的。

　　　　［播音员捡起地上的大喇叭，慷慨激昂下，阿牛母亲上，她苍老了许多。

阿牛母　（对阿文）我记得我在这城市里有一个儿子，是他吗？

阿　文　是他。

阿牛母　我没记错吧，他怎么变得这么粗鲁，满嘴脏话，还打人，他以前可不是这样的。

阿　牛　您没记错，妈妈，只不过这炎热的夏天将我烤得变形了。

阿牛母　噢——来，你们帮我个忙。

　　　　［三人从侧幕里拽出大浴缸，父亲躺在里面。

阿　牛　（吃惊地）您还没把他弄走！

阿牛母　（没理阿牛）来，来，再使点劲儿，往前点，好了。

阿　文　阿姨，尸体放久了会腐烂的。

阿牛母　小伙子，我想和儿子单独谈谈，行吗？

阿　文　那我先走了。

　　　　［阿文下。

阿　牛　妈，您为什么不把他弄走？您真拿这东西当棺材了？

阿牛母　弄走了，前几天这盆是空的，你知道。

阿　牛　那干吗又弄回来？

阿牛母　因为你不愿意进到浴盆里，我只能让这老头子多陪我几天。

阿　牛　什么味呀？

阿牛母　我往水里倒了防腐的福尔马林溶液，这样几天里他是不会腐烂的。

阿　牛　（无可奈何地）我受不了这味，我走了。

阿牛母　回来，你该跟你的父亲打声招呼再走。

阿　牛　可他已经死了。

阿牛母　他没死，他还和以前一样，一言不发，听我的话。

阿　牛　那是他活着的时候就已经死了。

阿牛母　你还是我的儿子吗？怎么一点也不像啊？

阿　牛　我是您的儿子。

阿牛母　你的头又偏了。

阿　牛　（无可奈何地）是的。

阿牛母　把它正过来，往左五度。

阿　牛　不。

阿牛母　为什么？

阿　牛　因为正着难受，这味太难闻了，我走了。

阿牛母　孩子，如果你今天走了，恐怕就再也见不到你的母亲了。这要命的天气，空气凝固了，我的血液也凝固了，我很快就要和你爸爸一起走了。

阿　牛　妈，您别胡思乱想，一切都会好起来的。

阿牛母　来，到这边来，我们谈谈。

阿　牛　我们能谈什么呢？妈妈。

阿牛母　我们真的无话可谈了吗？孩子。

阿　牛　如果交谈就意味着争吵，语言都是有文无意的废话，那还不如保持沉默呢。

阿牛母　我们总是争吵吗？

阿　牛　最近是这样的。

阿牛母　我们为什么争吵呢？

阿　牛　我不知道，也许是我变了吧。

阿牛母　你是变了，孩子，我越来越不了解你了。

阿　牛　妈，您从来都不了解我，您从未试图了解过我。

阿牛母　也许是吧。我老了，有些糊涂了。很多事，很多人，都让我觉得陌生。我想起了你小时候的模样，真可爱。

阿　牛　我真想回到从前，做一个孩子，重新长大。

阿牛母　在我眼里，你永远都是个孩子。

　　　　［阿牛的眼睛湿润了。他靠在了母亲的膝旁，传来悠扬的音乐声。

阿　牛　是的，妈妈，我好久没这样依恋过你了。

阿牛母　儿子，有时候我多想再抱抱你呀，可是你太高了，太重了。

阿　牛　您抱不动我了。

阿牛母　你知道一个母亲抱不动她生养的孩子时，是多么遗憾吗？这说明她的生命要终结了。

阿　牛　不，妈妈，您在我身后站了二十几年，如果您突然离去，我会不知所措的。

阿牛母　可我注定是要离开的呀。以后不会再有人对你说东道西的了，你自由了。

阿　牛　我愿意您对我说东道西，我愿意您管着我，我不要自由。

阿牛母　我已经没力气管你了。别说了，孩子，听听这音乐，多美呀。

　　　　［母亲在音乐声中垂下了头。切光。

　　　　［光起。父亲缓缓从浴盆中起身，走出浴盆，母亲和阿牛缓慢站起，三人一起面对观众。阿牛蹲下将浴盆里的水倒出，立起浴盆，三人将手放到浴盆上，将它推倒。切光。

　　　　　　　　　　　　　　　　　　　　　　　　　　　　［剧终］

红　字

改编自霍桑（美）同名小说
编剧：陈晓峰

编　　剧：陈晓峰　　　　　　化妆设计：董佳范
艺术顾问：郭蒲澜　　　　　　音乐音响：任　铭　贺　然
导　　演：陈晓峰　　　　　　舞台监督：李　朔　李　强
舞美设计：乔洪琪　　　　　　灯　　光：林　玎
服装设计：李　颖　　　　　　制　　景：张国富
灯光设计：刘志刚　　　　　　剧　　务：王三阳　姜　健　田　野　李　枫

李永军 饰 阿瑟　　　　人物：海斯特·白兰——女，30岁，简称海斯特
李伟华 饰 海丝特　　　　　　阿瑟·丁梅斯戴尔牧师——男，35岁，简称牧师
刘军谊 饰 罗杰　　　　　　　罗杰医生——男，50岁，简称医生
陈　刚 饰 总督　　　　　　　总督——男，60岁
张　淼 饰 法官　　　　　　　法官——男，40岁

第 一 场

[光起。总督、牧师、法官依次上场,罗杰医生躲在一个角落里。

法　官　尊敬的居民们,欢迎你们来到这里观看这次审判。作为本镇的法官,我为我们城镇发生这样的事情而感到耻辱。在明媚的阳光下,在上帝的恩泽下,我们作为他的子民应该遵循《圣经》的教导,不遗余力地建设这块崭新的土地,可由于一个女人的罪孽,使我们所有人蒙受了羞辱,这种事情绝不应该发生在我们这块土地上。今天将由总督大人、年轻的牧师和我,还有你们,共同对这个邪恶的女人进行公审,将她和她心中的魔鬼公之于众!希望雨过天晴之后,上帝仍能够保佑我们这些恭顺的子民,阿门!总督大人,牧师,可以开始吗?(见二人点头示意)带海斯特·白兰!

[两名狱吏押海斯特上场。海斯特走上审判席对面的绞刑台。

总　督　罗杰太太……

海斯特　总督大人,请叫我海斯特·白兰。

总　督　你不是罗杰·齐灵渥斯的妻子吗?

海斯特　我和他已经两年没通音信了,据说在海上他们的船翻了,所有人都死了。

法　官　即使是个寡妇做出这种伤风败俗的事情也是不能原谅的。告诉我们,那个躲在你裙后的男人是谁?

海斯特　对不起,大人,我不能告诉你。

总　督　和那个男人比你是无辜的,告诉我他是谁,这样会减轻你的罪孽。

海斯特　我并不认为自己有什么罪孽。

总　督　你知道这样做的后果是什么吗?

海斯特　说实话,我不知道,我缺乏这方面的知识,但无论是什么后果,我

法　官　她居然在大庭广众之下说出如此大逆不道的话来,应该绞死她!
牧　师　大人,遵照《圣经》和法典,我们是不能绞死一个孕妇的。
总　督　当然,但是她如果生下孩子后还持这样的态度,那她就难逃厄运了。
法　官　牧师,你对这个妇女的灵魂负有很大的责任,你应该劝她悔过自新,坦白招供,以此来证明你的尽心尽责并非枉然。
牧　师　总督大人,法官大人,我认为在光天化日之下,在大庭广众之前,强迫一个女人供出内心的隐私是蹂躏妇女的天性。
总　督　好了。女人,我再问你一遍,那个使你怀孕的男人是谁?

[海斯特默不作声。

总　督　好吧,我来告诉你他是谁。他叫贪欲!他叫魔鬼!对你的宣判将在你生下那满载罪恶的婴儿之后,在这之前你将被关进大牢之中,去忏悔你的罪行。
牧　师　大人,如果知道那男人的名字,她仍会坐牢吗?
法　官　她把名字对你说了?
海斯特　我没向牧师透露……
总　督　是怎么回事?
海斯特　他不知道我的私事。
法　官　把真相说出来!
海斯特　他是以牧师的身份想令我免受严惩,但我不怕你们的处罚,我爱并且尊重这孩子的父亲,如果他和我共同站在这绞刑台上我会内疚而死,为了他我愿受你们的处罚,把我送进大牢吧。
法　官　好吧,但你将终生戴上这个象征通奸的红字,吃饭睡觉,行走坐卧,每时每刻,这耻辱的红字都将伴你左右,不得摘下。

[狱吏将红字给海斯特戴上。

总　督　好,今天就审判到这里,将海斯特押进大牢。

[光渐弱。舞台一角,医生站在那里。

医　生　绝妙的判决。这样，她就成了劝恶从善的活榜样了，直至那个可耻的字母刻在她的墓碑上为止。不过，犯罪的同伙没有跟她一起站在绞刑台上总让我感到心里不舒服，好在我相信他一定会让人知道的！一定会让人知道的！

第 二 场

[牢中，海斯特在昏迷中醒来，发现一个男人站在身边。

海斯特　你是谁？
医　生　我是这个世界上你最不愿意见到的一个人。
海斯特　（仔细地辨认着）罗杰！
医　生　这名字现在连我自己都觉得陌生。
海斯特　真的是你？你还活着？你们的船不是在海上遇难了吗？
医　生　船翻了，可我活下来了，我被岛上的土著抓去了，整整关了两年，但是我找了个机会跑出来了，看来上帝不想让我死，因为还有一件事情需要我去做。
海斯特　你是怎么进来的？
医　生　别忘了我是个医生，医术高明，而你碰巧是个病人，已经昏迷了好几天了，这对你的胎儿可不好。（打开药匣，拿出药递给海斯特）吃了吧，对你和孩子都有好处。
海斯特　你要在这个无辜的孩子身上泄恨报仇吗？
医　生　傻女人，加害这个不幸的野种对我有什么用处呢？这药很有作用，即使你肚子里的孩子是我们俩的，我也只能给你这个药。
海斯特　你可以让我死，但你不能加害孩子。
医　生　难道你这么不了解我吗，海斯特？我的用心会如此浅薄吗？即使我心里有一个复仇计划，我也要让你活着，让你的孩子活着，给你服药，祛邪消病，让你安然无恙。因为这样做就可以让灼热的耻辱继续在你胸口燃烧，难道还有比这更高明的办法吗？

海斯特　你依旧阴暗、卑劣，这红字满足了你男人虚伪的自尊是吗？

医　生　难道你在我面前连一点点的愧疚都没有吗？我不追问你为什么或是怎样跌进深渊的，或者不如说是怎样登上那个耻辱台——也就是我找到你的地方，我死里逃生跑出土著人的小岛，进入这个基督教徒的殖民地时，看到的第一件事情就是你——海斯特·白兰——像一具耻辱的雕塑，立在众人面前，作为一个妻子，你知道你丈夫当时的心情吗？

海斯特　你知道，你知道我一直对人是很坦白的，如果不是我父亲欠了你很多债，我是不会嫁给你的，我从未对你有过爱，也没有假装爱过你。

医　生　千真万确，你没爱过我。在和你结婚之前，我的世界是那么郁郁寡欢！我孤独，我凄凉，没有一个烧着炉火的家。我只渴望有一个燃着炉火的家！这总不算是非分之想吧？我是老了，我是脾气不好，我是有残疾，但是，普天之下随处都有的，人人都可以摘取并享用的那种朴实的幸福，也应该有我的一份啊！就这样，海斯特，我把你拽进了我的心，拽进了我心房的最深处，想用你在那里产生的温暖来温暖你！

海斯特　我使你受委屈了。

医　生　我们彼此都委屈了，是我首先委屈了你，我断送了你含苞待放的青春，让你跟我这个老朽别别扭扭地结合在一起，因此，我不想报复你，不想对你施用阴谋，在你我之间，那天平是相当平衡的，但是，海斯特，伤害我和我们俩的那个人却安然无恙，这是让人无法容忍的。他是谁？诚恳地告诉我那个男人是谁？

海斯特　不要问我，你永远都不会知道。

医　生　永远不会，你说的吗？

海斯特　对！永远不会！

医　生　你可以在人群面前把你心中的秘密隐藏起来，你可以在牧师和地方长官面前闭口不说，但是就我来说，我要用他们没有拥有的知觉来解开这个谜。我一定会看到他浑身发抖。

海斯特　因为你的内心比他们更邪恶、更丑陋，你是个魔鬼。

医　生　他才是魔鬼。他的衣服上虽然没有像你那样戴上那个耻辱的字母，但是，我在他的心里看到了魔鬼的影子，他逃不出我的掌心。不过你放心，即便我找到他，也不会设法害死他，不会损害他的名誉，只要他愿意，让他隐藏在光耀的外表下生活吧。

海斯特　你到底想怎么样？你为什么不立刻公开自己的身份，把我立刻抛出去呢？

医　生　如果法官大人知道我还活着，你们会因通奸罪而被绞死的，我不愿意看到你死，也不愿意看到他死，我更不愿承受一个不忠女人给丈夫带来的耻辱。老罗杰已经死了，再也不会有关于他的消息了。在这片土地上没有人认识我，不要对任何人露出一点口风，尤其是你的恋人。

海斯特　你的所作所为好像很慈悲，可你的言辞听起来像是在恐吓！

医　生　不，仅仅是个游戏，我再说一遍，听着，你的言谈举止、神态表情都要装作不认识我，不要对任何人露出一点点口风，尤其是你的恋人，他的名誉、地位、生命统统掌握在我的手里，小心点！好好活着吧！在众人的注视下，在你孩子的注视下，承受你的命运吧！为了能好好活下去，把药吃了。

[罗杰医生下，海斯特在犹豫中将药吃下。切光。

第　三　场

[法官坐在办公桌前，牧师上。

牧　师　法官大人。
法　官　阿瑟，快进来，听教友说你最近身体不太好，每次布道后都像虚脱了一样。
牧　师　啊，没什么大事，只是胸口一阵阵地怪疼。
法　官　镇上来了位医生，据说医术高明，应该让他给你看看。
牧　师　再说吧，大人，找你来是有件要紧的事商量。
法　官　什么事？坐下说。
牧　师　是关于海斯特·白兰的案子。
法　官　怎么？有什么新的进展吗？
牧　师　噢，那倒没有，只是我觉得以她目前的身体状况不应该把她关在牢里。
法　官　那关在哪儿？
牧　师　应该让她回家。
法　官　（吃惊地）回家？让一个犯人回家？
牧　师　你别忘了，她怀有身孕。
法　官　可她怀的是野种。
牧　师　那是个生命，听说她的身体状况很不好，牢里的条件您也知道，我认为在这种情况下还把她关在牢里是很不人道的。
法　官　对这种荡妇、婊子还谈什么人道。
牧　师　这是违反上帝旨意的。
法　官　牧师，是她先违反了上帝的旨意，她触犯了十诫，她犯了通奸罪，现在她所承受的是对她的惩罚。
牧　师　大人，我……（感到胸口一阵发疼）
　　　　［总督上。
法　官　阿瑟，你怎么了？总督大人来了。
牧　师　（勉强地）总督大人。
总　督　怎么了？我们年轻有为的牧师，你可不能病倒啊，我的太太是最愿意听您讲经布道的。

牧　师　我没事。刚才我正跟法官商讨能否将海斯特·白兰放回家中生养孩子。

法　官　我认为这么做是不妥的，如果我们这样做了，会在镇上树立一种什么形象？镇上的居民会怎么想？他们会认为法律不过如此，是吓唬人的。

牧　师　可我认为这样做正体现了法律的宽厚仁慈，以善良对待邪恶，正是上帝赋予我们每个人的美德，镇上的居民只会认为有这样慈悲的地方长官是他们的幸福。

总　督　让我想一想，想一想……阿瑟，这个女人的事情在镇子上传得沸沸扬扬，大家都关注这个案子的进展，这个时候如果把她放回去，威尔逊法官的担忧还是有道理的，人们会认为法律是小孩子的把戏，可有可无，是不严肃的。

牧　师　贝伶汉总督，这女人马上就要分娩了，这个时候还让她待在四处漏风、肮脏不堪的监狱里是上帝不允许的，法律也是依照上帝的意愿制定的。

法　官　阿瑟，你过于慈悲了，慈悲心肠已经让你忘了这个女人的罪孽。

牧　师　您错了，我哪有什么慈悲心肠，她的罪孽就是我的罪孽，那就让上帝一起来惩罚我们吧。（胸剧痛）

总　督　你不要激动，虽然海斯特是你的教民，你对她的灵魂负有责任，但出了这种事，你也不能过于自责，以致搞坏了身体。

法　官　上次的审判海斯特的态度极其恶劣，她不但不交代那个男人的名字，甚至不认为自己的行为是有罪的，这种女人是不可原谅的。

牧　师　父亲的罪孽和母亲的耻辱产生了她腹中的孩子，但这孩子同样是来自上帝之手，上帝正是希望用这孩子来感化母亲的心。

总　督　这样吧，牧师，出于人道的考虑，我们可以让海斯特回家分娩，但有一个前提，她要在全镇居民面前承认她是有罪的，这样我们对其他人也有个交代。

牧　师　好，请二位允许我单独跟她谈谈，我想她会同意的。

法　官　可以。

第 四 场

［光起，海斯特在牢中缝制小孩儿的衣服。看到海斯特，牧师痛苦不已。

海斯特　阿瑟！

牧　师　海斯特！

［两人紧紧拥抱，牧师注视着海斯特胸前的红字。

牧　师　是我害了你。

海斯特　不，阿瑟，不要这样说，我们之间有的只是爱，没有伤害。

牧　师　可我在外面苟活着，而你却在这里受罪。为什么不让我说出真相？为什么不让我和你一起待在这鬼地方接受煎熬！

海斯特　我知道依着你的本性你是会站出来的，我相信你，可你那样做又有什么意义呢？你以为那样他们就会放了我们吗？不，不会，那只会在我的痛苦之上白白加上一个你。

牧　师　我是这个世界上最最卑劣的人。

海斯特　不，阿瑟，我爱你。我相信我爱的人品德高尚，心地善良。

牧　师　你不了解我，海斯特，你不该相信我，就我的灵魂而言，无论我的身上原先有什么好的品质，现在都成了上帝对我的惩罚。

海斯特　人们敬重你，而且你确实在他们中间做了好多工作，难道这一点还不能给你带来慰藉吗？

牧　师　带来更多的痛苦，海斯特！只是更多的痛苦！我看起来做的那些好事，我对之毫无信心，它只是一种幻觉而已。像我这样一个灵魂已经毁灭的人，怎能去拯救他人的灵魂呢？至于人们的尊敬，我宁可它变成轻蔑与憎恨。

海斯特　别这样折磨自己，只要我们有爱，所有的痛苦都不值一提。他们以为把我关在这里是对我的惩罚，但他们错了，他们惩罚不了我，因为我的心里有爱！

牧　师　海斯特，你是我见过最圣洁的女人，我爱你！

[音乐起，两人相拥。

海斯特　阿瑟，当我想你的时候，所有的怨恨、痛苦、不满就通通烟消云散了，有的只是美好的回忆。你应该相信爱的力量，它是可以改变世界的。

牧　师　我也想你，每时每刻都在想，我希望天天都能和你待在一起，看着你，抱着你，只有见到你，才能让我的灵魂平静。

海斯特　我虽然结过婚，但却不懂得什么是爱情，和你在一起，我才知道它的力量是如此强大，它可以让你承受你平时不敢承受的东西。（一阵腹痛）

牧　师　怎么了，海斯特？

海斯特　没事，他听到了我们的谈话，在为我们鼓掌呢！

牧　师　我的孩子，我们的孩子，我什么时候能见到他呀？

海斯特　快了，就在最近。

牧　师　我能为他做洗礼吗？

海斯特　当然，你是牧师又是他的父亲。

牧　师　海斯特，我带来一个好消息，总督和法官同意让你回家去待产，但你要到刑台上，在镇上的居民面前，承认你有罪。

海斯特　你相信我犯了罪？

牧　师　我不知道。

海斯特　我们之间的事是神圣的，难道你忘了吗？

牧　师　不，我没忘。可你再这样倔强下去，他们是不会放过你的。

海斯特　那就让他们来吧！我不怕他们，他们不是把这耻辱的标记放到我身上了吗？可我依旧活着。他们不是把我投进大狱了吗？可我依旧活着。

牧　师　如果这样去挑战他们，会被绞死的。

海斯特　如果真的难逃一死，我会平静地接受它。但即便我死了，你也要记住我们是按着自己的良心和感情走到一起的，我们没有罪，他们惩罚不了我们的灵魂。

牧　师　是的，海斯特，我的心里也不认为我们有罪，可你也应该为我、为孩子想啊，我们怎么能失去你呢？

海斯特　在这个世界上我唯一留恋的就是你和我们的孩子。我是多么渴望我们能像一家人一样在一起生活啊，哪怕一天也好！

牧　师　我也有同样的梦想，所以海斯特，就是为了我们，你就暂时向他们低下你高贵的头吧，我们毕竟生活在规则之下，我求你，不要再惹恼他们。

海斯特　可这是为了什么呀？让人低头去认那莫须有的罪名。

牧　师　你也不想让孩子没有母亲吧，你也不想让孩子降生在这冰冷的监牢里吧，我求你了海斯特，向他们认错吧。

海斯特　（犹豫地）好吧，为了你和孩子，我可以认罪，但我有一个条件，我不会去市场上，去面对所有人，我只在这向总督和法官认罪。

牧　师　好，我可以说服他们来这里，谢谢你海斯特，谢谢。

海斯特　没什么，阿瑟。自从这红字戴到我的身上后，我已经不害怕面对任何事情了。但有一件事我要告诉你，你一定要当心……

　　　　〔医生突然上。

牧　师　你是？

医　生　我是镇上新来的医生，也是海斯特女士的医生，我来看看她的病情。

牧　师　听人说起过你。

海斯特　牧师是来为我做祷告的。

医　生　看来我来得不是时候。

海斯特　我们已经结束了。谢谢你，牧师。

牧　师　阿门，我先走了。（牧师下）

医　生　这位就是镇上人人传颂的阿瑟·丁梅斯戴尔牧师？

海斯特　是他。

医　生　真是一表人才啊！听说镇上的居民非常愿意听他真诚而富于热情的布道，不少年轻姑娘视他为梦中的白马王子。

海斯特　你来有事吗？

医　生　当然是来看看你的病情，否则狱卒怎会让我进来。

海斯特　我好了，谢谢你。

医　生　我说过我会医好你的，当时你还不信我。

海斯特　我说了，谢谢你。

医　生　不必客气，肉体上的疾病是容易医治的，灵魂上的疾病就不一样了，那牧师在拯救你的灵魂吗？

海斯特　我的灵魂从来都与你无关。

医　生　这可由不得你，我要走进你的灵魂里，还要走进那个男人的灵魂里，我想我已经接近它了，我在野蛮人那里学会了忍耐，这可是一把金钥匙，有了它就可以开启任何人的灵魂。

海斯特　我不知道你究竟要做什么，但我希望你能客观地想一想我们的过去，我们谁也不欠谁的，停止伤害吧，它能让你活得更安宁些……

医　生　我没办法平静，我的心已经千疮百孔了，我说过我们之间的天平是平衡的，但那个男人欠了我的，他必须还给我，我要在他的心上刻上这耻辱的A字母。好了，好了，我不打扰你了，跟你的红字待在一起吧！判决是不是要求你睡觉时也要戴着这个标记？你不怕黑夜里的噩梦吗？

海斯特　你真让人恶心。如果我对你以前还有那么一丝丝愧疚的话，现在你的恶毒已经把它扫得干干净净了，你以为你能伤及我的灵魂吗？

医　生　（冷冷一笑）不是你的灵魂，不，不是你的。

[切光。

第 五 场

[光起。总督、法官、牧师、海斯特在牢中。

总　督　我们满足了你的要求，不在市场对你进行公开的审讯，希望我们的举动对你忏悔你的罪恶有所帮助。

海斯特　谢谢你，大人。

法　官　作为回报，你是否应该说出那个男人的名字？

海斯特　对不起，我不能。

法　官　海斯特，你真是个固执的女人，你何苦让那个男人躲在阴暗的角落里看着你受罪呢？

海斯特　这缘于一种感情，像你这种人永远不会懂。

法　官　你——（转对牧师）我看这个女人的灵魂简直是被女巫占据了，劝劝这个女人吧，我的兄弟，现在她的灵魂至关重要，因为你对她的灵魂负有责任，因而对于你自己的灵魂也关系重大，劝她忏悔，讲出实情吧。

牧　师　（缓缓站起）海斯特·白兰，你已经听到这位善心的大人所讲的话了，也一定明白了我身负的重大责任。如果你觉得那样会使得你的灵魂安宁些，从而使你现在所受到的惩罚更有效地拯救你的灵魂，那我责令你说出与你同伙的罪人和难友的姓名！不要出于对他错误的怜悯与温情而保持沉默。海斯特，相信我的话，虽然他要从崇高的地位跌下来，跟你站在一起，站在刑台上，但这样也比终生隐藏一颗罪恶之心更好受些。你的沉默对他有什么好处呢？只会引诱他，不，简直是强迫他——给自己的罪孽增添一层虚伪！我要提醒你注意，你是怎样在阻止他喝下现在端在唇边的那杯辛辣却有益的苦酒，要知道，那个人自己很可能没有勇气把酒杯夺过来喝下去啊！

［海斯特摇了摇头。

牧　师　（转向总督）她不会说。

总　督　好了，为你的罪悔改吧，你是否相信自己犯了罪？

［海斯特不语。

法　官　说话，女人，抬起头来，看着我的眼睛，你是否承认自己有罪？

海斯特　（缓缓地抬起头，内心进行着艰难的抉择）我相信我在你们眼中是犯了罪的。

总　督　这是什么回答？难道在你自己眼中你是圣洁无辜的吗？难道我们把你关进监牢，戴上红字是对你的陷害吗？回答我，女人！

海斯特　站在什么样的立场上，就会有什么样的道理，而我们的立场不同，所以我没法回答你。大人，我说了我相信自己在你们眼中是犯了罪的。

法　官　这是什么狗屁回答！在我们眼中你当然是犯了罪的，不然今天我们就不会坐在这里。我告诉你，我们今天要做的是，你是否认罪？

总　督　你的行为是否沾有罪孽。

海斯特　（艰难而又坚定地）不是！

［众愕然。总督与法官盯着牧师。

牧　师　海斯特，你不是答应我愿意认罪了吗？你怎么了？

海斯特　对不起，牧师，我无法在这些人面前出卖我的灵魂，我不能。

法　官　海斯特，你这是戏弄法庭，挑战法律和《圣经》，你将罪加一等。

海斯特　大人，我无意戏弄谁，挑战谁，如果说有，我戏弄和挑战的只是我自己。那天我违心地答应了牧师的要求，但从那一刻起，我的内心无时不在经受着我自己的戏弄与挑战，直到刚才这场战斗才告一段落，我的心赢了。

总　督　啊！你不要一再违背上天的仁慈，宽容不会无边！如果悔罪，就可以让你回家，就可以帮你把胸前的红字取下来。

海斯特　这字的烙印太深了，你无法把它取下来，也正因为这红字，我才敢挑战自己，直面我的内心，做出能让我灵魂平静的事情来，所以还是让它留在这里吧。

法　官　这女人简直疯了，我可以断定，她的内心，她的思维，她的一举一动已被可怕的女巫占据了，必须对她施以极刑，否则，整个城镇都将被她坑害，大人，下令吧！

总　督　看来确实如此，没人能帮你了。海斯特，人人都将看着你走进地狱，在那里和你的女巫接受煎熬，等待命运的判罚吧！

[切光，音乐起。

第 六 场

[光起。牧师痛苦地坐在家中，他的胸口又隐隐作痛，医生上。

医　生　您好！

牧　师　您好！

医　生　听说您的身体最近不是很好，总督大人让我给您看一看。

牧　师　我用不着医治。

医　生　牧师，教民们在安息日看到您的面颊越来越苍白，越来越消瘦，声音也比以前更加颤抖，而且总是用手捂住心口，大家对您的健康状况深感震惊与不安，急切地希望您能得到治疗，希望您不要辜负了大家的一片好心。

牧　师　您医治不好我的病。

医　生　不该这么肯定吧，您知道……

牧　师　我知道镇上新来的医生医术高明，可再高明的医术也救助不了人类内心的痛楚。

医　生　（诡秘地一笑）那当然，人类的灵魂需要由牧师来拯救，所以您更应该将疾患迅速铲除，好使您更好地为人类的灵魂服务啊，我想这也是上帝的旨意。

牧　师　如果这是上帝的旨意，那么我会心满意足地让我的辛劳、我的忧伤、我的罪孽，以及我的痛苦很快跟我一起同归于尽，将其中世俗的部分埋在我的坟墓里，精神部分随我同去永恒之境。我对这种满足的需求，超过了您为我施展医术，疗治病情。

医　生　啊，一个年轻的牧师确实喜欢这么讲。年轻人入世不深，就这般轻生！在尘世跟上帝同行的圣人们都愿意随上帝遗弃登上新耶路撒冷的黄金大道。

牧　师　不，要是我还配跟上帝同行去那里，那么我倒更心甘情愿在这里做苦工。

医　生　好人总是把自己说得过于卑劣。

牧　师　您觉得我是好人？

医　生　当然，不单单是我，整个城镇的人都认为您是个正直、善良、热情、诚实、富有才华的牧师。

[牧师无奈地笑了笑，医生从药匣里拿出几根药草。

牧　师　这是什么？

医　生　药草，经过加工可以制成药剂，医治伤病。

牧　师　您是在哪里看到这些叶子又黑又蔫的药草的？

医　生　这附近的坟地就有。这种草我从前也没见过，我是在一座坟墓上发现的。那座墓没有墓碑，除了这些丑陋的野草外，也没有其他东西来纪念死者。这种草是从他心脏里长出来的，或许代表跟他一起埋葬的某种可怕的秘密，那个他生前最好坦白出来的秘密。

牧　师　很可能，他倒是诚心诚意想那么做，可是做不到。

医　生　为什么？您瞧大自然的一切力量都诚挚地要求忏悔自己的罪过，就连这些黑色的野草都从一个被埋葬的胸膛里蹦跳出来，把一桩没有说出来的罪恶公之于世，为什么他却做不到呢？

牧　师　善良的先生，那只是您的想象而已。依我看除了上帝的慈悲，没有任何力量能够揭开埋藏在一个人心里的秘密，除非他心甘情愿地主动袒露心胸，毫不勉强，以求得到一种难以言喻的安慰。

医　生　那有负罪感的人为什么不尽早袒露，不尽早得到那种难以言喻的安慰呢？

牧　师　他们中大多数人是这么做的。许许多多可怜的灵魂，不仅是在弥留之际，而且也在身强力壮、名声良好的时候，向我做忏悔，倾吐心中的秘密。我亲眼看见，那些负罪的兄弟在做了这样的忏悔之后，心情是多么的轻松啊！就像被污浊的空气窒息了许久之后，终于呼吸到了自由的空气。难道不是这样吗？一个不幸的人，比方说犯了杀人罪吧，怎么会宁肯把死尸埋藏在心底，而不立刻扔出去，听凭大自然去照料它呢？

医　生　（心平气和地）然而，确实有人是这样埋藏自己的秘密的。

牧　师　不错，有这种人。我想……我可以说，他们之所以闭口不说，正是出于他们的本性，或者……或者可以说虽然他们有罪，但仍然对上帝的光荣与人类的幸福保持着热情，因此他们迟疑不决，畏缩不前，不敢把自己见不得人的丑行展现在人们面前。因为，这样一来，他们就不能再有善行，而过去的邪恶，也无法用修善积德来赎补。因此，他们只好默默忍受着难言的痛苦，出入于他们的同伴之间，表面看上去像新落下的雪一样洁白，而内心却沾满了罪恶的斑痕，无法洗刷干净。

医　生　这些人不过在欺骗自己罢了，他们害怕承受他们应得的耻辱。他们对人类的爱，他们对上帝效劳的热忱，这些神圣的冲动也许跟邪思恶念共存于他们心中。他的罪孽已把心扉的大门向邪恶敞开，而邪恶一定要在他们的心中繁衍罪恶的种子。不过，若是他们真想为上帝增添光彩，就不要朝天举起他们肮脏的手！若是他真的愿意为他们的同伴们效劳，就让他们强制自己忏悔卑劣的灵魂，来表明良心的存在和威力！啊，明智和虔诚的朋友，你难道要我相信虚伪的外表比之上帝自己的真理更重要吗？这更有益于上帝的荣耀、人类的福祉吗？相信我吧，这种人在欺骗自己！

牧　师　（胸口一阵剧痛）或许是这样吧，我们谁也无法走进他人的内心去探测一番，就连我们自己的心也常常迷失方向。

医　生　再说说我的另一个病人，被关在牢里的海斯特·白兰女士……

牧　师　（急切地）她现在怎么样？

医　生　（一笑）牧师对教民的关心总是那么无微不至呀。

牧　师　（掩饰地）当然。

医　生　她很好，服了我的药后一切安康，并且就在最近她可以做母亲了，多好的女人。

牧　师　（喃喃地）是的。

医　生　可惜呀，好女人没有丈夫，孩子没有父亲。（看了牧师一眼）我是想说，她可没有被您认为痛苦得难以忍受的深藏不露的罪孽弄得神秘莫测。您看，海斯特·白兰是不是因为胸前佩戴了红字，而减轻了一点痛苦？

牧　师　我相信是这样的。不过，我无权替她回答。她是一个坚强得让人害怕的女性，所有钢铁般坚硬的东西在她面前都会自惭形秽。

医　生　牧师，您的病……

牧　师　啊！聊了这么久，您对我的健康有何看法？（见医生假装犹豫）您坦率地说吧，不管我是要死去还是活着。

医　生　那么，我就坦率直说了。您的毛病有一点奇特，不是病的本身，也不是外面的症状，至少，就我目前观察到的症状来说是如此。我该说您病得很重，但是还没有病到叫一个细心的、训练有素的医生感到束手无策、不可救药的程度。但是我不知道怎么说，这病我似乎知道，又似乎不知道。

牧　师　您在打哑谜吧，博学的先生？

医　生　那么，我说得更明白些，不过为了使我的谈话开诚布公，我先要求得到您的原谅，我的话完全是出于医生的角度，作为受上天之命照管人类生命和健康的人所应负的责任。

[牧师默默地点了点头。

医　生　肉体上的疾病，我们常把它当作疾病的全部和整体，其实呢？它很可能只是精神方面某种疾病的一个症状。我的好先生，要是我的话有一丝一毫冒犯的地方，我再次请求您原谅。先生，在我所认识的一切人当中，我可以说，您是肉体与精神最密切联系、融合一致的人。肉体只是精神的工具而已。

牧　师　（从凳子上站起）那我无须多问了，我看你并不卖医治灵魂的药！

医　生　这就是说，一种疾病，你精神上的一种疾病，或者我们叫它一块心病，会立即在你肉体上做出相应的表现。因此，你会叫你的医生只医治你肉体上的病吗？要是你不肯把你灵魂深处的创伤或者烦恼首先袒露，他又怎么能对症下药呢？

牧　师　（气恼地）不，绝不对你讲，我绝不会对一个世俗的医生讲的！我不会对你说的。不过，如果我的灵魂真的犯了病，我将把自己交给一个医治灵魂的医生。一切都随他，他可以医治我的病，也可以杀死我！他爱怎么处置我就怎么处置我，用良心或用道义，随他的便。而你是何许人，竟要插上一手，胆敢置身在受难人和他的上帝之间！

[医生被牧师的言行惊得愕然。牧师说完这一席话，已精疲力竭，虚弱地坐到椅子上。

医　生　很抱歉，牧师，没想到我的话让你如此气恼。

牧　师　你究竟是什么人？为什么来这里？

医　生　我是个医生，来这里是悬壶济世。

牧　师　你走吧，我这里不需要你。

医　生　好吧，很愿意跟您聊天，希望有机会能再聚，祝您的身体早日康复。

　　　　［医生走到门口，转过身来。

医　生　他已无法自主了！已无法自主了！一种激情能如此，另一种激情当然也会如此！这位虔诚的梅斯戴尔牧师在此之前——在他内心燃起热烈的激情时——肯定做出了越轨的事！我还会再来的！

　　　　［切光。

第 七 场

［光起。医生站在熟睡的牧师身后，悄悄撩起牧师身上的法衣，看到了牧师胸前的秘密，露出惊奇而又欢欣的狞笑。突然婴儿出世的啼哭惊醒了牧师，海斯特怀抱婴儿出现在另一光圈中。

牧　师　（寻找）海斯特，海斯特，孩子，我们的孩子！（跌跌撞撞地走上刑台）别不理我，别抛下我，我爱你们！你们，你们所有人根本不知道我承受的是什么，根本不知道我的痛苦有多深！我用我毕生的精力去追慕我所崇敬的真理，把其他一切东西视若影子，完全没有分量和价值。因为在它们的生活中缺乏生命般神圣的精粹，就是这样一个天性热爱真理、厌倦谎言的人，在尘世走了一圈后发现他厌恶的原来是他自己，因为他自己就是一个大大的谎言！你们还愿意听我布道吗？好，我就最后为你们布道：我——你们看到的身披黑袍的这个人，我——登上神圣的讲坛，脸色苍白，仰望上天，替你们向至高无上的、无所不知的上帝传达福音的这个人；我——你们以为他在人世间的旅途上留下一条光明的道路，追随他的足迹的朝圣者便可被引向天国的这个人；我——亲手给你们孩子施行法礼的人；我——为你们的亡友诵念临终祈祷，为他们离别世界轻微地响起一声"阿门"的这个人；我——你们的牧师，你们如此敬仰和信任的这个人，完完全全是一个败类，一个骗子！

医　　生　痛苦吧！朋友，难受吧！朋友，你尝到了毒蛇撕咬灵魂的感觉。朋友，你在向空气吐露心中的一切恐惧、自责、痛苦。徒劳的悔恨，无法排解的负罪，得到瞬间的安慰与解脱，但是明早醒来时，新一轮的撕咬将更加猛烈，这样最好。

海斯特　你真是殚精竭虑，你竟然用这种方式去折磨他。但我必须承认，这是世界上最隐秘、最有效、最狠毒、最丑恶的报复。

牧　　师　上帝，你能帮我吗？你肯帮我吗？我厌恶我自己的虚伪，我厌恶这世界的虚伪！每当"悔恨"的冲动逼迫我走到坦白的边缘时，怯懦就一定会用颤抖的双手把我拖出去，拖回去过我虚伪的日子。

海斯特　不，阿瑟，你并不怯懦，你并不虚伪，是我不让你坦白的。

牧　　师　真正阻止我的人是我自己。

医　　生　你帮不了他，上帝也帮不了他，谁也帮不了他，他只能让痛苦不间断地折磨他，只有痛苦才能证明他的存在。痛苦之后，会麻木几天，当麻木刚刚过去，你以为快乐就要来临时，巨大的痛苦接踵而至。这多有意思呀，他会像西西福斯一样，在有生之年里都会陷在这周而复始的痛苦中。

海斯特　多么不可告人的野心呀，这就是你隐姓埋名留在这儿的目的，在一旁冷冷地看着他受煎熬，不时地再加上点柴火。

医　　生　对，打我死里逃生来到这块土地上，希望找到家庭的温馨和快乐，没料到你却在众人面前成了罪孽的典型，我的心像刀割一样疼，而他是造成这一切的罪魁祸首。他欠我的，他必须用这种方式来还。

海斯特　他什么也不欠你的，让我重新选择一千次，一万次，我还是会选择爱他而背叛你，这一点比以前更明确了。知道我为什么爱他吗？知道他为什么痛苦吗？因为他——善良！

医　生　（被激怒）婊子！荡妇！别忘了，明天就将对你进行判决，你将被绞死而他将终生悔恨痛苦。你的孩子，既没有母亲也没有父亲。

牧　师　孩子！海斯特，那是我们的孩子吗？

海斯特　对，阿瑟，是我们的孩子。我和你的。为了我和孩子，你要坚强起来，你是个男人，你一定要坚强起来，别再去指望上帝了，它帮不了你。

牧　师　我的心很乱，我既对不起上帝，也对不起你！

海斯特　我爱的男人怎么了？我们的内心才是来自天堂真正的声音。我们走到一起正是听从了这天堂之音的召唤，难道你还认为这是邪恶吗？至于我，如果你是个丧尽良心的人，一个本性粗野的恶棍，或许你很早以前就找到了平静，只有那样你才对不起我，可我知道，我爱的你绝对是值得我爱的。

牧　师　你仍旧爱我吗？我即便这样你仍旧爱我吗？

海斯特　我爱你，阿瑟，希望我的爱能给你力量。

牧　师　生命中有了你，还有什么不能舍弃的呢？（对医生）生命中有了这样的女人还有什么不能舍弃的呢？

医　生　够了，牧师，就到这儿吧，早点休息，明天你还要参加这个女人的绞刑仪式，你还要为她做最后的祈祷呢。

[牧师与海斯特狠狠地盯视着医生，转而四目含情相望，切光。

第 八 场

[光起。海斯特伫立于绞刑台之上，旁边两个狱卒。总督、法官、牧师三人坐成一排，医生侧立一旁。

总　督　海斯特，因你拒不认罪，不肯交代出同伙的姓名，所以今天要对你施以绞刑，如果你现在愿意承认自己的罪孽，交代出那个男人是谁，我们秉承上天的仁慈，还可以免你一死。

法官 这是最后的机会，海斯特。

海斯特 我留恋生命，希望能和我爱的人、和我们的孩子幸福地生活，但在这世界上有比这更重要、更神圣的东西，我的心无法将它舍弃，所以我只能选择死亡。

总督 看来只能这样了，准备行刑。牧师，去把那孩子抱过来吧！

［牧师缓缓走上刑台，从海斯特手中接过孩子，他深情地吻了这个小生命。

医生 疯了，你想干什么？不要玷污你的名声，使自己身败名裂！我还能救你！你要使你神圣的职业蒙受耻辱吗？

牧师 魔鬼！你小看了我。即使你走进我的灵魂，我也会挥手将你赶出去！海斯特，不要阻止我，我要承担起我的责任。

医生 即使你找遍全世界，除了这个刑台，再也没有一个地方——高处也罢，低处也罢——是比它更隐秘，更能使你逃脱我的地方。

［牧师淡然一笑，将孩子交给海斯特。

牧师 你们，这些曾经爱过我的人！你们，这些曾经视我为神圣的人！请朝我这儿看，看看我这个世界上的罪人吧，终于——终于——我站到了这个地方。是这个女人，用她无比的力量搀扶我爬上这里，在这个可怕的时刻，支撑着我，使我不扑面跌倒在地！所以，如果你们要绞死她，来抚平你们的愤怒和恐惧，那么我还是请你们绞死我吧，因为我爱这个女人，我是她孩子的父亲。

海斯特 阿瑟，你不能这样。

牧师 大人，可以吗？我们两个人中绞死一个就足以偿还我们的罪孽了吧？上帝不会愿意看到孩子失去母亲，更何况绞死我这个牧师，对民众也更有威慑力，希望你能同意我生命中最后一个请求。

［总督与法官商议后默默点了点头。

牧师 谢谢你，大人。海斯特，看来我们永远都不能生活在一起了，我曾经是多么渴望那样的日子呀，但我会永远都爱着你，无论活着还是死去。

海斯特　我也爱你，无论活着还是死去。

牧　师　（看到海斯特胸前的红字）看吧！看看海斯特佩戴的红字，你们全都畏避它！不管她的负担是多么的悲惨沉重，这红字总使她内心投射出令人畏惧、令人深恶痛绝的幽光。

海斯特　阿瑟，这红字帮助了我，他们以为这是将耻辱加到了我的身上，可一个人的内心如果不觉得耻辱，任何客观的标记就都无济于事了。相反，它倒成了我抗争世俗的武器，它使我活得更纯粹、更干净，它给了我力量。

牧　师　对，这红字见证了我们的爱情，海斯特，我也有一个红字，那烙印就在我身上——上帝的眼睛看着它，天使的手指着它！恶魔也知道得一清二楚，不时用他那燃烧的手指触碰它，侵蚀它，现在就在我将死亡的时候，我希望你们都能看到它，它在这儿——

医　生　（声嘶力竭地）他逃脱了我，他逃脱了我……（随后瘫倒于地）

［牧师将胸前的衣服撕开，在他的胸口上烙印着一个鲜红的 A 字。切光。

［剧终］

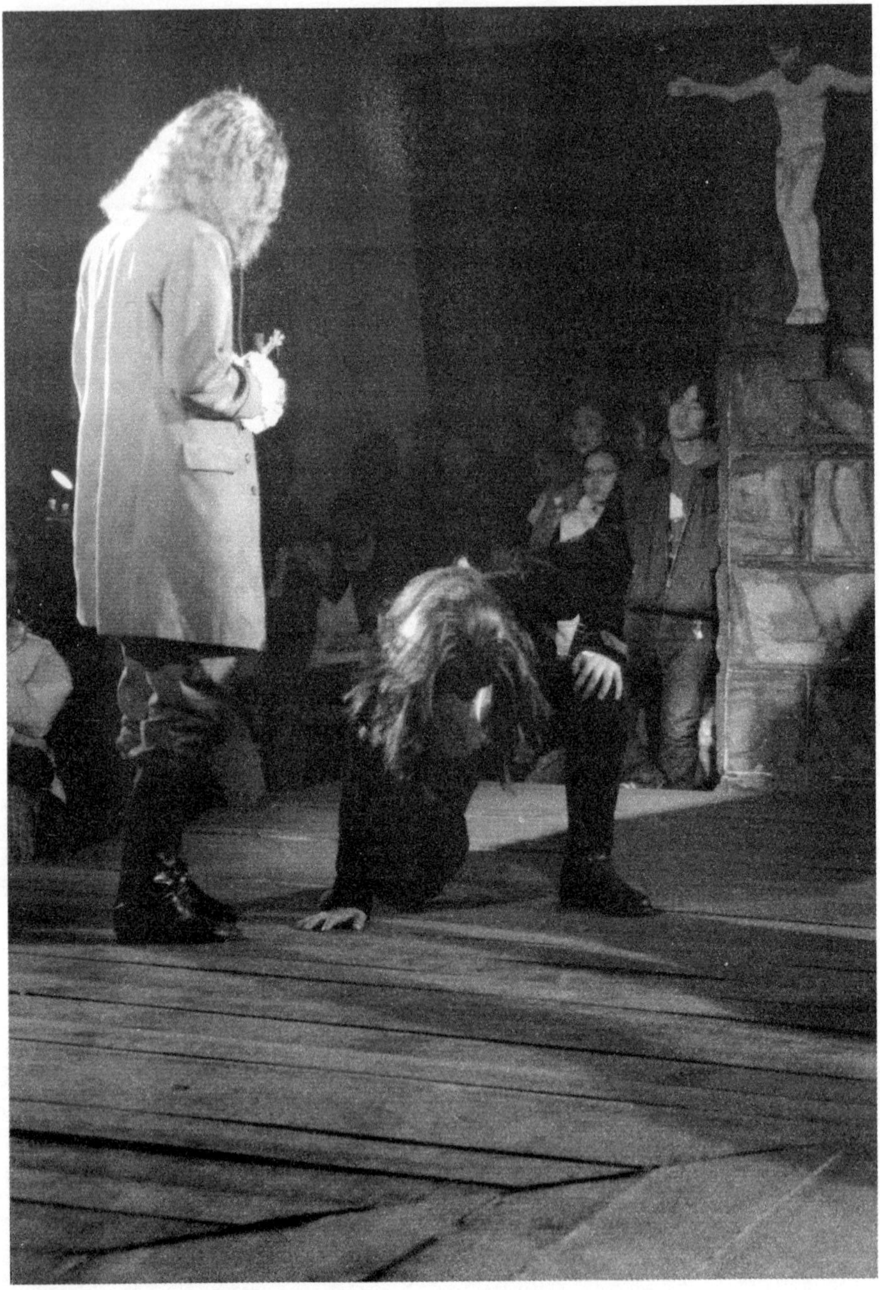

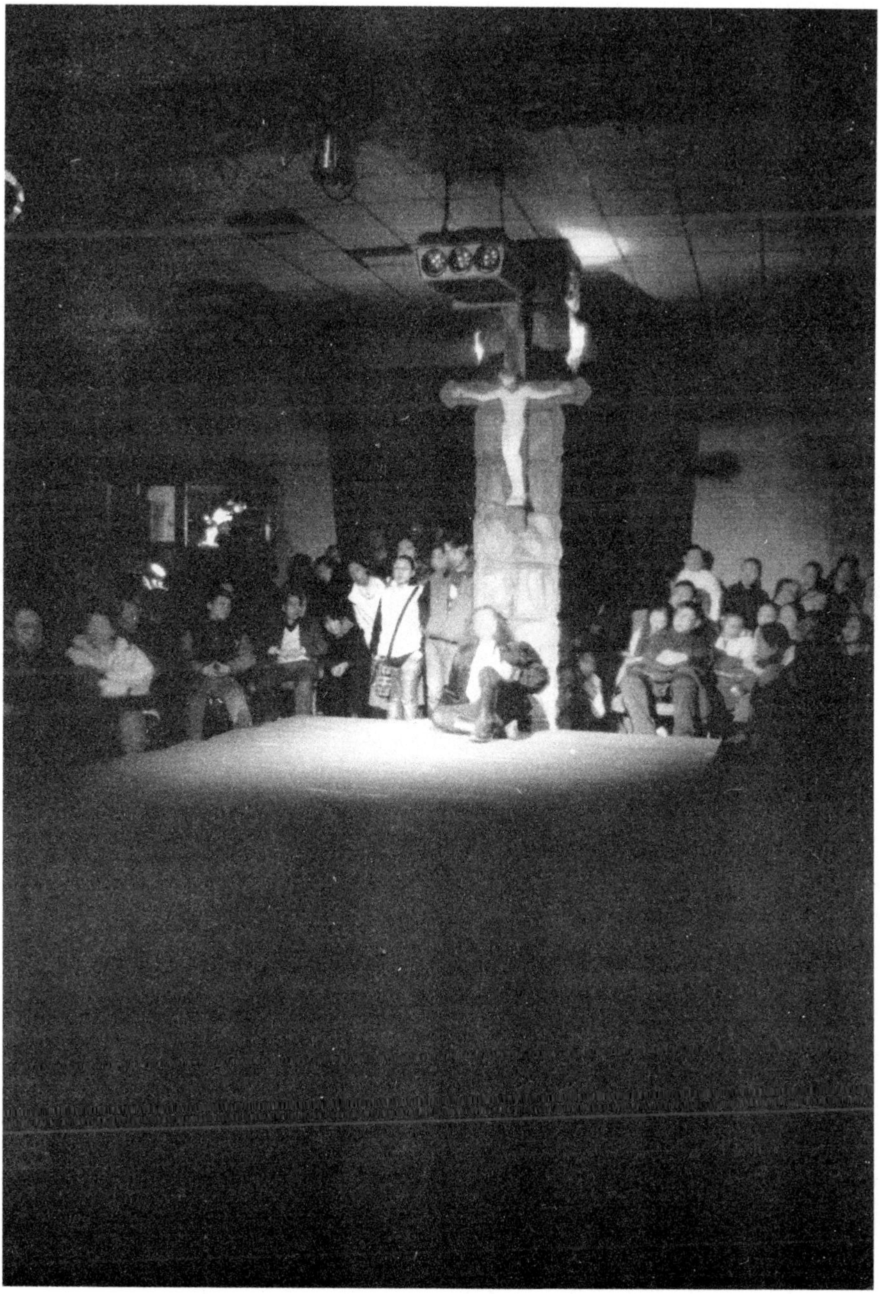

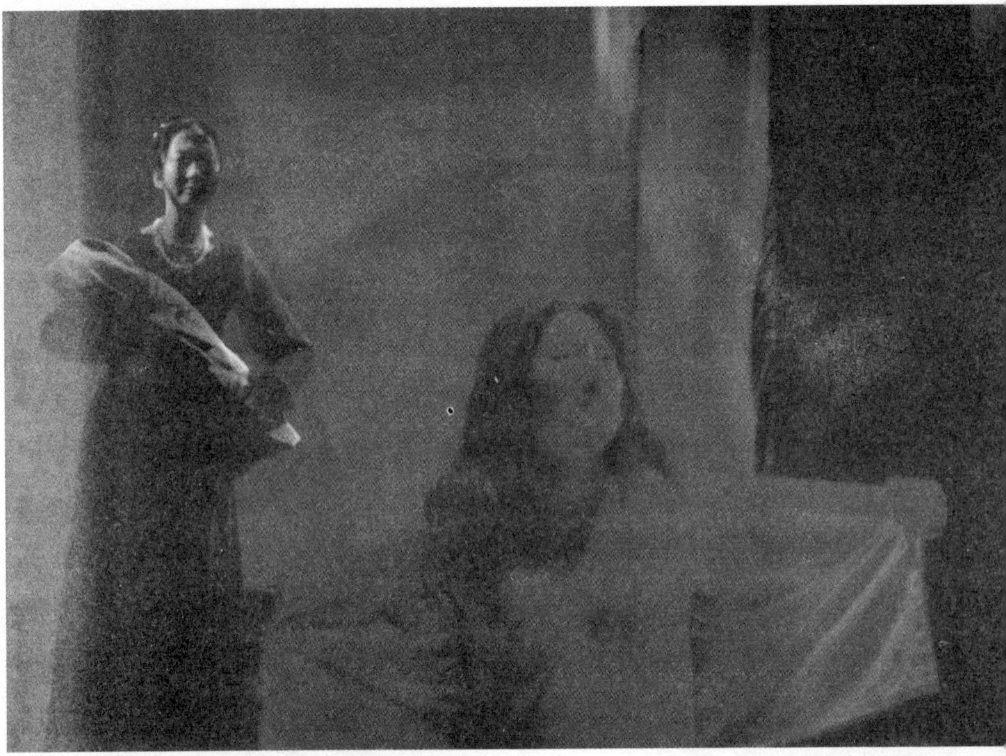

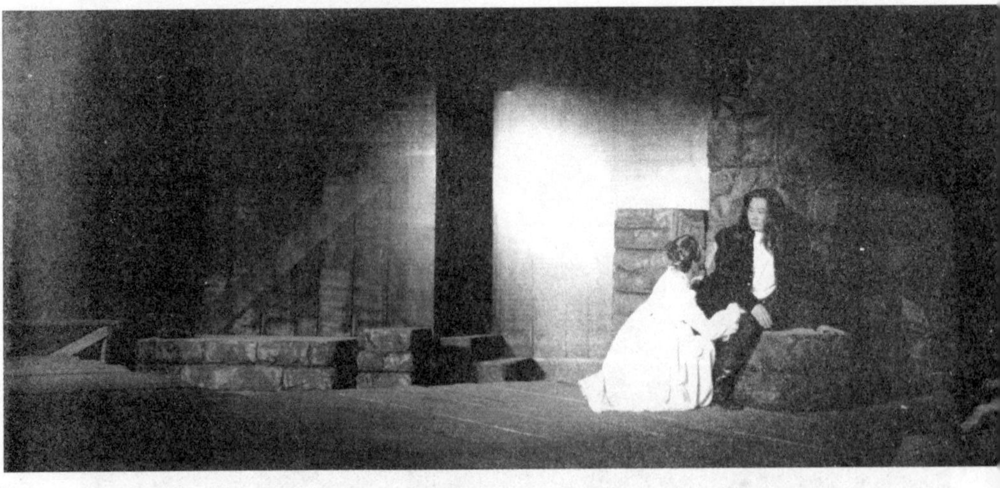

一个女人或疯掉的历史

编剧：赵明环

编　　剧：赵明环
导　　演：陈晓峰
舞美设计：左　刚
灯光设计：任　铭

李　娜 饰 女　人
钱晨晨 饰 女　客
张　迪 饰 男　客

［舞台上是一个堆满报纸的房间，无序，像是报纸的森林。墙壁上贴着各种图片，房间正中，放着一张宽大的桌子和椅子，桌上同样堆着杂乱的报纸和镜子、杯子之类的杂物。舞台后方的屏风通向别的房间。

［光起。女人在舞台上收拾报纸，男女客人坐在椅子上，看着女人，女人把收拾好的报纸拿到了舞台后方的屏风后，然后，从屏风后推出一把轮椅，男女客人用奇怪的眼神看着女人。女人坐了上去，长出了口气，笑眯眯地看着男女客人，男女客人有点儿不知所措。

女　人　我叫王香粉，三十五岁。

女　客　我也姓王……

　　　　［男客踢了女客一下，女客愣愣地坐下。

女　人　没关系，你们不用告诉我你们叫什么，做什么，因为我都知道……

　　　　［男女客人紧张地相互望了望。

男　客　（紧张地）你怎么知道？

女　人　你叫牛郎，你叫织女，你们的工作就是恋爱，对吗？你们相爱吗？

　　　　［男女客人尴尬地笑笑，肯定地点了点头。

女　人　你们是我这里第一对客人，一对从天上来的客人，牛郎和织女。

男　客　您是从东北来的？

女　人　是呀，听出口音了？（男客点头）东北人说话快，嗓门也大，很容易让人感觉没礼貌。

女　客　（嘟囔不清）干啥……嗯呢……

女　人　（惊奇地）你知道"干啥""嗯呢"……行啊！其实像我的名字就很

东北，王香粉，我曾经不喜欢我的名字，因为它土气还有点不正经。你们可别误会，我可不是干那行的……

女　客　我们没那么想……

女　人　（笑笑）从前，我是说我刚刚到这里的时候，当我坐上出租汽车，司机就会问我，东北人吧？加上似笑非笑的表情。我知道那言外之意是认为你是"干那个的"。每到这时，我就会愤怒不已、勃然大怒，甚至动手。我总是胜利，真的，别看我瘦，还是女人，可我不怕打架！这是骨子里带来的勇气……

女　客　我去过东北，是冬天去的，太冷了，真让人受不了啊，冻得人腰都直不起来。

女　人　哈哈，是呀，你说这人直不起腰来肯定难看。尤其是女人，冻得通红的脸蛋儿，进屋一缓又热又痒，什么样的皮肤能经得起这样"造"。我就是因为受不了那种冷才来到这里，真是太不一样了！温暖、潮湿的空气，桂花香的风，富庶的生活，还有大海……那是我第一次看到大海！

女　客　东北男人和南方男人也不一样。

女　人　对呀，他一看就是典型南方人，真的，我一看你走路就知道，东北的男人，走在路上（女人大幅度摆动手臂）是这样的，横着的。（三人笑）说话直着嗓门，几句话不对就喊起来，脾气大极了……没有礼貌，不懂得疼女人，烦死人了，我从小就不喜欢东北男人，这不，跑到南方来了，还嫁给了这里的男人……然后，我才明白，东北男人只是烦人，但并不可怕……

男　客　那你老公什么时候回来？

女　人　回不来了……回不来了……（女人摇头努力从问题中摆脱出自己）刚到这儿的时候，曾经是那么快乐，那么喜欢，都是那么新鲜，就连刮在身上的风都是那么不同。我每天看风景，吃奇形怪状的水果，吃各种各样的海鲜，和这儿的女人一样，在阳台上洗衣服，这儿的女人在阳台上洗衣服，真有意思，还有每天都要洗澡倒垃圾……我的那个丈夫说这是一种文明，是进步。我就听不得这种话！这和文明进步有什么关系。这儿的空气又潮湿又热，当然要每天洗澡了！这是地域问题……咳，什么事情都一样，新鲜劲儿一过，问题就出来了。比如，在东北身上永远是干干爽爽的，这儿就不一样了，一天到晚身上都是黏糊糊的，还有倒垃圾，每天都倒，一天不倒就臭气熏天，里面爬满蟑螂，黑乎乎的，一不小心就会被踩在脚下，发出会令人起鸡皮疙瘩的"嘎嘣、嘎嘣"的声音。还有，这儿的男人，特别能吃，却不长肉，又瘦又细，就像被太阳晒蔫的蔬菜……（女人回头看男客）对不起，对不起，我不是说你。

女 客　大姐，你就是在说他，你看他多像被晒蔫的菜叶子。

男 客　（生气地）去你的。

女 人　别生气，别生气，我这一高兴就满嘴胡说了，来，大兄弟，喝杯水。

女 客　对，喝点水就不蔫了。（男客被水呛了一下）

女 人　你就别气他了，多般配的一对。

女 客　大姐，东北男人是不是特豪爽，特仗义？

女 人　错觉，这是绝对的错觉。你说的是那些曾经的东北人，刚从森林和草原上走出来的那些。城市里，不管哪里的都是一样，哪怕他们有再多的见识，再多的文化，见过再大的场面，品味过再多的美味，拥有过再多的女人，他们还是狭隘和怨恨。不过，我们那里更严重些罢了，尽管表面上他们确实很"豪爽"很"仗义"。（走近男女客人看）瞧瞧！你们一身的汗，去冲冲吧，还能解乏儿……（男女客人犹豫）去吧，去吧，卫生间里什么都有，还有我新买的毛巾，没用过的，洗吧，洗吧！洗去身上的汗水，洗去路上的疲惫，洗去忧伤的记忆。

［女人开心地笑，男女客人也笑起来，二人依次下，女人在屏风处。

女　　人　（朝屏风后）那个是把手……左边是热的，右边是凉的，有事叫我。哦，你们要一起洗吗？（感叹）哦，太可爱了！

〔女人在桌子旁看报纸，然后走到轮椅那儿，拿起一个玩具，坐在轮椅上。

女　　人　哦，你都看见了，家里来了两个朋友，你喜欢他们吗？你好像不怎么喜欢他们？你呀，他们是客人，我当然要热情点，而且不是普通的客人。猜猜，他们从哪儿来？你肯定猜不到……老远了，比你来的地方还远呢……现在他们去冲澡了，你也看到了，他们身上挺脏的……不过，那么远的路程也可以理解。你知道他们是谁吗？（拉长声音）这世界上唯一拥有爱情的人，我喜欢他们，（冲玩具做了个鬼脸，很美好的样子）他们是一起洗的，多可爱……

〔女人把玩具放到身后，从轮椅下拿出一根电棍，比画着。男女客人神清气爽上，看到女人手中的电棍，愣住了。

女　　人　没事儿，没事儿，防身用的，一个独自生活的女人，安全还是很重要的，是不是？

〔男女客人疑惑地点点头，女人把电棍放回轮椅下面。

女　　人　你们坐吧，喝点水。（望着男女客人）真年轻，你们真的非常相爱吗？

男女客　我们非常相爱。

女　　人　太好了，太好了！（打个哈欠）对不起，近来我总是犯困，常常睡觉，不停地睡，我是说我的肉体，人到一定年龄，肉体的感觉就是件很糟糕的事情了。提问：肉体的用处是什么？

女　　人　（摇了摇头）如果我还年轻，我会说是用来干那种事的哦。现在，我不这么想了，因为年龄越大越会意识到，这世界有很多东西是超越肉体存在的，譬如灵魂。所以，虽然我说，肉体是载负灵魂的，就像土地载负植物一样。虽然，那灵魂常常被一层层肥油包裹着，甚至永远无喘息的机会，当然，这更能说明一种事实就是，你老了，离死亡越来越近了，只好用更多的时间想灵魂上的事了。（她笑了笑）我年轻的时候，曾经非常热爱我的肉体，因为它很美，充满活力，生机勃勃，为了保住这种美，我费尽心思，想尽了各种办法。最后，我想到了跑步，每天，我都会在深夜跑出家，一口气能跑几千米。电影《阿甘正传》里的阿甘也特别能跑……比我跑得远多了，他为什么热爱跑步？（神秘地）和我一样，追赶时间，延长生命。

男　客　（不以为然地）跑步不就是锻炼身体吗？哪有那么玄？

女　人　你不懂，这是有科学原理的。（女人绕着舞台跑了一圈，跑回原来的位置，还在一直跑着说）飞快转动的车轮，转得特别快的时候看上去像是倒转，转动的车轮就像生命，当转速超过一定限度，时间就会停止，甚至后退，其效果就是人能够超越衰老和死亡！（停下）当然，这是个在现实中实现不了的愿望，这是不可能的。所以，有一天，阿甘不跑了，我也不跑了。（走到轮椅旁说）我甚至买了轮椅，连路都不走了，就坐着轮椅出去，别人还以为我是残疾人呢，真好玩！我开始睡觉，我喜欢睡觉，这是我度过时光的一种方式，我越来越能睡，不断地做着各种各样的梦。有人说，梦是白天没有实现的愿望。（摇头）不，梦是人在另一个世界的生活。因为，在这个世界上，你还能要求什么，还能做什么呢？（陷入沉默）

[示意男客走，男客拒绝，女客站起来。

女　客　大姐，你睡吧，我们走了。

女　人　（缓过神来）不行，不行，别走，再坐一会，我现在还不困呢，再说，就是我睡了你们也不用走，你们也可以睡或者看报纸。

男　客　（不怀好意）那你睡吧，我们看报纸。

女　人　你们真是老天派给我的贵客，我怎么能不管你们就去睡觉呢，东北话管那叫"不讲究"。

男　客　（对女客）再坐会儿，再坐会儿。（女客瞪了他一眼）

女　客　这儿的报纸可真多！

女　人　这是报纸的森林！（叹气）森林没有了，剩下的只有报纸。

男　客　（起身走了一圈，拿起一张报纸）弄这么多报纸干吗？卖钱吗？

女　人　（生气地）放下，森林能卖钱吗？钱那么重要吗？当然，我不怪你，你是理解不了的，这是我的一种习惯，报纸是我和世界唯一的沟通手段。不说这些，还是说点美好的事情吧，你们真的相爱吗？

男　客　（不耐烦地）你已经问过两遍了，对，我们相爱。

女　人　对不起，我的判断力出现了问题，所以总爱不停地求证。判断力，这是人们知道自己还活着的唯一法宝。因为，没有了判断力，你就无法生存，你就会陷入灾难之中。

［女人从口袋里拿出一张小纸片。

女　人　这东西是一张洗涤说明，"先洗后穿"。就这四个字，让我第一次意识到我失去了判断力！我无法弄明白它的意思，是第一次穿前要洗，还是因为某种原因要每次穿前都洗呢？现在，我仍把这个小纸片保留在身上，这是一种提醒，当我遇到问题，我仍期待能够做出判断，尽管我知道越来越难。（看了看小纸片，又看了看男女客人，肯定地）对，你们很相爱，我为我刚才的怀疑再次向你们道歉。

女　客　（怀疑地对男客）我们相爱吗？

男　客　（不以为然地）当然，我们不是牛郎织女吗，你可是我的初恋啊！

女　人　以前我在东北也曾经有过一个初恋男友，是个年轻的男孩，头发长长的，热爱写诗。他对我说他的诗是写给未来的。我们一起把他的诗装到铁皮盒里，用雨布包好，埋到一棵树的下面。那时我眼中的他是多么与众不同！我喜欢他，我跟他接吻、拥抱、抚摸，还有做爱。因为他对我说，如果爱上了，就应该全身心地投入，我爱他，所以就全身心地投入了，就像纵身跳入一口水井。而且，一下子就沉入了井底。可是，不到半个月，他就走了，出国了，再后来，他回来了。他对别人说，不要告诉我。就是从这件事开始，一切都改变了。那时，因为年轻并不知道这意味着什么，不知道这是厄运的开始。当你失去判断力，但却要命地没有失去勇气的时候，可怕的事情就会发生。那时我身体里有太多的爱了，多到无法盛下，多到每结识一位新男友，就投入一口新的井里，我不停地投着井，出了这口井就跳入一口新的井里，像跳水运动员一样"噗，噗"地跳着！这就是年轻时，你还拥有勇气却没有判断力的表现！是你"爱"这个世界的方式——投井！

女　客　（望着男客）你是我的一口井吗？

男　客　别神经病！（用手指头）你没发现她这儿有问题吗？（女客摇头）那就是你和她一样了。

女　客　我在问你是一口井吗？我是不是已经投进去了？

男　客　是不是疯了？你忘了我们是干什么的了？（在女客耳边耳语）一会儿……

女　客　（大声地）我不干！

女　人　（转头，吃惊地）干什么？

男　客　没什么，没什么，我让她像您一样收集报纸，她不干！

女　人　我以前也不是干这个的。你们知道我以前是干什么的吗？

男　客　不知道。

女　人　我原来是一家妇女杂志的编辑，同时，还是一个不错的通俗故事作家。我的一本书出版了，我现在还在花这钱呢！

[男客的注意力集中在女人身上。

女　人　但自从嫁给那个男人后，我就不再写了，甚至辞了工作……是啊，那样的年龄，一个姑娘，背井离乡来到这座城市，茫然无知，除了勇气和年轻一无所有。这时，一个男人来了，在你身边不停地说，我爱你，我爱你，我爱你！我承认，我开始失去判断了！爱情！天哪，爱情，这真像是发生了七级地震！这是我听到这个词后的唯一感受！惊讶！只有惊讶。结果就是：我又跳井了。就是从那一天起，我真正知道了失去判断力意味着什么。代价，巨大而沉重的代价！我以为是嫁给了"爱情"，就像所有被爱情蒙蔽双眼的女人一样，在我的目光里，全是爱情，全是他的面孔！如果我闭上眼睛，我的耳朵更爱他！如果我闭上嘴，我的眼睛更爱他！他的话就如同上级命令，就是开枪的手指！而我则是那颗小小的子弹，打哪儿去哪儿！这爱，让我像得到了水晶鞋的灰姑娘，像中了彩的穷人一样不知所措！我该怎么去爱这"爱情"呢？

[男客不耐烦地打了个哈欠。

女　人　我烦到你们了吧？对不起，我说得太多了，因为我已经很长时间没对着人说话了。（音乐起，女人走到窗户旁）我给你们介绍个人，是我的妈妈。

女　人　（冲着远处大喊）妈！妈！你还好吧！（倾听）我听到了！我会好好照顾自己的！你也是！妈！我给你介绍我的两个朋友，牛郎和织女！

[女人转过身来，擦擦眼泪，把男女客拉到窗前，男女客人朝窗外张望。

女　人　冲她招招手就行……（男女客人懵懵懂懂的招招手）你们可能看不到她，不过，她肯定能看到你们……她有点儿害羞总是喜欢躲在牌子后面。她老了，像个抽抽巴巴的苹果，一个牌子就能把她挡住了……

[女人越来越伤感起来，忽然，她想起了什么，手忙脚乱地在房间里找起来。这时男客捅了捅身旁还愣在那里的女客。

男　客　你还真感动了？行了，别忘了咱们的事，这女人没准还真有点儿钱。

女　客　你爱我吗？你是我的井吗？

男　客　又来了，现在不是说这事的时候。多好的机会呀，咱们能不干点儿什么吗？

女　客　你爱我吗？你是我的井吗？

男　客　（无奈地）我爱你，我不是你的井，可是……

女　客　你要是爱我，咱们今天就别干了，咱们可是牛郎织女，是从天上来的，别打碎了它好吗？

男　客　你疯了，你是不是被她洗脑了？什么牛郎织女，天上来的，都他妈是假的，假的！

女　客　那你爱我是真的吗？

　　　　［女人从一堆报纸中抽出几页纸。

女　人　找到了，找到了，对不起，请你帮个忙，请念念这个，好吗……就一遍！（女人在他们后边的椅子上坐下）

男　客　（把报纸给女客，女客没理他，转身走了，男客勉强地）我让我母亲单独一个人死在山沟里。她叫着我，有气无力地哼哼着："我的孩子，我的可爱的儿子，可别让我一个人孤孤单单地死去，和我待在一起，我剩下的时间已经不多了。""别发愁，妈妈"我对她说，"我一会儿就回来，我这会儿正忙着……"我要去参加一个舞会，去跳舞。我要不了多久就会回来的。可是，在我回来的时候，她已经死了，他们已经把她深深地埋葬了。我挖开坟墓，我要找到她……可我怎么也找不到。我知道，我知道，做儿子的常常会抛弃自己的母亲，还免不了害死父亲……生活就是这样……我为这件事心里非常痛苦，别人却一点儿也不。我现在还能看到她直着身子躺在山沟里，她手里捧着山谷里的百合花，嘴里喊着"不要忘掉我，不要忘掉我"，她的眼里充满了大滴的泪水，她叫喊着我，"孩子，孩子，别让我一个人待在这儿……"

　　　　［男客人放下手里的报纸，哭泣起来。这边，女人长长呼出一口气。

女　人　哦……好多了，好多了……

男　客　可我心里很难受。

女　人　这是治疗我失去母亲伤痛最好的办法，每当想她的时候，就读上一遍……

男　客　　被洗脑了，被洗脑了！（开始满屋子转）这不行，这不行，我得干点什么，得干点什么（猛地停住，面对女人）

女　人　　（温柔地）你怎么了。

男　客　　（大笑）哈！哈！哈！我很好！（走出屋子）

女　人　　（问女客）他怎么了？

女　客　　他可能是太感动了，这还是我第一次看他哭，你没事吧？大姐。

女　人　　没事，没事，我很好，特别好，你知道吗？好久好久没人和我说话了，所以我特别高兴。尤其看到你们在一起，那么相爱，多幸福啊！

女　客　　你不幸福吗？你和你的丈夫……

女　人　　王香粉，这是我的名字，怎么听都摆脱不了俗气的感觉，但它却一直都散发着花一样的香气，我丈夫的名字倒是不俗，可每当我念出他的名字的时候，我就堵，一直堵到这儿。（指指自己的喉咙，同时从报纸堆里拿出一张照片。）

女　人　　这位就是我丈夫，虽然他后来成了一个魔鬼，不过，这没什么奇怪的，丈夫们最终不都是要这样吗？照片上他是个白白净净、细皮嫩肉、戴眼镜、喜欢穿白衬衫、读英文报纸的家伙。脸上唯一的表情就是文明与超凡脱俗，这使得他看起来是那么骄傲和与众不同。（坐下）瞧！我又这样说话了，这就是没判断力的表现。无法做出判断，就只能被欺骗，只能被迫害，看我用的词，"迫害"，是的，就是迫害！（拿过照片，看了看）火车，是迫害的第一道具，那是我们婚后第一次旅游，我们坐的那节车厢恰巧都是来旅游的北方人，整车的北方人！在他周围，喝烈性酒！吹大牛！用手撕整只烧鸡！而我的丈夫，忽然放下了手里的报纸，我惊讶极了，看到那张脸上，骄傲与高贵不见了，他变成了另一个人，一个卑微地弯着身体脸上堆满讨好的微笑的人。那人结结巴巴地说着话。可他明明刚才还是我的丈夫啊！那时，我还不知道他是一个魔鬼，我只感到"腾"的一股火往上蹿，我的丈夫竟然是这样一个猥琐下贱的男人！我被愤怒和羞耻折磨得发疯！我该怎么办？我只知道我再也不能看这张脸了！我不能再看这张脸了。于是，我像那些北方男人一样脱了鞋，买了烧鸡和白酒，我吃，我喝，我和那些男人大声地说话，我把他彻底吓倒了，他以为我疯了。后来，开始搬家。他说："换个环境你的状况会好些。"他还说："你要过有质量的生活，要有自己的汽车，要坐飞机，坐那样的火车和那些人挤在一起我们的精神都会出问题的。"瞧，这就是他的狡猾，他把事情的发生居然说成是火车的缘故。那房子，就在这个城市的另一头，是我住过最好的房子。楼下是温泉，楼上的房间有两个卫生间，可却再也不能住在那里了，因为事情的发展越来越严重了。先是跟踪！检查口袋！尤其是内裤！在门窗上贴条，认真测量家具摆放的位置，家里要是两本书的位置稍稍有点变化，就是有人来过的证据……夜里，要是汽车从窗外开过，按喇叭声，还有刹车声那就是暗号，与男人约会的暗号；对着镜子化妆，那就是用镜子的发光在发信息；打错的电话更是某个男人了。最不可想象的是，他竟然坚决地认为两周内我和其他男人有过上百次的性关系！然而，奇怪的是，我竟然也相信了！慢慢地竟然真的开始怀疑起自己的记忆了，是不是真的像他所说的在梦游状态下做了那些事呢？现在回想那个房子，我还是感到不可思议，那的确是个奇怪的地方。因为在那个房间里你的身上会没有气味——人的气味。没有人的气味意味着什么？现在，我跑到了这里，这里什么都没有，但我开始闻到我身上的气味了，我喜欢这种气味，我不再害怕了，因为这是人的气味。每天都变化着的人的气味。我细致地观察着，就像一个百岁老人观察自己长出的新牙和黑发。这是一种欣喜！一种前进！一种幸福！尽管我过着乞讨的生活，可我幸福！那两个卫生间，我们一人一个，我们彼此看不到对方，他说这是文明。是的，文明与进步，就是我们彼此不能看到对方撒尿。见面时，我们穿着整齐而体面，身上那些个孔孔洞洞干干净净，再也没有滋生乱七八糟的东西。甚至连体液都干枯了，是的，体液！美妙的体液干枯了，只剩下河床！他的身上没有任何味道，什么味道都没有。没有汗味，没有口水味儿！甚至连脚的味道都没有！这真让人恐惧！一日日增长的恐惧！我怕极了，可不敢对人诉说！所以，当我遇到那个修锁的工人时，我就像找到了救星。他是个乡下孩子，看不出年龄，但一定很年轻。他脸上没有褪尽的乡气是那样让人放松，还有他破旧而廉价的衣服，上面全是新鲜的汗水味道。还有脚，他穿着球鞋，好大的气味！他修好了锁，鬼使神差，我竟然跟在他身后，一直跟着他来到他的住处。一个可怜的狭小的地下室，我相信，全楼的厕所的下水道一定都是从他的房间里通过的，可我不在乎，我们在这些味道里脱下衣服，脱得干干净净，就像原始人那样。然后，我们做爱，我的身上全是汗水，有我自己的，但更多的是他流下的。这时，门开了。他，那个没有味道的男人走进这个气味复杂的房间。手拿摄像机对着我们，他皱着眉抽动着鼻子对我说："你又梦游了，为了让你知道不是我在诬陷你，我只好拍下来。"他又对那个修锁的工人说："她的脑子是有问题的！"那个乡下男孩不知所措地看着我。他又拿出钱对那个修锁工人说："拿去！这是你修锁的钱。"我大笑起来："他还修好了别的锁呢！"他们愣愣地看着我，接着两个人涨红了脸，一个是愤怒的红，一个是羞涩的红。我说难道不是吗？这乡下男孩子不仅修好了房门的锁。"这是你的钱"他递给那个男孩钱。修锁男孩摇摇头，他看着我，久久地凝视。我也看着他，如果这时他跟我说，跟我走吧，我一定会毫不犹豫地光着屁股跟他跑掉，哪怕是住进另一个有厕所下水道的地下室。可他看着我，忽然目光露出歉意。"对不起。"他说。他垂下眼皮拉开门走掉了。他没有收修锁的钱。

我不明白他为什么这样说，男人们总是说令人费解的话。后来，在我被他送进去的地方，他们对我说："你上当了，那个修锁的男孩一定是你那个魔鬼丈夫派来的。"因为这句话，我和他们打成一团，可冷静下来，我不得不承认他们说得有道理。可即使那是事实，我也不会承认，因为那是他们的事实，因为他毕竟没拿修锁的钱。现在，我像一个老妇怀念自己的青春一样怀念他的身体，很美。马一样圆而翘起的屁股，粗壮的长腿，树杈般结实的生殖器，甚至他口水的味道都是那样甜美。更不要说他乡土气未褪的动人面孔了。这就是所谓的根据，只一次就成了所有指控的证据。

［男客这时手拿绳子，胶带上。女人并没有看到他，继续说着。女客上前去阻拦男客，几番阻拦后，男客在女人说话的过程中将女客绑了起来，嘴上还贴了胶带，女客惊讶得一句话也没说。

女　人　就此，我王香粉的苦难生活开始了。我开始吃药，开始陷入了越来越糟糕的状态……整日做噩梦，在梦里流泪。然后就是痛哭自责，整日处于焦躁和抑郁之中。我不知道问题出在哪儿，只好不停地想啊，想啊，想啊，每天不停地想。为了弄明白到底是怎么回事儿，我不再吃药，我把药片偷偷地扔进了下水道。他，那个魔鬼当然知道了，但他没有制止我，因为，他的目的就要达到了，所有的人都在讨论我，在我的隔壁、楼下、公共汽车上、超市里，我到处都听到"婊子""荡妇""道德沦丧"，这样的窃窃私语。每个人都在讨论我，都在说我，这些声音穿透墙壁，穿透一切障碍传到我耳朵里，我每天不得不用棉花堵上耳朵防止那些声音进入，可是不管用。

［沉默，这时男客已将女客绑好，女人回头，看到这一切，却好像没有看到。她开口说话了，语气缥缈，仿佛梦境一般，男客被女人奇怪的反应弄蒙了。

女　人　（一步步走向男客）真是漫长而可怕的日子啊。我每天面壁而坐，像那些修行的人一样，那也真是苦修呢。渐渐地，我开始感觉到什么，可是，什么呢？（将男客逼到床上）终于，有一天，我穿过我用报纸堆砌的森林，来到那个家伙身边。他正在睡觉。我看着他，感受着他，脑海里翻来覆去只有一个问题：这个人是谁？虽然，我的脑海里不断闪现"丈夫"这两个字，可这两个字却没有任何意义。我继续看着他的脸，他的身体，曾经我那样爱过、抚摸过、亲吻过的身体，强烈的陌生感让我不安起来。就从那天起，我开始意识到——他是一个魔鬼！于是我拿起了刀！（停顿）

我记得当时我轻盈得如同灵魂一样再次穿过我的"报纸的森林"。我走进卫生间。我坐在马桶上。我开始撒尿。我看着卫生间里的东西，洗发水、香皂、漱口液、浴巾，还是那种强烈的陌生感，就像一个人置身陌生之地的那种感觉，甚至用手纸擦屁股都有一种奇特的隔离感，好像是另一个人在做着这一切。后来，我走到镜子前。

[女人闭上眼睛，男客从后面一步步逼近。

女　人　啊，一张女人的脸出现在镜子中！（她睁开双眼，仿佛在看镜子）似曾相识，却又是那么陌生，我端详着它，忽然间，我意识到，镜子里的那个女人也不是我，那么她是谁呢？我又是谁呢？我恐怖极了，拼命地摇头，拼命地大喊！

[男客已走到女人身后，这时女人大喊，惊退了男客。

女　人　啊！啊！啊！终于，那可怕的感觉慢慢消失了。而我，我却变了，我也不是原来的我了。不！应该说，我的眼睛睁开了。知道了一切，知道了自己是怎么回事，知道自己为什么存在！

[男客乱中捂住女人的嘴，女人在挣扎中晕倒。女客跑到女人身边。

女　客　你杀了她！

男　客　我没有！没有！

女　客　我们只是小偷，不是杀人犯！

男　客　我已经不想偷她的钱了，如果想偷，我早就下手了。我只是……我怕咱俩被她弄疯了！

[女客蹲到女人身边，试了试鼻息。

女　客　还好，没事。（男客长出了一口气）咱们走吧。

男　客　那她呢？

女　客　她死不了，或许死亡对她是一种解脱……你把她抱到轮椅上，地上太凉了，她需要温暖。

[男客将女人抱上轮椅，女客将女人的风衣为她盖上，两人朝外走，这时女人开始苏醒。

女　客　（停下脚步）你爱过我吗？你是我的那口井吗？（男客语塞）

女　人　请把灯关上……

[两人望着女人，音乐起，收光。

[光起，舞台上空无一物，女人穿着第一场开场的装束坐在轮椅上，前面放着一个插报纸的小铁桶。

女　人　我叫王香粉，三十五岁，以前我不喜欢这个名字，因为它土气，还有点儿不正经。我是东北人，从小用自身的方式感受世界。这是一个代价太大的方式。后来，我离开了故乡，来到了这里。

[女人举起小铁桶。

女　人　有报纸吗？

[女人收回目光，把小铁桶抱在怀里，缓缓地环视四周。

女　人　这个城市很美，到处都是绿色，也很温暖，一年四季都不冷。我离开小镇的时候，他们很羡慕我，说我终于离开了，终于去了好地方。当然，他们这种说法是相对于寒冷而言。我曾经有过一个家！我说过，我曾经年轻过，非常的年轻。人年轻的时候，常常处于混沌之中，这种状态让你迷惑还有焦躁，这常常会被人利用，尤其是男人们。于是，有一天，一个不知从哪儿跑来的男人对我说，你的问题出在没有爱情上，后来，为了更好地帮助我，他竟然搬到我的房间了。这似乎是个好办法——我是说短时间内——我以为问题解决了。但时间一长才发现，一切依旧。

[女人垂下眼睛，又抬起。

女 人　很久以来，我不明白他为什么要那样说，如果他说"你的问题出在没有性生活的缘故"，也许我会原谅他，可他偏偏说出了"爱情"这两个字。我不知道别的女人怎样解释自己的问题，我没有女性朋友。报纸上你只能看到图解化的语言，我可以看透所有事情，唯独在这件事情上，我无法做到。

　　　　有报纸吗？那鸽子呢，你有鸽子吗？

　　　　鸽子，不是一种可爱和安静的小东西吗？雪白的羽毛，红色的小爪子，还有灵活转动的眼珠，怎么样，是不是很美？是的，充满活力，很美！不过，十七岁那年，我可不这样认为！那时，我觉得害怕！是的，我怕这些小东西！

　　　　"欲望"，起先出现的是这个词。然后，它就开始反复出现了，我怎么也无法摆脱。我不明白那是怎么回事，为什么我要不停地想这个词，感受这个词呢？我的情绪变得很坏，担心别人问我，我能说我整天都在想这样一个词吗？当然不能了。忽然间，我想到为什么不用别的词代替呢？于是"鸽子""鸽子""鸽子""鸽子"我的脑海里"鸽子"越来越多，还有我的身体里的每个细胞都住进了一只"鸽子"，而且，每只鸽子都不停地扇动着翅膀，一小时接一小时地飞着，一点儿都不知疲倦，人要是无法入睡，那就离疯掉不远了。在极度羞耻心的驱使下，我从厨房拿来了一把刀。（在腿上比画了一下）我在这地方割了一刀，血一下子就涌了出来！真吓人啊，它流个不停，不停地流，真像是要流尽了。我的确可以入睡了，我睡啊睡啊，一个梦都没有，仿佛整个人都沉入了大海深处，好沉的觉啊！

[她慢慢闭上眼睛，她睁开眼睛，努力地克服困意。

女 人　肉体从来就是伴随欲望，而欲望则如同大海，无边无际，永无止境。因此，必须有所约束。但不是靠道德，靠那些没有灵魂的人或者活着的死人制定的道德。但恰恰这就是事实，残酷的事实。人们为此付出了代价，可怕的代价，尤其是女人们。

[她重新坐到凳子上，表情变得冷漠起来。

女　人　他没有报纸，他是个学生。学生脸上才会有歉意，这是幼稚的结果，老年人就不这样。他们从来不给我报纸，因为他们要一张张攒起来卖掉。我常常利用这种幼稚，不，我从不为这用词感到不安。是的，"利用"！这是早晚的事，只有这样才能成长，才能变成那些制定规则的活死人。是的，必须成为那样的人。羞涩的眼神必须要被厚颜无耻代替，柔软的内心必须要变得冷漠，否则就会被吞噬掉！这个世界是不允许那样的眼神和目光存在的，这就是真实，你们的真实！

是的，我和你们一样，站在这个地球上，我无法拒绝一些事情，就像我无法拒绝地球的引力一样！我试图和你们成为一样的人，就像你们做事一定要有目的一样。物质还是地位？我不知道，但我知道如果没了这些你们就会不知所措，就会孤苦无助，茫然回顾！这就是你们，生活在城市中的人。我向你们学习，因为我想和你们融为一体。孤独的人是可耻的，这是你们制定的东西。是的，我感到孤独，但我从未感到可耻，是你们让我知道了这样的规则，孤独是可耻的！哦，人们做爱是为了解除孤独，这也是你们总结的吧！我不知道，以前我从来不知道，现在，你们让我知道了！你们还让我知道了爱是能够去死的！因为当这个世界上再也没有温柔的内心和纯净的眼神时，爱怎么能够活下来！我的心常常很痛，尤其是夜晚的时候，这就是活着的代价。（沉默）

女　人　我不后悔来到这个世界，就像我从来没有后悔离开过家乡，离开森林一样！我也不后悔杀掉那个魔鬼，尽管他和我的丈夫长得一模一样！是的，他们长得一模一样，可问题是，如果他已经变成了魔鬼，那么长得一样又有什么意义呢？迫害！是的，我总是跟别人这么说，但事情的真相：仇恨，我们用仇恨杀死了对方。是的，他死了。

［女人激动地走来走去。

女　人　是的，我杀死了他。杀死了我的丈夫，尽管我知道他不是我的丈夫，只是一个魔鬼，可我还是杀死了我的丈夫！"婊子！"他总是冲我大喊，我不是婊子！我只是热爱我的身体！只是喜爱男人！喜欢他们的嘴唇！喜欢他们的腿！喜欢他们的胳膊，拥抱！黑色适合释放！土地适合奔跑而不是播种！灵魂适合苦难而不是口香糖！我喜欢黑夜，喜欢奔跑，可现在，我再也不能奔跑了。

［她不再说话，沉默。

女　人　最后，我还是被送进了医院，我需要光线暗的房间，可我被带进的房间里亮着一万盏灯。她，另一个魔鬼，一个穿着白大褂的魔鬼，强迫我坐在刺眼的光线下，而自己却躲进了暗影。我听到她在暗影中窃窃私语，窃窃暗笑。"真是可怕，这个婊子、荡妇杀死了自己的丈夫！真是让人厌恶！一个怪物！王八蛋！"她不停地和别人这样说着，先是小声，后来越来越大声了，最后几乎变成幸灾乐祸的大喊了。我看到她在暗影中扭曲的脸还有那越来越大的嘴巴！那些话语就像黏液一样把我紧紧地裹住，一动不能动！

［女人抑制住愤怒，开始脱裙子，她穿了很多条裙子。她脱了一条又一条，只剩下最后一件。

女　人　"她脱衣服了！"他们喊了起来。是的，我在他们面前脱光了衣服，是全部脱光。那时，我的身体还是很美，我想让他们看到这种美，想让她意识到一些她不知道的事。可你知道她是怎么做的吗？她大喊着站起来（模仿）"来人啊！快来人啊！"几个男人冲进来，他们把我关进一个小房间，把我绑在床上，给我打镇静剂，我不得不平静下来。后来，她来了，面带微笑，她以为她胜利了。我对她说

（柔声）："你知道吗？你是个外表很漂亮的女人。"她的脸又露出笑容了（柔声），"瞧你的衣服镶着金边，还插着假花，多体面……"那笑容面积更大了。我继续说："你不知道吗，你的身上有一股臭味！"她的笑容僵住了，"你没有注意到，花儿摆放到男人的房间里是多么芬芳和灿烂！可为什么到了你的房间，就很快腐烂死亡然后散发臭气呢？因为，因为你就是死人，就是死亡的本身！因为你的身体里没有爱，所以就只能有臭味了！我还知道，没有男人喜欢你！没有男人吻你！抚摸你！和你做爱！可你想，想得疯了，每天欲火中烧！你这样对我，是因为你是个没用的人，是个废物！你嫉妒，因为男人们喜欢我，因为我有爱，而且很多！我见到过很多你没有见过，也是你一辈子也见不到的事物。我曾经见过这世界上最明亮的星星，还有爱情。我的身体充满芳香，就像花朵一样。我还曾经赤身奔跑，感受过海风吹过皮肤的滋味。还有，我曾经拥有过这世界上最美丽的鸽子，看到和抚摸过它们柔软的翅膀！"（神经质地笑）

女 人　我触到她的痛处了。如果她还有痛处的话！这样做的后果就是：电击让你控制不住自己的屎和尿，药物则使你全身无力。我意识到自己的处境，开始安静下来。

　　　　半年后，她又把我叫到办公室，故意在我面前摆上很多花，我闻着她和那花儿一起散发出的浓郁臭气，几乎要吐出来，可是我却发出由衷的感叹。"啊！多好闻的气味哦！"我胜利了！代价是我哭了一天一夜。我哭啊哭，为向这样一个女人屈服而哭泣，虽然是假装，可还是让人无法忍受。

女 人　有报纸吗？我需要报纸！

　　　　我需要报纸！我需要报纸！

　　　　[一片寂静。

女 人　我说过，我叫王香粉。这是个很美的名字，我是个自由的女人，我的妈妈告诉我。她说我已经长成了少女，已经鼓出了小小花蕾一样的胸，却仍旧光着身体到处乱跑，丝毫不害羞，更不要说害怕男人的目光。她还说，我从来就不怕人，就像有些小孩子和小动物。可她说，你都长成大人了还是那样，你冲陌生人微笑，拥抱他们！亲他们的脸颊！吻他们的嘴唇！你就是棵树！树是不能和人待在一起的，树没有防范，永远散发着清香，永远开满绿叶！而人却是要砍伐树木的！他们必须这样！否则，他们无法生存！所以必须离开！人？还是森林？

[女人的声音一点点大起来。

女　人　是的，如今，森林越来越小了，树木成片消失，就如同我渐渐消失的勇气。我不能再跑出去了，更不要说光着身体和挥舞着双臂了。因为我老了，我的勇气一天天丧失！我的精神一天天枯萎，我被森林之外的规则弄得筋疲力尽。是的！我不懂！我说过我没有了判断力，我不明白这一切都是怎么回事儿。还有这潮气，侵入我的骨头，一切都软了下来，我赖以为生的尊严还有骨气！"你是个女人！"人们这样对我说！这里有这里的规则，和森林不一样！是的，森林里面不是这样的规则！我不懂这里的规则！我在报纸上看过介绍西藏的文章，那里的男人和女人都穿着肥大的袍子，他们的脚下是草地，身后是蓝天和高山。西藏只是地球的一角，可森林却无处不在！大火也无法烧掉那一切，砍伐更是无济于事！

[她的声音越来越大，越来越快。

女　人　你渴望被拥在怀里！
这也没错。
错在你判断失误，错在这里不是西藏也不是森林！
可是，我知道即使是西藏或者森林，
你们的规则也已经开始渗透！你们的气息开始改变一切！
一切都将消失！

女人开始自省!

天空,海洋,土地,

还有人,各种各样的人。

残疾人,气功师,科学家,痴呆人,精神病患者。

一切都暗示着毁灭,

世界必将重新开始,

因为太多的错误和荒谬!

这也是女人们必须面对的命运!

必须远离水!远离海洋!

因为水会溶化一切!改变一切!会消灭他们的意志!

因屈服与欲望而被魔鬼引诱!

泥沙将大量出现!语言也将大量出现!

双胞胎降生在泥石流中!

而房子将被覆盖!

食草的动物也将互相啃食!

甚至脑骨的缝隙都不放过!

学校是明净的地方!

走上讲台的却是魔鬼的化身!

[她闭上眼睛,捂住耳朵,把头埋在了腿上。

女 人 现在,我越来越容易激动了。亢奋!他们这样形容我的情绪,这是我喜欢的词,像是说发情的动物。不过,要是人们都发起情来,都亢奋起来,那会是怎样的情景呢?

那就一定不会!

不会这样越来越快走向死亡!

不会这样越来越多的遗憾!

不会这样越来越多的冷漠!

不会这样越来越多的残酷与黑色!

不会这样越来越多的伤心和泪水！

不会这样越来越多的谎言与欺骗！

不会这样越来越多的肮脏与丑陋！

不会这样越来越多的衰老和死亡！

（沉默。）

女 人　我不后悔杀掉他！

尽管他和我的丈夫长得一模一样。

我也不后悔离开森林，

我从来就不后悔！！

尽管我失去了一切，我的判断力和我身上的香气！

你们的规则我无法适应。

还有你们的微笑，你们的面孔，你们的表情。

甚至于你们的嘴唇！

来吧！

来伤害我吧！

因为我已经死去，我用活着的方式死去。

我不再害怕，尽管来夺走我的"森林"吧！

还有我的报纸！因为森林无处不在！

它们会重新长出！

在你们看不到的地方！

在地球的内部！

在海洋的深处！

它们无所不在！

它们不会消失！

来吧！

你们这些家伙！

用你们的手来杀掉我！

我渴望死去！

因为我将永远活着！！！

[她闭上嘴，长久地沉默。一束光柱照过来，扫到女人的身上。她试图用手遮住灯光。然后，她放下手臂动作庄严，声音凝重。

女　人　请把灯关上！请你们把灯关上！

[她沉默。少顷，男客与女客亲密地从旁走过，女人注视着他们，他们将手中的报纸放到了女人的铁皮桶里，离去，在女人的注视中，光渐暗。

[剧终]

黑色幽默
-小剧场戏剧-
华灯初上的诱惑
灯红酒绿的迷茫
在那些徘徊的灵魂中
是否有你有我
长春小剧场运动即将拉开帷幕
Confused of
NiGHT
夜迷茫
陈晓峰
李永军 刘军谊/李伟华 阿木/风子 陈晓峰 张淼/李丁/刘恩岐 大斌/付昱 陈思
吉林艺术学院戏剧影视学院 戏剧工作室 倾情奉献
演出时间 08年9月19-26日18点 演出地点 长春市自由大路695号吉林艺术学院戏剧影视学院黑匣子
吉艺戏剧工作室博客:http://blog.sina.com.cn/jyxjgzs
订票热线:13843009606 成人票价:30元 学生票价:20元
媒体支持 新文化报 协力推广 吉林省戏剧理论学会 协作单位 长春启明影视公司
MAY FLOWER
Follow Me

夜·迷茫

编剧：陈晓峰　王阿木

夜迷茫

Confused of NIGHT

小剧场戏剧

陈晓峰 作品

制 作 人：李永军
监　　制：刘军谊　李伟华
编　　剧：陈晓峰　王阿木
策　　划：大斌　付昱
导　　演：陈晓峰
舞美设计：陈思

刘恩歧 饰 王 贵
张 淼 饰 李全有
李 丁 饰 章百枝

第 一 场

时间：夜

地点：夜总会门前

人物：王贵、李全有、章百枝。

[王贵、李全有晃晃悠悠地从小饭店里出来，经过夜总会门前。

王　贵　啥饭店啊？咋还往外撵人呢？

李全有　人家下班了。

王　贵　下班了咋的，我花钱我就是上帝！

李全有　刚才是我花的钱，行不行。

王　贵　咱俩哪回吃饭不是我花钱啊？

李全有　这回这回！

王　贵　是，这回是你拿的钱，那不因为我过生日嘛，花那二三十块钱儿你还好意思说呀？

李全有　哥不是有难处嘛。

王　贵　谁没难处啊，没难处谁抛家舍业上这破地方来呀？

李全有　你可别瞎嘞嘞了，这可是首都啊，国际化大都市，你看这高楼大厦的，还说破。哎，你瞅啥呢？

王　贵　（看着夜总会大门）哥，这地方挺逍遥啊。

李全有　哎呀我去，不错呀，这家伙灯火辉煌的！

王　贵　那啥，咱俩就在这儿喝呗。

李全有　中啊。（两人坐定）来兄弟，你今天过生日，哥再次祝你生日快乐。（喝酒）

王　贵　给爷放段二人转！

李全有　你可小点儿声儿吧，那里面啥人都有，出来个黑社会揍咱俩一顿可咋整。

王　贵　黑社会？我还巴不得碰上个黑社会呢。黑社会多讲究啊，干完活就给钱，干完活就给钱。咱们在工地忙活一年了，见着现钱了吗？

李全有　你可别瞎白话了。咱们那老板就是合法的黑社会，回头听着了，现场就把你整死好啊！

王　贵　整死我也得把欠我的钱还我呀！

李全有　不吹牛能死啊！都把你整死了上哪还你钱去啊，烧纸钱还你啊！

王　贵　你替我要啊，要来都给你了，兄弟讲究不？

李全有　讲究！你要这么说呢兄弟（举酒），今天是你的生日，保不齐来年的今天呢就是你的忌日了。所以呢今天你说干啥就干啥，大哥陪定你了，肯定让你好好痛快痛快，中不？

王　贵　中！

李全有　来，整一口。

王　贵　（想想）这么的大哥，一会儿你请我上那里按按摩呗。我听说里面姑娘可好看了。

李全有　别喝点酒就骚性，不想好事啊。

王　贵　不是。我不寻思学过按摩嘛，我想进去和她们切磋切磋。

李全有　我看你是想和姑娘切磋切磋吧。

王　贵　不带这么往坏了想兄弟的。大哥，你不说今晚让我痛快，想干啥干啥，你都陪我吗？

李全有　我说陪你，没说请你啊。再说了，就是你自己花钱，大哥我也不能同意啊。兄弟，你还没处过对象呢，上那里头不得学坏了吗。

王　贵　那你请我进去唱唱歌也行啊。再找俩陪酒的，陪我喝点儿。

李全有　歌，在哪不能唱，一会儿回工地你就可劲嚎呗。酒，不一直灌着呢吗，我，不一直都陪着呢吗？

王　贵　你就忽悠我吧，你就是抠。

李全有 兄弟啊，你得理解哥呀，哥和你不一样，哥有家啊。我抠，那不是因为你嫂子嘛，你说你嫂子自己在家多不容易，还得种地，还得伺候鸡鸭鹅狗和我儿子。唉……也不知道你嫂子现在干啥呢！

王　贵 哎哎哎，咋还哭上了呢，我不逗你玩儿呢吗。想我嫂子了？年底回家就见着了。

李全有 你不知道啊兄弟，你嫂子长得老好看了，贼勾我呀。

王　贵 你看你那样，还说我骚性，你喝点儿酒不也一样。

李全有 我自己媳妇，我骚性也不犯法。

王　贵 哎，哥，嫂子到底长得有多漂亮啊？

李全有 长得像甄嬛。

王　贵 你以为你自己是四爷呢？那甄嬛可没有我家张柏芝好看！

李全有 你可拉倒吧，张柏芝都多大岁数了。

王　贵 多大岁数也好看。我就得意她，她是我的偶像。

李全有 瞅给你兴奋的，像她是你对象似的。

王　贵 那对呗，等我有钱了，我就按她那样的找一个！

　　　［章百枝从夜总会大门喝得烂醉出来，三人对望，三组定格。

　　　［音乐起，收光。

第 二 场

时间：夜

地点：一个废旧仓库。

人物：王贵、李全有、章百枝。

　　　［章百枝被绑在一个破旧的椅子上，王贵与李全有烂醉如泥倒在地上。章百枝的手机铃响。

李全有 （醒了，看到王贵压在自己身上）起来压死我了，我做梦还以为我

　　　　　媳妇倒我身上了。

王　贵　　哎呀，我刚梦到张柏芝，就让你整醒了。

李全有　　唉哟，脑瓜子疼死了，咱俩这是睡哪儿了？

王　贵　　不知道啊，我袜子呢？

李全有　　找找（四周看，看到坑里有个黑影）啊……

王　贵　　哎呀，你叫唤啥啊，吓我——（看到章百枝呆住了）

李全有　　咋回事啊？

王　贵　　我哪知道啊。

李全有　　你过去看看去。

王　贵　　你咋不去呢！

李全有　　啥也不是！（气氛很紧张，王贵手里的鞋不小心戳到了李全有）你干啥呀吓我一跳。（两人分头小心翼翼地走到黑影附近，李全有定睛观察）是人。

王　贵　　哥，长得还挺好看啊，挺像张柏芝。梦啥来啥，多白啊！

李全有　　我看挺像甄嬛。

王　贵　　像吗？

李全有　　（反应过来）哎呀，你想啥呢，到底咋回事啊？

王　贵　　我哪知道啊。

李全有　　来，先把她抬出去。

王　贵　　（边抬边观察环境）这是哪儿啊？

李全有　　西郊那个废仓库吧，去年没活儿的时候，咱俩在这儿住过，你忘了？

王　贵　　啊……想起来了，这酒喝得，住哪儿都忘了。

李全有　　她咋回事啊，哪儿来的啊？

　　　　　[王贵看到章百枝的嘴被袜子塞着，直直地躺在地上不动，想了一下却看向顶棚。

李全有　　往哪瞅啊，还能是从天上掉下来啊？你脑瓜子喝坏了，没醒酒呢你。

王　贵　对，昨晚咱俩喝酒来着。

李全有　用你说，都喝高了，你都喝得瞎晃悠了，我把你拖回来的。你瞅你给我挠的。

王　贵　不对啊，我记得是我把你拖回来的，你还把我咬了。（亮出伤疤互相一看）

李全有　我嘴有那么红？

李全有　王　贵　咱们俩把她拖回来了？

李全有　我有点儿印象了，昨晚儿咱俩正搁那儿喝呢，她出来了，然后你说以后有钱了就找个她这样的。

王　贵　然后好像她把我骂了，骂我是傻×。

李全有　然后你就说直接找个地方把她给那啥了。

王　贵　然后……就把她绑这儿来了？不能吧，我昨天都喝成那样了，怎么还能绑回来个人呢。

李全有　可不就你嘛。

王　贵　我咋记得是你呢！

李全有　咋能是我呢？我这么老实啊。（章百枝哼出声来）哎呀妈呀，醒了。

王　贵　咱俩问问她呗。

李全有　对啊。

　　　　［王贵、李全有上前把袜子从章百枝口中拿出。

章百枝　（惊恐）你们是什么人？要干什么？

　　　　［两人互相推托上前解释。

李全有　妹了你别怕，别怕啊，我们不是坏人。你这是咋回事儿啊，咋跑这儿来了呢？

章百枝　咋回事？我还想问你俩这是咋回事呢。

李全有　啊，那啥，昨晚他过生日，俺俩都喝多了，差点儿喝成忌日。

王　贵　是，喝得啥也记不住了。昨晚是我们绑你回来的？

章百枝　（差不多有数了）你俩是民工吧？

李全有　是，姑娘，我俩没伤着你哪儿吧？

王　贵　（几乎贴在百枝身上，上下打量）还好哥，没伤着哪儿。（伸手要摸章）

李全有　那就好……你干啥呢！？

章百枝　（怒）没伤到哪儿？你说你们俩大老爷们儿半夜三更地把我绑到这荒郊野外的能什么都没干吗？你们还是人吗？还有没有点儿人性啊？（大哭）

李全有　（吓一跳）这咋回事儿啊？大姐啊，大姐？

章百枝　叫谁大姐呢？

王　贵　大哥啊——

章百枝　谁是你大哥啊？

王　贵　（哭丧个脸说）没叫你，我记着昨晚咱俩没干啥啊？

李全有　是呢，我也没觉着咋地啊。

章百枝　（哭）那你们两个畜生啊……不对，你们是牲口！叫我以后可怎么见人啊……

李全有　你给我过来！（把王贵拉到一边儿）你说，你昨晚儿到底干没干啊？

王　贵　我？不能吧……没印象啊。

李全有　肯定是你，昨天晚上非灌那么多马尿，完了你就骚性，现在咋整？

王　贵　不能大哥，这事儿要是我干的我肯定能记住，这事能记不住吗？

李全有　肯定是你，你喝失忆了，忘了，你看人家那态度能是假的吗？

王　贵　（步步紧逼李全有）你也喝多了，你也发骚了，咋就不能是你呢？

李全有　我这么老实，咋能是我啊。再说了，你刚才不说她长得像那个那个张柏芝吗？你不就得意她吗，完了你肯定就那啥了。我不能，我得意甄嬛。

王　贵　那你刚才还说她像甄嬛呢！

李全有　我说了吗？

王　贵　啊！

李全有　（回头看看章百枝）还是像张柏芝。兄弟，你赶紧认了吧，跟那姑娘说点儿好话，让她饶了你，这可是大事啊，整不好可得挨枪子儿啊！

王　贵　啊！！！我都没记住。

李全有　快去快去吧，说好听的。

　　　　[王贵走到章百枝身边。

王　贵　大姐……昨天晚上，我真把你那啥了？

章百枝　（怒）不光你，还有他！

李全有　不能吧，妹子，我不是那样人啊！

章百枝　你以为你是啥好人呢，你是好人你能把我绑这儿来吗？还把他那臭袜子塞我嘴里。几天没洗了？

王　贵　就没洗过啊。（走向李全有）我差点儿让你唬了，你都不知道张柏芝是谁，你凭啥说她像啊？一起干的事，你还想跑，还是不是兄弟了？

李全有　是兄弟，是兄弟。我这刚才那不是吓的嘛，先想想这事咋整吧。

王　贵　咱俩昨晚真那啥了？你有印象吗？

李全有　有……吧，要不是做梦。哎呀，你想想啊，这人都绑回来了，能啥也没干吗？再说就是啥也没干绑人也犯法呀，咋能惹这大祸呢！这可咋整啊……

章百枝　（冷冷地）报警吧。

李全有　你……你……你……说……啥？

章百枝　报警！

李全有　（慌乱地）妹子啊，你不能报警啊，你一报警我们就都完了。我们倒没什么，不是，我的意思是，我上有八十岁的老母，下有没断奶的孩子，我媳妇长得还贼年轻，像甄嬛……

王　贵　哥，别瞎白话了！

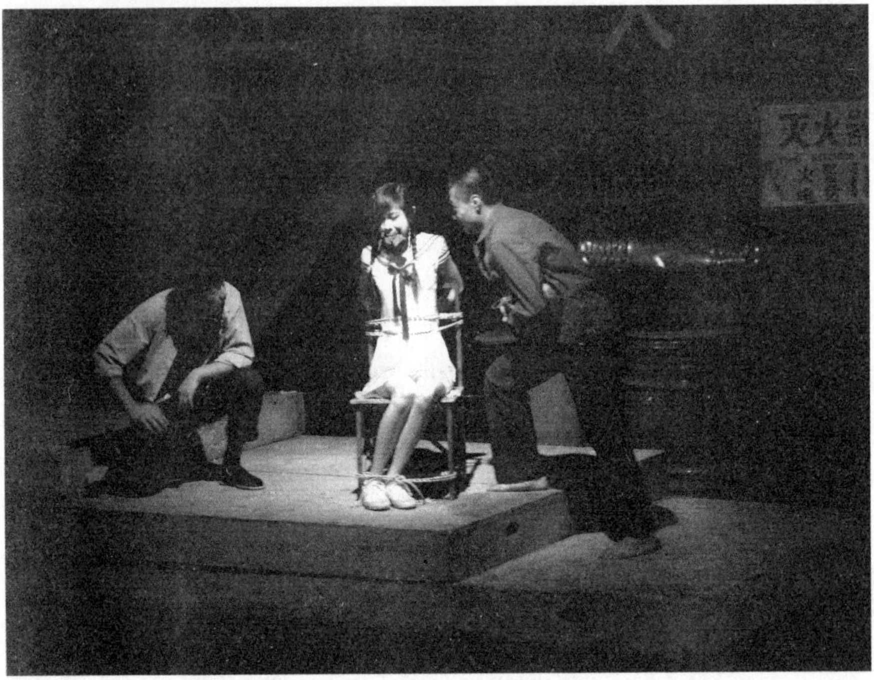

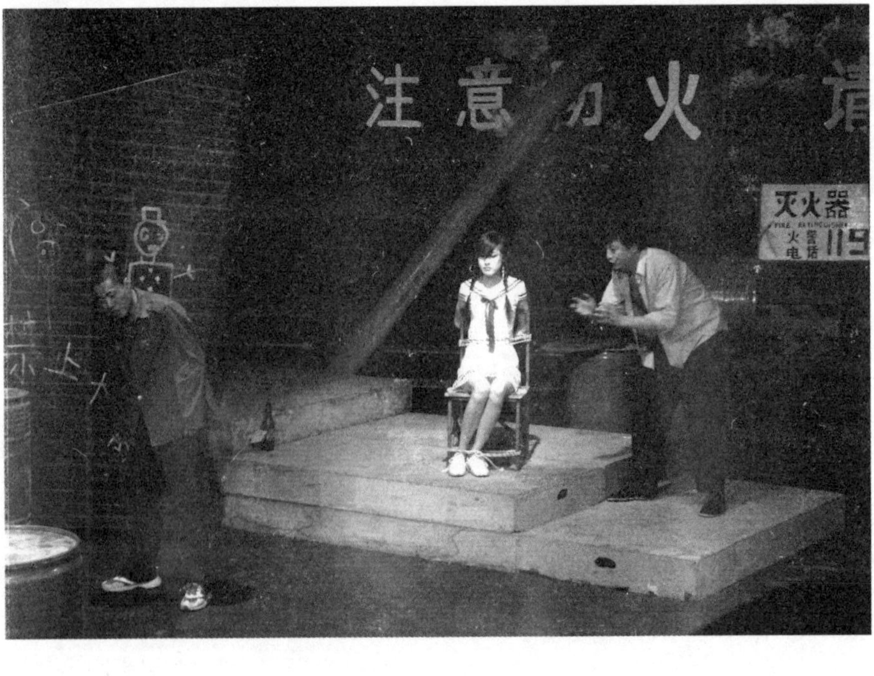
注意
火
灭火器
火警
电话

李全有　对对对，你看我这兄弟还没处过对象呢。妹子，你说你一报警，我们不就彻底完犊子了嘛。

章百枝　那你们绑我的时候想什么来着？你们俩糟蹋我的时候想什么来着？

王　贵　我们俩怎么糟蹋你了？你有证据啊？

章百枝　哎呀，你还不想认？等警察来了再说吧！

王　贵　等呗。

李全有　你给我滚、滚、滚一边去！消停一会儿！妹子你看啊，咱们除了报警还有没有其他的什么解决方法呢？

章百枝　那你说你想怎么解决啊？你们两个畜生啊，先给我松开……

　　　　[李全有上去要解绑章百枝的绳子。

王　贵　大哥先别松呀，事儿还没谈妥呢。

李全有　（停下）对对对，妹子，只要你不报警咱咋地都行啊。咱们私了吧，要不我们赔你钱还不行吗？

章百枝　赔钱？你们把我糟蹋成这样，多少钱能弥补我的创伤啊？（又哭）

李全有　那你说个数呗。

章百枝　五万。

王　贵　多——少？

章百枝　五万，咋的，嫌多啊？五万！

李全有　（拦住冲向章百枝的王贵）不是，妹子，我们商量商量（转向王贵）五万，咋整啊？

王　贵　啥咋整啊？（冲章百枝）你是不是想钱想疯了！

章百枝　咋的！

李全有　你喊什么啊你！报警了，把咱们抓起来，判个强奸你乐意啊？

王　贵　强奸她就五万啊？这价是不是有点儿太不合理了，完了咱俩还啥也没记住。要不咱俩就一人再来一回。那五万也太多了，咱上哪儿整那老些钱去啊？

李全有　别嚷嚷别嚷嚷，冷静冷静啊，我再过去跟她商量商量。（走到章百枝身边）妹子，五万实在是太多了，能不能给打个折？

章百枝 那你说多少钱啊？

李全有 五百呗。

章百枝 滚——你们就等着挨枪子儿吧！

李全有 （痛苦地）不行啊你说说。

[两人都痛苦地蹲到地上，李全有观察一下章百枝，凑到王贵耳边低语，王贵站起找东西。

李全有 你干啥呀？

王　贵 找工具！

李全有 （过去拉住他）你找啥工具呀？

王　贵 反正咱们事也犯了，还不如直接整死她得了！

李全有 你咋还能这么想呢你呀！

王　贵 那你说咋整？

李全有 那……那……那……

王　贵 那啥呀那，五万，那是钱！

李全有 不行，太邪乎了，有我在我就不能让你这么干！

章百枝 你俩先把我松开，剩下的事好说！

王　贵 别说话，没你事！

李全有 你还想咋地？

王　贵 整死她！

李全有 （对章百枝）妹子你别怕，我给你松开啊。

王　贵 哎，你要敢把她松开，我连你一块整死。

李全有 妹子看着没有，他这是彻底疯了，这事我可管不了了。

[李全有找个地方藏身观察局势，王贵拿铁锹走向章百枝。

章百枝 （惊惶）啊，你要干吗呀？我叫人了！

王　贵 你叫吧，这周围都是菜地，一个人都没有。

章百枝 （慌了）大哥啊，你快管管他呀。

王　贵　我们兄弟想好了，反正也是死，死也拉着你呗。

章百枝　（有点儿慌了）别开玩笑了——

王　贵　开玩笑？我就是在东北杀了人才跑这儿来的！我曾经是黑社会，知道不？

章百枝　大哥，你管管他呀..他这是真要杀人啊！

李全有　兄弟啊……

王　贵　说啥都没有用了。我今天没带枪，就用这个送你上路吧！

章百枝　别！别别……我不要钱了，也不报警了，你们就放了我吧！什么事都没了，放了我吧，什么事都没了。

李全有　哎呀妹子！我就等你这句话呢，那啥，我谢谢你，我代表他也谢谢你。

王　贵　谢个屁，（对章百枝）你以为你不要钱就行了，我们哥儿俩前脚把你一放你不后脚就得报警去？今天我们俩就想要你命——

　　　　[王贵举锹，李全有上前阻拦。

李全有　不能打！

章百枝　大哥！昨天晚上你们根本就没碰我！

李全有　你说啥？

章百枝　昨天晚上你们根本就没碰我，你们把我拖回来，刚绑上你们俩就睡着了……

李全有　哎呀我的妈呀！

王　贵　你刚才怎么不这么说呢？

章百枝　我，我……

王　贵　啊……你还想碰上俩民工讹一笔？你损不损哪，你个妖精！你呀……你白长这么……这么白了你！

李全有　算了算了，只要没把她那个啥就好，是不是，那句话咋说的来着——啊对，和谐了，和谐了！

王　贵　那你刚才咋说你有印象呢？没醒酒呢？

李全有　我那不是吓着了吗，要不就是我昨晚做梦那啥了？哎呀，乱了，乱了。妹子，你肯定我们昨晚没那啥你是不？（章百枝点点头）妹子啊，你咋能这么做人呢，你咋能撒谎陷害无辜百姓呢。

章百枝　大哥，我那不也是吓的吗。半夜三更的，你们俩大老爷们儿把我绑到这荒郊野外的，我能不害怕嘛。

李全有　说得倒也是，毕竟是我们有错在先。（冲王贵）都怨你，昨晚过生日，在那儿喝喝喝地。妹子，我给你道个歉啊。

王　贵　道啥歉呢？她昨晚不骂我，咱能绑她吗？

章百枝　那你不撩扯我，我能骂你吗？

王　贵　你昨晚是不是喝酒了？

章百枝　我不会喝酒。

王　贵　你不会喝酒你上那地方干啥去了？

章百枝　你管我那么多呢？

王　贵　你把嘴张开，我闻闻有没有酒味！

章百枝　呸。（吐了王贵一脸）

王　贵　哥，喝的是啤的，我看你是不想走了！

李全有　（拦住王贵，把他推到一边）和谐！和谐！注意和谐呀！妹子，那你到底是干啥的呀？

章百枝　（想想）我是大学生。

李全有　大学生上那地方干啥去呀？

章百枝　大哥，我家里穷啊，我娘常年卧病在床，我爹为了给我娘治病连我家唯一的一头牛都给买了。我考上大学了，家里供不起我念书，可是我要读书啊，不念书就没学历，没学历就找不到好工作，找不到好工作就只能上卡拉OK里去当服务员。我为了供自己念书，就先到卡拉OK去当服务员去，挣自己的学费、生活费、书费、本费、班费、清扫费。完了吧，我挣的钱还要捐出一部分给希望小学，我不能让山区的孩子们跟我一样念不起书啊，因为念不起书就没学

历，没学历就找不到好工作，找不到好工作就都得上卡拉OK当服务员去——（哭）

李全有 别说了妹子，别说了。（对王贵）兄弟，你看这妹子多上进啊，这要不好好学习就都得像咱俩似的，上工地给人家扛活去！兄弟啊，这妹子比咱俩还惨呢，太可怜了，咱把她放了吧。

王　贵 （把李全有拉到一旁）等会儿哥，不能放啊。

李全有 为啥呀？

王　贵 你刚才不说了吗，绑她也犯法呀，你把她放了，她出去报警咋整啊？她说没事，你敢保证她出去不变卦啊？

李全有 （考虑一下）我的妈呀，这都愁死我了，这可咋整你说说？

王　贵 （和李全有耳语）那啥，我再吓唬吓唬她，看看她到底是干啥的，她说的要是真话这事没准能好办点儿，要是撒谎，那可就不好办了。

李全有 那行兄弟，你整吧，我饿了，出去整点儿吃的去。一会儿你一吓唬她，没准她就服软了，就说真话了，但你整可是整，可千万别给大哥整出事来啊。

王　贵 中，放心吧哥。（看到李全有拿酒瓶子）别整酒，喝不了了。

李全有 我拿瓶子灌点儿水。妹子啊，大哥我出去给你整点儿好吃的，让我兄弟给你松开，我一会儿就回来。（冲王贵）你好好照顾人家啊。（下场）

章百枝 你给我松开呀。

王　贵 松不开，系的都是死扣。

章百枝 那你找找有没有剪子啥的啊！

王　贵 这儿没剪子，就有铁锹。

章百枝 你干啥呀？你们刚才说啥了？你们还想咋地呀？

王　贵 你到底是干啥的？

章百枝 我不是说了嘛，大学生。你不信我呀？

王　贵　信你我就不是黑社会了。

章百枝　你还真是黑社会呀？还在东北杀过人？

王　贵　咋的，不信哪？

章百枝　不是不信。你长得太憨厚太老实了，一看就是个善良的好人。

王　贵　那是——你少给我整那些好听的啊，没用。你昨晚从那旮出来是不是喝酒了？你是不是那家夜总会陪酒的，是不是鸡！？

章百枝　鸡？啥鸡啊，你别老跟我说你们那些黑话，我听不懂。

王　贵　鸡是黑话吗？鸡不就是干那行的女的，鸭是男的嘛。

章百枝　那你是不是鸭？

王　贵　你少给我整没用的！

章百枝　你看你别生气啊，哎，你叫啥名啊？

王　贵　王贵。

章百枝　（暧昧的）你叫王贵啊，名儿可真好听。

王　贵　好听个屁，一听就是农民。你咋还问上我了呢？你叫啥名？说！

章百枝　（头一昂）章百枝！

王　贵　啥玩意儿？你叫张柏芝，我还叫陈冠希呢！你跟我俩耍大刀呢？

章百枝　我没骗你，我真叫章百枝，不信你看我身份证，在我包里呢，哎！我包呢？我包里还有钱呢！

王　贵　（王找章的包，找身份证）谁稀罕你钱哪。

章百枝　你别吹，你不稀罕钱为啥你昨晚还说有钱了就找我这样的，你看上我啥了？

王　贵　我昨晚儿喝多了。

章百枝　那酒后才吐真言呢，反正你也不打算把我松开，那咱俩就这样唠会儿嗑儿，你看我长得咋样？

王　贵　还行吧。（看着身份证）你还真叫章百枝啊！这名也是你叫的？

章百枝　你看我没骗你吧。你也喜欢张柏芝啊？我也特喜欢她，特性感。（娇嗔地）但我可不像她长那么好看。

王　贵　脸形挺像，腿也挺长的。挺巧啊？

章百枝　那是咱们有缘分，你把我松开吧，反正有你在这儿看着我也跑不了。我被你们绑了一宿，全身都麻了。你把我松开帮我按两下呗。

王　贵　我按摩可要钱呢。

章百枝　你要多少钱我给你，求你了，求你了……

　　　　[王贵想了想，过去松绑，经过一系列挣扎，给章百枝按上了。

章百枝　你可真有劲儿啊，按得还挺专业的，真舒服。

王　贵　你眼毛子咋恁长呢？

章百枝　没见过吧，假的。（把手伸进衣服）哎呀你看你们啊，把我胸罩带儿都拽坏了。

王　贵　你干啥呀？

章百枝　我想弄弄，你不好意思啦？你要不好意思你就转过去吧。

王　贵　切……整得谁好像愿意看似的。

　　　　[王贵转过头。章百枝站起，手里拿着铁锹，几组定格，定点光，光再全起。王贵被绑在凳子上，嘴里勒着丝袜。

章百枝　醒醒黑社会，给你能耐的，还要整死我呢，那火葬场天天殓人，有几个是你整死的啊？行了，姐姐走了，记住这教训啊，算是姐姐给你上了一课。

　　　　[转身要走，李全有的声音："边上卖啥的也没有，我走老远了，都进村子了。"章百枝听到，马上把衣服拉开，坐在地上哭。

李全有　（上场，见状）咋的了这是？

章百枝　大哥，你咋才回来呀？他刚才……他刚才想……

李全有　（看了看，冲王贵冲过去）好你个王贵，你把我骗出去就是想祸祸人家姑娘啊，你还嫌事儿不大呀！我今天就代你爹妈好好教育教育你。（一顿耳光把王贵打醒了）让你嘚瑟，让你不要脸。妹子你别怕，有大哥给你撑腰呢，这畜生得手了吗？

章百枝　没有，他刚想……蹂躏我，你就进来了。大哥，没啥事儿我先走了啊。

李全有　（拉住章百枝）不行，咋的我也得让这个畜生给你道个歉啊，还想蹂躏人家……（转念一想）不对呀，他刚想蹂躏您怎么就能让你给绑上呢？

[章百枝要跑，李全有去追，跟着音乐的节奏舞动追逐，李全有绑上章百枝，过去拽下王贵嘴里的袜子。

王　贵　你傻不傻呀，你咋那么信她的话呢？真觉得她像甄嬛啊？啥也不问就给我这顿大嘴巴子！

李全有　哥忽略了，对不起你，冤枉你了啊，一会儿你扇哥几个嘴巴子，别委屈了兄弟。

王　贵　别整那些没用的，你赶紧把我松开啊！可冤死我了，我比窦娥都冤啊。（摸头）我还让她给我一铁锹！（走向章百枝）你说这事咋整吧？是报警还是私了赔我钱啊？对，五万，咱俩就没事，要不我还得给你一锹！

章百枝　报警吧！让警察给咱好好评评理！

王　贵　行啊，你打我你还有理了！

李全有　那可不中啊，兄弟，讲到头还是咱没理啊，是咱先绑的她！

王　贵　差点又让她给唬了，你真是个妖精啊，狐狸精！我先扇你几个大嘴巴子，解解恨。

李全有　别别，兄弟，咱不能打女人，你坐下歇会儿，看看脑袋还疼不疼，我对付她，大哥给你报仇，中不？（王贵恨恨地答应，李全有来到章百枝身边）妹子，这可就是你不对了，你咋还能撒谎陷害我兄弟呢？把我给整上当了。大哥对你可不薄啊，还给你买好吃的，还拉着他不让他打你（章百枝哭了），你咋还憋屈上了呢？

章百枝　我想我哥了——

李全有　你看看，我对你好得都让你想起自己亲哥来了——等咱这事过去，我就是你干哥了，我叫李全有，你咋称呼呢？

章百枝　章百枝。

李全有　哎，这名咋这熟呢，这不是他喜欢的那个——你看你咋还撒谎唬我呢？还能不能唠了？

王　贵　哥，她真叫章百枝。我看她身份证了，立早章，树枝子的枝。

李全有　真的啊？有点儿意思啊，你不知道，我兄弟吧可迷那人了，但我呢，比较喜欢甄嬛…

王　贵　你搁那儿唠啥呢？是给我报仇呢吗？我脑瓜子还疼着呢！

李全有　我不是先套套话嘛。（走过来，坐在王贵后面）我看看你脑袋，还行没破，拿铁锹拍的？（王贵点头）我给你揉揉啊。你说这章柏枝下手也太狠了，别憋屈了兄弟，等这事过去了，哥请你吃大餐。

王　贵　吃啥啊？

李全有　哥请你美美地撸顿肉串子。

王　贵　撸串子也叫大餐啊？

李全有　那你想吃啥呀？

章百枝　全聚德吧！

王　贵　没你事，哥呀，那就全聚德吧。

李全有　那玩意多贵啊？

王　贵　那我那嘴巴子呢？

李全有　中，吃，吃全聚德。哎呀，你这脑袋上还出个大包呢！你说你咋还能让她给你拍了呢？对了，刚才我走的时候，她不是绑着呢吗？咋还能让她把你削了呢？（王贵不语）问你呢！

章百枝　他把我松开了呗！

李全有　（警惕地）为啥松开？松开干啥？我跟你说啊，这人可在这儿呢，你得跟我说实话啊。

王　贵　她给我使美人计，我中计了。

李全有　（气愤地）这不还是你小子打坏主意了嘛，我还给你揉——（把王贵推到一边儿）

王　贵　哎呀，不是那么回事。

李全有　怎么回事！还美人计，咋不一锹拍死你呢，好改了你那臭毛病。我告诉你，最后你就得死在张柏芝这仨字上你知道不。

王　贵　那……我当时不是松了一下子吗。

李全有　啥玩意儿松了一下啊？

王　贵　全身……皮……那家伙，跟过电似的，换你你也得松。

李全有　滚犊子吧，别拿我和你比，这事今天要是真出了，咱俩拿啥收场啊？我的妈呀，我咋跟你搅一起去了呢，这还有完没完了，全聚德我不请了！

王　贵　那我那嘴巴子白挨了呗，（章百枝偷笑）笑笑笑，都怪你。（脱掉上衣，拾起铁锹）

李全有　干啥呀？你要耍流氓啊！

王　贵　放屁，我整死她。

李全有　别整出人命来啊。

王　贵　你先走吧行不行，这事和你没关系了，我得跟她把账算清楚了，我还给她按摩了呢，我不能白按了啊！

李全有　那不还是你贱嘛。

王　贵　你再拦着我，我连你一块拍！

李全有　哎呀，你还来能耐了，（拾起椅子）来吧，咱俩先拼一下，我让你先拍。（放下椅子，拿起绳子）

章百枝　你俩别打了。

王贵、李全有　没你事。

李全有　来，你先整死我，来来来。

　　　　〔王贵将锹扔下，李全有将王贵捆住。

王　贵　你咋又绑我呀？你疯了，你到底跟谁一伙的？

李全有　我和章百枝一伙，咋地？

章百枝　大哥，你俩别吵了，这样吧，你兄弟不就是气我刚才给他一下子嘛，你把他松开，我让他拍我一锹，然后咱们就两清了，马上把我放了。行不？要不咱这事啥时候是头啊，还伤你们兄弟俩的和气。

李全有　你看看百枝妹子这境界，你再看看你，能比吗？

王　贵　狗屁，你要敢把她放了，咱俩就全完了。

李全有　（用袜子把王贵嘴堵上）你可别嚷嚷了，整得我脑瓜子都裂开了，今天我是不能把你放了，把你放了非出大事儿不可。

章百枝　大哥，我说的行不？

李全有　柏枝妹子你放心，我肯定不能让他拍你。你看他现在这脾气，一锹下去你这小命就没了。你……我也不能放，你出去再把警察招来把我俩都抓起来。至于这事咋整……容我再想想。不行，我得先吃点儿东西，我这一饿吧，脑瓜子就不好使。（拿出鸡蛋，看王贵）你先别吃了，空空脑子，妹子你吃不？我给你剥。

章百枝　我不吃。大哥你放心，我指定不能报警。我也看出来了，你俩不是坏人，昨晚的事儿都是误会了，你俩也没把我咋地，再说我还打了那小兄弟一锹。我真不能报警，你就把我放了吧。

李全有　这家伙还是笨鸡蛋呢。你不知道，我兄弟昨晚过生日，没吃着鸡蛋，都跟我急眼了。（冲王贵）这些都给你留着啊，就算还你了。百枝妹子，听你这口音你也是东北人吧？

章百枝　是，我老家吉林的。

李全有　真假的？我俩也是吉林的，这得多大缘分啊！

章百枝　还真挺有缘分的！大哥，咱都是来北京谋生的，都不容易，我不会难为你们的。

李全有　那你来北京干啥啊？我听你这说话唠嗑的也不像是大学生啊。你说咱都是从吉林来的，你就给大哥交句实底儿呗。

章百枝　话都唠到这份儿上了，那我也不瞒你了，我确实不是大学生。刚才我那么说是想让你们可怜我，把我放了。你兄弟猜对了，我……我就那个夜总会陪酒的。但我只陪酒，不干别的，不是鸡。（王贵忽

然站起）

李全有　你要诈尸啊你！那你这陪酒的怎么穿得跟大学生似的呢？

章百枝　这你就不懂了大哥，现在大学生穿得都像小姐，小姐穿得都像大学生，社会竞争太激烈了，你不出点奇根本找不着工作。

李全有　没想到你还真是干这行的。你说你长得这么好看，干这行不可惜了嘛。

章百枝　（落寞的）不可惜，就这命。行了吧，大哥，我把底都交给你了，我知道你瞧不起干我们这行的……

李全有　可别这么说，（王贵想挣脱绳子）你身上有蛆啊！（王贵彻底放弃挣扎）都是靠本事吃饭，没啥看得起看不起的。这年头是个人活着就不容易，能在这么大个城市挣口饭吃多难啊。

章百枝　大哥，你真是个好人——

李全有　可别这么说啊，好人都不长命啊。

章百枝　大哥，你就放了我吧，我肯定不会害你们哥儿俩，你相信我。

李全有　我信你白扯呀，那个犊子不信哪。

章百枝　小兄弟，刚才是我不对，我给你道个歉，行了吧。大哥，是我骗他把我松开的，我害怕他真把我整死，你看他也没把我咋地，你就别生他气了，把他松开吧。

李全有　看看百枝妹子这觉悟，你就别老要整死人家了。（过去把袜子拿下，塞了个鸡蛋）哎呀，我手啊！

章百枝　大哥，你们是搞建筑的吧？

李全有　搞啥建筑啊，没技术，就是在工地上扛水泥的力工。

王　贵　我有技术。

李全有　对对，他有技术，他学过按摩，就是没人让他按，让他按的也都不给钱。

章百枝　我说刚才给我按得挺舒服呢！

李全有　你舒服？他没准比你还舒服呢！

章百枝　他按得确实挺好的。这么的吧大哥，我给你俩二百块钱，就算是按摩钱了，然后你们把我放了，我还有急事呢。

李全有　哎呀，这可是他挣的头一份按摩钱哪，可是我们不能要。

王　贵　为啥不要啊？那是我劳动所得，钱拿来，那一锹我就不还你了。

李全有　你虎啊，要了钱再放人，那性质就变了，变成那个那个……绑架抢劫了。

王　贵　钱拿来，人不放走，那不就没啥性质吗。

李全有　那不就变成诈骗了吗，你闭一会儿行不行。（又要塞袜子）

王　贵　别塞了！臭死了，我刚吃完鸡蛋，再别把味给我整混了。我不说了行不行，你爱咋整咋整吧。

章百枝　（爆发）我还有急事呢，你们还有完没完了！我哥在医院躺着呢，等着我去交钱伺候他呢。你们要不就把我放了，要不就杀了我吧。

　　　　[李全有、王贵被章百枝的情绪弄蒙了，这时手机铃响。

章百枝　是我手机，在包里。

王　贵　哥，不能让她接，接完再把咱俩卖了。

李全有　对对对，妹子，那你就别接了啊。（电话又响）

章百枝　你让我看看是谁打的啊。

　　　　[李全有翻出电话给章百枝看，章看了以后满脸恐惧。

李全有　别急，妹子，等咱商量好了，我把你放了你再打回去。

章百枝　（慌乱地）不打，不打。（电话又响）

李全有　这咋还没完了呢？

王　贵　你关了它不就完了嘛！

李全有　我还不知道关了，咋关哪？（没摆弄好接通了）通了，（想想，自己接电话）喂，找章百枝啊，她上便所了，你一会儿再打吧。你看你这人咋这磨叽呢？她接不了电话。啥？要弄死她？别的呀，有话咱好好说你弄死她干啥啊……我呀？我不是她哥，我叫李全有，对一直在一块儿呢，我跟你说兄弟，啥事吧别冲动，你看你咋还骂我

呢？我没勾搭她，我真没勾搭她！你看你咋还不信呢。啥？你还要弄死我？这里关我啥事呀？喂？喂？（愣了，看章百枝）

章百枝　说啥了？

李全有　这人脾气咋这么大呢？他说你把他耍了，昨晚喝半道你跑了，给你打了一宿电话你也没接。现在正满北京城抓你呢，说要整死你，还要整死我。这谁啊？到底啥事啊？（章百枝哭了，不语）说话呀妹子，你看你咋不说话了呢……这到底是啥人啥事啊？

章百枝　流氓呗，要不谁能这么横啊？

李全有　真的假的啊，黑社会啊？他们还真敢弄死人？

章百枝　反正以前有个人挂他电话就让他把腿卸了。

李全有　那……那没我事了，他挂的我电话。

章百枝　那更完了，他挂谁电话就挑谁手筋。

李全有　我的妈呀，这人也太霸道了！妹子啊，你咋能惹上这样人呢？

章百枝　我管他们借钱了……

李全有　借多钱啊？

章百枝　五万。半年还清，还八万。

李全有　哎呀，这利够高的呀。哎，那你刚才要讹我们五万，是不要还他们哪？

章百枝　嗯。

王　贵　那你讹五万也不够啊，咋不讹八万呢？

李全有　（李全有瞪了他一眼）这都啥时候了，我削死你得了我呀！……哎，妹子，那他为啥说我勾搭你了呢？

章百枝　你刚才接电话嘴那么快瞎说，说咱们昨晚一直在一块儿呢。昨儿我就是陪他们喝酒来着，我烦他们，可他们是债主啊。喝到难受我出来吐了一下，就被你俩给绑了。他们现在肯定以为我和别的男人跑了，所以就要整死咱们呢。

李全有　可冤死我了，刚才这个电话就不应该接。

王　贵　谁让你连手机都不会关了。

李全有　都怨你，非得昨晚过生日，在那儿喝喝喝的。

王　贵　说啥呢？瞅把你吓得尿都出来了吧，能咋的呀？

李全有　兄弟呀，这回咱们碰上的是真黑社会啊，正规军哪……你说我刚才咋还把名儿告诉他们了呢……（懊恼地走开）

王　贵　（冲章百枝）你借那老些钱干啥啊？

章百枝　不是我用钱，是我哥。我哥也是在工地干活的，是瓦匠，就是我哥带我来北京的。去年他从楼上摔下来了，腰部以下都没知觉了。他们老板就给了三千块钱就不管我哥了。可我得管呀，我得给我哥治病啊，我就管这些人借了高利贷。本来我还有仨月就还清了，可是他们耍赖，他们说剩下的钱不要了，让我陪他们老大睡一年，我不干，他们就天天晚上去夜总会找我。

王　贵　这还有没有王法了？太欺负人了吧！

李全有　（想想，解开章百枝）那啥妹子，我给你松开啊，你……先走吧。

章百枝　大哥，你让我在这儿躲两天呗？

李全有　你看你刚才还一个劲儿地要走，现在咋又不走了呢？

章百枝　刚才我不是害怕他嘛，他老要整死我。现在我不怕了，其实他挺好的。

李全有　他好啥啊，我都烦死他了。刚才他吹牛唬你呢，可别指望他呀！

王　贵　指望我咋的！

李全有　你就别嘞嘞了！妹子，你赶紧先走吧。

章百枝　大哥，你说他们满北京城抓我，我能上哪儿去呀？

李全有　妹子，你说他们一会儿要真找到这儿来，我这手筋啊……

王　贵　趁你那手筋还没断，能不能先把我松开。

李全有　好，好。（给王贵解开，小声的）这个女人不简单啊，你就赶紧让她走了就完事了，咱俩也好上工去。

章百枝　我懂了大哥，我走。

李全有　大哥对不住你了，我们都是没啥能耐的人，也帮不上啥。

章百枝　本来也不关你们俩的事，你们都是好人。

李全有　妹子，别怪大哥不是人啊，实在是这社会太险恶啊。

王　贵　你等会儿，我还没让你走呢。谁说这事跟我俩没关系，昨晚要不是我俩绑你，能出这么大事吗？你就在这儿老实待着吧，我俩照顾你。

李全有　你说啥呢你啊，一会儿那黑社会要真找这儿来，把我这手筋脚筋挑了……这玩意儿也不是头发，挑完不长啊……

王　贵　啥黑社会呀？我不怕！有种就干一下子试试呗！

李全有　别装大尾巴狼了，这些年要不是我拦着，你有多少筋够人挑啊？

王　贵　你瞅你吓得，你不告诉他们，他们还能找着这儿啊？

李全有　那黑社会多厉害啊，比警察都尿性啊。

章百枝　大哥，我还是走吧。真给我逼急眼了，大不了我就跟他们拼命呗。

王　贵　你不能走，你要再说走我还给你捆上。哥啊，你说咱都是从东北出来的，出来都不容易，再说了，她哥也是民工，那不就是咱兄弟吗，你就帮帮她呗。

李全有　咱也没啥能耐，咱拿啥帮啊？你能不能替你爹妈想想啊，咱这命不光为咱自己活，咱还得背着他们活呢！

王　贵　那她家里也有人啊。一个女的，碰上这种事，没人给她出头那不就完了嘛。再说了，她要是真出点儿啥事你良心上过得去啊？这事可不是跟咱俩一点儿关系没有啊。

李全有　（想想）那……这么的，妹子，你把电话给他们拨过去，我跟他们解释一下昨晚的事，我替你求求情，也替我自个儿求求情，中不？

章百枝　能行吗？

李全有　哎呀，死马当活马医吧。赶紧拨过去吧。

王　贵　哥，太爷们儿了！

李全有　滚犊子吧，（拿电话打）喂，黑社会呀，不是，（问章百枝）咋称呼啊？

章百枝　峰哥。

李全有　（打电话）峰哥啊，我是刚才接电话那个李全有。百枝啊？她又上便所了。你别骂人哪，我知道您是黑社会的主要领导，我主动给您打电话就是想跟您汇报一下昨天晚上的具体情况。咱们之间有误会，昨晚我们把她绑了，不是，接走了。他咋是你的女人呢？她不是没同意你那损招吗？不是，你别骂，你骂我行，你别这么骂个姑娘，多难听啊——

王　贵　（抢过电话）我跟他们说。喂，我告诉你们啊，别太欺负人了！你骂谁呢？（对李全有说）他敢骂我妈！

李全有　人家就是问候一下。

王　贵　（又回冲电话）那是你奶奶！——你才不想活了呢！你才是王八犊子呢！——我叫啥？我叫王贵！——我我……我是她对象，咋地吧？那行，你来吧，我跟我哥在这儿等你，我们在西郊外边那破仓库，你不来你是孙子！

李全有　（在王贵打电话的时候一直在边上喊）……你好好说啊……你别骂人家啊……你怎么跟人说话那么没礼貌啊你……你别带上我呀……你把咱在哪儿告诉他干吗啊，把电话给我，（抢过电话）喂喂，你别听他的，我们没搁这儿，他说错了！喂，喂，这是咋回事？

章百枝　（拿过来）没电了。

李全有　你说你把咱在哪儿告诉人家干啥？你疯了你啊？

王　贵　（激动地）对，我早就该疯了！

李全有　还愣着干啥呀，抓紧时间蹽吧，一会儿人杀过来了！

王　贵　我不走！

李全有　你有心没心哪？你等人家过来请你吃饭啊？妹子，你赶紧先走吧，他脑瓜子肯定是让你拍坏了。

章百枝　你俩都是为了我，你俩都没走，我咋能走啊？

李全有　你看你咋还让他给传染了呢？

王　贵　哥！你老让她往哪儿走啊？你不说了嘛，人家满城抓她呢。事没整利索，往哪儿走不是白走啊！

李全有　那你想咋整利索啊？哎，咱报警呗！

章百枝　手机没电了。

王　贵　我跟他们拼了！（拉开李全有，问章百枝）他们几个人啊？

章百枝　总在一起的有四五个呢。

王　贵　四五个人就算黑社会了？那这社会也太小了吧？

李全有　她懂啥呀，没准人家那大部队都在后头呢？

王　贵　啥大部队呀，没准就是一群臭流氓子。（冲章百枝）今天我给你做主了，还敢骂我！

李全有　你真以为她是你对象呢？你拿啥给人家做主啊？

王　贵　我有铁锹！

李全有　人家都有冲锋枪，你拿锹跟枪干啊？

王　贵　（问章百枝）他们有冲锋枪吗？

章百枝　没看着他们使啊。

王　贵　那咱再观察观察，人家要真有枪咱再蹽呗。

李全有　你还能蹽过子弹啊？你能不能听句劝了。妹子，你赶紧先走吧，别让人给咱一窝都端了。

章百枝　那他要是不走，我也不走了。我出来这些年，光为别人拼命了，还从来没有人为我拼过命呢。

李全有　你俩还真能成是咋的？就算能成也别在这儿啊，等阎王爷给你俩证婚呢！

王　贵　哥呀！都拼命了，还啥成不成的。今天我俩不成功，便成仁！

章百枝　对，不成功，便成仁！老乡，我就认你当干弟弟了。

李全有　该！让你嘚瑟。

王　贵　不合适吧……我九二年的。

章百枝　我九一年的。

王　贵　你看，我还比你大一岁呢。

李全有　你小学数学是体育老师教的？

王　贵　当弟弟也中，咱再慢慢发展呗！哥呀，你得赶紧走了，你胆小，别给你连累了。

李全有　我是胆小吗？我不是怕惹事嘛。

王　贵　那你赶紧走吧。

李全有　你说你俩都不走，我往哪儿走啊。

王　贵　看没看着，还是大哥讲究，不走了。

李全有　我啥时候说不走了？

章百枝　你说了大哥，刚才你说我俩不走，你也不走了。

李全有　你俩还真成一伙的了。我不是怕你俩吃亏嘛。

王　贵　那你就留下来呗。

李全有　你还没完了你。（垂头丧气地坐到一边）

王　贵　（上前劝说）哥，咱以前在东北那可是狼啊，进了城咋成狗了呢？谁见了咱都能踢一脚，这气你还没受够啊？

李全有　你生啥气呀？咱进城就是为了挣钱，咱把钱挣到手那目的不就达到了嘛。咱都是农村出来的，城里人瞧不起咱们。不是大哥我没血性啊，有时候细一寻思你真生不起那气啊，说到底咱的老家不还在农村嘛，咱的根不还在东北嘛。妹子，兄弟，咱就是农民，咱就认命吧！

章百枝　哥呀，农民咋的了？咱来北京也不是要饭的，咱是凭本事吃饭的。就连我那也是凭本事挣钱呢，天天喝得天旋地转的，还得时刻保持清醒，免得让那帮流氓欺负了。咋的呀！咱不欠城里人的，要说欠那也是他们欠咱的！

王　贵　对！哥，你好好想想，自打咱进了城就没直起来过腰啊，谁见了咱都敢在咱脑袋顶上踩一脚，你不憋屈呀？今天就这几个臭流氓子连咱爹娘祖宗都给骂了，还能忍？咱就拿起板锹跟他们拼一下子呗，咱给这些孙子好好上一课，让他们知道知道啥叫规矩！啥叫不服！

李全有　你俩动真格的啊？（章百枝、王贵点头，李全有想了想）中，我不

走了！（说完拾起铁锹）

王　贵　　哎呀妈呀哥呀，太好了！凭咱俩这力气，撂倒四五个人不成问题啊。你设计设计一会儿敌人来了咋打？

李全有　　中，你俩先把酒瓶子抄起来，我观察观察地形。（站在高处，章百枝、王贵跟在后面站在低处）一会儿这样啊，我呢就躲在铁架子上头，你呢（指王贵）就在地当间，百枝妹子藏门后。我估摸他们一进来肯定先奔你去（指王贵），这个时候我就蹦下来，先拿板锹一通抡，撂倒几个算几个，没倒的你（指王贵）继续抡。这个时候百枝妹子你趁机先跑，你跑完我跑，最后你跑（指王贵）。谁让你逞能了，中不？

王　贵　章百枝　　中！！

李全有　　然后……吃饭！

王　贵　　哎妈哥呀，都啥时候了还有心思吃呢。

李全有　　你不吃饱了拿啥跟这帮孙子拼命啊。一会儿咱吃饱喝得，就抄起板锹好好给这帮孙子们上堂课，让他们知道知道，啥叫规矩，啥叫不服！！！百枝妹子，剥鸡蛋！

[音乐起，收光。

第 三 场

[光起。电视台的演播室内，三人均不同程度受伤。

李全有　　（极度紧张地）我叫李全有，今年三十六，吉林德惠人。我媳妇叫于大地，这名儿起得霸道啊，人长得也霸道，长得像甄嬛呀。

章百枝　　大哥，说正事，跑题了。

李全有　　是，是……今年9月19号，我勇斗黑社会了，把他们都撂倒了，我也光荣负伤了，幸亏警察及时赶到啊。哎，警察咋来的呢？

王　贵　　你脑瓜子也坏了？人家警察不说了嘛，跟这伙人都一年多了，就想抓他们个现行，那天就现行了。

李全有　对对对，此刻，我要感谢呀……我要好好地感谢人民警察……他们真正地做到了……人民警察爱人民，人民也爱好警察，不对不对，乱了乱了，应该是人民警察爱好人，好人也爱好警察，完了！

王　贵　该我了……我叫王贵，今年二十二，吉林农安人（目光瞟向章百枝）五官端正，相貌不凡，家有好几垄地呢——

章百枝　往哪儿瞅呢，看镜头啊。

王　贵　对对对，我也勇斗黑社会了。其实也不是啥黑社会，就一群小喽啰，把他们都撂倒了，我也负伤了，这都是我应该做的！为了我……我姐，我相信，只要是有希望，就能有美好的明天。我的人生座右铭是：谁要是给我一丁点儿机会，我就还她一大片奇迹！该你了，百枝。

章百枝　我叫章百枝，跟那个大明星不是一个字儿。

王　贵　对，她是啥呢，她吧是立早章，左边是个木，右边是一支笔两支笔的那个笔。

李全友　别嘚嘚了，听百枝妹子说呀。

章百枝　我们三个都是从东北老家到北京打工来的。北京是我们从小的梦想，从小我们就梦想着能来北京看看，看看天安门，看看纪念碑。可等我们长大了，到了这儿才发现，现实对我们来说比梦想更加重要，我们得吃饭，得住下，得活着。于是我们就拼命地去打工挣钱，用我们仅有的那点儿能力去奋斗，就希望有这么一天，这个城市能接纳我们这些为她工作的异乡人，希望有一天，我们能站在马路上大喊："北京，我爱你。"

李全有　天安门，我爱你。

王　贵　北京烤鸭，我爱你。

〔三人笑语，音乐起。光渐收。

〔剧终〕

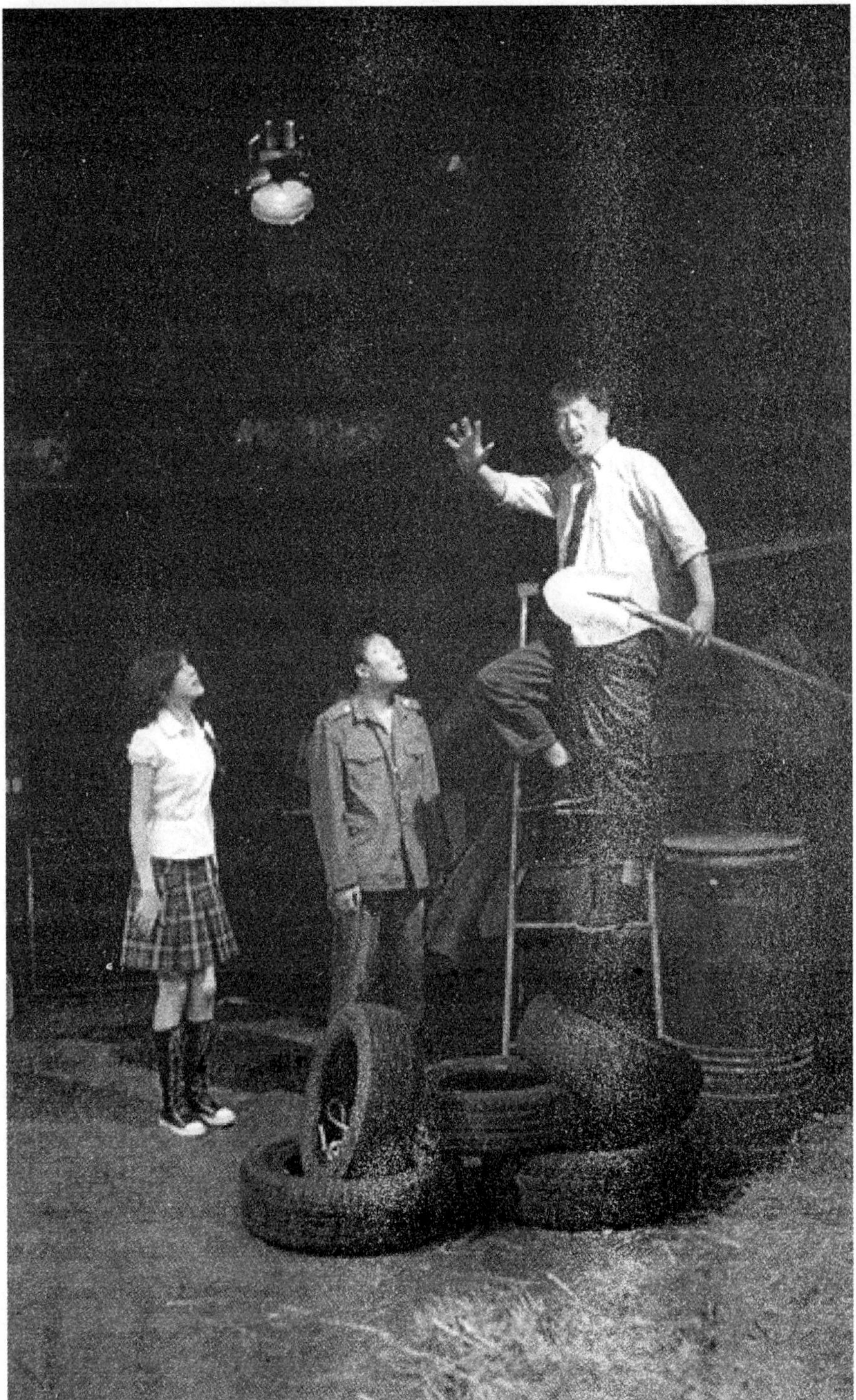

在夜色迷茫中勇敢前行

——小剧场戏剧《夜·迷茫》导演阐述

陈晓峰

夜幕降临，华灯初上，城市的喧嚣与忙碌渐渐退去。结束了一天的奔波，大部分人回到自己舒适的小窝，享受家庭的温馨。这个时候，这个城市里另一部分居住者——那些离开自己的田园，背着简单行李来到陌生城市谋生的农民们在做什么？离开妻儿父母，夜晚会变得漫长；没有温柔相伴，夜晚会显得冰冷。他们如何度过这一个个孤独的夜晚？是去小饭馆，用一天的辛苦买个一醉方休？还是在昏暗的工棚里洗洗睡去？这些憨厚朴实又略显粗糙的汉子们的内心世界是什么样子呢？是否也想在都市的夜色迷离间遭遇一场爱情，可这更像是需要好运气才可以做的一个梦，连编剧也不敢贸然构想。

小剧场话剧《夜·迷茫》，讲的就是这样一个神奇而近乎荒诞的奇遇故事：两个为了庆祝生日而游荡买醉的农民工，酒醉后糊里糊涂地把一个夜总会陪酒女郎绑到了郊外废弃仓库。一觉醒来，两个农民工完全失忆，以为犯下大错，大难临头，而女孩借机敲诈，双方斗智斗勇，你来我往，最后竟燃起爱意。当黑社会前来追债要人，三人同仇敌忾，拼死一搏，多亏警方布控多日，擒获黑帮，皆大欢喜。而三个东北老乡也因此结下情谊，一对男女更是生出无限的情感可能，令人憧憬。

文本用荒诞的故事外壳，触及了农民工及陪酒女这些社会底层人、边缘人的生活现实，更为主要的是揭示了他们真实的内心世界，他们在都市夜色中的迷茫、困惑、孤独和压抑。应该说这样一个群落生活在城市中，心理落差是会必然存在的，如何平衡内心情绪，是他们的问题，也是一个重要的社会问题。《夜·迷茫》一剧用精彩的故事给出了一个可能的答案：人格的高下绝不以社会地位、势力、金钱做衡量，越是在底层，在困境中越要树立起尊严和信心，而当人有了信心与勇气时，会变得更加勇敢无惧，这时机会就会到来，奇迹就会降临。人生或许就是这样，当你勇敢向前的时候，许多原本不可能的事就变得可能了；可如果你一直停在原地，一切你憧憬的美好也就离你而去了。我想这就是本剧的主题和演出的现实意义。

演出的整体风格应该是轻松自然朴实的。要强调的一点是我们要以一个平等的视角去创作，不能是高高在上去俯视这个群落。因此，作品中不能有貌似同情、可怜、悲悯的情绪出现。创作者不要扮演上帝，而应与所创造的人物和生活融为一体，把真实的、当下的状态表现出来，好即好，坏即坏，不要去粉饰生活，践踏鲜活的人物形象。与此相关演员的表演就应该还原到人物的真实生活中去，要让观众相信"我就是"，而非"我在演"。所以生活体验还是很重要的，去感受这样一个人群的生活状态、生命质感，渐渐地融入到他们的灵魂世界中去，与他们同呼吸，共命运。在内心真实体验的基础上，放大外部表演状态，同时要注意寻找小剧场戏剧表演的度，做到不温不火，恰到好处。

空间的处理要追求一种现场感，由于故事情节的展开大都是在一个废弃仓库内，所以要充分利用剧场环境，做出破旧仓库的现场效果，要让观众感觉就在一间破仓库里看戏，有身临其境之感。灯光的运用以写实为主，但在特定的桥段，可以突破写实，转为写意，以便更好地烘托戏剧氛围，体现人物思想情感。

总之，这应该是一出夹杂着人生冷暖、欢笑与眼泪的戏剧，真诚质朴地表达我们对社会、生活、命运认识的戏剧，当然，最重要的是它应该是一出好看的戏剧。

我的老婆叫嫦娥

编剧：史航

124　中 场——陈晓峰导演戏剧作品集

出 品 人：李永军　　　　　　　　舞美设计：甘秋滔
总 监 制：刘国伟　　　　　　　　服装设计：天　蓝
艺术总监：刘军谊　李伟华　　　　作　　曲：居文沛
推广总监：王福安　　　　　　　　编　　曲：孙仲阳
策　　划：李佳音　吕景纯　杜伯阳　灯光设计：张　伟
编剧、制作人：史　航　　　　　　化妆造型：董佳范
导　　演：陈晓峰　　　　　　　　平面设计：陈思　佟飞　范文博
戏剧指导：哈　克（巴勒斯坦）

领衔主演：张华轩宇　宋佳阳　侯雨桐　高轶男　姜春琦　郑昆
主　　演：刘昆鹭　贡红　张倩　田野　朱彬博　张伯达
特别出演：史小沫　飞扬
合作单位：新文化报社　长春万达国际影城　交通之声　新鲜派　深闪摄影
　　　　　人摄影　驿站

序幕　天有十日

[画外音响起——

女　声　想当初，想当初，最当初，上古时代，各位所居住的地球，还是一个非常非常不咋地的星球。人人都想搬家，却不知道该往哪里搬，理由很简单，天上有十个太阳！

[舞台上十个太阳骤然出现，狂躁的音乐响起，音量还在控制中。

男　声　人类呢，就只能忍耐再忍耐……

[背景音乐的音量加大，男女路人纷纷上场，一个个被晒得东倒西歪，苦不堪言。

女　声　但是怎么能够再忍耐呢？

[路人开始狂躁的举动。

男　声　但是毕竟还是得忍耐啊！

[路人又开始无助，瘫倒。

女　声　但是谁能忍得住啊？

[路人又狂躁。

男　声　是啊，还有什么比忍耐更痛苦吗？

[路人彻底瘫倒。

女　声　这个时候，往往就需要一位大英雄出现。

[后羿威风凛凛地出场，背对观众，亮相。

后　羿　是说我吗？是说我吗？估计也没别人了。当今天下，除了我后羿，还有谁可以替人类出头？你们这一坨一坨的太阳，嘚瑟不了几天了！

[路人欢呼。

后　羿　光说不练，假把式！光练不说，傻把式！今天咱们是边说边练！逢蒙！

逢　蒙　（抱着弓）师父！

后　羿　伺候着！

[逢蒙献上弓。后羿一脚把逢蒙蹬开，连连拉弓，周围围观路人纷纷中箭，包括逢蒙。

后　羿　箭，还有箭吗？

逢　蒙　师父，我后腰上有一支，这次您可射准了！还有，至少留一个！

后　羿　我知道！（一脚蹬开逢蒙）

[后羿终于拉满弓射了一箭，第一个太阳惨叫着消失。后羿深受鼓舞，路人纷纷喝彩之后，排队到后羿身后，让后羿拔下他们身上插着的箭，向太阳射去。又有八个太阳惨叫消失。

后　羿　留个纪念吧。

[后羿精神抖擞地摆出各种造型，大家与之合影。这时候，后面传来一声娇喝！嫦娥上场。

嫦　娥　谁这么手欠？把九个太阳都给射下来了！人家正在日光浴呢，这不是捣乱吗？！

[众人都暗指后羿，逢蒙也躲到了后羿身后。

逢　蒙　师父，有人砸场子！

后　羿　啊？

后　羿　小姐贵姓？

嫦　娥　嫦——娥。

后　羿　太好了，娥。

逢　蒙　人家说了，叫嫦娥。

后　羿　（又一脚蹬翻他）要不，咱们今天就定下来吧。
嫦　娥　（含羞）听你的，羿。
逢　蒙　我师父叫后羿。
后　羿　（第三次蹬翻他）少废话，蒙。
　　　　[逢蒙就此昏死过去。
后　羿　今天，是我跟她大喜的日子！我是羿，她是娥，我是射日英雄，她是美女花魁！
众　人　太般配了！……白头偕老！白头偕老！
　　　　[嫦娥喜悦，翩翩起舞，众人伴舞，后羿喜悦地注视爱人。
　　　　[再次响起，后羿独自听到，举头寻觅。
女　声　后羿，我是月球女王末末。我们月球也受不了十个太阳在身边转悠，你也是月球的英雄。不过，我并不看好你跟嫦娥的婚事，结婚这件事，特别不适合你们人类。
男　声　女王说得对！我是她的小跟班扬扬！后羿，早晚你会想逃开嫦娥，那时候你投奔哪里呢？当然就是来我们月球了！
月球女王　所以，我赐你仙丹一粒，帮你脱离地球，月球才是永恒的单身乐园！我们等着你！
后　羿　（发现手中果然多了一粒仙丹）对不起，我用不着这东西！我有一个好老婆，我爱我老婆！
　　　　[说着，后羿纵身入人群，与嫦娥共舞，然后深情相拥。
月球女王　（笑）我们走着瞧吧！
　　　　[众人退下，只剩下逢蒙。
逢　蒙　我逢蒙从此也算有了目标，做人就做师父这样的人，泡妞就泡师娘那样的妞！我说，哪儿还有多余的太阳。（逐个散发礼物）记着，你们凑够了十个太阳，就来告诉我一声！我也当个射日英雄！哎，那边都开始闹洞房了，我得赶紧了，师父啊，你下手也忒麻利了！

第一场　五年之痒

月球女王　（声音）五年过去了，后羿和嫦娥过得咋样呢？（乐）我没想幸灾乐祸啊，你们自己看看，他们算不算幸福。扬扬，你说，他们的日子，如果用一个词形容，那应该是——

扬　扬　（声音）活该！

后　羿　（上场）嫦娥到底啥时候起床啊，这饭都凉了！
　　　　……

后　羿　出来吧！别躲！没用！看见你了！没有谁能逃过我后羿的神箭！朋友，你认命吧！（停顿一下）是，我知道，我堂堂一个射日英雄，不应该跟你这只小耗子为难，再说，你来我家也偷不着啥好吃的，要偷就是乌鸦炸酱面（表情痛苦）我自己一说都反胃。没办法，谁让我箭法如神呢！天底下，让我射得也没啥飞禽走兽了，就剩乌鸦了。哎，你别走，我一个人也闷，要不我给你讲个故事吧，讲完我就放你走！

[后羿把弓箭一扔，一屁股坐在地上。

后　羿　人哪，不能没有理想，更何况你们耗子呢？所以呢，我今天给你讲个射日英雄的故事……你不想听？为啥？你上次听过？上次我堵着那只耗子也是你？那你还有兴趣来我家？你有病啊！哦，你是路过，隔壁正做午饭呢？噢，那我真是耽误你了，不好意思，你走吧……唉，我们家嫦娥，她啥时候起来做饭呢？

[后羿把弓箭重新挂到墙上。

后　羿　我啊，和嫦娥结婚五年了。一开始，我们就这么四目相对，一天不吃饭，也不觉得饿。现在，半个月她能看我一眼，还是冲我翻白眼。尤其是一看见我拎着乌鸦进门，她这脸子搋得，比那死了两个时辰的乌鸦还难看！你们大家说说，乌鸦，乌鸦怎么了？乌鸦很有营养啊！

……

嫦　娥　今天是我们结婚五周年纪念日，你不可能两手空空还心安理得！你脸皮没那么厚吧？（猛咽一阵口水）拿出来吧，亲爱的，给我一个惊喜！

后　羿　娥，你把口水咽完，我有很重要的话要跟你说。

嫦　娥　（无限期待）我咽完了。

后　羿　五年了，我还是像当初一样地爱你，我为我们的家感到骄傲，我为你骄傲。这就是我给你的礼物。

[嫦娥啜泣。

后　羿　（一惊，随即感动）我这几句说得是挺动人，可去年我说你也没哭啊。看来你的感情是一年比一年丰富啊。

嫦　娥　（哽咽）我没哭，我就是有点难过。隔壁那些王八，又在家里炖鸡！

后　羿　王八炖鸡？我怎么没闻到？

嫦　娥　来，你站这边闻闻。

[后羿站到嫦娥身边，猛吸一大口，然后腼腆地让嫦娥继续闻。

嫦　娥　这回做法还有点儿改进，好像加了点儿孜然。

后　羿　有吗？我怎么没闻到？

嫦　娥　（再一闻，恍然大悟）你多少天没洗澡了？

后　羿　……肚里没食，洗澡容易晕。你别这么看我，这样让我觉得陌生，我还是喜欢你叫我"亲爱的"。

嫦　娥　行，亲爱的。我只求你一件事情，亲爱的。

后　羿　你说。

嫦　娥　（柔情地）以后有啥说啥，别老拿食物打比方，尤其是那些我们现在根本吃不到的食物，那样显得有点儿随便，有点儿不懂事，有点儿二……你记住了吗，亲爱的？

后　羿　（诚恳地）我记住了，亲爱的。

嫦　娥　（下场，走到一半终于忍不住一跺脚，大吼）鸡？我靠！

逢　蒙　（上场，让过师娘，无比关切）没事吧，师娘？

嫦　娥　（恢复平静）没事，亲爱的。

逢　蒙　（登时有点腿软，挣扎走到后羿面前）师娘刚才叫我亲爱的。我靠。

后　羿　你靠谁啊？！她就是那么个人，没文化，你别往心里去。我今天找你有点儿事……家里最后一个仆人也撤了，你就搬过来吧。师父也不拿你当外人，以后饭归你做，屋子归你打扫，师父也不让你吃亏，我再教你点箭法。你不是很向往人箭合一的境界吗？师父教你怎么成为一个箭（贱）人！

逢　蒙　可是，这个世界真的需要那么多贱人吗？我觉得有师父一个也就够了。所以，徒弟我也想闪了。

后　羿　你也要走？好，师父不留你，可是师徒一场，总得留个纪念。

逢　蒙　师父您太客气了。

后　羿　我是说，你上街帮我买一屉包子行吗？猪肉芹菜的。

[逢蒙还没反应，嫦娥又冲上来了。

嫦　娥　包子？！哪有包子？！是猪肉芹菜的吗？咋不是猪肉酸菜的？

逢　蒙　师娘你喜欢猪肉酸菜的，行，我给你买去！

后　羿　站住！……猪肉芹菜的也买，一样一屉！

逢　蒙　哎！

嫦　娥　站住！他买算啥啊！到底今天是我跟你的结婚纪念，还是跟他的啊？

逢　蒙　师娘，其实跟谁不重要，多大点儿事啊，咱也都不算外人，我这不也要搬过来了。

嫦　娥　搬什么搬啊，你搬过来有什么用啊，我们家又不闹耗子！

逢蒙郁闷。

嫦　娥　后羿，你心里到底有我没我？
后　羿　说到这个啊，我是这么考虑的，要不，你先看着我的眼睛。
　　　　　[嫦娥凝视后羿。
后　羿　那什么，逢蒙，没事你先忙去吧。
逢　蒙　（赖着不走）我不还得给你买包子嘛。
后　羿　那你现在就去买啊？
逢　蒙　买啥馅的，不还没说好吗？
　　　　　[后羿瞪逢蒙一眼，冲嫦娥念起大悲咒，嫦娥的神情渐渐变得柔和。后羿开始往大悲咒里加自己的词：
　　　　　"我们之间多相爱啊……没事一起去数星星……我们家的饭菜不重样啊……昨天咱还吃火锅……涮完了肥牛涮白菜，涮完了白菜咱又涮了一头牛……后来回家，我们还忙活了大半宿啊……"
逢　蒙　（实在听不下去）师父，注意点儿形象。
后　羿　给我闭了！（对嫦娥）娥，你现在感觉怎么样？
嫦　娥　有点儿头晕。羿，以后我们别吃这么油腻，不要提糖尿病什么的了。
后　羿　哎！
嫦　娥　我去后院洗衣裳。今天阳光这么好，正适合晾衣裳！
后　羿　没错！
　　　　　[嫦娥雀跃着去了。
逢　蒙　（双膝跪倒）师父，我决定搬过来住了！
后　羿　啊，为什么？
逢　蒙　师娘太纯洁了，师娘太善良了！
后　羿　喔……这跟你搬过来住有啥关系？
逢　蒙　我不能老看她上别人的当啊！我心里不得劲儿！
后　羿　我也不得劲儿！哎，你说那别人是谁啊？

第二场 一箭之缘

月球女王 你现在问后羿"你爱不爱嫦娥"他肯定说……

扬　扬 爱!

月球女王 可你要是问他,那你想不想守着嫦娥,在家里四目相对?后羿一定说……

扬　扬 哎呀妈呀,我还是出门打乌鸦吧——比待家里省心啊!

　　[后羿弯弓搭箭,寻寻觅觅而来。等他发现前面有一只母鸡,思想斗争开始了。

后　羿 谁家的鸡这么勾人?!

　　[后羿终于发出一箭,然后迅速把中箭母鸡揣到怀里,鬼鬼祟祟准备离开。

　　"站住!"

　　后羿连忙定住。

　　"转身!"

　　后羿迟疑转身。

　　"举起手来!"

　　后羿小规模举手,母鸡从怀里掉到地上。

　　村姑翠翠上场,捡起母鸡,怒不可遏。

翠　翠 你丢不丢人,你说你丢不丢人!一个大男人,干点儿什么不好,偷人家的老母鸡!

后　羿 我不是偷,我,我是买。

翠　翠 买?你问价了吗?

后　羿 我是想先尝后买……那什么,多少钱,我赔。

翠　翠　赔？你赔得起吗？我们家这只母鸡，一天下十八个蛋！

后　羿　哎呀（对母鸡）我说你咋这么能出风头呢，你嘚瑟啥啊？（把母鸡拿在手里，俯下头去）

翠　翠　干啥，你要对我们家母鸡下黑嘴啊？

后　羿　我是在抢救它，给它做人工呼吸！

翠　翠　我看你是想强吻它，占我们家母鸡的便宜！……哎，我看你咋这么眼熟呢？你是不是那个……大英雄啊？

后　羿　又让群众给认出来了！

翠　翠　那当然！我特别喜欢你填海的样子。

后　羿　填海的那是精卫！我是那个……太阳的那个……

翠　翠　啊，对，你天天追太阳，最后活活给累死了……你咋又活过来了？

后　羿　……那是夸父！我看你根本不认识我！

翠　翠　谁说的啊，我一定能想起来！对了，你是补天的那个！（猛拍其后背）

后　羿　补天的是女娲，女娲，女的，我是男的！我是后羿，射日英雄后羿。（摆造型）

翠　翠　后羿！——谁的后裔？夸父的？女娲的？哦！夸父和女娲的后裔！

后　羿　我不是他俩的后裔！我的名字叫后羿！

翠　翠　我不管了，反正你是个英雄……行，我决定——嫁给你了！

后　羿　啥？

翠　翠　自我介绍一下，我是村姑翠翠，你看我们多般配啊，你叫后羿，我叫翠翠！

后　羿　这怎么就般配了？

翠　翠　（羞涩地）没发现吗，我们的名字都是两个字！

后　羿　我的老婆叫嫦娥，也是两个字！

翠　翠　啊，你有老婆了？

后　羿　这回你总算听明白了。行了，说吧，这鸡多少钱？我赔！

翠　翠　现在已经不是鸡的问题了，现在就是人的问题了。你要是不肯娶我，你就得让我（努嘴怒目大吼）好好亲你一口！

后　羿　凭啥啊？

翠　翠　就凭，亲了我，这只母鸡你就可以白白地带走，白白地！

后　羿　……（打自己一个嘴巴）后羿，你咋能动心呢？！不行，士可杀不可辱，说啥……不让亲。

翠　翠　那我可就喊了！

后　羿　你喊吧！

翠　翠　哎呀哎呀哎呀，大英雄后羿他强暴我了！

后　羿　我不承认！

翠　翠　他强暴我了（哽咽）他还不承认哪！

后　羿　哎呀，谁家孩子，太闹人了。你麻溜的，我还有事。

　　　　[翠翠在后羿额头猛亲一大口。

翠　翠　英雄，真——帅！

后　羿　哎呀妈呀，差点儿把我眼珠子给裹冒了！行了，我走了。（准备去拿鸡）

翠　翠　不行！我既然亲了你，就得对你负责！

后　羿　啊？我不用你负责！

翠　翠　那不行，我翠翠有良心！

后　羿　我不用你对我有良心，我家里还有一个呢，我得对她有良心！我跟她是特别的恩爱，特别的！

翠　翠　那你说说，你们怎么恩爱了，我听着是那么回事，马上就放你走！

后　羿　有病啊。

　　　　[翠翠与后羿交手。

后　羿　跟我——来——这——套！（被踹倒）高手在民间啊！

翠　翠　现在你告诉我，你们现在还亲热吗？

后　羿　我不亲她，她嫌热。她爱出汗，我们家嫦娥是个大胖子！我不跟她亲热，是尊重她，是爱她！

翠　翠　你看，你们都不亲热了，明明就是不恩爱嘛！

后　羿　我们恩爱不恩爱，跟你有啥关系，反正我们两个不般配！

翠　翠　般配不般配，你说了没用，我们找旁人问问，看看大家的意见。哎，那位大哥！

[一位路人大哥被喊住。

翠　翠　这是射日英雄后羿。

大　哥　啊，你是后羿？

后　羿　我是后羿他弟弟——后悔！

翠　翠　我是我们村蝉联了几届的村花，我叫翠翠。

大　哥　你这样能当上村花？玩潜规则了吧？！

翠　翠　（虎目一瞪）站住！哪儿那么多废话！你就说我们两个配不配？！（一脚踢上去）

大　哥　配！（凑到后羿面前）你听我给你剖析一下啊。你看你是射日英雄，名人，可你这几年呢，也没打啥官司，去年那些艳照呢，主角也不是你，你基本属于过气了。大姐你啊，虽然是个普通人，但是当选了几届村花，所以你们两个啊，配，很配！（凑到翠翠面前，示意"我可以走了吗"，得到首肯，溜走）

翠　翠　谢谢大哥！对了大哥，（大哥转身腿一软，顺势跪下）到时候来闹洞房吧大哥！

[大哥仓皇转身爬走。

后　羿　哎，这位大姐，你站住。我有一事相求。

[一位路人大姐被喊住。

大　姐　啥事？

翠　翠　我是翠翠，他是后羿，你看我们两个在一起，般配吗？

大　姐　后羿！敢情你终于想开了！你想开了早说啊，我就上了，有这小丫头啥事啊？你看现在也来不及了，错不开了，我这边还忙一摊——

姐弟恋呢!

后　羿　大姐，那你就赶紧忙你的姐弟恋，反正我跟她是不配，我从你话里已经听出来了。

大　姐　谁说的？你们配!

[翠翠鼓掌。

大　姐　妹妹，听姐姐一句话，做爱——做的事，（翠翠打一个嗝）交配——交的人。（翠翠又打一个嗝）

大　姐　咋了？

翠　翠　没事。

大　姐　有条件要上，没有条件，创造条件也要上!

翠　翠　谢谢大姐！你太猛了。

后　羿　行，我没话说了，我只求你，不要声张。

后　羿　这什么地方，都一群神经病啊！（孕妇夫妇上）两位，我有一事相求!

丈　夫　（上前拉开架式）干啥玩意？

后　羿　我是后羿，今天被一个女流氓给劫持了，麻烦你们说一声，我们两个配不配？

丈　夫　被女流氓劫持？这也不是什么坏事啊！就像我们两个，不是还挺幸福吗？（回身与孕妇交流，被孕妇拨开）

[孕妇一步步逼近后羿，流露垂涎状，后羿恐慌，把翠翠挡在前面。

孕　妇　（猛地抓住翠翠的手）一样都是女流氓，我的眼光照你怎么就……差这么多呢！（勾搭后羿）我家就住……前面那村子。（疯狂飞吻）

丈　夫　砢碜死了！又犯病了！（拖走孕妇）

孕　妇　哎呀妈呀，老公，要生了!

丈　夫　叫你嘚瑟！……前面有草棵子!

[一个胖男孩出现。

胖男孩　翠翠，你怎么在这儿，这个叔叔是谁啊？

翠　翠　这是我未婚夫——

　　　　［胖男孩呆住，渐渐哽咽起来。

胖男孩　不带这样的，人家刚把你定成梦中情人，你就给我整这一出，我不同意，你们不配！

后　羿　谢谢啊！

翠　翠　（跳起来）重说！

胖男孩　我妈妈说，要是你爱一个人，又得不到她，有两个办法。

后　羿　你先说第一个吧！

胖男孩　第一个就是……整死她！

　　　　［胖男孩冲过去，掐住翠翠脖子，后羿连忙解救。

后　羿　你这是干啥呀！……你说说第二条吧！

胖男孩　第二条……还是整死她！

　　　　［后羿再次把胖男孩摔倒在地。

后　羿　哎呀，能不能教你点儿好啊！

胖男孩　可是我爸爸说了，要是你爱一个人，得不到她，又整不死她，就只好祝她快乐，幸福！（号啕而去）

后　羿　哎，小胖，你回来，你还是听你妈的，整死她吧！

翠　翠　站住！想跑啊？

后　羿　不是，我……

翠　翠　想跑可以啊，带上这只母鸡，跟我娥姐姐说，有一个翠翠，过两天去看她啊。从此，翠翠、嫦娥和后羿，我们三个在一起！翠翠、嫦娥和后羿，我们三个在一起！翠翠、嫦娥和后羿，我们三个在一起！在一起！

后　羿　（几乎昏倒）就让那天上的雷劈了我吧！

　　　　［果然有雷电劈下。

后　羿　（狼狈退下）不能瞎说啊！

第三场　三人世界

月球女王　后羿啊后羿，这下你消停了吧？当年还跟我嘴硬，说你爱你老婆，现在呢，恨不得来月亮上躲躲吧？

扬　扬　女王，他是不是回家就得吃登月药啊？

月球女王　他才不会呢，他以为自己可以蒙混过关，以为这种日子还能混下去，男人啊，都这样！

［嫦娥正席地而坐，托腮发呆。

后　羿　（上场）亲爱的，猜猜我带什么回来了？

嫦　娥　不猜。

后　羿　很好猜的啊。提示一下，长翅膀，会飞，但不是乌鸦。

嫦　娥　那就是蚊子。

后　羿　不是蚊子。

嫦　娥　那还是乌鸦。

后　羿　你就没想过，我的手里可能是一只鸡？

嫦　娥　鸡？（接鸡，狂喜）它果然是一只……

后　羿　娥！

嫦　娥　……鸡！啊，对不起，羿！

后　羿　嫦娥、后羿和母鸡，我们三个生活在一起！

嫦　娥　我们三个？

后　羿　啊，不是！呸呸呸，啊，不配不配不配！那什么，去，把鸡炖了，我们好好地来一个烛光晚餐。

嫦　娥　羿，你真浪漫。

后　羿　（得意）关键时刻我是挺浪漫，平时……浪得就比较慢。

[这时，有人敲门。

后　羿　去，看看，谁在叩门？

[嫦娥答应去开门，然后一声惊叫，跑回后羿身边。

嫦　娥　鬼啊！

[翠翠头顶红盖头，背着花布包袱，来到场上。

后　羿　哪儿有鬼！

翠　翠　我不是鬼，我是翠翠！

后　羿　翠翠！哎呀妈呀，你怎么来了？（躲闪）

翠　翠　后羿呢，快过来给你的娘子我揭盖头啊。我来跟你还有嫦娥姐姐，一起过日子。

嫦　娥　你是谁呀？你凭什么跟我们一起过日子啊？

翠　翠　（掀开盖头，丢掉）我是翠翠，今天下午我遇见了后羿，我就把他给亲了，现在我来对他负责了！对了姐姐，后羿说你是个大胖子，问题是我看你也不怎么胖啊！

嫦　娥　后——羿！

后　羿　她在那儿瞎说呢！

翠　翠　你没说姐姐是个大胖子？

后　羿　我……

嫦　娥　后羿！

后　羿　亲爱的，你别多想，我根本没那意思！

翠　翠　那你拉着我，山上山下山前山后地走那么多趟，还不就是想让大家都知道我跟你是一对？

后　羿　胡扯，我那是想问问大家，我和你到底配不配？

翠　翠　结果呢，大家怎么说？

[后羿无语。

嫦　娥　说啊！

后　羿　基本上很……配！

嫦　娥　（惨叫一声）我不活了！我要去撞墙！（后羿阻止）我要去上吊！（翠翠阻止）我要去投井！（后羿拉住她）对，我还有只鸡呢！这只鸡我不能不吃，这是我老公拿他自己的肉体换回来的啊！我不仅要吃，我还要好好吃，我要一个人独吞！我要红烧，红烧完了再清炖，清炖完了再干煸，最后下点儿耗子药，吃完直接上西天！（又号哭起来）

后　羿　停！

[大家呆住。

后　羿　（来到翠翠面前，咬牙切齿）看着我的眼睛！

[翠翠乖乖依从。后羿又开始哼唱，对翠翠催眠。

后　羿　……其实你今天来这里，就是为了那只鸡，该多少钱，是多少钱，我拿钱给你不迟疑……拿了钱，你就走，大家以后做朋友，刚才的事情是做梦啊，我从来没有亲过你……

[翠翠乖乖点头。

嫦　娥　后羿，你，你这是在干什么？！

后　羿　（转对嫦娥催眠）看着我的眼睛！……嫦娥你千万别生气啊，我跟你说声对不起，这个女人我不认识，估计她就是一个问路的……反正我跟你很恩爱啊，我是从来没有出轨的……

[后羿一回头，翠翠已经清醒，正愣愣地看着他。

后　羿　（丢下嫦娥，马上面对翠翠）看着我的眼睛！……其实咱俩根本不认识啊，你今天完全是走错门……

嫦　娥　后羿！

后　羿　（转身，发现嫦娥已经清醒）别说话，看着我的眼睛！……嫦娥你根本不生气啊，因为我们很甜蜜，相互之间多信任啊，每天晚上都销魂……

[翠翠再次清醒，站到了后羿和嫦娥中间。

后　羿　啊？

翠　翠　甭管我，你接着照顾她。

　　　　［后羿把翠翠扯到一边，刚想催眠，嫦娥号哭起来，后羿想过去这边又放不下，来回转身若干次，终于晕倒。

翠　翠　其实我刚才就想提醒你，催眠这个事吧，只能一对一，要是想同时催眠两个女人，那是根本办不到的。

嫦　娥　原来，我跟他这么久，都是被他一次次催眠。

翠　翠　其实后羿就是一个大骗子！

嫦　娥　你知道他是这么一个大骗子，你还跑过来跟他好？

翠　翠　没办法啊，这世上的男人就是两种，一种是傻子，等着你骗他；一种是骗子，主动来骗你。我翠翠是个好女孩，不想骗人，只好选个大骗子，让他来骗我。

嫦　娥　这种男人我不要了。你爱要，你要！

翠　翠　别，娥姐，我觉得，我希望还是我们三个人在一起。没有你，他觉不出我的好，没有我，他也觉不出你的好。

嫦　娥　那成什么样子啊？！

翠　翠　没关系啊，一夫一妻制，有什么不好，大家不都是这样吗？

嫦　娥　什么，这怎么是一夫一妻制？

翠　翠　你是他的夫人，我是他的妻子，一夫，一妻！

　　　　［后羿本来已经挣扎醒来，听了这话又差点儿吐血。

翠　翠　（指台下）你看，这些乐的，鼓掌的，肯定都喜欢一夫一妻！

后　羿　好好好，这位夫人，还有这位，妻子，我后羿是搞不过你们，我是没活路了，再见吧，永别了！

　　　　［后羿奔出门去。

翠　翠　不要啊！

嫦　娥　别走！

　　　　［两个女人谁也没有动地方。

翠　翠　你怎么不去追啊？

嫦　娥　你怎么不去啊？

翠　翠　女人出走劝不回，男人出走跑不远。肚子饿了，衣服破了，看他回来不回来！

嫦　娥　就是，只要家里坐等，他早晚回来，自投罗网！

翠　翠　可是，他回来，咱们姐妹两个怎么办哪？

嫦　娥　你说呢？！

　　　　[灯光渐暗。

第四场　酒后真言

[有人敲门，嫦娥去开，迎进来的是逢蒙搀扶着失魂落魄、一瘸一拐的后羿。

嫦　娥　逢蒙，你师父怎么了？

逢　蒙　没事，我遇上他那会儿，他正往树上爬呢，非说要寻一个了断。我劝他半天也不听啊，一着急，我就弯弓搭箭……

嫦　娥　啊？

逢　蒙　我没真射，就这么一比画，师父自己掉下来了，还把脚扭了一下，我就把他给搀回来了。

后　羿　……翠翠呢？

嫦　娥　一回来就问她！你把我摆在哪儿了？

后　羿　（强笑）我是怕她……气着你……伤着你，那么我的心，将是多么多么地疼啊……

嫦　娥　她跟我八竿子打不着，能气着我什么啊。告诉你，她走了，她说这里的一切跟她想象的不一样，她说心中没有爱的男人，再帅也不算帅，所以，她再也不想见到你，她走了！

逢　蒙　祝贺你啊，师父，这么大的一个坎，就让你给混过去了！厉害！

后　羿　（与逢蒙击掌相庆）没错！（又板起脸来）逢蒙，跟师父怎么说话呢？（逢蒙低下头）反正，娥，日久见人心，早晚你会明白，你是嫦娥，我是窦娥，在翠翠的问题上，我就是比窦娥还冤！（抽噎起来）

逢　蒙　不行啊，这明显是对生活失去了信心，看来我得使出撒手锏了。师父，来一口。

[逢蒙摘下身上挂着的酒葫芦，递给后羿。后羿乖乖地喝了一大口，然后连连吐舌头，辣得不行。

嫦　娥　逢蒙，你给师父嘴里灌的是什么啊？味道好难闻啊！

逢　蒙　这个东西叫作酒！

嫦　娥　酒——是干什么用的？

逢　蒙　我也说不好，也就是这两年发明的，还没流行开呢。反正喝了这东西，武大郎都敢上山打老虎！

后　羿　（昏沉沉接了一句）那武二郎呢？

逢　蒙　武二郎，喝完他就敢问一句——嫂子，睡了没？

后　羿　一派胡言！……再给我喝一口。（一口喝下去不松嘴）

逢　蒙　师父，不行不行，你这也太猛了，肯定要出事。

后　羿　出什么事啊？（一把搂住逢蒙）娥，我心里想什么，你猜得出来吗？告诉你，不跟你在一起，我哪知道自由的珍贵啊！

逢　蒙　师父，娥，娥在那边。我是蒙。还有，嘴上留个把门的。

后　羿　好吧（抓住嫦娥手臂）蒙，说实话，我嘴上一堆把门的，要不，早跟你师娘干架了！她成天给我撅个脸子，还撅那么老长，我现在都不记得她身上长啥样了，一张脸全给挡上了！

嫦　娥　（憋粗嗓子）哦，师娘都这个德行了，干脆你就把她蹬了，跟那个翠翠一起过呗，人家又年轻又水灵，还特别崇拜你！

后　羿　破罐破摔也是个办法。

逢　蒙　师娘，别，师父现在是喝酒喝醉了。醉，你懂吧，就是迷糊。别跟

他一般见识，真的，喝过酒的人都这样，不知道检点，酒后吐真言（一愣，抽自己一嘴巴）得了，我赶紧做一碗醒酒汤去！（冲下）

嫦　娥　（冲着后羿）后羿！姓后的！别给我装！谁没有几句心里话啊？你想说，我也想说！你不想回家，我希望根本没有家！谁不想回到从前哪，从前多无忧无虑啊……

后　羿　（又抿一大口酒）是啊，那时候你没事就去晒日光浴，自由自在……穿个小兜兜，外面一件大披风，帅呆，酷毙！

嫦　娥　（心动）……你还记得我那时候的打扮？

后　羿　当然！我还跟你说，女孩子不要晒那么黑……今天那个翠翠，长得不就挺白的……

嫦　娥　你别提翠翠好不好，就算你心里有她，嘴上别提，好不好？其实，今天那个翠翠一登门，我就像看见了我自己。我当年就是那么不管不顾，甭管这个男人是谁的，我看见了就是我的……

后　羿　现在我也不是她的。她跟你怎么能比？

嫦　娥　（温柔地）那你说，你是谁的？

[逢蒙端着醒酒汤冲上来，一眼看见后羿手里的酒葫芦。

逢　蒙　好家伙，还喝呢！（夺过酒葫芦）师父，喝这个吧！（强灌醒酒汤给后羿）

[后羿被灌了一大口骤然清醒。

嫦　娥　说啊，你是谁的？

后　羿　烦不烦啊，你又来了，瞅你我就憋气！（顺手夺过酒葫芦给自己灌一口）

嫦　娥　那你就别瞅我！

后　羿　（酒劲儿上来又深情款款，声音都变了）可我怎么能不瞅你啊，我当初就是怎么瞅你都瞅不够，才把你娶回家！

逢　蒙　师父，这就对了，就这么唠，别跟师娘急眼，急眼就是你不对。来，别喝酒了，喝醒酒汤。

后　羿　（又被灌了一口醒酒汤）你说，我娶谁不好，我怎么偏娶你啊？（喝了一口酒，声音变了）娶你的时候，你一直低着头，不敢看我，你记得吗？

逢　蒙　师父，你可不能再喝酒了！（夺过酒葫芦，又要给师父灌醒酒汤）

嫦　娥　停！

　　　　［逢蒙停住。嫦娥接过醒酒汤，倒在地上，又拿过酒葫芦，递到了后羿的嘴边。

嫦　娥　接着喝，接着说，我想听。

后　羿　谢谢啊（喝酒）当时我问你，有什么愿望啊？你说，没吃过天上的大雁，林中的麋鹿……

嫦　娥　你说——我给你射去，你想尝的，我都让你尝到，我要用珍禽的羽毛，异兽的皮草，来装点你的闺房……

后　羿　娥，那你老实跟我说，你现在烦我吗，恨我吗？

　　　　［嫦娥几度欲言又止，一狠心，自己也喝了一大口酒。

逢　蒙　师娘！师父破罐破摔，你可不能……

嫦　娥　少插嘴，什么破罐破摔，我们是要破镜重圆！羿，告诉你，我没烦你，没恨你，不生你气，我对你的心，还跟当初一样！你相信吗，羿？

　　　　［后羿酒劲上涌，已经昏昏睡去。

嫦　娥　羿！

逢　蒙　（可怜巴巴）师娘，我再给您做碗醒酒汤？

嫦　娥　我不要醒酒汤，我不要醒！（心情复杂）我也不想让你师父醒。酒，还有吗，这里已经空了。

逢　蒙　没了，没了！

嫦　娥　好久好久都没有这样了，他都没有这样看我了。酒，到底是个什么东西？醉，到底是种什么滋味？逢蒙，跟师娘说，酒这个东西，到哪里去买，一次能醉多久，能不能醉一天，醉一个月，醉一年？

逢　蒙　那是酒精中毒！

嫦　娥　我不管！我陪他中毒，不行吗？！……我就是想让他一直那么看我。要是有那种醉上一年的酒该有多好，人生，不就是几十年的日子吗，我买上几十坛酒，不就一切都解决了吗？

逢　蒙　话说到这个地步……（又摸出一个酒葫芦，一饮而尽）

嫦　娥　逢蒙！

逢　蒙　我逢蒙也有几句话！你跟师父把问题都解决了，你们相亲相爱，我，我怎么办？师娘，难道你从来没发现……

嫦　娥　啊？莫非……

逢　蒙　不错！

嫦　娥　你对你师父也有一种……

逢　蒙　嘻！这都扯哪儿去了？我是希望我自己就是师父，师娘你……（口齿不清）你还是师娘！

嫦　娥　什么？

逢　蒙　师娘你，还是（口齿不清）师娘！

嫦　娥　所以，你的意思是……天哪！

逢　蒙　师娘你别喊，我这不也就是那么一说……我就想知道你怎么想……

嫦　娥　我……

逢　蒙　我有一个伟大的梦想！我希望成为一个盖世英雄，我希望带着师娘周游世界，我希望让你每天吃不同的饭菜，喝不同的美酒，打今天开始，一辈子你都不用再吃一口乌鸦！

[后羿下意识地吐了。

逢　蒙　师父你这是啥态度？明明就是你不对，你总逼着师娘吃乌鸦……

[后羿又要吐。

逢　蒙　你有什么道理，你说，你说这个乌鸦有什么好？！

后　羿　你说……什么？

逢　蒙　我说，乌鸦！

[后羿大吐起来。暗场。

第五场　美救英雄

月球女王　刚刚度过的那一夜，是逢蒙生命里最漫长的一夜，他觉得师娘还没对自己动心，然后列举了八百条证据，又觉得可能动心了，他列出了八百零一条证据。

扬　扬　所以，他觉得该跟师父好好谈谈了。

　　　　［后羿蔫头耷脑地从家里出来，在路上遇见了严阵以待的逢蒙。

后　羿　逢蒙！你今天起得倒早啊！（走近）哎呀，身上一股什么味儿，恶心死我了。

逢　蒙　也不哪个王八蛋给我吐的。

后　羿　师父早跟你说过，交朋友要谨慎，不能什么阿猫阿狗都当哥们儿。

逢　蒙　师父？你现在还算是我师父吗？你跟翠翠闹出的那些丑事，让我怎么能再把你当师父？

后　羿　那你要把我当啥？你师娘她爱人？

逢　蒙　不许你提师娘！师娘，（哽咽）师娘的心早已经碎了，我的心，基本也不算是很完整了，而你呢，后羿，你根本就没有心，你没心没肺、没脸没皮没……没有权利活在这个世界上！来吧！

后　羿　干啥？

逢　蒙　我要跟你对决！你赢了，嫦娥就是你老婆，你输了……

后　羿　我输了怎么着！

逢　蒙　嫦娥就是我师娘！

后　羿　那我们好像不用比了。

逢　蒙　不是，我是说，你输了，嫦娥就是你师娘！

后　羿　什么？

逢　蒙　你输了，我就要当你的师父，我就要娶嫦娥，嫦娥不就成了你师娘吗？当然，如果你接受这个事实，我们不比也行。反正你那边还有翠翠，我那……徒弟媳妇。

后　羿　徒弟媳妇？！

逢　蒙　嗯，你别跟我瞪眼睛，咱们都是文明人，凡事可以谈判解决。你呢，别惦记嫦娥，也就是你师娘，我呢，保证不惦记翠翠，就是我那徒弟媳妇。虽然我没见过她，但是我相信她一定跟你很般配。我就祝福你们两个，你也祝福我们两个，这不就得了吗？多大点儿事啊！

后　羿　（弯弓搭箭，咄咄逼人）好，你要祝福是不是，我这里有一个很好的祝福，来，接着！

逢　蒙　停！这不公平。你毕竟曾经是我师父，我的箭法是你教的，跟你比弓箭我于心何忍？

后　羿　那你的意思是？

逢　蒙　比内力！

后　羿　好，比内力，不死不休！

　　　　[后羿当即走过去，拉开马步，然后捏住逢蒙的鼻子。
　　　　[逢蒙也面色严肃，紧闭双唇，拉开马步，捏住后羿的鼻子。
　　　　[全场安静，直到后羿率先咳嗽起来。

后　羿　不算不算！昨晚你灌了我那么多酒，我内力大损！咱们比身法！

逢　蒙　好，后羿，我让你输个心服口服！

　　　　[后羿与逢蒙开始各做准备活动，压腿扭腰。
　　　　[这时，村姑翠翠喜气洋洋地挑着两串烧鸡从观众席间的过道出现，嘴里喊着"借光，借光""油着，油着！"。一直来到了台口的小阶梯上，翠翠坐下来擦汗，扁担小心地平压在膝上。

后　羿　天哪，翠翠！

逢　蒙　啊，你就是那个狐狸精！

翠　翠　你才狐狸精呢，你是黄鼠狼精！翠翠我是养鸡专业户，你见过狐狸养鸡吗？

后　羿　翠翠，你怎么来了？你不是说一辈子都不想再见到我吗？

翠　翠　我那不过是打个比方！不懂？哎呀，其实那就是缓兵之计！好容易找到一个我想嫁的男人，怎么可以撒手？我回家以后，我把鸡都宰了，现在这里有熏鸡烤鸡烧鸡炸鸡黄焖鸡，包你天天吃也吃不完！

逢　蒙　我喜欢小鸡炖蘑菇。

翠　翠　闭嘴！我这些鸡，只能给我爱的人吃，对了，还有他爱的人！也就是说，我老公后羿，还有他的老婆嫦娥！娥姐成天吃乌鸦炸酱面，太可怜了！

后　羿　我说，你真想到我家里，搞你那个一夫一妻制？我可是正经人，不搞那些歪门邪道！

逢　蒙　呸！还有你这样的正经人？你们这对狗男女，我一个都不会放过！来吧，放马过来！

　　　　[逢蒙扳起一条腿，金鸡独立，后羿扳起一条腿，冲了过来。

翠　翠　加油，加油，我最喜欢男人为我打架了！

　　　　[后羿和逢蒙不约而同地白了翠翠一眼，异口同声道："我们是为嫦娥打架！"

翠　翠　没事没事，打完这场，下一场为我打！

逢　蒙　没有下一场了！

　　　　[逢蒙与后羿撞来撞去，后羿终于体力不支而跌倒！

逢　蒙　我又赢了！三局两胜，不用再比了！

后　羿　活该，这就是活该！我现在算明白了，我就是一个废物！

翠　翠　谁说你是废物了，对我翠翠来说，你全身都是宝！逢蒙，谁说不用再比了，来，我跟你比！

逢　蒙　笑话！我怎么能跟你一个……

　　　　[没等他说完，翠翠冲上来，几下制服逢蒙。

翠　翠　（嘴里还念叨着）翠翠降鸡手！踩爪子！掰大腿！掐翅膀！锁喉！搞定！

后　羿　你……

翠　翠　简单，我从小就干这个，十几斤的大公鸡，也是这几下搞定！对了逢蒙，你服不服？

逢　蒙　不服！……你们这对狗男女，暗下毒手，胜之不武，我还没准备好呢！后羿，说好单挑，你居然勾人，你勾人，我也勾人，师娘，师娘，你快来给我做主啊！（逃下场之前，重重打了翠翠手背一下）

　　［翠翠惨叫。

后　羿　逢蒙，你要干什么啊？！

翠　翠　（挑上担子）逢蒙，我整死你！

第六场　再见后羿

　　［嫦娥举着那个空空的酒葫芦，下面拿嘴接着，半天也没有控出一滴，而她的身姿已经越来越往后仰……这时，逢蒙气急败坏地冲进来。

逢　蒙　师娘！

　　［嫦娥一惊，摔得甚是狼狈。逢蒙连忙去扶，一时间意乱情迷，两人定格。

嫦　娥　（与逢蒙这么近距离四目相对很不习惯）你要干啥？

逢　蒙　（定定神）师娘，不得了啦，我师父跟那个狐狸精来欺负你啦！你可要小心提防！看我，已经是遍体鳞伤……

嫦　娥　（赶紧走开几步）不可能！我老公不是那样的人！他不会再理那个狐狸精。再说，那个狐狸精也……呸！什么狐狸精？！人家是挺好一女孩，人家叫翠翠！

逢　蒙　没错，就是翠翠！我忘不了这个名字，也忘不了她的翠翠降鸡手……太狠毒了！

嫦　娥　人家女孩子与你无冤无仇，为什么要害得你遍体鳞伤啊？我老公又是你师父，他怎么会眼看你吃亏呢？不信不信我一点儿都不信！

逢　蒙　不信你就惨了！等会儿他们打上门来，师娘，我当然是要为你豁出性命，可就怕那样也保护不了你啊！那个翠翠绝对是一大高手，刚才她先这么一下！

嫦　娥　怎么一下？

逢　蒙　（拉过嫦娥）先是这样（踩住嫦娥的脚，此时，后羿、翠翠已经赶到，目瞪口呆地看着这一切）然后就是这样（嫦娥的膝盖被逢蒙抓住）然后这样（逢蒙从后面抱住嫦娥）然后，好像是……

〔逢蒙沉思，嫦娥还没醒过神儿来，乖乖以奇怪的身姿等着指令。逢蒙揽住嫦娥腰身，让她的头向后仰去，两人有点儿跳探戈的意思。后羿实在看不下去，咳嗽了一声。逢蒙和嫦娥大惊，双双滚倒在地上，姿势甚为不雅。

嫦　娥　老公，我……你千万别往别处想！

后　羿　我不可能不往别处想！

逢　蒙　我逢蒙可不是你们那路人！我是给我师娘，我是给娥（其他三个人都抖了一下）讲解那个无比歹毒的翠翠降鸡手！

翠　翠　你胡扯！我把你搂那么紧了吗？我抓的是你的手腕，你刚才抓的是她的手心！我刚才是锁喉，你刚才在摸你师娘的下巴！

逢　蒙　我没……

嫦　娥　老公，我没那意思啊，我跟他没那意思啊……逢蒙，你这个王八蛋，你可把我害苦了啊！我，我，我清清白白的一个女子……

逢　蒙　娥，啊不，师娘，我也是清清白白的一个男子啊，昨天晚上我对你一番表白，你不是还说我说得挺好的吗？

嫦　娥　我……我……

后　羿　啥也别说了，我们走到这一步，怪不了别人！

翠　翠　对啊，姐姐，既然走到这一步，不妨往前再多走几步，俗话说得好——下雨天打孩子，闲着也是闲着。

　　　　［嫦娥冲到柜子前，翻出一粒丹药，举在手里。

嫦　娥　都给我闭嘴！你们再说，我就把它吃进去！

　　　　［三人愣住，然后抢着开口。

后　羿　老婆，你别犯傻！

翠　翠　姐姐，你这就不对了！

逢　蒙　来人哪，救命啊，我师娘要被人家给逼死了！有没有人来帮忙啊？！（侧耳听听，没有脚步声）光天化日惨绝人寰哪！绝色美女服毒自杀啊！再不来就看不到了！

　　　　［马上，杂沓的脚步声响起。上次那个大哥上场。

大　哥　哎呀，可千万别着急啊，等我来了再说啊！谁要服毒？！

逢　蒙　我师娘，嫦娥。因为我师父后羿搞外遇，跟一个叫翠翠的狐狸精同居！

　　　　［后羿愤怒要驳斥，翠翠一把捂住他嘴，甜蜜地点头。

翠　翠　对对，同居挺长时间了！

大　哥　（来到翠翠面前）不是我说你，嫦娥妹妹，你跟一个小狐狸精计较啥？你看你，花容月貌，倾国倾城，一看就是明媒正娶的原配妻子，看着就让人信服，跟后羿站在一起也般配！再看看那个狐狸精（来到嫦娥面前，嫦娥错愕）你瞪那么大眼珠子干啥，再瞪，你也就是一个第三者的标准长相！可耻，可悲！

后　羿　（来到嫦娥身边）大哥，这个才是嫦娥，是我原配。

翠　翠　对，她是原配，我是现任，我才是那个狐狸精翠翠，谢谢您刚才的评价，好客观好公正啊！不过您眼神也忒差了，连我都没认出来？记性也不咋的，上次我还采访你呢，你说我跟后羿很般配！

大　哥　我，我对不起大家！我没脸见人了！（冲到门口，把脸埋在井口）

[上次的大姐上场。

大　姐　后羿啊，这个嫦娥要吃药，你也别拦着了，这都是命啊！就像我跟你，这也是命！

后　羿　大姐，你就别添乱了，你不是还有一段姐弟恋要忙活吗？

大　姐　大姐现在不是失恋了嘛。其实啊，咱们之间还是有点儿缘分的，当初晒日光浴的时候，嫦娥躺这边，我躺那边，结果晒着晒着我就睡着了，一醒你们都成两口子了！大姐伤心得啊，这下好了，咱破镜重圆！

后　羿　啊别！救命！

翠　翠　翠翠降鸡手！踩爪子！掰大腿！掐翅膀！锁喉！跟我抢男人？！搞定！

[大姐昏倒在一边。

[上次的孕妇已经生了，现在算是产妇，与丈夫一起登场，她怀里还抱着婴儿。

丈　夫　（冲在前面，朝着翠翠）不行不行不行啊！不能破坏人家家庭啊！做第三者是要遗臭万年的啊！

翠　翠　娥姐，你跟他说，是我破坏你家庭吗，你家庭还剩什么了，不就一碗吃不完的乌鸦炸酱面吗？！

嫦　娥　没错！所以我不吃面了，我吃药！

后　羿　等等！老婆，你手里拿的是登月仙丹吧？

嫦　娥　对，我就是要离开地球，离开你！

逢　蒙　师娘，那我咋办哪？

丈　夫　不行啊，这要出大事了！（对翠翠）你不能破坏他们这个家啊！你非要破坏（停顿一下）你冲我来，我这把老骨头不要了，你来破坏我家庭吧！赶紧来吧！

[众人大惊。

丈　夫　（扑倒在地，一把抱住翠翠的脚）求求你，赶紧来破坏我家庭吧，不能什么好事都轮上后羿啊！……
[上次的胖男孩上场。

胖男孩 咋这么乱呢，翠翠，这男人咋抱你大腿呢？！

翠　翠 那你还不帮我？

胖男孩 行，大叔啊，我来跟你谈谈心。（一屁股坐在丈夫身上，丈夫一声惨叫）这个心哪，咱慢慢谈……翠翠，谈完心我带你走，别跟这帮老年人混，没前途！

产　妇 没错，感情这个事，就不能较真，越较真越没前途，就说我这个孩子吧，你管他是谁的，当然啦，非要说是我老公的，也不是不行……

[丈夫一声惨叫，掀翻胖男孩，冲到产妇面前，非要抢过孩子细看，产妇闪来闪去不给他看。

[局面混乱到这个地步，逢蒙走到后羿面前，有点儿歉疚。

逢　蒙 没想到局面闹这么乱。

翠　翠 不行就让我动手，我把他们都收拾出去。

后　羿 （来到嫦娥面前）娥，不管咋地，这是咱们两个的事情，我就问你一句，你真的想要离开我吗？

嫦　娥 我还有别的选择吗？我现在就要到月亮上去，摆脱这一切烦恼！

翠　翠 姐姐，你可不能走这一步啊！

[说着，翠翠冲过去猛撞一下嫦娥的胳膊，嫦娥拿在嘴边的登月仙丹一下子就被她咽进去了。大家全都呆住，人人瞪着嫦娥，嫦娥大睁双眼，运了半天气，终于艰难地从嘴里吐出了仙丹。除了翠翠，所有人都长出了一口气。

后　羿 娥，我心脏病差点儿犯了，你可不能走啊！月亮那地方，可不是啥好地方啊，光不出溜的，一不小心你就得摔下来啊！

逢　蒙 实在要吃，也不能你一个人吃啊，补钙还得一家人一块补呢，何况是奔月？师娘，多少给我留一口啊！

后　羿　娥，你到底是要奔月啊，还是要私奔啊？

嫦　娥　谁私奔啊，你别血口喷人！

翠　翠　对啊，娥姐，千万别私奔啊……

　　　　［说着，她又一次撞到了嫦娥，嫦娥手里的仙丹又一次消失了。大家再次呆住，嫦娥又运了很久的气，才把仙丹吐出来。除了翠翠，大家又长出一口气。

逢　蒙　闪开，你这个狐狸精，不许你再搞鬼了！

翠　翠　你们完全误会我了，我不是那个意思，刚才是个寸劲儿……娥姐，你们家的登月仙丹就这一粒吧？

嫦　娥　是啊。

翠　翠　（对后羿）你手里也没有多余的仙丹吧？

后　羿　那是！

翠　翠　你师父还有别的方式登月吗？（故意压低声音）他会不会飞啊？

逢　蒙　（也压低声音）乌鸦会飞，他不会。要不他也不用射箭了，直接上去抓了。

翠　翠　嗯，行，这我心里就有数了。娥姐！

嫦　娥　干啥？

翠　翠　你不就是容不下我翠翠吗，那好，妹妹这就走了，把后羿还给姐姐！永别了，娥姐！

　　　　［说着，翠翠冲过去一把抓住嫦娥的手，直接往她嗓子里推仙丹，还用拳头连连敲人家后背。嫦娥又一次运气，大家都屏住呼吸看着，嫦娥张了几次嘴，最后，打了一个嗝。翠翠欢天喜地，后羿如遭雷击，逢蒙泣不成声。

嫦　娥　我，我好像真的要离开了啊……对不起，我，我……

翠　翠　我知道，你要祝我们幸福，谢谢，谢谢……

后　羿　事情怎么会这样？！娥！娥！你要去哪里？你真的要去月亮？月亮很远啊！

　　　　　[嫦娥渐渐没入黑暗中。
嫦　娥　我知道……
逢　蒙　月亮上面肯定很孤单啊！
嫦　娥　我知道……
　　　　　[灯光大亮，众人目瞪口呆地看着翠翠。
翠　翠　看什么看？告诉你们，我是不会辜负我嫦娥姐姐的重托的，我一定会照顾好后羿哥哥的！你们信不信？
　　　　　[众人被她的眼神恐吓，纷纷说是。
翠　翠　至于你，逢蒙，我不管你心里怎么想，你就好好留下来，做我们家的下人，要是我发现你存什么坏心眼儿，或者是想开溜，告诉你，翠翠降鸡手不过是我的入门功夫，我可以为你专门发明一套拳法！
逢　蒙　别！
翠　翠　一套刀法？
逢　蒙　不要！
翠　翠　一本新菜谱？
逢　蒙　救命啊！
后　羿　翠翠，我还什么都没答应你呢！
翠　翠　这根本不重要！我翠翠的人生座右铭就是：慢——慢——来！

第七场　后羿奔月

月球女王　嫦娥走了，后羿也不知道自己的心里该难过还是该欢喜。最后，他决定不难过，他觉得自己一直盼望着这么一天，出出入入不用看老婆脸色。
扬　扬　现在是老婆翠翠在看他脸色了，家里也不用再吃乌鸦炸酱面了，天天吃鸡！

[后羿在场上打瞌睡，翠翠端着鸡汤上场。

翠　翠　喝鸡汤啦！

[后羿梦中惊醒。

翠　翠　咋的啦，羿哥哥？又梦见什么不该梦见的人啦？

后　羿　没有，没有，瞧你说的。

翠　翠　脖子还疼吗？

后　羿　可不是嘛。从你搬进家门，这脖子就疼到现在，也不知道是怎么搞的。哎呀，又喝鸡汤啊？

翠　翠　这回我是加了红枣、枸杞和人参，很补的啊！

后　羿　唉，从前是天天炸酱面，现在是天天鸡汤……

翠　翠　羿哥哥，这么说话我可是会伤心的啊。从前怎么能跟现在比呢？乌鸦炸酱面怎么能跟鸡汤比呢？那根本就不是一个档次！（拖长音）对不对，逢蒙？

[逢蒙本来躲在门外（场下），这时候赶紧出现。

逢　蒙　（上场）这我也不好比较啊。炸酱面我好歹还天天能吃饱，这鸡汤，每天我也喝不上几口……

翠　翠　这是爱的鸡汤，这是心灵鸡汤，能随便让你喝吗？你就吃点鸡汤豆腐串得了！

后　羿　翠翠，不管怎么说，我一个大男人，也不能总在家里窝着，我还是出门打打猎吧。

翠　翠　不行，我要时时刻刻能看到你。

逢　蒙　师父，还不明白？您现在用不着打猎，您已经被猎人打了，什么时候扒皮，什么时候剔肉，什么时候拿来泡酒，那都是人家的事。

翠　翠　说什么呢？！逢蒙，别以为我没听见！站好了，别动，翠——

逢　蒙　行了行了行了！师娘！师娘！师娘们！

翠　翠　重说！

逢　蒙　　新师娘！我错了！

翠　翠　　这还差不多。

后　羿　　翠翠，你……贤淑点儿。

翠　翠　　（特别恳切地答应）哎！我知道了！逢蒙啊。

逢　蒙　　在。

翠　翠　　（温柔地）哪儿凉快到哪儿待着去，好吗？

逢　蒙　　……好的！

　　　　　[逢蒙走到屋外井台前，翠翠跟了出来。

翠　翠　　哎，我问你，昨天你带来给你师父喝的东西是什么呀？

逢　蒙　　酒。

翠　翠　　那就是酒啊！大前天你也带来过！哼，还以为我看不见，我翠翠的眼里可是不揉沙子！

逢　蒙　　我错了，新师娘，我下次不给师父带酒了。

翠　翠　　错，我就是让你带。你不知道，你师父吧，结婚这么久，也不爱搭理我，白白浪费我那么多枸杞、人参加鹿茸，还是酒那个东西管事，每次你一带来，第二天早上，我就发现……

逢　蒙　　停，停，请不要描述你们的犯罪细节。

翠　翠　　反正，从明天开始，记得给我们后羿带酒。

逢　蒙　　那我师父可就没清醒时候了。

翠　翠　　我不管，我只要保证一份美好的生活。清醒了干什么，想娥姐姐啊？

逢　蒙　　嘘！您不是说，这个家里不许再提这个名字吗？

翠　翠　　哎，那我问你，你师父跟你聊天的时候，一次都没有提到过……她吗？

　　　　　[逢蒙与她开始窃窃私语。

　　　　　[后羿一个人喝了半天鸡汤，乏味地站起来，脖子果然是疼，挺大个子只能耷拉着脑袋，他站到屋子中间，四处张望，然后放下心

　　　　来，摆出架势，开始给自己催眠，抚弄自己的脑袋肩膀……

后　羿　……后羿你现在很高兴啊，每天丰衣又足食，翠翠待你很不错啊，每天美满又幸福，生活基本没遗憾哪，和谐二字记心间，记心间……

　　　　[然后，一睁眼睛，看看周围，一声叹息。

后　羿　没用，基本没用。这世上最艰难的就是催眠自己呀！

　　　　[翠翠回来，后羿不自在地咳嗽两声。

翠　翠　是不是感冒了，羿哥哥？

后　羿　不是，不是，真没有。

　　　　[两人一时相对无言。

翠　翠　鸡汤好喝吗？

后　羿　好喝，好喝！

翠　翠　那还剩这么多。

后　羿　我舍不得喝。

　　　　[两人再次冷场。

翠　翠　跟你商量个事啊，你那副弓箭，反正现在也用不着了，闲着怪可惜的，我想把它拿走。

后　羿　啊？

翠　翠　挂到我们养鸡场门口，当个广告招牌不是挺好的嘛？"射日英雄，指定产品——让我想起太阳的味道……"

后　羿　行。可我一辈子都没离开过弓箭……

翠　翠　没事，我早考虑到了，我另外让人定制了一张两米的大弓，等会儿就送来，以后就挂在咱们家门口。大大红红谁都看得见！那是名家手工，举世无双，用的材料才讲究呢！

后　羿　可我人才一米八呀，两米的大弓，那不开玩笑嘛！

翠　翠　没事，谁要不信，就让他尝尝我的（一运气）

后　羿　（抢先出口）……翠翠降鸡手！

　　　　　[翠翠无语，后羿无语，两个人都觉得时间很难熬。

后　羿　天都黑了，现在天黑得可真快……
翠　翠　是啊，是啊，你看这天……都……黑了。
逢　蒙　（场下）师父……
　　　　　[后羿和翠翠同时松了一口气。
后　羿　他又搞什么鬼？
翠　翠　非得好好收拾他！
　　　　　[后羿与翠翠异口同声道："什么事啊？进来说！"
逢　蒙　（没上场）有人送来一张大弓，做得无比精致，可是抬不进来。
翠　翠　放门口吧，那是你师父的弓，以后他就用这个弓了！
逢　蒙　（仓皇地出现）可是师父，你的个头才一米八呀！
后羿　翠翠　（又一次异口同声）闭嘴！出去！
　　　　　[逢蒙仓皇下场。
翠　翠　给你按按脖子。
后　羿　行。
翠　翠　（手法娴熟，先用手，再用肘）哎，你还记得我们第一次见面的时候吗？我们问了五个人，都说我们很配……
后　羿　啊，对。
翠　翠　结果我们就真的生活在一起了，好像做梦一样。干脆，我去找到那五个人，请他们来家里吃一顿饭吧！
后　羿　好啊。
翠　翠　羿哥哥。
后　羿　你按得挺好，我都，我都困了。
翠　翠　好，那你睡一会儿吧。
　　　　　[后羿伏在翠翠腿上，沉沉睡去。
翠　翠　英雄，我的。
　　　　　[翠翠也渐渐睡去。这时候，后羿却醒来，悄悄站起，走到门口。

后　羿　有点儿口渴……其实也不是口渴，就是睡不着……（听着翠翠的鼾声）她倒是睡得很香，毕竟年轻……我好像没洗脚就睡了，以前这样可不行，正睡着也会被揪着耳朵起床，洗完脚再睡。翠翠她对我好，每次都是端水过来给我洗……今天她是困了，让她睡吧，我还是自己洗，像从前那样……从前……

[后羿来到门外井台前，正要拉起井绳，却忽然呆住，他在井中看见了什么？

后　羿　……月亮……我看见你了，我终于看见你了，娥，你，真的在月亮上……

[音乐响起，主题歌《白天的月亮》
当初说要　地老天荒
现在想想　确实太长
支撑不到　那个时候
就已盼着　人走茶凉

可你能走到　什么地方
让我看不见　你的泪光
可我能找到　什么办法
让你轻松　我也遗忘

我们的爱情　像白天的月亮
明明存在　却发不出光
黑夜来了　我开始想你
星光灿烂　照着我的窗

我的爱人她住进了月亮

我的爱人她憔悴了模样

　　我的爱人她温柔又善良

　　我的爱人她让我别忧伤

　　我的爱人她住进了月亮

　　我的爱人她憔悴了模样

　　我的爱人她温柔又善良

　　我的爱人她让我别忧伤

歌声中，后羿扔下水桶，迟疑地走到舞台高处，忍住痛苦，努力仰望夜空。

后　羿　其实我一直在装傻，假装不知道我的脖子为什么疼，我想一辈子就这么混下去吧，低着头吃饭，低着头睡觉，低着头跟翠翠拥抱……可是，我做不到！直说吧，我脖子疼，是因为我一直梗着梗着我不敢抬头，我的心病在我头顶上，我不敢看月亮，那上面住着我最心爱的人！我不愿意想起来，我把她伤了，丢了，赶走了，失去了！我这——个——笨——蛋！我对她的那份心，是白天的月亮，她看不见，我也看不见。她走了，天黑了，这个月亮被我看见了。我的爱在那儿，我的爱人也在那儿，可我呢，我却不在那儿！所以我一仰头就会哭出来！

　　[后羿来到屋子里，凝视着翠翠熟睡的脸。

后　羿　我以为我可以跟翠翠过一辈子，我觉得没什么不好啊，她比嫦娥年轻，比嫦娥更会做家务，比嫦娥更百依百顺！可是我没喜欢过她！这是最要命的，人只有一辈子，不跟喜欢的人过日子，那么这一辈子也就成了半辈子！我老婆叫嫦娥，我喜欢的人也叫嫦娥，我失去的人也叫嫦娥，我要去找的人也叫嫦娥！我要去找她！

　　[后羿再次冲到高处，想离月亮近一些。这时，幽幽地有人叹息。

后　　羿　出来吧，逢蒙。

逢　　蒙　师父。

后　　羿　（来到井台边，看着逢蒙）最近，你又开始叫我师父了。

逢　　蒙　是啊，我跟你联手吃软饭，吃师娘的软饭，我认了她做师娘，也就得认你做师父啊。

后　　羿　这点儿软饭你吃得还挺开心啊？

逢　　蒙　说实话，不开心。我们都对不起师娘，月亮上那个师娘。可你对不起她，还挺值得，顿顿啃鸡大腿。我呢，当了你们的爪牙，却连鸡爪子都啃不上！我后悔啊！

后　　羿　后悔的更应该是我。逢蒙，记得我要教你人箭合一的境界吗？

逢　　蒙　师父，别扯那些没用的了，多少年了……

后　　羿　我今天就教你，此时，此刻，此地！把射日弓给我抬过来！

[逢蒙诧异，吃力地抬来了射日弓。

后　　羿　师父从来都不是大英雄，射掉九个太阳，那是因为天底下没几个人手上有弓箭！人家叫我射日英雄，我就真把自己当个人物了，农活也不学，啥啥也不会，其实我啥也不是，我这辈子就是娶了一个嫦娥，可我又眼看着她飞走了！现在，我该做的事情只有一样了。来，以我为箭，瞄准月亮，拉个满弓，师父谢谢你了！

逢　　蒙　师父，你来真的？

后　　羿　（苦笑）逢蒙，人这辈子，总得来一回真的！！！

逢　　蒙　等等！

后　　羿　怎么？

逢　　蒙　当年师父射日的时候，那块红地毯还在呢！（说着，从屋里抱出那一截红地毯，郑重铺在高处）可是，师父，徒弟箭法有限，万一，射得歪了那么一点点，师父，你可就成了神八神九了！说得再浪漫点儿，也就是一颗宇宙的尘埃！

后　　羿　是，这道儿不近，我这岁数也不小，就算你瞄得准，我能不能熬得到地方，也难说。可我还是愿意，因为，我好歹是死得……离她近了一点儿啊……

［逢蒙深深一揖，一揖到地，然后将巨弓架在高处，后羿攀在弓上，一切成为剪影。

逢　蒙　师父保重！

后　羿　让翠翠不要担心，好好过她自己的日子……

［音乐骤起，逢蒙拉弓，松弦，放箭，大喊。

逢　蒙　师父——再见——

［后羿消失在黑暗中。翠翠揉揉眼睛，从屋子里冲出来。

翠　翠　你们吵吵什么，还让不让人睡了？

逢　蒙　师父走了，找我师娘去了。

翠　翠　胡说！什么师娘，我才是你师娘！你说话这么放肆，简直是不想活了！翠……

［逢蒙没反应。

翠　翠　翠翠——

逢蒙还是没反应。

翠　翠　翠——翠——降——鸡——手！

［翠翠捏住了逢蒙的肩膀，逢蒙根本没有反抗，他只是指着观众席的方向，淡淡开口。

逢　蒙　看，师父已经飞到那里了。

翠　翠　（呆住，慢慢哽咽）我的英雄走了……他背影咋还是那么帅呢？！

第九场　月球考验

月球女王　后羿他终于来了，不过，这也不是我们习惯的方式啊。我们堂堂月球，居然成了他的箭靶子！我们招你啦？

扬　扬　对啊，他敢到我们月球来抢人？！拿村长不当干部，拿豆包不当干粮！

月球女王　别说带走嫦娥，这回啊，他连自己都带不走！扬扬你信不信，不信咱打赌！

扬　扬　赌啥呀？

月球女王　小样！你说！

扬　扬　那就赌……一个吻。

　　　　［冷场片刻，月球女王忽然一声暴喝。

月球女王　我看你是找收拾！

　　　　［一阵清脆的嘴巴声传来。

扬　扬　（用含糊不清的声音）后羿啊后羿，看见没有，看见没有？月球不是啥好地方，这里面住的没有一个是善男信女，我们女王也有这么明显的暴力倾向，你啊，等着挨收拾吧！

　　　　［后羿迷迷糊糊走了上来，眺望四周，百思不得其解。

后　羿　月亮原来是这么、这么、这么……大呀！奇怪！我在人间的时候，抬头就能看见月亮，也能看见我的嫦娥，现在到了月亮上，我怎么什么也看不到呢？我说，这里是月亮吗？！月球女王，你在吗？

　　　　［这时，桂花与桂皮上场，各自扛着一柄斧子，贼头贼脑的。

桂　花　看，那边有一个大个儿的。

桂　皮　好像不太会飞，身上也没多少羽毛，估计是个退化品种。

桂　花　退化就退化吧，我们是拿回去做菜，又不是拿回去配种。

桂　皮　闭嘴！你一个女孩子家，说话咋一点儿都不文明呢？

桂　花　甭废话了，动手吧！我劈、我劈、我劈！

　　　　［后羿眼看两人朝他扑过来，连忙喝止。

后　羿　站住！拿我做菜？告诉你们，我是后羿！射日英雄后羿！！

桂　皮　这只乌鸦的名字好长啊！

桂　花　长，那也得记下来。

桂　皮　为啥？

桂　花　不都得写到菜谱上吗？要不，人家知道吃的是啥呀？

桂　皮　好了，这位乌鸦贤弟……

　　　　[后羿一个趔趄。

桂　皮　我叫桂皮，她叫桂花，我是哥哥，她是妹妹……虽说长得不太像，可我们的兄妹感情很融洽……

后　羿　其实也不是完全不像，细看还有点儿像。

　　　　[桂花、桂皮互相瞥了一眼，异口同声道："啊呸！你埋汰谁呢？！"说完，兄妹俩逼近后羿。

后　羿　……我建议我们还是要讲理。

桂　花　我建议咱们不用讲理。我撞、我撞、我撞！

后　羿　（被桂花撞得左躲右藏）停！停！月球女王！月球女王！在不在？你出来帮我说句话啊！靠，关键时刻她倒闪了！

桂　皮　这只乌鸦神通不小啊，竟然认识咱们老大？

桂　花　认识也白认识，女王也不能拦着咱们做炸酱面！

后　羿　不对啊，乌鸦……炸酱面？你们为什么要做乌鸦炸酱面？

桂　皮　废话！因为有人只吃乌鸦炸酱面！

桂　花　我们负责出来打乌鸦，还有两个更倒霉的，在后边磨面呢！

后　羿　那个等着吃乌鸦炸酱面的，是不是一个绝色女子？

桂　花　这个词好高深哪！什么叫绝色？

桂　皮　那个词也高深啊！什么叫女子？

后　羿　如果那是个绝色女子，很可能是我的老婆，我的老婆叫嫦娥。

　　　　[桂花桂皮同时惨叫。

桂　花　他刚才说了那个词，"老……"，他胆子也太大了！

桂　皮　他太反动了！

后　羿　可我就是来找我老婆的啊。

桂　皮　吴刚、吴脑快来吧，这里有人在找老——老——老婆啊！

桂　花　别提那个词！要不，我血压都高了！

桂　皮　你本来就高血压！

　　　　［吴刚吴脑气势汹汹地出现。

吴　刚　（逼近后羿）我们这儿是月球，单身星球，知道不？！跑这儿来找老婆，这不纯属骚扰吗？

后　羿　我骚扰你干啥？……我自己有老婆！等找着嫦娥，我一分钟都不待，马上回地球！

吴　刚　嫦娥？你要带嫦娥回地球？做梦！我宁可让你带我走，也不让你带她走！

后　羿　带你干啥？我知道你是哪棵葱啊？

吴　脑　他叫吴刚，我叫吴脑！我警告你，忘掉地球上那点儿破事，别打嫦娥的主意！

桂　花　也别打我的主意！

桂　皮　没人打你的主意！

后　羿　我不管，我告诉你们，我忘不掉地球上那点儿破事，也不想忘！我知道嫦娥她也不会忘！

吴　刚　（一脸诡异的微笑）是吗？

　　　　［嫦娥一身梦幻的装束出现了。

后　羿　娥！……我是羿！

　　　　［所有月球居民紧张地观察。

嫦　娥　羿……是谁啊？

　　　　［居民们快活起来，冲着后羿挤眉弄眼。

后　羿　你是赌气，还是真的不记得？我宁愿你是赌气，我愿意好好哄你，好好求你。就像当初，我每天求你吃一碗乌鸦炸酱面。

嫦　娥　乌鸦炸酱面？……我最讨厌吃乌鸦炸酱面。

桂　皮　可是，你现在天天闹着吃乌鸦炸酱面！你是自虐啊？

嫦　娥　（吐露心声）我来到这个地方，一切都很陌生，除了记得自己的名字，我脑子里只有"乌鸦炸酱面"这几个字。我不知道自己从哪里来，从前跟谁生活在一起，有没有人喜欢过我。一切的线索，就是这碗乌鸦炸酱面，我忍着恶心吃这碗面，这碗面，是我跟过去的最后一点儿联系，我不想失去这点儿记忆……

后　羿　娥！我来了，就不会让你再失去记忆！我是后羿，我是娶你为妻的人……

嫦　娥　可是，我不相信你，看着你，我感觉不到一点儿温暖，我甚至怕你。你一定是在骗我，你没有娶过我，我也从没嫁过人……（憧憬）我如果嫁人，一定会嫁一个盖世英雄，一定会时时刻刻与他厮守，他对我永不厌倦，永不背叛……

桂　花　对啊后羿，你厌倦过嫦娥姐姐吗？

后　羿　……厌过！

桂　皮　你背叛过嫦娥姐姐吗？

后　羿　……叛过！

吴　刚　想不到你是如此无耻又如此诚实。

后　羿　可是，我不想再背叛你，也不会再厌倦你！娥，听我说，你记得乌鸦炸酱面，那你不记得盛面的那个大碗吗，那么重，你必须两手捧着……

嫦　娥　好像每次都盛得很满。

后　羿　（受到鼓舞）对！你吃几口就吃不下了，一放就是一天，就放在案几上，咱家的案几是这么长，这么宽，这么高，破的，都掉漆了……

嫦　娥　我总伏在上面打瞌睡……

后　羿　没错！

吴　脑　不行啊，这样下去要出事啊！玉兔大人，玉兔大人，快来管管吧，有人来捣乱，嫦娥的记忆在恢复啊——桂花，桂皮，上！

［桂花和桂皮各持大斧，将嫦娥和后羿隔开。

［音乐骤起，玉兔威风凛凛地出现，虽然衣着暴露，但是，杀气腾腾。

玉　兔　谁敢在月球恢复记忆，谁敢？你们每一个都是服了登月仙丹的人，你们来到这里，就应该清洗所有的记忆，而且，永不恢复！嫦娥，过来，你怎么还有记忆的残留啊？

吴　刚　可能你上次清洗的时候忘了甩干。

玉　兔　闭嘴！（走向嫦娥）

后　羿　（挡在嫦娥面前）不许你碰她！

玉　兔　女王！女王！对这个胆大妄为的家伙，还有这个让我们很失望很失望的嫦娥，怎么办？

月球女王　重新清洗嫦娥的记忆，洗到一点儿不剩。至于后羿，清洗了也不安全，把他囚禁，囚禁终身！

［桂花桂皮冲上去抓住了后羿，将他制服，用斧子压制住他。吴刚和吴脑抓住了嫦娥，带到玉兔面前。

后　羿　没用！没用！我们记得！我们会一直记得！

玉　兔　走着瞧！……现在开始清洗嫦娥的记忆！

嫦　娥　可是，你能不能先告诉我，我的记忆里面有什么？

玉　兔　（端详嫦娥的眼睛）现在读出了第一个关键词——翠翠！嗯，还有一个词——逢蒙！

后　羿　翠翠？

嫦　娥　逢蒙？

［周围陷入黑暗，表演区是人间，后羿家门口的井台上，逢蒙在井边呆呆地坐着。

翠　翠　翠——翠——降——鸡……

逢　蒙　等等！我咋的了，你就翠我啊？

翠　翠　（低落地）我没意思。

逢　蒙　没意思你就翠你自己，别老欺负我！

翠　翠　逢蒙，你能催眠我吗？

逢　蒙　催眠？我不会！

翠　翠　（低下头）那我怎么办啊！我天天睡不着！

逢　蒙　睡不着也活该！都是因为你，要不然师娘也不会走，不会把我扔在这儿不管，狐狸精，扫把星！

翠　翠　（哭起来）我心里比你还难受！我到院子里会看见井里的月亮，我躺在屋里会看见天上的月亮，我躲不开，逃不掉！后羿就在那月亮上头！我看得见，却摸不着。

逢　蒙　你别哭啊……哎呀，明明是扫把星，一哭咋也这么动人呢。行了行了你别哭了，我催你，我催你还不行吗？……（学后羿唱起催眠歌曲，翠翠依从享受，逢蒙却忽然沮丧地放弃）不行，我怎么能这么做呢，这不跟师父一样了吗，我怎么能这么对待一个善良纯真的女孩子呢？

翠　翠　善良纯真的女孩子？（往左右看）你又埋汰我呢，我知道我不是！

逢　蒙　在我心里，你好像是。

翠　翠　啊？

逢　蒙　算了就当我没说。

翠　翠　……行。

　　　　[两个人对视，忽然都有了羞涩的感觉。

逢　蒙　你不是睡不着觉吗？我知道一个偏方！

翠　翠　你说。

逢　蒙　要让女人睡得安生，就得有个男人把她搂在怀里，哄着她睡。据说……贼好使！有人试过……

翠　翠　谁啊？

逢　蒙　我爷爷，我爹，我也打算……试试……

翠　翠　你用谁试啊？（逢蒙抱翠翠）这样不太好吧？！（翠翠抱逢蒙）这样太不好了！

逢　蒙　以后咱都不看月亮了，行吗？把这个月亮彻底忘掉！

翠　翠　可是我们能做到吗？

逢　蒙　……尽量吧。

［逢蒙与翠翠并肩站起，逢蒙从后面搂住翠翠的肩膀。两人一起仰头看月亮。

翠　翠　你说，他们两个在月亮上……过得好吗？

［表演区重新回到月球上，后羿还是被制服，嫦娥还是被清洗。

嫦　娥　原来，我记忆里的人，都已经挺幸福的了。

后　羿　不，娥，我还在你的记忆里，我不幸福……一点儿都不幸福！

玉　兔　这个简单，你马上就要从嫦娥的记忆里被清除了，你幸福不幸福，跟她再没有关系！

嫦　娥　别……就给我留下一点儿记忆吧，很少很少的一点儿……

［吴刚、吴脑、桂花、桂皮开始窃窃私语。

玉　兔　不行，必须清洗干净！留下一丁点儿，你将来都会后悔！

嫦　娥　我现在已经后悔了……后悔来到这里……我觉得我失去了很多，我不知道那些都是什么……我不想连这点儿后悔都清洗掉，我好歹要知道我失去了什么！

后　羿　（努力喊着）别怕，娥，别怕！你记忆都被清洗了也不要紧，我的还在！我会重新给你讲，讲我们之间的一切！我没吃过登月仙丹！我是冒死来到你面前的！他们洗不掉我的记忆！看着我，看着我！你现在还怀疑我说的话吗？

嫦　娥　我不认识你，我也没办法相信你。刚才你让我回忆起的一切，不知道为什么都让我不安，像是一个我不愿回顾的家乡，一个我不愿继续的梦。

后　羿　我不怪你，我只求你，看着我，继续看我……

玉　兔　你不许看他！你们两个！（吩咐桂花和桂皮）蒙住她的眼睛，堵住她的耳朵！

　　　　[嫦娥被蒙上白纱巾，耳朵也堵上了。

玉　兔　（冲到后羿面前）现在，该给你增加一点儿记忆了，痛苦的记忆！

后　羿　来吧。

　　　　[玉兔一套组合拳殴打后羿，众居民捂住嘴巴不敢尖叫，但是都有点儿不忍心了。

嫦　娥　疼！

桂　花　嫦娥姐姐怎么了？

嫦　娥　好疼！

桂　花　她怎么会疼？

桂　皮　好像是……她的心很疼。

桂　花　可是她听不见也看不见啊，她不知道后羿被打啊。

桂　皮　可是好像……她就是会知道……就是会疼。

后　羿　她一半的心还在怀疑，可是，另一半的心已经开始为我疼痛了。继续吧，玉兔大人，现在你才是我的救星！继续吧！

　　　　[玉兔冲过去打后羿，被吴刚吴脑制止。

吴　刚　不能打呀，再打，人家破镜重圆了怎么办？！

玉　兔　我不信！凭什么啊？从前他对嫦娥那么不好！

吴　脑　一日夫妻百日恩嘛。（打自己嘴巴）在月球上说这种话真反动，我对不起月球对我的多年培养！

桂　花　我也对不起月球的多年培养，嫦娥姐姐，我不想蒙你的眼睛了！

桂　皮　我也不想堵你的耳朵了！因为我好像感觉到爱情是怎么回事了！

玉　兔　你们想造反啊？告诉你们，嫦娥跟这个男人一点儿关系都没有，她刚才心疼，因为她是个善良的姑娘！我打别人，她一样会心疼！

　　　　[玉兔冲过去打桂花，桂花慌乱躲闪，最后还是挨了一拳。嫦娥静

静地站在那里。大家面面相觑。玉兔郁闷，回身一拳扫倒桂皮，桂皮惨叫，嫦娥还是没有反应。玉兔来到吴刚、吴脑面前，左右开弓，同时出拳，两人中拳呕吐，痛苦，嫦娥还是没有反应。

后　羿　看到了吗？我们的心里，都只能住下一个人，我们只能为一个人心疼！

玉　兔　气死我了！

[玉兔愤怒而又不知所措，在狂躁的音乐中，一拳拳打向星空。

桂　皮　轻点啊，大人。

玉　兔　为什么？

桂　皮　你刚才一不小心，打到那颗星星了，那叫海王星。我有一个表妹，就住在那个海王星。我怕你伤到她。

玉　兔　我能打那么远吗？……哎，不对，你来到这里不是清洗过记忆吗，怎么还记得一个表妹？！

桂　皮　（跪下）大人息怒，我，我手心里有个文身，文的是我表妹的名字……不要惩罚我啊！

[玉兔愤怒揪起桂皮，又下不去手，只好捶地。

桂　花　轻点啊，大人，我，我前一段收养了一只宠物小乌龟，这两天离家出走，我怕它就藏在这些洞穴里，你这一拳头下去，它脑震荡了怎么办？

玉　兔　乌龟又是哪里来的？！也是从地球飞上来的？它忍者神龟啊？！

桂　花　嗯，估计是山寨版的。反正我挺想它，我忘不掉它……

[玉兔郁闷得要疯，猛力地捶打自己的胸口。

吴　刚　轻点啊，大人。

玉　兔　你又怎么了？我没往上面打，没往下面打，我是打我自己，你也有事啊？

吴　刚　是啊，就是因为你打自己，我才觉得有点儿心疼……

吴　脑　玉兔大人，你不知道吴刚他暗恋你很久了吗？

　　　　　[玉兔整个僵在那里。
吴　刚　吴脑是胡说！大人你别当真。
　　　　　[玉兔缓了一口气。
吴　刚　我那不叫暗恋……我是单相思。
　　　　　[玉兔差点儿昏过去。
吴　脑　反正，你们要是想通了，就一起要个小孩子吧，我最喜欢带小孩子了！
玉　兔　我不想生小孩！
吴　刚　实在不行，咱就生小白兔。
玉　兔　小白兔也不生！
　　　　　[冲下舞台，想殴打观众却没有找到对象，最后郁闷地冲回舞台，羞涩地躲到吴刚身后。
　　　　　[吴刚、吴脑、桂花、桂皮开始欢乐地舞蹈，后羿一个人来到嫦娥面前，为她解开蒙眼堵耳的纱巾。两人四目相对，在月球居民欢乐的反衬下，倍感凄清。
后　羿　现在，我可以带你走吗？
　　　　　[嫦娥摇头。
后　羿　你还是不能原谅我？
嫦　娥　不，我只是还不能想起你……求求你，让我想起你，让我相信你，让我可以放心地依偎你，我不想再孤单下去，我不想一个人走向岁月的尽头……你想点儿办法吧，你一定有办法的！
后　羿　……等着我。
　　　　　[后羿来到欢乐的人群中，把玉兔拉到一边。
后　羿　来，继续打我，打到她能想起我。
玉　兔　那怎么可以？人家现在是心底有爱，怎么还可以下毒手啊？
后　羿　可是我不遭这个罪，我找不回我的老婆啊！
玉　兔　谈恋爱是很轻松很甜蜜的事情，你们咋搞那么沉重呢？（兴奋地朝

吴刚挥手，飞吻）

后　羿　我也知道恋爱轻松，可是，真正过日子谁能轻松？（夺下玉兔的拳击手套，自己戴上）我跟自己的爱人生活了五年，我当初承诺的都没有做到，我现在想弥补都找不到机会，我得先让她想起我，是我，是我欠她那么多！爱就是这样不进则退，爱就是这样覆水难收！

嫦　娥　你要做什么？

后　羿　面朝那边，那边是我们的家，闭上眼睛，我要让回忆重新灌进你的脑海！

　　　　［嫦娥遵从，背对后羿。后羿一拳一拳击打着自己，宛如钟声传送，他身体一点点瘫倒，但嫦娥没有反应。后羿倒下，众居民一个个去扶他，然后像多米诺骨牌一样依次倒下，最后倒下的吴刚倒在嫦娥脚边。嫦娥迟疑着开始哼唱从前后羿催眠她的歌曲（这次是原词），一个个音节往出蹦，渐渐的，后羿挣扎起身，像当初催眠她一样，从后面抱住她。两个人共舞片刻，然后焊接在一起，拥抱在一起。

　　　　［奇异的音乐起，后羿抬头。

后　羿　月球女王，你来了，你来拆散我们吧！

月球女王　咱们当初把月球设定为单身星球，那是因为所有登月的外星生物，多多少少都会丧失一部分记忆。而且，他们以为，丧失了记忆就会过得幸福，于是，我们月球才有了必须清洗记忆的法律。记忆都清洗了，就容易选择单身。对吗，扬扬？

扬　扬　对！可是现在看来，丧失了记忆，也没幸福到哪儿去！单身不单身的，人毕竟还得谋求幸福啊！

月球女王　其实，人之所以选择单身，就是因为她忘了自己喜欢过谁，谁又喜欢过自己。一旦想起来，谁还愿意单身啊？

扬　扬　就比如女王陛下……

月球女王　对，就比如我，前一段我就有这个感觉，总觉得附近有个什么人喜欢我。我还让扬扬去查过,谁这么大胆,敢打我的主意?!对了,扬扬,你后来查到没有?

扬　扬　那个人吧,我记得,好像,基本可以确定,反正,哦,对了,女王,你看那边谁来了!

[传来嗯嗯啊啊的热吻声。

月球女王　……本次播音……到此……结束……女王,下班了……

后　羿　看来这是天意,愿天下有情人终成眷属!

嫦　娥　愿你们终成眷属之后,还是一个有情人——

[大家一起喊:为爱痴狂!

[《为爱痴狂》音乐起,大家欢腾,嫦娥后羿终于加入了大家的舞蹈。逄蒙和翠翠也上场加入,他们亲热又拘束地与后羿嫦娥打招呼,大家最后在欢乐中谢幕。

[剧终]

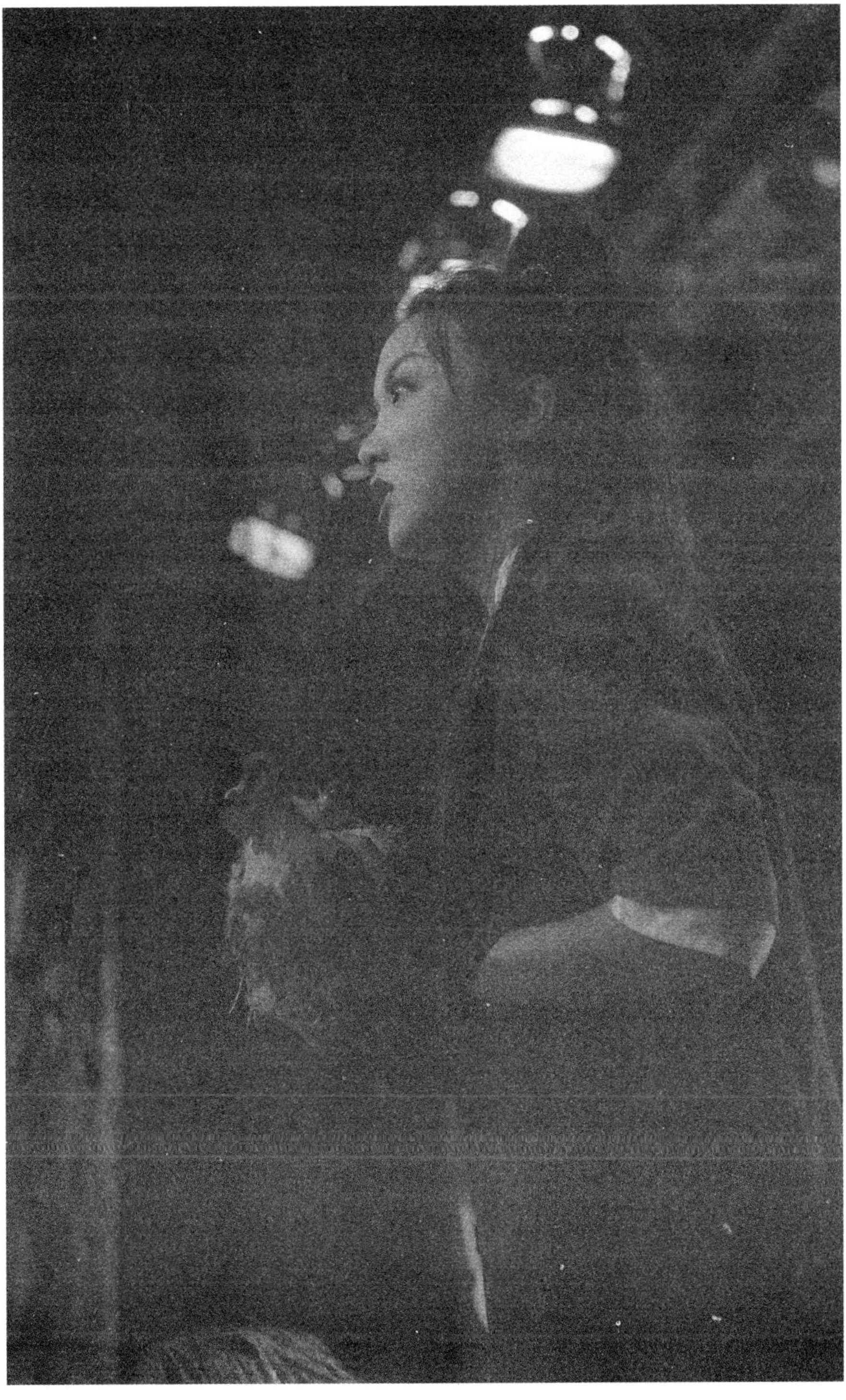

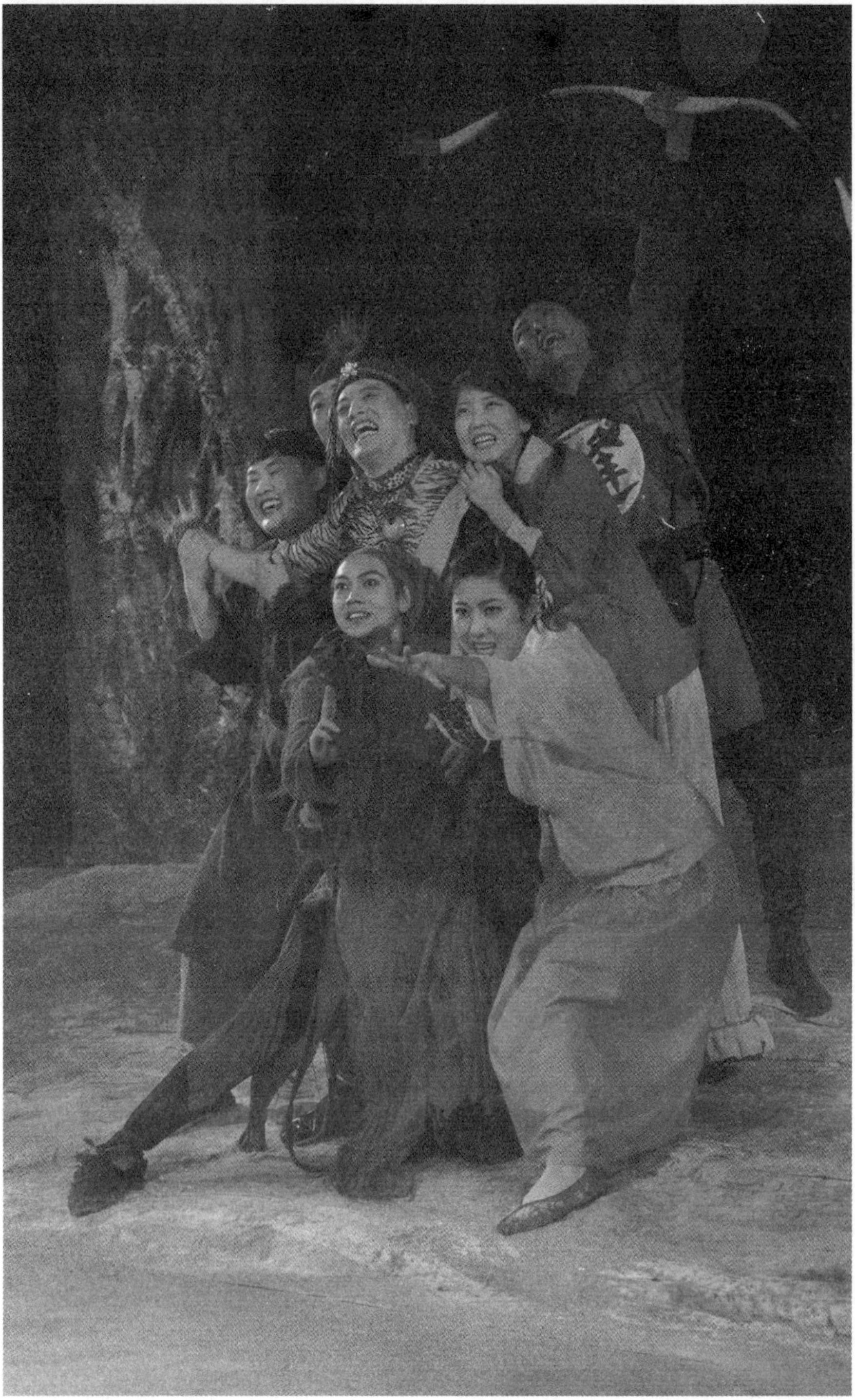

从欢笑开始

——《我的老婆叫嫦娥》导演阐述

陈晓峰

《我的老婆叫嫦娥》既不是一出穿越千年梦幻的闹剧,也不是一部还原神话故事的正剧。它更像是一场真实生活下的繁华放逐。

本剧由著名编剧史航改编自鲁迅的小说《奔月》,或者说是《奔月》的后现代式续写。本剧虽然以后羿和嫦娥为主角,但是与大家熟知的神话毫无共同之处,剧情全面解构了"奔月"的神话。

大英雄后羿射下九个太阳后,与美女嫦娥相爱结婚。五年后,他们的生活陷入庸常,日复一日的乌鸦炸酱面让二人难以忍受。

后羿在一次出猎中,射杀了村姑翠翠的老母鸡,无奈之中与翠翠周旋,不成想翠翠却认出他是个英雄,非要以身相许。后羿回家,村姑翠翠却找上门来,后羿用催眠术哄骗两个女人,不想催眠术失灵,被嫦娥和翠翠两个女人搞得焦头烂额。无奈之下,后羿喝了徒弟逢蒙的酒沉沉入梦。此时,逢蒙却趁机向师娘嫦娥坦露爱慕之情。

后来,后羿在一次打猎途中遇见徒弟逢蒙,师徒二人一番对抗后,受伤的后羿被一直等待机会的翠翠救下。剧情接着发展,后羿回家后,与嫦娥发生吵闹,误打误撞中嫦娥服下了仙丹奔月而去。

翠翠得偿心愿,和后羿卿卿我我。然而后羿和翠翠的生活并不如意,他还是想念已经在月亮上的嫦娥，在和翠翠度过一段毫不适应的生活后，后羿将自己当作一支箭，在逢蒙的协助下，冒死奔月。

来到月亮后，后羿才发现这里是一个单身星球，嫦娥也早已失忆。后羿开始试着重新去爱嫦娥企图唤醒她的记忆，却发现嫦娥的心已经贴上了封条，在月球生物的阻挠下，嫦娥和后羿用自己的爱情感动了它们，并改变了月球是个单身星球的现状。而此时，身在地球的翠翠和逢蒙已经成为一对欢喜冤家……

喜剧的形式是最容易打动观众的。语言、方言、包袱、流行歌曲、二人转式的互动都可以产生喜剧效果。喜剧离不开有意思的人，也离不开有意思的情境。《我的老婆叫嫦娥》这个剧本在人物形象的塑造以及故事的结构上都恰如其分地符合了这些特征。

全剧共划分为九场，以鲁迅的《奔月》为故事的生发点。表演开端是人们被太阳炙热的光芒晒得难以忍耐从而引出后羿射日。剧中很多道具都被省略掉，由演员的无实物表演代替（例如，洗衣大姐手里洗的衣服、后羿射日时用的箭等等），更多的是大量地借助了演员的肢体特点来展现。夸张的肢体语言不仅写意而大气，也蕴含了许多喜剧元素。

在注重喜剧性的同时还要考虑到剧本中的情境。所以在演员的造型方面，选择了与剧本时代相仿的古装造型。但《我的老婆叫嫦娥》绝非一出古装大戏。古人们的"之乎者也"虽然精辟却偏离我们生活的年代太久了，所以演出时演员们虽然都穿着与时代相附的古装服饰，但表达方式用的却都是现代的口吻。在台词中大量借助了流行歌曲、热词俗语等元素，这不仅具有喜剧效果，也赋予了本剧很强的当下性与时代感。

戏剧的意义就是要让陌生人聚集在一起，相信同一句台词，热爱同一个瞬间，坚守同一种沉默，聆听同一段掌声。所以在演出中演员与观众的互动环节必不可少。逢蒙要射日、逢蒙与后羿决斗、玉兔追打吴刚，这三个小小桥段都紧紧地将观众与演员融为一体。

剧中由编剧史航亲自执笔作词，著名演员、电影频道主持人、作曲家居文沛作曲的主题歌《白天的月亮》被安排在后羿思念嫦娥的那一刻唱响。而此时正是后羿坐在井口对着月亮追思流泪之际，主题歌在此便成了后羿内心浓浓的情感依托，使后羿的真情变得尤为珍贵。

在舞台设计方面，考虑到舞台的台口突兀而且边幕太窄，所以在舞台两侧加了两幅字幅——"在很久很久很久很久以前，我和你和他和她和它相遇"，用来遮挡，这样还可以令观众产生浓厚的兴趣。另外，尽量充分利用舞台布景，让它多变，像案几就既当桌又当床。

《我的老婆叫嫦娥》把戏剧语言生活化，把神话故事与现实生活融为一体。它是一出超现实版的婚姻奏鸣曲，从一见钟情到相看两厌，其中有贫贱夫妻百事哀；有英雄末路人惆怅；有死心的听之任之；有无奈的思想麻痹……而这些，就好似一面镜子，折射着现实生活中的我们。无论是对浪漫婚姻爱情无比的期待还是面对婚姻中出现的问题，嫦娥与后羿、逢蒙与翠翠都是一种对平时庸常生活的如实体现与顽强超越。

《我的老婆叫嫦娥》不单单是一部能够让观者开怀大笑的喜剧，更重要的是在欢笑背后所蕴含的那些被虚幻掩盖的真实生活，那些被我们忽略了的温情感动。

《我的老婆叫嫦娥》从欢笑开始，由泪水经过，最终在你内心深处某个柔软的角落里悄然止步。

182　中　场——陈晓峰导演戏剧作品集

良 宵

编剧：金仁顺

总 策 划：崔永泉　　　　舞台监督：李伟新
策　　划：曲　笑　　　　化妆设计：王　鸣
监　　制：韩铭飞　　　　服装设计：王　墨
出 品 人：李　威　　　　道　　具：阳　光
编　　剧：金仁顺　　　　场　　记：贾　瑟
导　　演：陈晓峰　　　　音乐音效：王宇鑫
舞美设计：陶　奕　　　　LED 制作：王咨皓　王宫亮
灯光设计：李时达　赵丹阳　剧　　务：孙鼎文　马艺志

程　铭 饰 张黎黎
韩　睿 饰 王　坚
赵紫含 饰 安　如
李伯桐 饰 陈雨林

人物介绍：

张黎黎　企业家的女儿，典型的富二代。她相貌身材一般，但殷实富足的家庭背景给了她足够的自信，她相信财富的力量是无所不能的。

安　如　张黎黎的同学、闺蜜。她出身平凡，但拥有美貌和身材，她要借此为自己打造一个金光闪闪的未来。

王　坚　张黎黎的男朋友。没有可炫耀、倚仗的家庭背景，外形俊朗、帅气，想成为艺术家却笃信实用主义生活哲学，一心想成为张家的乘龙快婿。

陈雨林　张黎黎的爸爸替女儿选中的结婚对象。高知背景，家庭条件优越，对任何人任何事都无所谓。

第 一 场

[舞台上。一个豪华KTV包房。一组沙发。一个很大的用来播放KTV的电视屏幕。这组沙发后边，是另外一张桌子，高脚，细长，类似于吧桌。吧桌上面放了很多酒，杯子，果盘。旁边配着两个吧凳。包房后面挂着三幅很大的后现代油画，画的都是蒙娜丽莎，一幅穿着小黑裙，一幅穿着白衬衫，一幅穿着画着拳头的红色T恤衫。

[灯光亮起。王坚推着一个送餐车进来，餐车上面扣着不锈钢罩。王坚把车停在沙发中间，前后左右地看了看位置，把餐车摆好。王坚对着包房的屏幕，拿屏幕当镜子，理了理自己的头发，拉拉衣服。

[敲门声响起来时，王坚应了一声，找到瓶香水，往身上喷了喷，刚迈了两步，又停下，找到遥控器按了一下，歌声响起来："你问我爱你有多深？我爱你有几分——"

[王坚帅帅地打开门，躬身做了个"请"的动作，安如曼妙地走上舞台。音乐："我的情也真，我的爱也深——"

王　坚　（抬头看见安如，意外地）你？！——怎么来了？

[安如在王坚身上闻了闻，手扇了扇风。她听到包房里的歌声，转身看了王坚一眼，模特似地摆了个Pose。

[王坚手忙脚乱地找遥控器。

[安如随手打开不锈钢罩子，里面是一个玫瑰花环，花环里面放着一个丝绒盒子。安如拿出里面的小盒子。

[王坚看见，冲过来抢，安如把手背到身后，两个人纠缠了几个来回，王坚抱住了安如，手朝她身后够，两个人的身体接触很紧密。

两个人目光对视。

[陈雨林上场,看着他们。王坚松开安如,看着陈雨林。

王　坚　你怎么来了？

陈雨林　（笑了）来得不是时候？还是,来得正是时候？

[音乐声:"轻轻地一个吻,已经打动我的心;深深的一段情,教我思念到如今——"王坚找到遥控器,关掉音乐。

王　坚　（看看陈雨林,又看看安如）你们怎么来了？

安　如　除了这句话,你还会说别的吗？

陈雨林　当然是黎黎请我——（看一眼安如）们,来的。（他走进包房,四下看看,打了声呼哨）土豪就是土豪！

[王坚转向安如,想从她手里拿回小盒。安如一转身,躲开了。

[陈雨林趁他们拉扯的时候,走过去,拿起不锈钢罩子,王坚看见,过来拦阻,陈雨林随手把不锈钢罩罩在王坚头上。他拿起那个玫瑰花环。

[王坚拿下钢罩,伸手抢玫瑰花环。陈雨林把花环朝安如扔过去,安如接住,把花环戴在头上。

[王坚恼火地把钢罩一扔,巨大的响声让陈雨林和安如瞬间石化。王坚急赤白脸地看看陈雨林和安如。

王　坚　能不能有点儿礼貌？在私人领地请三大纪律八项注意五讲四美——

安　如　（仿佛在思考似的对陈雨林）这是黎黎的私人领地吧？

陈雨林　（点点头,斜睨着王坚）皇帝不急太监急。

王　坚　你说谁是太监？

陈雨林　你急什么？你是？

王　坚　你才是！

[安如打开了小盒子,给陈雨林看。

陈雨林　（打了声口哨,）一条蛇？

安　如　一颗心。

陈雨林 （拖长的语调）蛇蝎之心。

　　[王坚气急败坏地冲过去抢，安如为了躲王坚，一甩手，戒指被甩掉了。几个人都愣住了。

安　如 （有些心虚）我不是故意的——

　　[王坚气得不知如何是好。

陈雨林 （安慰安如）多大点儿事——

　　[王坚怒视着陈雨林。

安　如 （看一眼王坚）终身大事！

陈雨林 （在沙发上舒服地坐下）人家接受了，才是终身大事，如果被拒了，（一摊手）多大点儿事。

王　坚 你怎么还坐下了？

陈雨林 又不是我求婚，不坐着还跪着？

　　[安如拿起一个靠垫砸向陈雨林。

安　如 帮忙找戒指！

　　[王坚和安如趴在地上找戒指。陈雨林在后面打量着安如的身段。安如意识到他的目光，回头瞪了他一眼。陈雨林笑笑，也趴在地上帮他们找。

安　如 （看看王坚）你跟黎黎这才交往几天啊，就求婚？

王　坚 （还在四处看）我马上要到公司工作了，我跟黎黎结了婚，更方便我开展业务嘛——实际上，我早就开始工作了，这里装修的时候，很多都是我的点子，（直起腰指了指）那些画也是我设计的。

　　[安如和陈雨林看了看墙上的油画。

安　如 我介绍他认识了黎黎，（对陈雨林）他设计来设计去，把黎黎设计成了女朋友。

陈雨林 （打量那几幅画）无论怎么包装，都是同一副嘴脸。

王　坚 （得意扬扬）我岳父很欣赏我的创作，觉得我思维现代、敏捷，我们是家族企业，一个女婿半个儿，打虎亲兄弟，上阵父子兵，我责无旁贷啊。

安　如　（嘲弄地）你还没正式嫁过去呢。

王　坚　（脸色变得难看起来）某些人不要以为自己有点儿姿色，就可以出口伤人，为所欲为。

安　如　这句话，我与你共勉。

　　　　［陈雨林扑哧一声笑了。安如看陈雨林一眼。

陈雨林　妙龄女郎，妙语如珠。妙极，妙极！

　　　　［安如被恭维得很高兴。

安　如　（妩媚地瞥一眼陈雨林）慧眼识珠更难得。

　　　　［王坚恼怒地看着他们。安如和陈雨林分头去找戒指。

　　　　［王坚从后面盯着安如的身段。安如意识到，扭头瞪了王坚一眼。王坚假装找戒指，看着别处。

安　如　（有些恼火地）找不到，不找了！

王　坚　那怎么行啊，黎黎马上就来了——

　　　　［安如把自己手指上的一枚戒指摘下来，递给王坚。

安　如　我昨天刚在桂林路买的，你用这个吧。

陈雨林　（笑了）张冠李戴？不，安戒张戴。

王　坚　（把戒指拿过来，放到丝绒盒子里）先当个备份吧。（看看门，）趁着黎黎没到，再找找——

安　如　都找遍了——

陈雨林　越找越找不着，不找，没准儿它自己钻出来了。它不是蛇吗？

　　　　［王坚恼怒地看着陈雨林。

安　如　（推了陈雨林一把）就犄角旮旯再找一遍——

　　　　［安如走向了沙发后面。

陈雨林　（边找边说）现在流行霸道总裁，捆绑啊，抽鞭子啊，弄个戒指，玫瑰花，（看着王坚）你还敢再土点儿吗？

　　　　［王坚刚要说话。沙发后面的安如发出一声尖叫。安如一步步退回

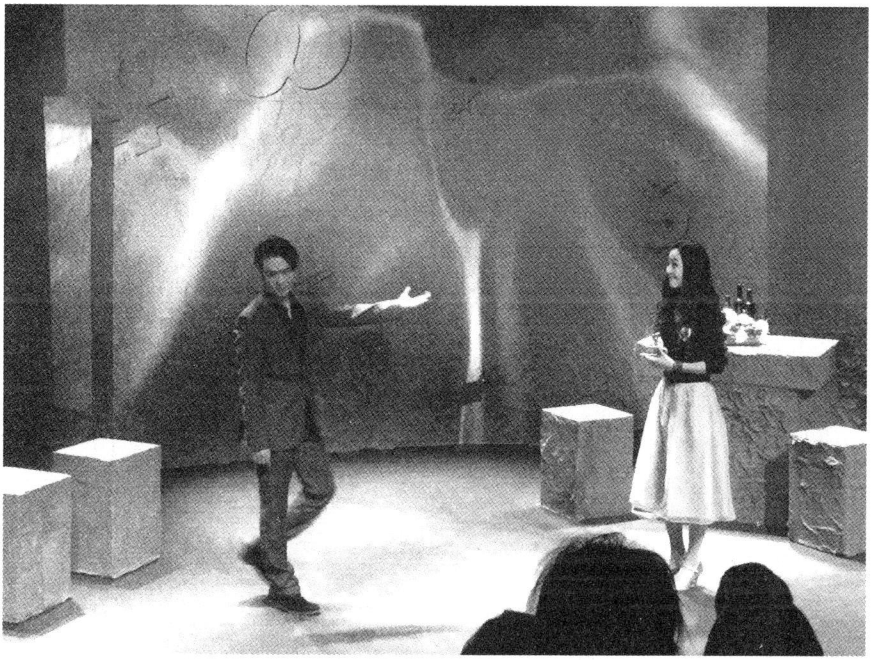

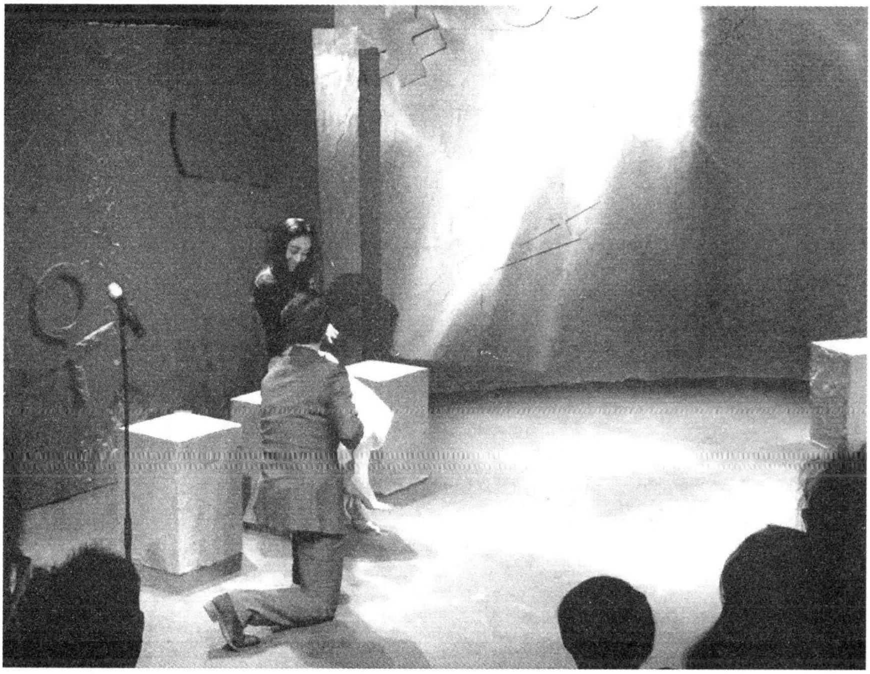

来，面色惊惶，说不出话来。

陈雨林　怎么了？

[安如指着沙发后面，说不出话。王坚走过去，王坚也叫了一声。安如跳了起来，抓住身边的陈雨林。

[王坚一步步从后面倒退回来。陈雨林看看安如，把她的手从自己胳膊上挪开，满腹狐疑地走过去，安如和王坚看着他，陈雨林没发出尖叫，但他走回来时，明显四肢僵硬。三个人面面相觑。

[三个人定格。灯光转暗。

第 二 场

[灯光慢慢地变亮。

[张黎黎被蒙住眼睛，王坚扶着她，走到椅子前坐下。王坚把推车推到椅子前面。摆摆好。四下看看，觉得很满意。王坚转到张黎黎身后，把她的遮眼布解开。张黎黎看着推车。伸手拎起钢罩，罩子下面，玫瑰花环。

[王坚始终站在她身后。张黎黎扭头看了他一眼。王坚从她身后转出来，拿起中间的丝绒盒子，打开，跪了下来。

张黎黎　（往盒子里面看了一眼）哇哦！

王　坚　我不告诉你我花了多少时间，跑了多少家珠宝店，才为你特别定制了这个。

张黎黎　（笑了，重又打量着盒子里面）这是钻石吧？

王　坚　我不会告诉你，它花了我多少钱的。

张黎黎　（把戒指拎起来，另一只手从兜里摸出放大镜，边打量边很商业地说）这种碎钻不值钱的，我生日时我爸送我的项链，坠子有6克拉重呢。(拿出来给王坚看)我爸说,我把一辆顶级法拉利挂在了脖子上。

王　　坚　(在钻石上轻轻弹了一下)我愿意成为这辆法拉利的专职司机,(在张黎黎身上比画了一下)以及这个停车场的终身管理员。

张黎黎　你不怕出车祸?

王　　坚　(豪爽地一挺胸)生命诚可贵,爱情价更高!我的爱和我的命,都属于你!

张黎黎　你的爱和你的命,都属于我?!

王　　坚　当然。

张黎黎　(亲昵地)你愿意为我死?

王　　坚　人生自古谁无死?能为你死,是我的荣幸!

张黎黎　真的?!

王　　坚　大丈夫一言既出,法拉利也追不上!

张黎黎　(思索地)罗密欧就为朱丽叶死了!他们的爱情故事感人肺腑,荡气回肠。

王　　坚　(抒情地)我是你的欧欧,你是我的叶叶!

张黎黎　梁山伯为祝英台伤心而死。死后他们化成了蝴蝶,比翼齐飞!

王　　坚　你是我的台台,我是你的伯伯。

张黎黎　项羽为虞姬战死了。霸王别姬。

王　　坚　你是我的,(舌头打个结)虞虞,我是你的羽羽。

[张黎黎从吧台上拿起水果刀,递给王坚。

张黎黎　你也死吧。

[王坚看看刀,看看张黎黎。

王　　坚　玩儿真的?

张黎黎　什么叫玩儿真的?你一直说的是假话?假情假意?!

王　　坚　当然不是。

[张黎黎把刀又递到王坚面前。

王　坚　（接过刀）罗密欧，是用刀吗？项羽是用剑——

张黎黎　（举起只手，脸上毫无笑意）我发誓，你死了，我会给你办一场最最豪华的葬礼。你的死亡消息将在报纸、杂志、网络上刊登，我会找影视公司为你量身打造电影和电视剧，你的死会在一定时间内占据社会版头条，进入娱乐史，还将在我的生命中永垂不朽！对了，你的家人、亲戚，我全都会照顾好，给他们设立专项基金，让他们衣食无忧，安居乐业。

王　坚　你对我真好！

张黎黎　别客气。

王　坚　你不觉得——（边思考边拖长了声音）我如果这么死了，也太便宜我了？

　　　　[张黎黎冷笑着看他。

王　坚　你应该成为我的女王，奴役我，折磨我，摧残我，让我生不如死！

张黎黎　（翻了下白眼）我就知道，你只会耍嘴皮子。

王　坚　我是认真的。（拿起戒指，单膝跪下来）嫁给我吧，黎黎！成为我的女王、女神！

　　　　[张黎黎看着他。

张黎黎　（把戒指扔回去）我不愿意！

王　坚　——（强颜欢笑）折磨我？

张黎黎　（哼了一声）过了今天晚上，我们俩，你走你的独木桥，我走我的阳关道。

王　坚　——摧残我？

张黎黎　你油嘴滑舌，我可不是，我是一句顶一万句。

王　坚　我的女王——

张黎黎　别再扯了！为什么你不能面对现实，当个安静的美男子呢？（她随手拿起个苹果，就要吃。）

　　　　[王坚把苹果抢下来。张黎黎有些生气，看着王坚。

王　坚　皮这么厚，（他拿起刀，打皮）——打打再吃。

张黎黎　不用了——

　　　　[张黎黎伸手要拿回苹果，王坚不给她。

张黎黎　你这叫什么？死缠烂打？（哼一声）皮确实够厚的。

王　坚　（脸上终于挂不住了）我的真心，在你眼里就这么一钱不值？

张黎黎　不是一钱不值，但也值不了几个钱。

王　坚　死和不死，区别这么大？

张黎黎　世界上最远的距离，就是生和死。

王　坚　爱情呢？

　　　　[张黎黎爆出笑来。

张黎黎　爱情？你跟我在一起是因为爱情？

王　坚　难道不是？

张黎黎　请问，当你谈论爱情的时候，你在谈论什么？你爱我什么？

　　　　[王坚一时无语。

张黎黎　你爱我，还是爱我爹？还是，爱我爹的钱？

　　　　[王坚无语。

张黎黎　你还跟我谈爱情？！

王　坚　那你呢？你这么不相信我？你为什么还让我为你死？！

张黎黎　是你自己表白的，你愿意为我死。除非你真的为我而死，否则，我才不会相信什么爱情。

　　　　[王坚看着张黎黎。

王　坚　你不是要爱，你是要命！

张黎黎　把苹果给我。

王　坚　你是认真的，出了这个门，我走我的独木桥，你走你的阳关道？

张黎黎　我从没这么认真过！

　　　　[王坚点点头，把苹果递给张黎黎。

王　坚　吃吧，吃了好上路！

[正要接苹果的张黎黎愣了一下。王坚递苹果的手虚晃了一下，手里的水果刀插进了张黎黎的胸前。张黎黎的身体瞬间一僵。

王　坚　你走你的阳关道，别拐弯，一直往前走，就会走到阴曹地府。

[张黎黎看着没入胸前的刀把，呆住了。

王　坚　你的葬礼不用我办，你爹有钱，会把你的葬礼办得风风光光，关于你死亡的消息很可能在报纸、杂志、网络上面刊登，你的死会在一定时间内占据社会版头条，题目是：傲慢与偏见的下场。影视公司不会费力为你改编什么电影和电视剧，没准儿我的故事倒可以改编成电影或者电视剧，一夜成名。没有人会记得你，不对，有一个，就是你老爸，他白发人送黑发人，后半辈子将会活得生不如死。

[张黎黎朝后倒去，王坚托住她，顺手把苹果放在吧台上，他左右看了看，把她拖向后面。

[灯光变暗。

第　三　场

[舞台灯光变暗。舞台转动，变成了另外一个空间。

[张黎黎出现在舞台上，背对着观众在打电话。

张黎黎　杀人游戏都过时很久了，现在流行秘密花园——

[安如静静地上场。

张黎黎　游戏杀了人，埋在花园里变成秘密？（笑起来）别贫了，你到底来不来？——好的，不许迟到！（她挂断电话，回头看见安如）你这么早到？

安　如　早起的鸟儿有虫吃啊。

[张黎黎指了一下吧台上堆得满满的水果、点心、酒水，两个人一起朝吧台走过去。

安　如　外面怎么一个服务员也没有？

张黎黎　这个店刚装修好，还没对外营业呢。服务员把东西准备好以后，我就让他们撤了，省得他们跟我爸打小报告，有的没的啰唆。今天晚上，（举着双臂，摆动腰肢）我们可以为所欲为，尽情欢乐！

安　如　你怎么这么高兴？

张黎黎　有吗？（停顿一下）王坚要跟我求婚了。

安　如　窈窕淑女，君子好逑。你肯定不会答应的，（笑了一声）王坚，求之不得，辗转反侧。

张黎黎　（沉默了一下）王坚挺不错的。

　　　　［安如看着张黎黎。

张黎黎　颜值高，大长腿，有才华，说学逗唱，各种让我高兴。

安　如　他没钱！

张黎黎　我有钱！花不完的钱！

安　如　你有花不完的钱，好男人自然会源源不绝。你要为一棵树放弃整片森林？

张黎黎　森林里的树都差不多少，一棵顶一万棵。

安　如　那我们的游戏呢？长江后浪推前浪——（她的手做出波浪翻滚的样子）

张黎黎　（笑了）再好玩儿的游戏，总有玩腻的时候。

　　　　［安如沉默。

张黎黎　老张希望我赶紧结婚，生一大串儿孩子，继承家业。

安　如　他自己怎么不生？你爸才五十多岁，钻石王老五，找个可乐姐姐橘汁妹妹的都没问题啊。以你爸的财力，会有很多女人奋不顾身的。

张黎黎　包括你吗？

　　　　［安如愣了愣。

安　如　（笑了）——你爸是看着我长大的。

张黎黎　那不更好，知根知底儿的。你就像他的另外一个女儿，小棉袄儿。

而且我们是闺蜜，他娶了你，女儿和后妈的冲突都省了。

安　如　——别闹了。

张黎黎　我是认真的。我只会问你这一次，你愿不愿意成为我的后妈？

　　　　[两个人目光对视，安如刚要开口。

张黎黎　（突然转了口风）不行！如果你嫁给了老张，生了孩子，那我的孩子跟你的孩子就是天生的敌人了。豪门恩怨得出多少故事啊。更何况，你这个小后妈跟我的老公还互为前任，你们朝夕相处，谁能保证哪一下不擦出个火花，劈个腿。到时候，我跟我爸岂不是很惨？！真有那一天，我是惩罚你呢惩罚你呢还是惩罚你呢——

　　　　[安如脸拉下来。

张黎黎　我是不是太直接了？不过，（拈起粒葡萄）从社会底层爬出来的人，通常没什么底线。

安　如　（羞恼地）如果你想惹火我，我可以告诉你，你的目的达到了。

张黎黎　（夸张地）哟，粉嫩嫩的自尊心受伤了？拉倒吧，咱俩谁跟谁？我还不知道你？（冷笑了一声）脸上白莲花，里面麻辣烫，（在安如身上比画了一下）你这浑身上下，里里外外，都是靠什么包装起来的？

安　如　（针锋相对地反击）靠我自己的美貌、智慧、能力。我吸引来男人，再转让给你。

张黎黎　转让？转卖更准确吧？你这浑身上下里里外外的名牌奢侈品，哪一样不是我提供的？那些男人一开始是被你吸引了，但他们认识我以后，又被我吸引了，我们各有各的资本！你有美貌我有财富。

安　如　今天是鸿门宴？！你成心要撕破脸？

张黎黎　（笑了）撕脸还用设宴？再说了，我也没撕脸啊，我说的不都是事实吗？平时涂脂抹粉，今天素颜一次，你就受不了了？

　　　　[安如一时无语，她顺手拿起个苹果，看了看皮，从吧台上拿起刀。

安　如　（妥协地）我就当你是婚前综合征吧。

张黎黎　我还没想好是不是答应王坚呢。

［安如看着她。

张黎黎　你其实很喜欢王坚，是不是？把他拱手转卖给我，（捏起安如握刀的手，在安如的手腕儿上切了一下）壮士断腕？

安　如　（怒）你别蹬鼻子上脸！

张黎黎　小白兔急了眼，露出了狐狸尾巴——（冷笑了一声）除了抛媚眼儿晃尾巴，你还有什么本事？

安　如　闭上你的乌鸦嘴！

［安如把刀插进了张黎黎的胸前。张黎黎嘴巴大张。

安　如　（失控地）你还不闭嘴！（又把刀往里插了插）

［张黎黎看着自己胸前的刀把，安如也看着张黎黎胸前的刀把，也呆住了。

安　如　对不起，我，我不是故意的——

［张黎黎朝后面倒去。安如扶住她。她惊慌失措，把苹果放到吧台上，四下看了看，把张黎黎拖到后面。

［舞台灯光变暗。

第 四 场

［灯光慢慢变亮。

［舞台上，张黎黎迎接刚走进来的陈雨林。

张黎黎　你提前到了？

陈雨林　杀人是我最爱玩儿的游戏，上班时救人，下班后杀人。（打了个响指，随即把手按在胸口）我真是个变态！

张黎黎　（笑了）都跟你讲了，今天不玩儿杀人游戏，这个游戏过时好久了。

陈雨林 （打量四周，看看张黎黎）老张说，这家店是给你的嫁妆？

　　　　[张黎黎不置可否。

陈雨林 土豪就是豪气冲天！

　　　　[张黎黎拉下脸来。

陈雨林 我跟老张也这么说过，他就没生气，还夸我很有种！

　　　　[张黎黎懒得跟他争辩。

陈雨林 你爸觉得王坚就很没种。

张黎黎 （气恼地）那又怎么样？我想嫁谁就嫁谁。

陈雨林 你想嫁，也得人家想娶啊。

张黎黎 你怕我没人娶？

陈雨林 那当然不会。重赏之下，必有勇夫。

　　　　[张黎黎沉默。

陈雨林 又生气了？动不动就给人脸色看，是你的特点之一。（朝她脸上看了一眼）粉饼不错，口红的颜色也不错。王坚帮你挑的？

　　　　[张黎黎瞪他一眼。

陈雨林 我要是王坚，就给你挑最难看的粉饼，最邪恶的口红，最无语的穿着打扮，让你人见人厌，花见花谢——这样，你才能死心塌地跟着我。王坚把你一点点打造成时尚名媛，绯闻女孩，他的下场只有一个——过河拆桥，卸磨杀驴。

张黎黎 王坚可不是你想象的脑残粉。他很清楚，只有真材实料，才会让我满意。而且，他的付出肯定会有回报的。

陈雨林 （笑了）问世间钱为何物？直教人生死相许？！

张黎黎 因为，有钱走遍天下，无钱寸步难行。

陈雨林 （点头赞成）有钱千里来相会，无钱对面不相识。

张黎黎 穷人说：世界这么大，我想去看看；有钱人的说法是：世界这么大，排队过来，让我看看。

陈雨林 （叹了口气，感慨地）财富是财富者的通行证，贫穷是贫穷者的墓志铭。

张黎黎　我爸说你很有思想。

陈雨林　谢谢！你爸倒是个有脑子的有钱人。他很希望财富能和智慧——（在张黎黎和自己之间比画了一下）联姻。

[张黎黎冷眼看着他。

陈雨林　老张明白，世界上最大的财富，不是房地产，不是银行，也不是腐败，而是——（指了指自己的脑袋）智慧！

张黎黎　见过自恋的，没见过你这么自恋的。

陈雨林　你的见识——恕我直言，虽然你割了双眼皮，但仍然是鼠目寸光。

张黎黎　（拉下脸来）给你阳光，你还灿烂了？

陈雨林　我还没说你连鼻子也垫过呢。

张黎黎　（火更大了）你——

陈雨林　（盯着她的鼻子）你找的医生绝对是高手，做得这么自然，除非是我们这样的行家，一般人的眼力根本看不出来。

张黎黎　（飞快地冷静下来，冷眼打量着陈雨林）你对我，干吗观察得这么细致入微？

陈雨林　我不是故意的，我天生拥有过人的观察力。（走到吧台边上，随手拿起苹果和刀）比方说，我一眼就看出来，安如是天然美女，还有，你的男朋友以前跟安如好过。

张黎黎　他们又没结婚，就是结了婚，移情别恋有什么好稀奇的？

陈雨林　移情别恋无所谓，问题是，要移得干净利落，别拖泥带水的，身在曹营心在汉——

张黎黎　你是替我担心，还是替自己？

[陈雨林看着张黎黎。

张黎黎　你对安如有兴趣？

陈雨林　美色当前，看了两眼三眼的——

张黎黎　一见都能钟情呢，你这两眼三眼早就掉进去了吧？

陈雨林　在你看来，我就那么没阅历？

张黎黎　你有阅历，安如呢，阅人无数，你们两个，正好两情相"阅"！

陈雨林　阅人无数——的意思是——

张黎黎　我没意思。

陈雨林　你有意思。

张黎黎　我真没意思。

陈雨林　（笑了）我明白你的意思。

　　　　[张黎黎耸了耸肩。

陈雨林　（削着苹果）你决定跟王坚结婚了？

张黎黎　老张觉得，他拿我当提款机。

陈雨林　别人也会拿你当提款机的。

　　　　[张黎黎沉下脸来。

陈雨林　（看她摆脸子）这是事实啊。谈情说爱就找安如了。

　　　　[张黎黎看着陈雨林。

陈雨林　鱼和熊掌，不能都要；钱和爱情，也只能选一个。

张黎黎　你呢？你选哪个？

陈雨林　钱和爱情，我都过剩，如果一定要挑一个的话，刺激。

张黎黎　刺激？

　　　　[陈雨林笑笑。

张黎黎　比方说？

陈雨林　（笑笑）比方说我杀了你，谁也想不到我是凶手。

张黎黎　你的笑话讲得真够冷的——

　　　　[陈雨林把刀刺进了张黎黎胸前。张黎黎愣了愣，看着自己的胸前。

陈雨林　笑话冷，杀手可不冷！

　　　　[张黎黎说不出话来，呆怔住。

陈雨林　连你都没想到，别人也不会想到。

　　　　[张黎黎说不出话来。

陈雨林　（拍了一下自己）连我自己都没想到。

　　　　［张黎黎朝后倒去。陈雨林扶住她。

　　　　［灯光慢慢转暗。舞台移动。

第 五 场

　　　　［灯光渐亮。

　　　　［陈雨林、安如、王坚，三个人形成个三角，面面相觑。王坚转头看着沙发后面。

王　坚　（抚着自己心口，询问似的对陈雨林）水果刀插进了心脏——

　　　　［陈雨林点点头。

陈雨林　我刚才检查了，没有脉搏，没有呼吸，（顿一下）她死了。

王　坚　这不可能！这怎么可能？！（他冲到后面，很快又冲回来，冲着陈雨林）她还是热的——

陈雨林　一会儿就凉了。

安　如　（突然地）她还是热的？！她还是热的！！

　　　　［陈雨林和王坚看着她。

安　如　那就说明，她刚刚被害啊！（看看四周）也许凶手——（她一手一个抓住陈雨林和王坚）还在这个房间里——

　　　　［王坚和陈雨林紧张得互相看一眼。

王　坚　报警！报警！（他哆哆嗦嗦地掏电话。）

　　　　［陈雨林和安如也掏出电话。三个人背靠背，边紧张地打电话，边打量着房间四周。

王　坚　电话打不通！

安　如　（拨了电话）我的也打不通。

　　　　［陈雨林听了听自己的电话。

陈雨林　不应该啊，110 电话是在任何情况下都畅通的——

　　　　［王坚跑去推门。

王　坚　门怎么打不开了？！刚才你们进来时，还好好儿的——

　　　　［安如叫了一声，抓住陈雨林。

陈雨林　（拍拍安如，过去找王坚）不会吧——

　　　　［陈雨林跑过去帮王坚推门，怎么也推不开。安如一会儿看他们，一会儿打量其他的地方。陈雨林和王坚走回来，跟安如会合。三个人又背靠背看着四周。

陈雨林　我们被人设计了？（问安如）谁约你来的？

安　如　黎黎啊。你呢？

陈雨林　我也是。

王　坚　她没跟我说约了你们啊。

陈雨林　黎黎还约了别人？

安　如　那个别人，杀了黎黎？！

　　　　［三个人面面相觑。

安　如　（问王坚）这里有监控吧？

王　坚　（摇摇头）包房里没有，走廊里有也没启用呢，下周才试营业——这里平时没什么人——

　　　　［安如突然叫了一声，两个男生吓了一跳。

安　如　（指着吧台上面）那儿，那儿，有个削了皮的苹果——

　　　　［王坚走向吧台。

陈雨林　别动！苹果上面很可能有凶手的指纹。

　　　　［几个人屏息凝神看着苹果。安如呆怔了一会儿，突然失控崩溃了。

安　如　这怎么可能呢？黎黎怎么会死了呢？！

陈雨林　冷静！冷静！（安抚着别人，也安抚自己）冷静！

王　坚　（激动地）黎黎被杀了，热乎乎地死在那儿！（他一指舞台后面）你让我怎么冷静？！

陈雨林　我得喝一杯。(他奔向吧台，倒了杯酒喝了一口，长长地吐了口气。他看着另外两个人)放松点儿，女士们先生们，既来之，则安之。警察很快就会来的。警察不来，老张也会来的。警察会做的事情，老张会做；警察做不出来的事情，老张也会做。我们等着瞧吧。

王　坚　哪个老张？

安　如　张黎黎的爸啊，大家都叫他老张。他喜欢别人这么叫他，他要求别人这么叫他。

王　坚　(冲陈雨林)你认识，呃，老张？

陈雨林　也不是很熟，我们两家人吃过两次饭。老张说，年轻人应该多交往交往。

　　　　[安如看王坚一眼，走到陈雨林身边。

陈雨林　(倒了杯酒递给安如)来一杯？

　　　　[安如点点头。

王　坚　(气愤地)她没跟我说你们两家吃饭的事。

安　如　(接过酒杯)女人心，海底针。

　　　　[安如跟陈雨林碰了下酒杯，刚要喝，被气冲冲的王坚抢过去，一口气把酒喝光了。

安　如　你这是借酒浇愁还是想把自己呛死？

陈雨林　管它呢，喝吧喝吧，(他给王坚的酒杯里又倒上酒)今朝有酒今朝醉，张黎黎死了，以后再也没有免费的好酒喝了。

安　如　(幸灾乐祸地)跟某人再也没机会嫁入豪门比起来，免费好酒算得了什么。酒肉穿肠过，富贵如浮云。

王　坚　(又喝了口酒，看着安如)富贵于我如浮云，于你也是一样。你跟黎黎好，不就是因为她有钱吗？

安　如　她有钱，跟我有什么关系？

王　坚　太阳能给乌云镶上金边。你通过她，可以认识大款，嫁入豪门，进入上流社会。

安　如　我跟张黎黎之间，是她上赶着要跟我做朋友的。

［两个男生看着她。

安　如　她成了我的闺蜜，而我的男朋友们，一个接一个地变成了蜜蜂，去采蜜了。

［陈雨林哑然失笑。

王　坚　一个接一个？什么意思？

安　如　意思是，你，并不是什么唯一，而是之一。

陈雨林　这太有意思了！

王　坚　你们换男朋友玩儿？

安　如　不是换，而是输送。长江后浪推前浪，你，不过是浪花一小朵。

［陈雨林刚要说话，王坚做手势拦住他。

王　坚　（语气咄咄地冲着安如）你从来没喜欢过我？从一开始，你就准备拿我当供品，奉献给张黎黎？那你还跟我信誓旦旦，说月亮代表你的心？！

安　如　是你自己见到张黎黎，主动把自己变成了供品。没错，月亮代表我的心，月有阴晴圆缺，人有悲欢离合！

王　坚　月有阴晴圆缺，人有悲欢离合！好一个纯情玉女！

安　如　纯情未必，玉女倒是货真价实。

陈雨林　（好奇地）你守身如玉？

安　如　那当然。在这个污浊的世界，对待清白可要小心翼翼些，才能让它在合适的时间合适的地点合适的人身上，发射出白银般的亮光。

陈雨林　这么清醒？这么理智？这么待价而沽？

安　如　穷人家的孩子早当家，理智而清醒，才能保护自己。不像人家张黎黎，家财万贯，万事如意，可以玩儿纯情，扮天真，（斜睨王坚一眼）让人一勺一勺地喂她甜言蜜语。

陈雨林　傻白甜？

王　坚　（伤感地）也许，我早知道我在你心里不过是一粒沙。吃东西硌牙，穿衣服刺痒，放鞋里磨水泡，所以我放生我自己，去趋炎附势。反正，我就是浪花一小朵，后浪前浪新浪，我呸！

[安如一时有些混乱。她呆怔了会儿。

安　如　（冲陈雨林）给我来杯酒！
陈雨林　愿意为美女效劳！

[陈雨林给安如倒上酒。

王　坚　（气急败坏地）有毒酒吗？给我也来一杯！
陈雨林　（把酒递给王坚）酒是穿肠毒药。

[王坚接过酒一饮而尽。

陈雨林　（瞥一眼安如）色是刮骨钢刀。（他又给王坚倒上）又是毒又是刀的，你这身板儿哪扛得住啊——

[王坚把手里的酒泼到了陈雨林的脸上。

王　坚　你算哪棵葱？对我冷嘲热讽？！
陈雨林　（不慌不忙地拿纸巾吸干酒汁）我是在跟你讨论修辞。
王　坚　去你的修辞！阴阳怪气，自以为是，满嘴臭狗屎！
陈雨林　（平静地）才两杯，就醉成这样了？
安　如　（站在陈雨林身边看着王坚）借酒装疯！
王　坚　（看一眼安如）他是谁？

[安如和陈雨林互看一眼。

陈雨林　我叫陈雨林。
王　坚　我看看你的身份证！

[陈雨林看着他。

陈雨林　你醉得不轻啊。
王　坚　少拿酒说事儿，我们根本不了解你。你是谁？！

[陈雨林看着他。

王　坚　（冲安如）他是不是你们的前浪后浪新浪？
安　如　（白了王坚一眼）笑话很冷嗳！

王　坚　所以啊，你是谁啊？（比画了一下安如）我们至少知根知底。我可以给你看我的身份证，还有安如的。

[陈雨林看看安如。

安　如　（耸耸肩）闲着也是闲着。

[陈雨林掏出身份证给王坚。

王　坚　（看着身份证）陈雨林，你还真叫陈雨林，（看看安如）这也说明不了什么，现在到处都是假证。

[陈雨林伸手想取回身份证，王坚向后一闪。

王　坚　你爸是谁？

陈雨林　（有些光火）来劲了是吧？

王　坚　气急败坏了？（更加从容）你有什么见不得光的？你现在不招，一会儿警察和老张来了，不也得让人查个底儿掉？

陈雨林　（表情变了）好，（他拉把椅子，顺手拿着酒杯，坐下喝了一口）放马过来吧。

王　坚　你爸是谁？

陈雨林　我爸是医大二院的院长，陈强，外号叫陈一刀，听过没？

王　坚　什么一刀两刀的？刀？刀！（看着安如）刀！

安　如　人家说的是医院里的手术刀。

王　坚　医院啊，血哧呼啦、哼哼叽叽的，好人谁去那儿啊？！

陈雨林　你不去，老张去啊。老张生病是我爸给做的手术，手术很成功。

王　坚　收了人家的大红包，手术敢不成功吗？！

陈雨林　你怎么那么阴暗啊？阴沟里长大的？

王　坚　你敢说你爸没收过红包？

安　如　（看一眼王坚）听你这口气，好像那红包是从你钱包里掏出去的。

王　坚　（瞪她一眼）你搞清敌我矛盾和人民内部矛盾再发言行不行？（转身问陈雨林）怪不得你能当医生，原来是有个当院长的爸啊。

陈雨林　我还有个在大学当教授、心理学博导的妈呢。

王　坚　这不就结了嘛：(看一眼安如)凶手就是他！

　　　　[安如看着陈雨林。

王　坚　你身上有两种东西，一个遗传自你爸，外科医生，动起刀来眼都不眨；一个遗传自你妈，心理学专家，对人的心理明察秋毫，同时，也是更重要的，心理学家本身就是个疯子。

陈雨林　别说，分析得有点儿意思。可是，杀人是要有动机的，我杀了张黎黎，我有什么好处？她活着，我至少有免费好酒可以喝。

王　坚　你为了寻求刺激。

　　　　[陈雨林笑了起来，但王坚不笑，一直盯着陈雨林。

陈雨林　有这么寻求刺激的吗？！

王　坚　对你而言，杀人不就是游戏吗？你们这些富二代官二代，目中无人，心狠手辣，杀个人对你们还是个事吗？反正你们有爸，我爸是谁谁，谁谁谁！

陈雨林　应该看医生的是你！看精神科！(指了下王坚的脑袋)

　　　　[王坚抬手拦住陈雨林的手臂，两个人怒目而视。

安　如　你们够了吧？

王　坚　我们是阶级斗争！

　　　　[两个男生冷着脸分开。

安　如　(叹气)黎黎死了，我们被困在这儿，你们还有心思吵架？！

王　坚　(叹了口气，沮丧地)这本来是个浪漫幸福的夜晚，我——(低头找了一下)

　　　　[陈雨林拿出个戒指。

陈雨林　是找这个吧？

王　坚　(抢过来，气急败坏地)怎么在你这儿？

陈雨林　我早就说了，不找，它自己就钻出来了。

王　坚　(拿着戒指看)要不是你们，现在我跟黎黎，早就沉浸在爱河里了。

陈雨林　张黎黎沉浸在死海里了。

安　如　张黎黎不死，也未必会接受你的求婚。

　　　　[王坚和陈雨林看着她。

安　如　她知道你不爱她，你爱的，是她的钱！

王　坚　我是艺术家！哪一个成功的艺术家，身后没有一个财富支持者？米开朗琪罗依靠着美第奇家族，凡·高有他哥，巴尔扎克傍了个老富婆。黎黎支持支持我怎么就不行了？！有朝一日我变成毕加索，我会补偿他们的。

陈雨林　以爱情的名义？（鼓掌）现实主义的血盆大口涂上了浪漫主义的口红！

王　坚　我承认，我是现实主义者，跟黎黎结婚，我可以少走三十年弯路。享受生活要趁早，等到我老了，花眼缺牙掉头发，美酒佳肴，环游世界还能给我带来多少乐趣？！我是投机分子，但我也一直对黎黎很真心，还爱屋及乌地拿你们当朋友，偶尔让你们尝尝奢侈的滋味儿。

安　如　以此显摆一下你的土豪当得多么惬意！

王　坚　你们吃我的喝我的，怎么就不能说几句我爱听的？！

陈雨林　准确地说，我们吃的喝的，都是老张的。要歌颂，也轮不上你。

　　　　[两个人又怒目而视。

安　如　你们没完了，非得掐死一个陪葬？！

王　坚　陪就陪！

陈雨林　要陪你陪，（坐在安如身边）我陪你。

王　坚　你省省吧，她们的前浪后浪新浪，链条断裂了！

安　如　黎黎死了，还有新的白富美啊！（看一眼王坚）我再给你介绍一个。

王　坚　（哑然失笑，坐到安如身边）你就那么着急，非把我扔到别人筐里？

安　如　你长得太帅了，帅得都红颜祸水了，我还不赶紧嫁祸于人？

　　　　[两个人一起笑了。

王　坚　你总是这么伶牙俐齿。

安　如　怕咬，就离我远点儿！

王　坚　曾经，我的理想是变成你的磨牙棒。

　　　　[陈雨林看着他们。

陈雨林　什么情况？你们这是，联盟，还是调情？

　　　　[安如扭头刚要回答，一下子从座位上弹起来。王坚扭头去看，也活见鬼似的从椅子上跌落下来。陈雨林扭回头去看，也呆住了。张黎黎胸前插着刀，披散着头发，从后面，僵硬地，一步一步走出来。

　　　　[闪电似的灯光闪动了几次。安如发出一声尖叫。

　　　　[灯光变暗。

第 六 场

[灯光变亮。

[安如和陈雨林、王坚拥抱在一起。张黎黎僵硬地转动着脖子，看着他们几个。他们几个紧张地转动着身体。张黎黎左右看看他们。他们随着她的动作做出反应。张黎黎大声笑了起来。

[几个人尖叫起来。张黎黎把胸前的刀拔了出来。几个人尖叫。

张黎黎　（看看他们几个）我回来了。

　　　　[几个人看着她，点点头。

王　坚　你，你——（哆嗦着）你现在应该正喝孟婆汤呢吧？

张黎黎　哎呀我去，别提了，孟婆汤太火了，千年老店，门口排老长的队了！

安　如　奈，奈，奈，（哆嗦着）奈何桥呢？

张黎黎　也老火了，你在桥上看风景，看风景的人在桥下看你。桥上桥下，游客都挤爆了。

王　坚　游客？

张黎黎　阴曹地府一日游、七日游，都有。我可以帮你们预订。

陈雨林　那画面太美，我不敢看。

王　坚　我就不用了，我是个宅男。

［安如看出张黎黎假死，放松下来，放开了陈雨林和王坚。

安　如　装神弄鬼，有意思吗？

［王坚也反应过来，走过去摸了张黎黎胸前一下。

张黎黎　你往哪儿摸！

［三个人看着张黎黎，沉默。

张黎黎　（看着几个人）我起死回生，你们不高兴？！

安　如　（反唇相讥）被人当猴子耍，你会高兴？！

陈雨林　（做了个手势）等下等下等下，（冲张黎黎）现在问题来了，你怎么做到的？

［张黎黎笑了起来，比画了一下手里的刀。

张黎黎　道具刀！（指了指吧台上的苹果）那个苹果，是这把刀的配角。

［张黎黎拎了拎自己的衬衫。

张黎黎　这个是番茄酱加红药水还加了点儿鱼腥——（她用道具刀又表演了一下刺中自己）相当逼真，（冲陈雨林）对不对？

陈雨林　可是，（对着张黎黎）你刚才确实没有呼吸也没有脉搏了——我摸过的——

张黎黎　我吃了个小药片，不是绝对没有，是相当相当微弱——

王　坚　小药片儿？你这是玩儿哪一出？

安　如　哪一出？（冷冷地）猫抓老鼠！不弄死你，玩死你。

［安如拿起自己的外套和包包，转身往包房外走，但她推门，推不动。

张黎黎　门的遥控器在我这儿呢。

安　如　（冷着脸）那就麻烦张千金动动金手指，芝麻开门！

张黎黎　你要走？

安　如　明知故问！

张黎黎　今天是我们的狂欢夜啊！我为了娱乐你们，把自己都豁出去了，那个小药片儿，滋味儿可不好受。但既然玩，就要玩儿得专业。

安　如　你真会玩儿，玩儿得真专业。你还为了娱乐我们？！那我们几个，真刀真枪真人秀！又娱乐了谁？（扫一眼其他人）为了互相陷害，我们掏心挖肝，吃奶的劲儿都使上了。

张黎黎　（忍不住笑了）我确实不能否认，你们每个人，都让我刮目相看！

安　如　看吧，我们几个人的智商情商加起来，也不过是花拳绣腿，人家虚晃一刀，就把我们都结果了。

王　坚　（看着张黎黎）你确实过分了，不带这么重口味的。

张黎黎　嫌重了？你牙口儿不是特别好吗？磨牙棒？

　　　　［王坚愣了，飞快地看一眼安如。陈雨林笑了。安如脸拉得更长。

张黎黎　（靠近王坚）你长得太帅了，帅得都红颜祸水了。我也得把你嫁祸于人！

　　　　［王坚不知道该怎么应对，干咳了两声。

陈雨林　（忍不住笑）剧情急转直下啊！人生如戏，全靠演技！

安　如　人生如戏，好戏游戏，真戏假戏，我都没兴趣了，（冲张黎黎）请你开门！

张黎黎　好戏刚开始，怎么能走呢？

安　如　我说过了，我没兴趣了。

张黎黎　我不明白你为什么生这么人的气？我死我自己的，又没要求你们说什么做什么——

安　如　你用不着要求！这是你的地盘，你活得起，也死得起；你摆了一盘棋，跟我们玩游戏，而我们这几个棋子，怎么走，都走不出你的手掌心。

张黎黎　（声调提高）我是棋盘，你们是棋子，你们是走不出我的手掌心，可是，你们的每一次落子，都像耳光似的扇在我脸上！我倒是想小清新来着，可是，你们一把一把地往里撒盐——（她正好转到安如面前）真让我大开眼界！

安　如　不作死就不会死！见过作死的，没见过装死的。确实让人大开眼界。

［陈雨林夹到两个女生中间。

陈雨林　两位美女，息怒息怒，（左看看右看看）别老大开眼界，多闭眼睛好处多，养肝养血养心，人生在世，难得糊涂。

张黎黎　（神色缓和下来）知己知彼，百战百胜，在这个基础上，才能糊涂。糊涂是很高大上的，是很难得的。

王　坚　（王坚走到张黎黎身边）就是就是就是，难得糊涂是大智慧！

［张黎黎甩开他的手，把脸转到一边。

安　如　（看着王坚）人家是难得糊涂，你是真糊涂。

王　坚　（糊涂了）什么情况？我糊涂？我确实糊涂了。

安　如　螳螂捕蝉，黄雀在后。

王　坚　什么意思？别跟我整《昆虫记》——

安　如　（一指陈雨林）人家才是正主儿，是老张钦点的女婿。他们两个，富二代加上官二代，玩你就像玩一只臭虫。

王　坚　（有些糊涂又有些明白，看着张黎黎）她什么意思？

［张黎黎没吭声。王坚又看看陈雨林。

陈雨林　（赞许地看着安如）真聪明！

张黎黎　从我们高中同学开始，她，校花加学霸，等于神话。

［陈雨林打了声呼哨。

张黎黎　脸蛋好，身材好，学习好，体育好，文艺好，各种好。我从来没见过哪个女生这么优秀，又这么严格要求自己的。（冲陈雨林）我很佩服她！所以，我巴结她，跟她做朋友。（对着安如）你眼光好，我相信，能被你挑中的男人，也不会太差。

[安如满腹狐疑地看着张黎黎，判断着张黎黎到底是真心还是讥讽。

张黎黎　我是抢了你的男朋友。但我不是为了抢男朋友才跟你做朋友的。我有财富通行证，我会找不着男朋友吗？会缺少女朋友吗？你太低估你自己，也太瞧不起我了。

陈雨林　我一直以为女生的胸怀是A罩杯的，没想到啊，你们俩，是D，E，F，不，（一展胸肌）G罩杯的！

[安如和张黎黎都被逗笑了。王坚冷冷地看着陈雨林。

王　坚　这么说，你是黎黎的新欢了？

[几个人转头看着他。

王　坚　（对张黎黎）你是不是应该认真地为我们介绍一下啊，他是谁？

张黎黎　你不是看了他的身份证，验明了正身嘛。

王　坚　还有没验明的吧？比如说，你从什么时候开始跟我明修栈道，（指指陈雨林）跟他暗度陈仓的？反正你G罩杯，什么都罩得住！

张黎黎　（冷冷地）你还恶人先告状？！

王　坚　我从来没说过自己是好人。我既不想装好人，也不想装神弄鬼。

张黎黎　你心里有鬼，不用装！

王　坚　那就是承认你们暗度陈仓了？

陈雨林　我和黎黎只是奉父母之命，相了个亲而已！

王　坚　相亲？而已？

张黎黎　是。

王　坚　刚才不是一直说，只是吃了个饭吗？

张黎黎　顺便相个亲！

王　坚　然后呢？

[陈雨林无语。张黎黎看看王坚，又扭头看着陈雨林。

张黎黎　老张一直说，婚姻要门当户对才能幸福。今天我发现了，姜还是老的辣。

　　　　　［几个人都看着张黎黎。

张黎黎　（走到陈雨林面前，单膝跪倒）你愿意跟我结婚吗？

　　　　　［所有人定格。灯光渐渐变暗。

第 七 场

　　　　　［灯光重新亮起。

　　　　　［张黎黎单膝跪地，冲着陈雨林。

张黎黎　老张早就提醒过我，婚姻要门当户对才能幸福。

陈雨林　你准备听从父母之命了？

张黎黎　你不认为姜还是老的辣？

陈雨林　（笑笑）我不喜欢吃姜。

张黎黎　你不喜欢我？

陈雨林　你喜欢我？

张黎黎　（起身，自信地）经过这个晚上，我觉得你还不错。

安　如　（斜睨了王坚一眼）大逆袭啊！

　　　　　［王坚走到他们面前。

王　坚　（冲着张黎黎）这么赤裸裸？！你至少要先把我变成前男友吧？

张黎黎　（回身冲王坚）王坚，我们分手了，从现在开始，你是我的前男友。

王　坚　我要是不同意呢？

张黎黎　你不同意？！（笑了）你觉得，你有任性的资格吗？

王　坚　没钱就不能任性？

张黎黎　不是不能，是任了性，没人会在乎。

　　　　　［王坚一时无语。

安　如　（走近王坚，鼓励地拍拍他肩膀）作为失败的典型，你还是很成功的。

王　　坚　我其实是个哑巴，我说的话都是伪装的。（把头歪在安如肩膀上）

　　　　　［安如用一根手指把他的头推开。

张黎黎　（看看王坚）你没什么损失，安如会给你介绍个新白富美。

　　　　　［王坚想辩解，最终沮丧地闭上嘴。

安　　如　我会帮你在跌倒的地方再站起来。（冲张黎黎、陈雨林）你们继续。

　　　　　［张黎黎面对着陈雨林，等待着陈雨林的回答。

陈雨林　如果我说我对做豪门女婿毫无兴趣，你会觉得伤自尊吗？

张黎黎　你对财富也毫无兴趣吗？

陈雨林　我的钱够花。

张黎黎　（笑了）钱，是买房买车买名牌的，我说的是财富。（她坐在沙发上，王坚给她捏后颈）财富是如果你喜欢当医生，我可以给你买家医院；你喜欢购物，我给你买间商场；喜欢大海，那就买个海岛。（安如倒了杯酒，走过去送到张黎黎手中）钱总有花光的时候，财富却可以经营得源远流长，一辈又一辈，变成豪门望族。

　　　　　［他们组合在一起，看着陈雨林。陈雨林打了声呼哨。

张黎黎　财富的力量是惊人的！

王　　坚　财富的力量是吓人的！

安　　如　财富的力量是害人的。

　　　　　［张黎黎和王坚扭头看了安如一眼。

陈雨林　说我不动心，那肯定是假的。

张黎黎　买得起的感觉，是非常爽的！

陈雨林　被买的感觉就没那么爽了。

王　　坚　被买是被认可，你应该感到荣幸。能卖出高价的都是奢侈品。

安　　如　话说回来，真正有价值的东西，都是非卖品。

张黎黎　（笑了）以前有人这么对我爸说过，后来，我爸吞并了他的公司。他本人，现在是环卫工人。

陈雨林　（讥讽地）我如果拒绝了你，你要把我现在的学校，还有我爸工作的医院都买下来？

张黎黎　（笑了）你也太高估自己了。像你这样的人，比你更优秀的人，我只要摇摇橄榄枝——（她伸出手，王坚接住她的手，她扶着王坚的手站起来，两个人闲庭踱步）只怕会滔滔江水，连绵不绝——

王　坚　长江后浪推前浪。

陈雨林　阴沟里能淘出什么好货色？

张黎黎　我能点石成金。

陈雨林　你最多是把石头镀上金，但镀上金的石头，始终还是石头。

张黎黎　好吧，（一摊手，笑笑）我会让你看到，你错过了什么。

陈雨林　我也会让你看到，错过了你的财富，其实没什么可遗憾的。

［两人对视着。

安　如　（对王坚）富二代和官二代掐起来了。

王　坚　二代的共同点是：任性！任性！任性！重要的事情讲三遍！

张黎黎　（看一眼陈雨林）我们是买卖关系，买卖不成仁义在。

陈雨林　谢谢不买之恩。

张黎黎　（笑了）谢谢不卖之恩。

［两个人礼貌地握手。

安　如　新浪，（拍拍王坚，意味深长地）鹬蚌相争，渔翁得利。

王　坚　你能不能好好儿说话，别老整《昆虫记》？更何况，鹬蚌不是昆虫——

安　如　（叹了口气）你傻得像天气预报，变天了都看不出来。

王　坚　怎么又整到天气上了呢？

安　如　（恨铁不成钢地）你去给智商充充值再回来吧！

王　坚　哦。（点点头）好的。

［王坚朝门口走去，又停住脚步，看看张黎黎，走近她。陈雨林走向安如，两个人看着王坚和张黎黎。

王　坚　我承认，我一肚子花花肠子；我承认，我是个投机分子；我承认，除了才华横溢和长得帅以外,我全身上下,都是缺点。

[张黎黎忍不住笑了。

张黎黎　你有优点,你的脸皮是牛筋底的,结实、耐磨。

王　坚　如果你需要做鞋,我可以奉献。

张黎黎　(笑了,又收住)你就会油嘴滑舌。

王　坚　我油嘴滑舌,你才能笑口常开。

[张黎黎没说话。

王　坚　你愿意给自己一个机会吗?

张黎黎　我?给自己机会?!

王　坚　对,不是谁都有机会把一个坏蛋改造成好人,一个高尚的人,一个脱离了低级趣味的人!(他掏出戒指盒,打开,单膝跪地,把盒子举向张黎黎)只有好女人才是一所学校。

张黎黎　你真让我无语!

王　坚　无语即是千言万语。

张黎黎　你让我怎么相信你?

王　坚　你要先相信自己。

陈雨林　(看看他们,看看安如)这画面——

安　如　(笑了)太美!太美!太美!

陈雨林　(看着安如,一直看到她脸上)我发现你的眼睛长得很美,像孔雀!

安　如　(自嘲地一笑)麻雀还差不多。

陈雨林　你要是麻雀,我就是乌鸦。

[安如听出陈雨林的弦外之音,瞥了他一眼。

王　坚　(对张黎黎)先按会儿暂停键!(他起身,看着安如和陈雨林)你们能不能不叽叽喳喳的,没看见我在求婚吗?

　　　　　　［安如、陈雨林安静下来，陈雨林伸手做了个"请——"的动作。

　　　　　　王坚瞪了他们一眼，又回到张黎黎面前，单膝跪倒。

王　坚　（清了下嗓子）只有好女人才是一所学校，你愿意当我的校长吗？

　　　　　　［张黎黎看了看他的戒指。

张黎黎　这是安如在桂林路买的戒指吧？

　　　　　　［王坚看了一眼盒子里面。

王　坚　错了错了错了——

　　　　　　［王坚起身，把戒指还给安如，全身上下地摸。

陈雨林　（问张黎黎）我们的一举一动，你全看着呢？

张黎黎　（点点头）高清！你们每个人，都是特写！

安　如　放大了所有的人性，有意思吗？

张黎黎　（笑笑）挺有意思，也挺有意味的。

　　　　　　［王坚找到了戒指，重又单膝跪下。

王　坚　你愿意当我的校长吗？

张黎黎　（看着他，看着戒指）你不是想当磨牙棒吗？我放生你！

王　坚　你死而复生，相当于重新活过。现在在你面前的，不是什么前男友，而是一个新王坚。

安　如　小鲜肉！

陈雨林　回锅肉！

安　如　腊肉！

　　　　　　［王坚扭头怒视着他们。安如和陈雨林在唇边竖起手指。

王　坚　（扭头对着张黎黎）我在你面前毫无保留，就像你手掌里的蚂蚱——

陈雨林　应声虫？！

安　如　昆虫计！

王　坚　（扭头看着他们，忍无可忍地）你们能不能消停一会儿？能不能不抢头条？

[陈雨林和安如做了个抱歉的手势，示意他继续。

[王坚又转头看着张黎黎。

王　坚　我所有的缺点、弱点，全都毫无保留地呈现在你面前了，我就像你手掌里的蚂蚱，这不是很好吗？

张黎黎　你这又是何必呢？你长得帅，又有才华，你真的很有才华，连老张都这么觉得。你很容易追求到你喜欢的女孩子，像安如那样的。

安　如　别把我搅和进去——

陈雨林　就是，还嫌不够乱吗？

王　坚　（看着张黎黎，泰然自若地）安如不会给我安全感。跟你在一起，我觉得既温暖又安全，我的才华需要你的哺育。

张黎黎　（冷笑）需要钱的哺育吧？

王　坚　你对自己就那么不自信？你认为你除了钱就一无是处？而我除了钱，在你身上就别无所图？

张黎黎　难道不是？！

王　坚　（失望地起身）——这回轮到我无语了。

[张黎黎看着他。

王　坚　好吧，就像你说的，我长得帅，有才华，很容易追求到女朋友。

[王坚转身离开，张黎黎心情复杂地看着他走了两步。

张黎黎　王坚——

[王坚停下脚步。

张黎黎　如果我没有钱，你还会喜欢我吗？

王　坚　我不知道……

张黎黎　你不知道？

王　坚　我确实不知道。也许没有了钱，你一无是处；但也许没有了钱，你的本身会焕发出让人意外的光彩，魅力四射。

[张黎黎看着他。

王　坚　你这样聪明的女人，还需要假话空话谎话吗？真实是真实者的通行证，虚假是虚假者的墓志铭。

[陈雨林拍起巴掌！

陈雨林　虽然我不喜欢你，但我不能不给你点个赞！

安　如　没错儿。真刀真枪真实，（她闭上眼睛，伸展双臂，仿佛沐浴般在灯光下面转了一圈儿）把面膜撕掉的感觉真是太爽了！

陈雨林　你企图用化妆变成白骨精，那怎么可能呢，你还是唐僧，人见人爱，妖见妖爱，人妖——

王　坚　（扭头怒视着他们）能不能不抢戏？！

陈雨林　对不起，请继续！

王　坚　（单膝跪倒）你愿意嫁给一个坏人、穷光蛋吗？用财富把他惯坏，用温柔把他宠坏，用一生的时间，验证他到底有多坏！

陈雨林　（对安如）他确实很有才华！

安　如　也蛮拼的！

[张黎黎笑了，她若有所思，从戒指盒里拿出戒指。

王　坚　是我亲自设计的。我觉得玫瑰太肤浅了，不适合你。

陈雨林　（对张黎黎）我必须提醒你一句：与蛇共眠的结果只有一个，被他喝光了血，然后死掉。

安　如　也不一定，现在很多人养蛇当宠物。

[王坚看着他们。

王　坚　（快崩溃了，带着哭腔儿）上个头条就这么难吗？

[安如和陈雨林再度噤声。王坚拿着戒指，重新对着张黎黎单膝跪地。

王　坚　黎黎，yes or no？

[片刻静默！张黎黎把戒指戴到了手上。

王　坚　Yes！

[王坚跳了起来，像运动员得分似的跟陈雨林和安如击掌。

王　坚　我太激动了，幸福来得太突然了！

陈雨林　（问张黎黎）你 Yes 他？

张黎黎　（看一眼王坚）我知道他很渣，庸俗、浅薄、现实、投机、油嘴滑舌，可是，他也确实长得帅，才华横溢。从来没有人像他那样，让我笑口常开！对爱情而言，是非善恶有那么重要吗？（看看王坚）他是块铁，可以打造成锅，也可以打造成鼎，或者刀枪。重要的是，他遇上什么样的铁匠！

王　坚　对对对，（对张黎黎）你打我吧，使劲儿打，把我打成干将莫邪，尚方宝剑！

张黎黎　人性本来就充满了缺点和弱点。爱情本来就不由分说。什么道德不道德，底线不底线的，我换个男朋友会有什么不同吗？（扫一眼陈雨林，转身指着墙上那三张蒙娜丽莎的画像），换衣换不了骨！所以，（对着陈雨林）宽恕是宽恕者的通行证，仇恨是仇恨者的墓志铭。我选择宽恕。

王　坚　对对对，用爱情改造我，用婚姻让我重新做人吧！

张黎黎　（举起自己的手指，看看戒指）这枚戒指将变成一个手铐，我会把他的下半生，铐成一个句号！

陈雨林　我不同意！

　　　　［几个人都看着陈雨林。

陈雨林　（看看安如）你桂林路的戒指呢？

　　　　［安如有些疑惑地拿出来戒指。陈雨林单膝跪地，冲安如举着戒指。

陈雨林　手铐是由两个句号组成的。

　　　　［王坚和张黎黎笑了。

安　如　（哑然失笑）我自己的戒指自己戴？我给自己戴半个手铐？

陈雨林　临时用一下，以后会换成钻石的。

　　　　［安如看着陈雨林，看看戒指。

安　如　如果我早知道能遇上你，如果我早知道你会喜欢我，我一定要做个更好的自己，不让自己在现在这样的时刻，感到的不是幸福，而是惭愧。

陈雨林　遇到你之前，我也不好。

王　坚　两个不够好的人在一起，负负得正。

陈雨林　Yes or no？

安　如　（笑了）Yes！

[陈雨林跳起来，把戒指套在安如的手上。安如和张黎黎对了一下手指。

张黎黎　今天晚上真是太刺激了，太起伏跌宕了。

安　如　就是，我都缺氧了！

陈雨林　有我呢。我是医生！

[四个人手挽手站成一排。

张黎黎　相信是相信者的通行证，怀疑是怀疑者的墓志铭。

安　如　且行且珍惜！

陈雨林　王　坚　Duang！

[音乐起。

[剧终]

画　皮

编剧：金仁顺

出 品 人：郭春方
总 策 划：刘国伟
艺术总监：李永军
监　　制：刘军谊
编　　剧：金仁顺
导　　演：陈晓峰
舞美设计：乔洪琪
　　　　　李颖格
灯光设计：任　铭
服装设计：马　唯
作　　曲：康　炜
造型设计：张　璇
戏曲指导：贾振国
副 导 演：孟繁壮
场　　记：范维佳
舞台监督：孟繁壮
宣传统筹：万　鑫
演出统筹：张　蒙
推广统筹：宋　丹
平面设计：刘国志
灯　　光：范维佳
音乐音响：赵书漫
声乐指导：庞忠海
演　　唱：李小杰
小 提 琴：李　华
大 提 琴：胡春娇

主　　演：宋　阳　　刘恩岐　　王跃潼　　张华轩宇　　杨　彬
参与演出：李昕航　　刘思佳　　段京京　　朱诗文　　盛博文
　　　　　刘思含　　李思宇　　唐明达　　张　婷　　鲁潇阳
　　　　　黄伟峰　　谢佳鑫

第 一 场

　　[集市。群众演员上场。群众演员统一穿带帽兜的长袍。有人提着鱼,有人提着蔬菜水果,还有一些人提着日常物什。群众演员们在舞台上走来走去。

　　[疯子上场,群众纷纷嫌弃。

　　[陈氏上场,身后跟着王生。

陈　氏　(停住)咸鱼!(仔细打量咸鱼)好新鲜的咸鱼啊!

　　[王生掩鼻。

陈　氏　多少文?

卖咸鱼的　十二文!

陈　氏　十二文?!打劫啊?!

卖咸鱼的　打劫?(看陈氏一眼)您身上有十二文吗?

陈　氏　你什么意思?什么意思?

卖咸鱼的　没什么意思,咸鱼十二文。

陈　氏　(讪讪地)不要了!(走向另外一个群众)韭菜多少钱?

卖韭菜的　两文!

　　[王生跟着陈氏。

王　生　这个好!这个好!夜雨翦春韭,新炊间黄粱!咸鱼有什么吃头儿。

陈　氏　(一下子精神起来)这咸鱼啊,切成小丁,用平底锅煎成金黄色,酥脆鲜香,跟香菇丁、萝卜干丁一起炒,用刚烙出锅的薄饼卷了,配上白煮蛋,(表情陶醉地)那叫一个好吃!

　　[卖咸鱼的支着耳朵听。

王　生　(被陈氏说得咽了两口唾沫)食不厌精,脍不厌细。

陈　氏　(依依不舍地看一眼咸鱼)十二文哎!

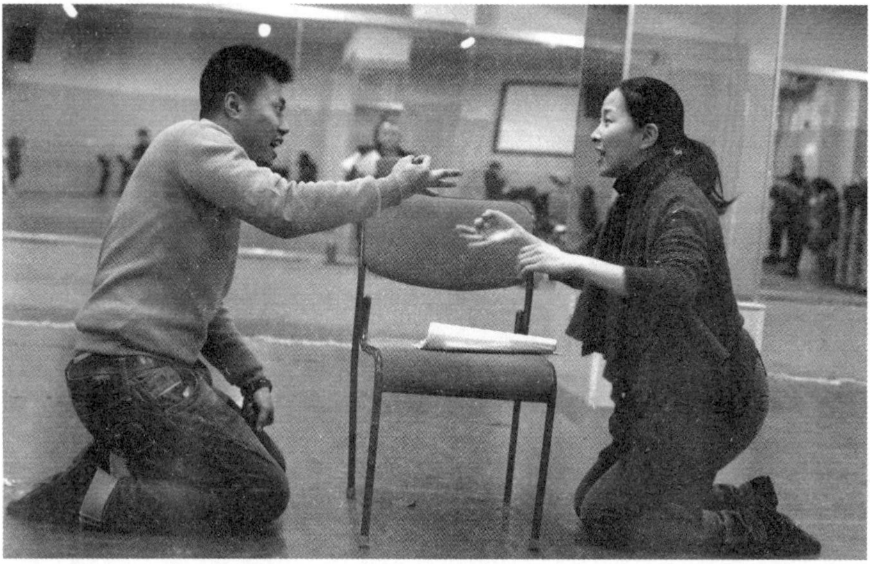

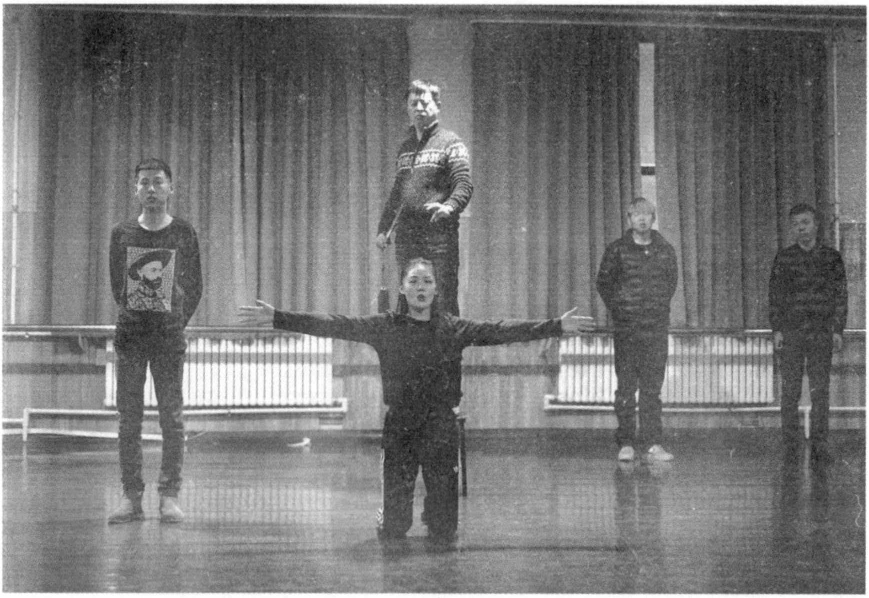

画皮 <<< 227

［好几个人过去买咸鱼。

卖咸鱼的 新鲜咸鱼十五文一条！附送菜谱一则！这咸鱼啊，切成小丁，用平底锅煎成金黄色，酥脆鲜香，跟香菇丁、萝卜干丁一起炒，用刚烙出锅的薄饼卷了，配上白煮蛋，那叫一个好吃！

陈　氏 耳朵挺好使啊，这菜谱是我的！

卖咸鱼的 谁先出版算谁的。

陈　氏 岂有此理！朗朗乾坤，大庭广众，你敢盗用我的知识产权，奶奶个腿的——

［陈氏撸着袖子要冲上去理论。

［王生将陈氏拉到一边。

王　生 娘子，朗朗乾坤，大庭广众，你与这些市井小人为条咸鱼争长道短，（叹口气）成何体统？！

陈　氏 什么体统不体统的，你天天诗云子曰，不照样儿吃喝拉撒放屁说梦话！

［群众又聚集起来，指着王生笑。

群　众 放屁！放屁！

王　生 （生气地冲陈氏）请注意你的遣词造句！（扫一眼群众，一挥袖子）斯文扫地！

陈　氏 （蔫头耷脑地）对不起！

卖韭菜的 （从群众中出来，凑到王生身边）别理他们，没文化，真可怕！（举起韭菜，）三文！

陈　氏 刚才还两文！

卖韭菜的 夜雨翦——翦，翦——

王　生 （没好气儿地）翦春韭！

卖韭菜的 你们吃的不是韭菜，而是诗情画意，三文还多吗？！

群众集体 多乎哉？不多矣！

陈　氏 （把王生拨拉到一边）我们家吃什么都诗情画意，（冲卖韭菜的）

　　　　　一文！

卖韭菜的　一文？！

陈　氏　昨晚割的韭菜，放到现在，只值一文！再过一个时辰，一文不值！

　　　［陈氏也转身欲走。

卖韭菜的　你站住！

　　　［陈氏挑衅地站住。

卖韭菜的　成交！

　　　［两个人一手交钱一手交货。

　　　［王生摇着头，转身走开。被躺在舞台上的疯子绊了一个跟头。

　　　［王生绊了一跤，正好在如画跟前。如画群众打扮，抱着一束蔷薇花。

王　生　（没看如画，眼睛盯着她手里的花）蔷薇花——美人芳树下，笑语出蔷薇。

陈　氏　花？（跟过来）既不能炒菜也不能炖汤，买花做什么？

王　生　（无可奈何地）看啊！

陈　氏　（看看蔷薇）有什么好看？

王　生　好看，越看越好看，买回家插在春瓶里，（对着蔷薇花，左看看右看看）此花绝胜佳人笑，三月不知肉滋味。

陈　氏　三天没有肉日子就没滋没味儿——（看王生脸色，问如画）多少钱一枝？

如　画　十文！

陈　氏　十文！！！（一时无语，咳了咳，对干牛）你就在这儿看。看够了我们回家，我给你包韭菜馅小馄饨吃。

　　　［如画一笑，转身欲走，被疯子绊了一下。

　　　［如画绕过群众下场。

　　　［王生寻找如画，陈氏跟着王生。

疯　子　（跳起来）被你们左绊一下右绊一下，我这春梦还怎么做？

　　　　［王生和陈氏继续看着如画的方向。

疯　子　（过去追打王生）还看还看，看花了眼看花了心，我揍你个花心大萝卜——

　　　　［陈氏冲过去挡在王生前面。疯子的手差点儿打到陈氏身上，生生地收了手。

疯　子　我不跟女人一般见识，呸——（转身走）

　　　　［陈氏过去拦住疯子去路，用手里的竹篮打疯子。

陈　氏　往哪儿跑——

群　众　打架了打架了！

　　　　［群众都来看热闹。疯子跑，陈氏在后面追打。群众对着他们拍着手笑。

群　众　加油！加油！

　　　　［王生用力地咳嗽，陈氏没听见，还在打疯子。

陈　氏　（边打边骂）我们家相公体弱多病，要是让你打出个头痛脑热，腰膝酸软的，医药费你出得起吗你？

　　　　［王生更加用力地咳。

陈　氏　（替王生拍背，冲疯子）你看看，气管炎了吧？我不管你真疯假疯还是装疯，今天不——

　　　　［陈氏不小心打到了王生。

王　生　哎呀我去——

陈　氏　打封喉了吧——

王　生　（气恨恨地拂开她，上下打量陈氏）你也曾凌波微步，楚楚衣服，未语脸娇红，怎么如今变成这般气大声粗、俗得不能更俗？！

陈　氏　我——

王　生　丢人现眼！（拂袖而去）

陈　氏　相公！相公！（急急地追王生下场）我回家给你包小馄饨——

群　众　（女）相公！相公！我回家给你包小馄饨——

[群众笑。
疯　子　（摇头晃脑地）世人说我太疯癫，我笑世人看不穿。酒醒只在花前坐，酒醉还来花下眠——
群　众　别疯言疯语了，家去吧，家去吧！
　　　[群众开始下场。疯子下场。
　　　[灯渐暗。

第 二 场

　　　[灯渐亮。
　　　[舞台上站着两个群众伸展手臂做出"门"的意思。一个群众手执桃花站立。舞台上摆放着两个木块。
　　　[王生推开"门"，走出来。
王　生　（吟诵着）睡眼蒙眬春梦觉，不知墙外有桃花。
　　　[演桃花的群众打了他一下，王生缩了下肩头。
桃　花　桃之夭夭！这么显眼你看不见？！
王　生　睡眼蒙眬春梦觉，才知墙外有桃花。
　　　[桃花又打了王生一下。
王　生　哎呀，你没完了？
桃　花　是风——
王　生　淘气。
　　　[王生看到书房门前，有一捆白布。
王　生　一捆白布？哪来的？
　　　[门甲、门乙到王生旁边。
门　甲　不知道啊。
门　乙　昨晚天黑前还没有呢，今早天一亮，就在这儿了。

王　生　你家门能动啊，回去！

　　　　［门甲、门乙回去。

王　生　从天而降？（看看四周，看看天上）白云不羡仙，清雪落门庭？！

　　　　［王生走到白布前面，抬腿刚要踢。白布忽然在他脚前向前卷动，展开成一匹白练。白练的尽头，一个女子黑发如瀑，卧在白布上。王生、门甲、门乙，还有桃花，都抻着脖子看如画。如画穿着肚兜睡裤，从白布上面袅娜坐起，目光新奇地打量着周围。

　　　　［如画骤然看见王生，吓了一跳，身子往后一缩。王生以及门甲、门乙、桃花也身体朝后一缩。

王　生　（看看女子，看看天）你从哪儿来？

如　画　（看见王生，双臂抱住自己）——你别过来！

王　生　——这是我家！

如　画　你拿什么证明你家是你家？！

　　　　［王生看看身后的门甲、门乙、桃花，他们各自站好，一副事不关己的状态。

王　生　我带你去官府！（往前走了两步）

如　画　你别过来！你要是过来，我就，我就，（抓起白布）我就用这布上吊自尽！

王　生　（看看白布）这么宽的布只能做吊床。

如　画　我呸！刚见面就提床？！轻薄！浪荡！无耻！（看看四周）我，我，我撞墙死了算了。

王　生　且慢且慢且慢！姑娘，我们往日无怨近日无仇，你果真要寻死，也请你出门去找死；你无缘无故地死在我的庭院里面，我如何洗刷得清白？！

如　画　你好硬的心啊，居然让我出门寻死？我，我，我就死给你看！（作势向前走了几步）

王　生　（作揖）不送！请死好！

　　　　［如画往外走去，走了几步停下来。
如　画　（看一眼王生）把你衣服脱下来给我。
王　生　为何？
如　画　我现在这样子死的话，会引来大家议论的。
王　生　哦，（脱袍，脱到一半停下来）你穿着我的衣服死掉，我会引来大家议论的，不对，我和你，都会引来大家议论的。（把衣服又穿上）
如　画　（从容地）那倘若我死在你家里，大家就不议论了？
王　生　（呆怔一下，戏曲里五雷轰顶的模样）闭门家中坐，祸从天上来啊！（看着如画）谁派你来的？你到底是谁？
桃　花　你是谁呀？
如　画　我叫如画。如诗如画的，如画！
王　生　（认真打量她）美人如画的，如画！
　　　　［如画冲他妩媚一笑。
王　生　可是，如画姑娘，你又是何方人士呢？
如　画　（表情立刻哀伤起来）这个说来话长！小奴家年方二九，出身寒门，爹娘把我嫁给一个员外当小妾，大娘子脾气暴躁，对小奴家非打即骂，我这通身上下啊，你看，你看——
　　　　［如画给王生看自己手臂上的伤，又拉起裙角看大腿。王生也凑近了看，两个人忽然意识到不妥，连忙分开。
如　画　（拭拭泪痕）是遍体鳞伤啊啊啊！
王　生　（同情地点头）我看得心痛啊啊啊！
　　　　［如画忽然顿住，抽鼻子闻了闻。王生不明所以地看着如画。
如　画　你的心好软啊。
王　生　一向如此，惭愧！
如　画　（绕着王生走一圈）你的心，好香啊！
王　生　我的心，香？
如　画　（点点头）比桃花还香。

桃　花　（不乐意地）跟我有可比性吗？

王　生　你是说我花心？

　　　　［如画嫣然一笑。

如　画　你不花心？

王　生　（唱白）桃花一开，忍不住春心荡漾。

　　　　［王生与如画，目光相顾，彼此有情。

桃　花　（提醒王生）有一种劫叫桃花劫，劫色劫财，搞不好，还劫命！

王　生　滚一边去。

　　　　［桃花转身。

王　生　（咳嗽了一声，对如画）请问如画姑娘，你是如何来到寒舍的呢？

如　画　昨夜大娘约我喝酒，左一杯右一杯，甜言蜜语当下酒菜，把小奴家我灌得五迷三道，人事不省，然后指使家仆，把我用这匹白布卷起来，扔进河里！

王　生　如何没扔进河里却扔在我书房门口？

如　画　只怕是家仆可怜我孤苦伶仃，红颜薄命，有意放我一条生路吧——（拎起王生的衣袖，拭泪）可是，躲得了初一，挨不过十五，我还是，（看看墙）死路一条啊！（作势要用头撞上去）

　　　　［王生伸展双臂抱住她。

王　生　不可啊不可！

如　画　让我去死！

王　生　不可啊不可！

　　　　［两个人相拥相依而坐。

如　画　（指天）小奴家上无片瓦，（拎起裙摆）下失鞋履，（双臂交抱）衣不蔽体，你让我如何活得下去啊啊啊——

　　　　［如画靠在王生肩头。

王　生　假如生活欺骗了你，不要悲伤，不要心急，忧郁的日子里需要镇静，相信吧，快乐的日子将会来临！

［推开如画走了一圈又坐下。

如　画　大哥你是搞话剧的吧——

王　生　好人谁干那玩意儿——

如　画　我看也是。

王　生　我是书生，姓王，简称王生。

如　画　如画，哎呀，这厢有礼了。（施礼）

王　生　（连忙还礼）小生这厢有礼！

　　　　［两个人四目相对，含情脉脉，又连忙分开。

　　　　［如画打了个喷嚏，王生连忙脱下自己的外衣替如画披上。

如　画　（眼波流转地望向王生）公子若是着了寒气，让如画如何过意得去？

王　生　吹面不寒杨柳风，不妨不妨。

　　　　［桃花转身。

桃　花　（斜眼看王生）桃花依旧笑春风。

　　　　［如画娇羞地把衣服裹紧。

　　　　［王生打了个喷嚏，如画把外衣拿下来给王生披上，王生紧张得扇扇子。

如　画　大哥，冷就别扇了。

　　　　［如画身上就只能搭一小条，王生又把衣服披到如画身上，王生自己就只剩下一小截衣服了，两人抻着这件外衣，拉拉扯扯，眉目传情。

如　画　我听见了公子的心跳声，（头俯在王生的胸前一会儿，佯装天真）你的心，跳得好快啊——

王　生　你把我的心彻底整乱了！

　　　　［如画娇嗔地回身就走，手扯着衣服的一角；王生拉住了衣服，如画回头卖了个眼风，打了个娇娇的喷嚏，王生也连忙假装打喷嚏；如画又打一次喷嚏，王生再次假装打喷嚏。

王　生　（看看天）这春风好轻狂啊，进屋躲躲风头，如何？

如　画　孤男寡女，只怕会惹来风凉话——可是，（在脸蛋儿上抹了抹）走吧！

　　　　［如画袅娜地往书房里走，门甲、门乙挡住她的去路。

门　甲　（冲着王生）这是书房，不是洞房！

门　乙　（冲着王生）你带女子回家，大娘会怎么看？

王　生　（哼一声）她的眼睛只盯着咸鱼腊肉——

门　甲　（瞥一眼如画）是你被小鲜肉迷了眼了吧？

门　乙　（指着门外）退一步海阔天空，（指指门里）进一步，桃花潭水深千尺，福祸未定啊。

如　画　（打了个喷嚏，不动声色地飞起一脚，踹倒了门甲，回转身时，用胳膊肘把门乙顶开）相公——

　　　　［如画边说边进了门。门甲、门乙又站到王生面前。

王　生　你们让我怎么办？我进去，你们说我不是好男人；我不进去，（指了指如画，压低声音）她会说我不是男人！

门　甲　想想大娘！

门　乙　想想婚姻！

桃　花　有什么好想的？桃花树下死，做鬼也风流！

　　　　［王生冲着桃花打了个响指，把门甲、门乙推开。

桃　花　（戏曲念白）相公——

王　生　如画，小生来也！

　　　　［王生做戏曲里面那种狂喜的动作，扭捏了几下，三步并作两步地狂奔而下！

　　　　［门甲、门乙抻着脑袋看。

门　乙　你瞅啥呢？

门　甲　我瞅你瞅啥呢。

桃　花　（踢门甲一脚）臭不要脸的，啥都看，下班了，换景——

第 三 场

［陈氏居室。两个群众作为屏风站在后面。两个凳子一张桌子。

［陈氏抱着个罐子，沉着脸上场。陈氏把罐子放到桌子上，在凳子上坐下。

屏风甲　大娘好像不高兴。

屏风乙　因为大爷在书院做了风流事。

屏风甲　是天底下男人都会做的事。

屏风乙　痴心娘子负心汉！

［王生上场。

王　生　娘子——

陈　氏　相公回来了？坐吧。

［王生坐下，看见了罐子。

王　生　这是什么？

陈　氏　十全大补汤！（盛了碗汤放在王生面前）相公请用！

王　生　哦！（仰脖子把汤喝了）美味啊美味！

［陈氏又盛了一碗，放在王生面前。

王　生　（看看陈氏，端起来喝掉）谢谢娘子。

［王生把碗放在桌子上。陈氏又盛了一碗汤。王生看看碗，看看陈氏。

屏风甲　喝不下了！

屏风乙　在外面偷吃吃撑了。

陈　氏　我看相公最近消瘦得厉害，特意煲了这十全大补汤给相公补补身子！

［王生捧着汤碗，咬牙又喝了下去。陈氏看着空碗，伸手去取，王生把碗抱住躲开。

王　生　我们促膝谈个心，如何？

陈　氏　岁数大了促不了膝了，坐着说吧。

　　　　［陈氏坐下来，看着王生。

王　生　（坐好，把碗摆好，正襟危坐）自从盘古开天地，三皇五帝到如今——

陈　氏　哼——

王　生　天底下的女子哪个不擅怀春？天底下的男人哪个不擅多情？

屏风甲　嗨——

王　生　东村的刘秀才刚纳了两个小妾，还准备收第三个。

屏风乙　哦——

王　生　西村的赵员外新近也买了两个唱曲儿的解闷儿。

陈　氏　（和屏风甲乙一起）哟——

王　生　你们还让不让我说了。

陈　氏　说吧——

王　生　别老加词儿啊——我闭门书院坐，有美女天上来——

陈　氏　什么馅儿的美女？

王　生　五仁儿！

　　　　［陈氏看着王生。

王　生　（掰着手指）色声香味触，五仁儿！

陈　氏　天上掉下来的不会是什么好饼，只会是乌鸦！

王　生　乱讲！哪有那么白的乌鸦？！还不光是白，那个细腻啊，比豆腐比丝绸比珍珠——（注意到陈氏的眼神，咳嗽了两声）于是乎，我犯了天底下男人都会犯的错误。

陈　氏　豆腐！丝绸！珍珠！天底下的便宜怎么不往别的地儿掉，偏偏掉你门口，让你白捡？

王　生　（既惭愧又得意）正可谓阴差阳错，造化弄人啊！如画无依无靠，君子有好生之德，我在书院里头悬梁锥刺骨，如画帮我研研墨铺铺纸——

陈　氏　研墨铺纸？还是叠被铺床？

王　生　（咳了两声）白日研墨铺纸，夜里叠被铺床。

陈　氏　（脸终于板了起来）人家娶个小妾买个唱曲儿的，但都来路清楚，名正言顺，你呢？

　　　　[王生刚要开口。

陈　氏　（伸手示意他别说话）你一个书生，两耳不闻窗外事，一心只读圣贤书，这个世界变得有多恐怖你根本就不知道。现在的小姑娘，看着像白莲花，哪个不是麻辣烫？哄你高兴时欧巴欧巴撒浪嘿，等你银子花光了，翻脸比翻书还快！

　　　　[王生想要开口，吧嗒了两下嘴，又闭上了。

陈　氏　（语重心长起来）再说了，这风流韵事，哪一桩不是百条腿千双眼万张嘴？等到员外家一纸诉状递到官府，告你个勾引良家妇女诱拐大户小妾发生不正当男女关系生活作风腐化，再给你弄出通奸门、艳照门、吸毒门，你就彻底变成不良书生，只怕连科考的机会都得被取消！

　　　　[陈氏说得激动，一脚踩在了凳子上。王生手做挥汗状，但略一思忖，又怡然自得。

王　生　别门门门了。这次实在是机缘巧合，有美女送上门，我实在是实在是——

屏风甲　躺枪！

屏风乙　被出轨！

　　　　[屏风甲看屏风乙一眼。

屏风乙　被子下面出了轨。

王　生　（瞪屏风乙一眼，冲陈氏）被动谈了场恋爱，如此而已。

陈　氏　（叹了口气）谈恋爱？致青春？你一个傻白甜书生，几句好话就哄得你找不着北了。这个女孩儿来路不清不楚，赖着不走，必有后手，你趁早打发了。

王　生　她无处可去。

陈　氏　天大地大，怎么就无处可去？

王　生　天大地大，娘子的心胸为何不能大一点儿，让如画有个安身之处？

陈　氏　（拍桌子立起身）你分明是鬼迷心窍，色胆包天！

王　生　（也拍桌子起身）你分明是打翻了醋坛子，羡慕嫉妒恨！

　　　　［王生和陈氏对峙。

陈　氏　你以为我是在吃醋？

王　生　难道不是？

　　　　［陈氏无语。

王　生　吃醋无妨，但要控制好酸度，不要影响夫妻感情才是。

陈　氏　（怒目相向）吃醋不假，替相公担忧也是真。相公色迷心窍，不要忘了，色字头上一把刀！

王　生　（指点着汤锅，讥讽地）明明是醋坛子，偏要装什么十全大补！

　　　　［陈氏待要再申辩，王生不屑地转过身去了。

屏风甲　油盐不进，劝也是白劝！

屏风乙　天要下雨，郎要变心！

陈　氏　话不投机半句多，相公回去吧。

王　生　《金瓶梅》我正好看了一半，先走一步。

陈　氏　（强硬地）不送！

　　　　［王生看她一眼，转身离开。

陈　氏　留步！

　　　　［王生停下脚步。

陈　氏　（抱起罐子塞进王生怀里）一天三次，热着喝。

　　　　［陈氏转身不理王生。王生抱着罐子，想说什么，又说不出来。转身，下场。

　　　　［陈氏下意识地追了几步，又停住。

屏风乙　大娘刀子嘴，豆腐心！

屏风甲　（看一眼陈氏）豆腐被鸡刨了，大娘的心碎成鸡刨豆腐了！

陈　氏　（叹息一声）你们都看出来了，相公看不出。

屏风甲　一哭二闹三上吊！把相公抢回来啊！

陈　氏　（摇摇头）相公最讨厌泼妇！

屏风乙　大娘就不好奇，这个小女子到底何方神圣？

[陈氏若有所思，跌坐在椅子上。

[灯光渐暗。

第　四　场

[三个群众演员拿着柳枝站在舞台边上。如画在弹琵琶。柳枝随着琴声身体动来动去。

[王生抱着罐子悄悄上场，看见柳枝摆动。

王　生　嘚瑟！

王　生　（走近如画）此曲只应天上有，人间能得几回闻？

如　画　（扭头看着王生）相公回来了？（作呕吐状，指了指罐子）什么东西？乌烟瘴气、味厚油腻——

王　生　娘子煮的十全大补汤。

如　画　相公神清气爽，要这汤何用？

王　生　娘子觉得我最近消瘦得厉害，面目难看，想要我补补身子。

如　画　大娘子的眼力是不是出了什么问题？相公这般仙肖清秀，玉树临风，岂能容这种污秽之物沾染？（挥着手）速速丢掉！

王　生　哦，可是，娘子为了煲这汤，花了不少心思，费了许多工夫——

如　画　（作伤心状）哦，原来你们夫妻情深如海，如画倒是个泡沫。好吧，如画我，（作戏曲里面的伤心状，作势欲要离开）就此奔流出门去，不添波浪在人前。

[王生一手抱着罐子，一手拉住如画的袖子。

王　生　如画——

如　画　（皱着眉）放手啊——

王　生　舍不得——

如　画　我让你对那罐汤放手！

王　生　哦，（王生松了如画，两手抱着罐子，四下看看）扔到哪里去呢？

如　画　（四下看看，指了指拿柳枝的群众）倒在柳树下！

[王生抱着罐子走过去，要倒在柳枝一脚下。

柳枝一　烫！

[王生要倒在柳枝三脚下。

柳枝三　油！

柳枝二　我来！

[柳枝二抢过来，喝了几口。王生抢过来，仰头喝。他晃了晃罐子，抹抹嘴，擦在柳枝二身上。

柳枝二　哎呀，别摸摸索索的，注意素质！

柳枝一　没往你身上刻字就不错了！

柳枝三　长城他都刻过！

王　生　早晚我整本《论语》都给你们文上，让你们嘚瑟！

[柳枝们不理王生，继续扭来扭去。

[王生走回如画身边。

如　画　（斜睨王生一眼）大娘子一罐汤，煮软了相公的心肠，（叹着气）相公对娘子的深情，如画是望尘莫及呢——

王　生　娘子操劳家事，尘满面，鬓如霜；如画是小红妆，对镜贴花黄。

如　画　（娇嗔地）油嘴滑舌！

王　生　（嬉皮笑脸地）刚喝了肉汤！

[如画推开他。

如　画	熏得如画头晕，（姿态婀娜，作弱不禁风状）
	[王生伸手扶她，如画就势偎进王生怀里。
	[陈氏上场，正看见二人缠绵。柳枝挥舞着袖子，摆来摆去。
陈　氏	这院里的桃花呢？
柳　枝	早就过气了！现在是我柳枝当道，树树舞纤条，婆娑斗楚腰，哎呀——（边说边舞，突然停住）
陈　氏	（看看柳枝）这是什么造型？
柳　枝	这是——腰抽了。
王　生	（迎过来）你怎么来了？
陈　氏	放心不下你啊。
王　生	我还好啊，（转身看一眼如画）她就是如画。
如　画	（款款施礼）如画给大娘子请安！
陈　氏	（打量如画）果然有几分姿色。
	[陈氏生气折柳条。
如　画	谢谢大娘夸奖！
陈　氏	你管谁叫大娘？谁是你大娘？！
王　生	娘子——
如　画	（停顿一下，看看王生，又看看陈氏）小女子时乖运蹇，多蒙相公和大——（朝陈氏比画了一下）收留，如画早就应该过去拜会大——（比画了陈氏一下），多谢收留之恩！
陈　氏	收留之恩？这我可不敢当。收留你的是相公，不是我。（看一眼王生）以前相公也时不时收留个流浪猫流浪狗的，这回这个·宠物——（看一眼王生）是个升级版啊。
王　生	（咳了两声）娘子——
如　画	倘若您不贤惠，相公也不会收留我的。您有心胸，肯包容，如画心里万分感谢。
陈　氏	只怕我们家庙小，包不住你这个菩萨。

如　画　如画愿意挑水担柴，洗衣做饭，打扫厅堂。

陈　氏　（拂开如画的袖子）就你这细胳膊细腿豆芽儿似的——（愣了愣）皮肤还挺好的，（咳了一声，重又正色）你这细皮嫩肉，杨柳细腰的，我们可使唤不起。我们小家门户，只怕委屈了美女，你还是另择高枝吧。

王　生　娘子——

陈　氏　（笑容可掬地转向王生）嗯？

王　生　（看一眼如画，意味深长地）家和万事兴。

陈　氏　（一拍手）相公所言极是，（一字字地）家和万事兴！

如　画　（跪在陈氏面前）请大娘成全。

陈　氏　你又叫我大娘，谁是你大娘？！

王　生　娘子，得饶人处且饶人。

陈　氏　相公这是什么话？我不饶人了？

王　生　我的意思是，饶是家里多个人，不就多副筷子吗？如画吃得比猫还少呢。（伸手扶如画）起来吧。

如　画　（摆脱了王生的手，仍旧跪着）我还是跪着吧，等大娘（看一眼陈氏）消气了再起来——

王　生　（脸色微愠地看着陈氏）娘子真是威风凛凛啊。

陈　氏　哟，快起来啊。（过去一把扶起如画，咬牙切齿地）知道你是学表演的，明明就是个小三儿，弄得跟窦娥似的。

如　画　（笑眯眯地对陈氏咬牙切齿）我这才刚刚热身，你就等着瞧好吧——（她身体忽地一倒）大娘你——

　　　　［王生赶紧推开陈氏去扶如画。

王　生　怎么了？

如　画　（扶着自己的胳膊，眼睛看着陈氏）没怎么——大娘没掐我，真的！

陈　氏　（火冒三丈）你这演技倒是说爆发就爆发——

王　生　（撸起如画的袖子）青紫成这样！（扭头看着陈氏）你！你！你！

陈　氏　我我我，我什么都没做！（冲着如画）你——

如　画　（背过王生冲陈氏笑着）是我自己掐的——（扑通一下跪倒）都是如画不好，如画——（看着王生）这是如画自己掐的，不关别人的事，真的，是我自己掐了自己——（抽抽答答地哭起来）

　　　　［王生怒视着陈氏。

陈　氏　你听见了，她自己掐的！

王　生　你，你太可怕了！

陈　氏　我可怕？你长没长眼睛啊？

如　画　（过去挡在他们中间）都是如画的错！如画给大——赔礼。（跪地磕头）

陈　氏　（恨得举起巴掌）你这个贱人，鬼话连篇——

　　　　［王生过去，挡在如画前面，伸手横住了陈氏的手臂。

陈　氏　你放手，我今天非打得她满地找牙不可！

王　生　有怨气冲我来，欺负这样一个萌妹子，有意思吗？

　　　　［如画在王生身后冲陈氏做鬼脸。

陈　氏　（气得要疯掉）她是萌妹子？那我呢？

柳　枝　你是黄脸婆啊。

陈　氏　（甩开王生，扭着冲柳枝）你算哪根葱？

柳　枝　我不是葱，我是柳。旁观者清，颜值、身材、风情，你跟人家能比吗？情商智商也差得不是一星半点儿，歇菜吧您哪！

陈　氏　你这根柳条还耍京腔呢，当心闪了你的舌头，闪了你的细腰。

　　　　［王生把如画拉起来，替如画扫扫裙子。

　　　　［陈氏想发作，又咽了。

　　　　［王生扶着如画，让如画坐在椅子上。

如　画　（扮弱小）不不不，我怎么能坐呢。（作势要起）

王　生　（把她摁回座位）坐着！（看看陈氏）娘子今日到底所为何来？

陈　氏　（看着他们，咳了咳，摸了摸被子）被子薄不薄？

王　生　（冷淡地）不薄。

陈　氏　（看着王生脸色）你脸色发青，虽然说是初夏天气了，傍晚时，还是要点个炭火炉烘烘才好。

王　生　嗯。

陈　氏　汤，都喝光了？

王　生　都喝了。

陈　氏　（点点头）把罐子给我，明天我再煲一罐送来。

王　生　不用劳动娘子了，我想清淡些。

如　画　（楚楚动人地劝王生）让大娘煲汤吧，那是大娘的一片心意啊。

　　　　［陈氏气极，放声大笑。

陈　氏　我今天真是开了眼，见识了！（指着如画）你赢了！完胜！（难过地自嘲）我这就回去，给自己煮一锅黄连水，消毒！败火！去去晦气！！（看一眼王生）相公只管泡在蜜罐里，神魂颠倒吧。

　　　　［陈氏转身就走，一头撞在柳树上，疼得捂住额头。

王　生　娘子——（赶紧过去）呀，出血了——

陈　氏　（打开王生的手）不劳相公费心，（边笑边哭）我脑子本来进了水，流流血，好得快！

　　　　［陈氏捂着额头下。王生看着柳树。

柳　树　人家亭亭玉立地站在这儿，是她撞我的好吧？

如　画　（过去拉王生）相公——

王　生　我要去下集市。

如　画　去集市做什么？

王　生　替娘子抓服药，她的头撞得不轻，都流血了。

如　画　是啊，你快去照顾大娘吧，如画刚才吓得不轻，头也疼脑也热——（扶了扶头）

王　生　大娘子人前逞强人后凄凉，她原本有心口疼的毛病，又撞坏了头——

　　[如画看着王生。

如　画　（一副凄凉模样）相公快去照顾大娘吧，我没事儿——

　　[王生注意到如画。

王　生　我也替你把药买了，你头疼——（伸手欲摸如画的额头）

　　[如画抓住王生的手。

如　画　相公就是如画的药。

王　生　如画——

如　画　头疼脑热，心痛肺烧，如画都不在乎。天地浩渺，如画只求能与相公终老。就算明天末日降临，只要是跟相公一起，如画视死如归，甘之如饴。

王　生　（感动地）小生何德何能，累你一往情深！

如　画　爱情没有什么道理可言，我也是情不自禁！

王　生　如画！

如　画　相公！

　　[如画娇滴滴地打了个喷嚏，王生假装打喷嚏；如画又打了一个喷嚏，王生又假装打喷嚏。王生与如画目光对视，拥抱在一起。

柳枝一　收光收光！

柳枝三　少儿不宜。

王　生　啥少儿不宜啊？

柳枝三　我以为后面还有戏呢——

王　生　有戏也不能在院里演哪，扯没用的——

王　生　那我去集市了？

如　画　相公早去早回！

王　生　等我从集市回来，咱们再一起阿嚏——

　　[王生转身离去。如画看着王生的背影。

柳枝二　（凑到如画身边）只有长江日夜东，年年柳色自空蒙。

如　画　（狠狠地）你刚才再硬点儿，撞死那个老女人，不就一了百了了？

柳　枝　（扭摆着）人家这杨柳细腰的——

如　画　杨柳细腰？正好儿撅折了当柴烧！

柳枝们　啊——

　　　　［如画转身挥手，柳枝们倒地。

柳枝三　这小三儿挺猛啊。

柳枝一　好像会武功，你还嘚瑟不了？

柳枝二　不了，别在他家干了，快走吧。

　　　　［灯光暗。

第　五　场

　　　　［灯光渐亮。

　　　　［集市。舞台中央摆两个木块。

　　　　［疯子躺在舞台中央，枕着自己的一只胳膊，另外那只手上拿着个破得不能再破的芭蕉扇。

疯　子　（怡然自得地躺着，唱歌）世人都晓神仙好，只有功名忘不了，古今将相今何在，荒冢一堆草没了——

　　　　［疯子滚了一下。

疯　子　世人都晓神仙好，只有金银忘不了——

疯　子　（滚了两个滚）终朝只恨聚无多，待到多时眼闭了——

　　　　［道士穿黑色道袍上场。疯子突然跳起来，拦住道士的去路。

疯　子　世人都晓神仙好，神仙到底哪里好？

道　士　你问我？！

疯　子　四处云游管闲事，自得其乐真可笑！

道　士　你可以讽刺我，但你不能调戏我！

　　　　　[王生上场，追道士。
王　生　道长请留步！道长请留步！
疯　子　（边跳边走，边说边笑）神仙最爱寻烦恼，疯子自己玩去了！
　　　　　[王生给道士施礼。
王　生　小生这厢有礼了！
道　士　（还礼）贫道不敢当。
王　生　小生听说，道长神仙下凡，颇多奇方妙药，恳请道士搭救小生。
　　　　　[道士上下打量王生。
道　士　确实病得不轻！
　　　　　[疯子凑过来。
疯　子　（看看王生）你有病，我有药！
　　　　　[王生挥袖赶疯子。
王　生　神仙果然神机妙算。我和娘子，自成婚以来，一向琴瑟和谐，相敬如宾，只因上月我——
疯　子　搞出了婚外情！
疯　子　白嫩嫩，水灵灵，瘦溜溜，一个葱花大闺女！
　　　　　[王生看看疯子。
王　生　连疯子都知道了？！
疯　子　风流事风流事，随风流传的事！
王　生　我是收了个小妾，（看看道士，压低了声音）如花美眷，难免缠绵，可我娘子心怀嫉妒，两个女人——（用手做了一个相争的手势）小生头大如斗啊。我想请问道长，可否有什么疗妒丸之类的药，赐小生回家安抚娘子的？
道　士　你为你娘子求药？
疯　子　（追过来）我什么药都有，各种疑难杂症，啥都治，啥都治不好！
王　生　（揽过疯子）我跟你说，我这两天心可焦了，特别想杀人，尤其是你这种埋了咕汰的——

　　　　　[王生推开疯子。

王　生　（对着道士）我是个喜新不厌旧的人。

道　士　你是个不知死之将至，穷欢乐的人。

王　生　（不悦地）道长开起玩笑来，居然如此口无遮拦——

道　士　我且问你，你的小妾是如何收来的？

王　生　这个，说起来道长只怕不信，如画就像是从天上掉下来的。

疯　子　（又凑上来）啊？摔坏没？跌打扭伤的药我也有——

　　　　　[王生忍无可忍开始打疯子。道士也过来打疯子。

王　生　道长息怒，道长息怒！

道　士　我跟你说我忍半天了，人家这算命呢，你在那儿叭叭叭的没完没了——

王　生　道长，我不是算命，我是求药。

道　士　算命、求药那不都得找老道吗？说你的——

王　生　那天早上我一推开门，如画就倒在我门口。

　　　　　[疯子摇摇晃晃，道士又要打疯子，王生拦住。

王　生　道长息怒，道长不要与他一般见识。

道　士　（对疯子）我今天就是没带剑，要是带了剑我就剑死你，呸，刺死你——

王　生　道长息怒，道长息怒——

道　士　说哪儿了，把你词再说一遍。

王　生　啊，那天早上我一推开门，如画就倒在我门口。

道　士　（点点头）当然如此！果然如此！

王　生　道长高瞻远瞩，当然果然，我娘子却认定此事必有蹊跷。

道　士　你倒是有个贤内助。

王　生　所以请道长赐药。

道　士　你无须为你娘子求药，倒应该替自己求生！

王　生　此话怎讲？

画皮 <<< 251

道　士　你的小妾并非人类，实为鬼祟狐媚。

王　生　道长几次三番，出言讥讽，现在更是危言耸听，实在是，实在是邪魔外道！

道　士　我邪魔外道？（放声大笑）你已走火入魔，病入膏肓！

疯　子　（凑过来）我有药，各种魔药，膏药！

　　　　［王生推倒疯子，坐在疯子身上。

王　生　（冲着道长）道长不肯帮忙就算了，信口雌黄，任意诬蔑，实在有失厚道。

道　士　（叹气）死到临头，还执迷不悟！

　　　　［道士下场，王生起来看向道士方向。

疯　子　（边下场边自言自语）死到临头，还执迷不悟——

　　　　［王生孤零零地站在舞台上。

　　　　［灯光渐暗。

第 六 场

　　　　［灯光渐亮。

　　　　［群众大门甲乙、围墙丙丁站成一排。书斋门A门B，隔着两米距离变成另外一个门。书斋门A门B身后，坐着披着衣服的如画。房间里面黑黢黢的。王生垂头丧气地上场，伸手推门甲，推不动，再推门乙，仍旧推不动。王生扬起双拳在门甲门乙身上敲打，门甲、门乙伸手抓住他的两个拳头。

门　甲　门从里面闩着呢，你打我们干吗啊？！

王　生　闩门做甚？

门　乙　（表情坏坏地，走出来）你猜！

王　生　别抢戏——

王　生　（想了想）定然是如画看我不在书院，紧锁房门，远离是非！

　　　　［门甲、门乙翻了个白眼。

门　甲　男人一思考。

门　乙　女人就发笑。

王　生　难道有别的猫腻？

门　甲　我们做门的，哪能妄议主人？

门　乙　也不妄议女人。

王　生　（指点着门甲、门乙）跟我玩悬疑？

　　　　［王生往旁边走，推了推墙丙。

墙　丙　门你都推不动，还想推墙？

墙　丁　别怪我没提醒你，祸起萧墙。

王　生　你们也玩悬疑？

墙　丙　我们玩穿越。

墙　丁　墙里有危险，穿越需慎重。

王　生　少卖关子，蹲下，让我跳进去。

　　　　［墙丙叹息一声，蹲下身来。王生跃过去。随着王生落地，书斋里面的灯光亮了起来，门甲门乙墙丙墙丁转身。

　　　　［如画戴着骷髅面具，一手托人皮面具，一手在描画。王生走近过去，门A门B拦住他。

王　生　又怎么了？

门　A　如画姑娘锁了门。

王　生　外面锁门，里面也锁门？

门　B　女人嘛，总有很多秘密。

王　生　（撸胳膊挽袖子）我倒要看看，里面有什么蹊跷。

门　A　有些事情，不知道更好！

门　B　不知道就不烦恼。

王　生　少废话，躲开！

门　Ａ　当真要看？

王　生　非看不可！

门　Ｂ　果然要看？

王　生　看个究竟！

　　　　〔门Ａ、门Ｂ打开，王生朝里面看。骷髅似乎听到声音，扭头朝王生处张望。王生呆住。

门　Ａ　（冲王生）看吧看吧看傻眼了吧？！

门　Ｂ　（冲如画）画吧画吧画成鬼了吧？！

　　　　〔门Ａ、门Ｂ合上。王生后退了几步，一屁股坐到地上。

王　生　（指指骷髅）那那那那那是谁？

门　Ａ　还能有谁？！

门　Ｂ　美女都是画出来的！见怪不怪。

王　生　不是见怪，是见鬼了啊！

　　　　〔王生转身踉踉跄跄地跑，撞到门甲、门乙。

门　甲　吓破胆了？

门　乙　吓掉魂儿了！

　　　　〔王生浑身做筛糠状，惊骇得说不出话来。

墙　丙　不要寻找真相。

墙　丁　尤其是对女人。

王　生　放我——出去！

　　　　〔王生推开群众，仓皇下场。

　　　　〔如画起身，从门里出来。

门　Ａ　他看见了。

如　画　看见什么？

门　Ｂ　看见鬼了。

门　Ａ　看见了你的真面目！

如　画　（反手掐住门Ａ的喉咙）话多死得快！（发狠用力地一掐）

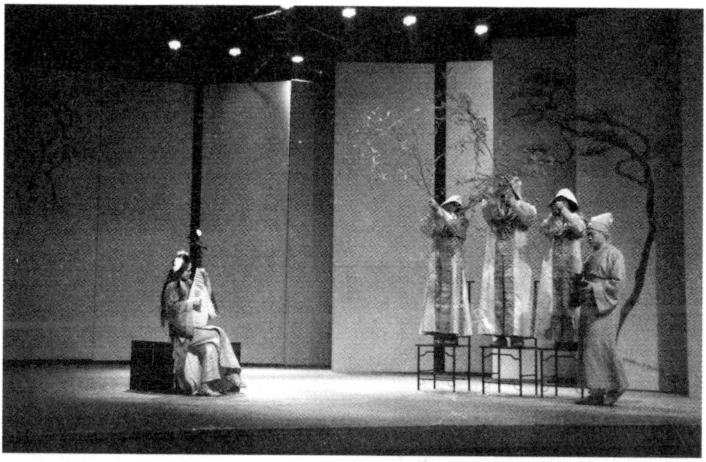

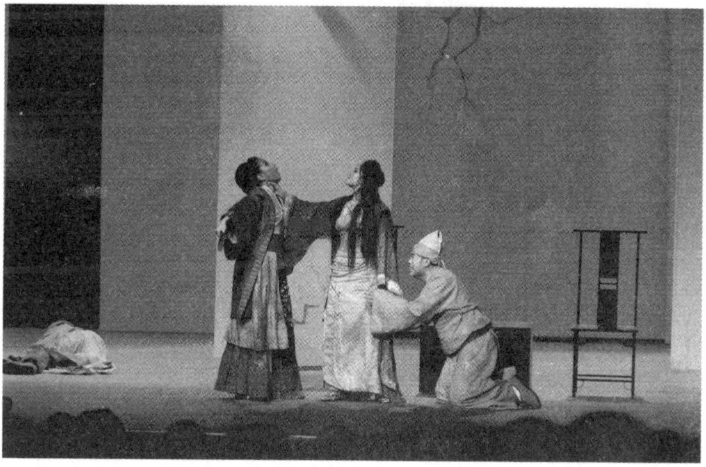

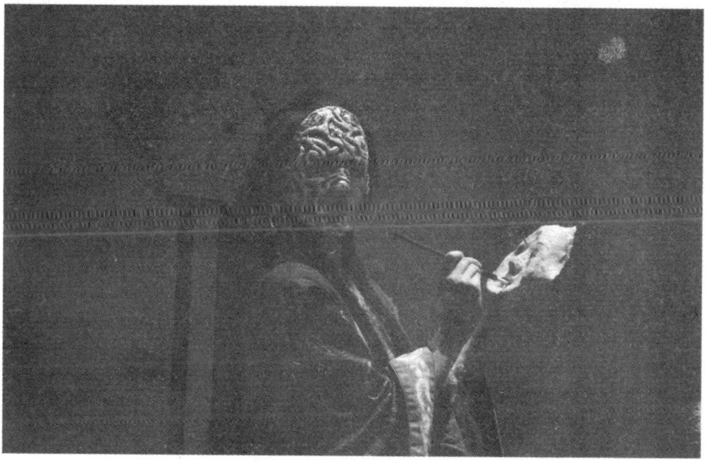

［门A倒地。

［门B看着门A倒了，吓坏了，往后退。

门　B　刚才，光线暗，相公看花了眼——

如　画　识时务，才能活得长！

［如画离开，走到门甲门乙面前。

［门甲门乙墙丙墙丁立马蹲下扶着如画走，恭顺讨好地。

门　甲　他沿着官道跑的。

门　乙　眨眼工夫就能追上。

墙　丙　追上了，给他好看。

墙　丁　宁可欺负天下人，不能让天下人欺负！

［如画下场。

墙　丁　跑啊！

［群众四散逃开。王生上场。如画看着他。王生回头时，差点儿撞到如画身上。他转回头时，整个人（戏曲范儿）跌倒在地上。

如　画　（过去扶他）相公——

［王生惊恐地甩脱如画，跌倒。

如　画　（又跟过去扶）相公——

王　生　（往后退了两步）你别过来！

［如画僵住，看着王生。

王　生　我我我、我身上弄脏了，有有有，有味道，怕怕怕、怕你嫌弃。

［如画嫣然一笑。

如　画　我怎么会嫌弃相公呢？我恨不得把相公挤扁压干成一张人皮——

王　生　（大惊失色）人……皮……

如　画　（绵里藏针地）对啊，一张人皮，左折折，右折折，上叠叠，下叠叠，折叠成一个小包包，揣进怀里。

王　生　（笑得像哭）如如如，如画，好好好，好调皮啊。

如　画　（意味深长地）你不是最喜欢如画调皮吗？（凑近过去）

王　生　你别过来!

[如画站住。

王　生　我我我我,我刚才在集市上遇到了那个痴癫,就是那个在粪土里打滚、以残羹剩饭充饥的疯子,我没提防,被他在身上摸了几把,实在是,实在是,肮脏啊肮脏,着恼啊着恼!我去洗干净,再回去见你。

如　画　身上不干净,不要紧,最怕心里不干净。如画想帮忙,都不知道从何处下手。

王　生　(后退着)我我我我——(爬起身来欲跑)

[如画前进着,一把抓住王生的脚。

王　生　(大惊失色)你要干什么?!

如　画　鞋穿好,才好跑!(有些伤感起来)如画愿意为相公换衣提鞋,如画恨不能变成相公的鞋跟着相公四处走,就是变成相公鞋底的泥,如画也觉得欢喜,一欢喜,泥里面就会长出桃树,开出桃花来。

王　生　(一时有些痴魔)如画——

如　画　(真情流露地)如画不在乎相公是神,是鬼,是泥,是树,万物有情,只要相公对我情深入骨,如画别无所求。

王　生　(后退着,躲避着)我我我我一介凡夫——

如　画　如画对相公一往情深的话,相公会在乎如画是神,是鬼,是花,是草吗?

王　生　我我我我我要洗澡——

如　画　(犹豫了一下,下定了决心)也罢,清水洗尘,洗身洗心洗脑,如画在书斋里专候相公,早去早回!

[王生点点头,起身就跑。跑了两步,回头看了一眼如画。如画看着他,冲他摆摆手。

[王生奔下场去。如画的身子颓然一懈,惆怅地转身,下场。

第 七 场

　　　　[集市。舞台两个木块。

　　　　[道士坐在舞台中央。王生和陈氏跌跌撞撞地上场。

王　生　（和陈氏并排跪倒）道长救命！

道　士　我一个邪魔外道，危言耸听，如何救得了你的命？

王　生　小生有眼无珠，误把鬼怪当红颜，错将神仙当邪魔，我知错了！（磕头）道长救命啊！！

道　士　（笑了）一个时辰而已，你如何忽然觉悟了？

王　生　（指指自己眼睛）亲眼所见，她画画画画皮，好好好好不吓人！

道　士　画了几张皮啊？

王　生　一张啊。

道　士　那你咋画画画画了这么多张——

王　生　我是吓的——

道　士　（冷笑）现在，你知道什么叫美人如画了？

　　　　[王生拼命点头。

陈　氏　相公知错了，求道长救命！

道　士　你们起来把。

　　　　[陈氏扶着王生站起来。道士盯着王生。

道　士　（对王生）这个鬼物是冲着你的心来的。你的心，能助她魔高一丈！

　　　　[王生惊恐地用双手按住自己的心口。

陈　氏　她是谁啊？她凭啥啊？（看着王生）她霸占了你的人，我还没跟她算账呢，她还要你的心？这小三儿也太嚣张了！

道　士　（摇摇头）只因这厮心里有她，爱她。

陈　氏　他是被鬼骗了。道长你不知道那个鬼，简直就是个小戏骨，那叫会演！就是你被她缠上，只怕也五迷三道！

道　士　你怎么知道呢？我曾经也——于是，我修炼成道了——你这是讽刺我呢？

陈　氏　不是不是，道长不要这么小心眼儿，求道长救救相公——

道　士　这个鬼物为了找到一颗真正爱她的心，历尽千辛万苦，所以，她不会轻易放过这厮。

王　生　真心爱她，反而成为她的猎物？

道　士　为了让人真心爱上她，她才煞费苦心地把自己的皮囊画成绝色美女啊。你如果是柳下惠，她自然不会跟你纠缠不清，早就弃你而去了。

[王生思考了一会儿，回到道士身前。

王　生　小生死不足惜，只是，家中尚有贤妻幼小，（看一眼陈氏）求道长保护我家人！

陈　氏　家不用你管！这些年，你管过家吗？针头线脑，吃喝拉撒，你说你管过哪样？还跟鬼谈上恋爱了，还人鬼情未了了，你嘚瑟去啊，使劲儿嘚瑟！不作死就不会死！

[王生和道长都看着陈氏。

陈　氏　看我干啥？我说错了？

王　生　（苦笑一声）你说得对！我自己作死，怨不得天尤不得人！

[道士转身欲走。

陈　氏　（跪下）只求道长救救相公，摆脱那个小妖精。

道　士　他移情别恋，你还救他？

陈　氏　相公一时糊涂，误入歧途。

道　士　他心属鬼魅，你不恼怒？

陈　氏　人非圣贤，孰能无过。（磕头）求道长救命，求道长成全。

王　生　娘子——

[道士把手里的拂尘拿起来端详了一下。

道　士　这柄拂尘随着我二十年，自带气场，你们把它带回家，挂在门口，那个鬼物自然明白我插手了这件事！

[王生捧着拂尘，如获至宝。

陈　氏　（不敢相信地看着拂尘）就这么个破玩意儿？

王　生　（瞪她一眼，对着道长恭敬地）魔高一尺，道高一丈！

道　士　拂尘悬门，犹如我亲临现场。她虽然是鬼物，但也是个可怜之人！通人事，懂世俗，你只需动之以情，晓之以理，她放过你，我自然也会放过她。两处相安！

王　生　（点头）谨遵道长仙嘱。

陈　氏　（俯身跪拜）道长大恩大德，没齿不忘！

[灯光渐暗。

第 八 场

[仍旧是陈氏房间的陈设。一套桌椅，两个群众屏风甲屏风乙。另外两个群众门甲门乙，其中一个手里拿着拂尘。

[陈氏坐在椅子上，手里拿着把菜刀，盯着门。王生四下徘徊，从屏风甲乙面前经过。

屏风甲　你走了一晚上了，走得我们眼晕！

屏风乙　你就消停儿的，坐以待毙吧。

王　生　（冲他们一拂袖，走到门甲门乙那儿）她不会破门而入吧？

门　甲　我们是实木的。

门　乙　（拿着拂尘扫了扫）谅她也不敢太岁头上动土！

如　画　相公！相公！

王　生　来了！（跑回陈氏身边）

〔陈氏紧张地站起来,又慢慢地坐下。

陈　氏　镇静!

〔王生深吸了口气,坐下。

〔如画上场。

如　画　相——(她想径自闯进门来,抬头看到拂尘,整个人顿住了,良久)相公,你如何弄这么个东西放在这里?

门　甲　警告某些鬼魅,不要轻举妄动。

门　乙　(看一眼拂尘)见拂尘如见道长本尊,休得放肆!

如　画　(后退了两步,仰脸望天)今夜月亮好圆,月光如洗。相公不是讲过,月亮如你心,你的心则属于我,怎么天上的月亮尚未全蚀,你的誓言已经破败不堪了?

〔王生低下头。

陈　氏　(冲如画)男人的誓言就像水里的月亮,可以添些诗情画意,当真则大可不必。

如　画　不(摇摇头),如画听得到相公当时的心跳,相公说的是真心话。

〔陈氏看着王生。

陈　氏　真心又如何,男人的心,说变就变。

如　画　那就请相公出来,跟我当面说清楚如何?

〔王生拼命摆手,身子缩得更往后了。

陈　氏　那又何必呢?撕破了脸,大家都不好看。

如　画　撕破了脸,我可以重画,画得比原来更好看!

屏风甲　她承认了!她承认画皮!

屏风乙　人工美女!

陈　氏　(拿着刀摆开架势)用不着在这儿逞口舌之利。你跟相公恩情已绝,请速速离去吧。

如　画　不是招之即来,岂能挥之即去?我要见相公!

〔如画待要径自闯进房里,门甲、门乙挡住她。

门　甲　拂尘在此，你敢造次？！

门　乙　趁早离开，可以保全自身。

如　画　（犹豫着，冲屋里喊）相公，我是如画啊。你当真要跟我恩断义绝？！

　　　　［陈氏和屏风甲乙看着王生。

屏风甲　表个态吧！

王　生　如画——我们人鬼殊途，缘尽于此！

如　画　（可怜巴巴地）你让我这样一个弱女子走到哪里去呢？出了这个门，如画只有死路一条啊。

屏风甲　苦肉计。

屏风乙　死鬼死鬼，她本来就是死的，别让她说活了你的心。

王　生　我亲眼看见——你你你，你在画皮！你分明是鬼！

如　画　倘若我不是鬼，相公就会爱我至死了，是吗？

陈　氏　人也好，鬼也罢！如画，相公执意斩断情丝，你好自为之，速速离去吧。

　　　　［如画垂首，默立良久。

门　甲　走吧走吧，人总要自己学着长大。

门　乙　此处不留鬼，自有留鬼处。

如　画　好，既然你无情，勉强无益，把欠我的东西还我，我立刻就走。

陈　氏　（看着王生）你欠了她什么？

王　生　（看如画）我欠了你什么？

如　画　你欠我一颗心！

　　　　［如画往房里闯，门甲、门乙拂动拂尘，如画倒退了几步，摔倒在地。

门　甲　（看看拂尘）酷！

门　乙　（得意地）几十年的道行，不是吹的！

　　　　［陈氏和王生看着拂尘发挥威力，如释重负。

陈　氏　这个拂尘可是法力无边，拍得了苍蝇打得了老虎！我送你一句话：不折腾！道长说了，他也会放你一条生路的！

如　画　倘若得不到相公的心，我生又何欢，死又何惧？

陈　氏　做人执迷不悟也就罢了，你做鬼的怎么也如此执迷不悟？

如　画　你知道我寻找了多久，才遇到了一个用心爱我的人吗？

王　生　（叹气一声）此情只能成追忆，真爱当时也惘然。

如　画　（冷笑一声）现在你惘然了？当初两情相悦时你是怎么甜言蜜语的？你许诺的，你就要还！不光是你，你的全家，我一个也不放过！

[群众也跟着害怕。

王　生　（把陈氏推到一边，走到门口，看着如画）像我这种负情负信之人，心如死灰，你纵使要了去，又有何用？

如　画　好一句心如死灰，（用袖抚泪，决绝地）哪怕是死灰，如画也放不下死灰里的那点儿余温。

王　生　（看着如画，也用袖抚泪）好，那你来取吧！（霍然站直）

陈　氏　相公！

屏风甲　什么情况？

屏风乙　剧情急转直下啊。

如　画　（点着头）好，我就成全了你！（作势欲进）

陈　氏　（举起手里的菜刀，高声冲如画）有道长的拂尘和我的菜刀在此，看你敢造次？！话已说绝，缘分已尽，你速速离去，还则罢了；否则，道长会收了你的魂魄，让你六神无主！

如　画　如画好怕怕啊，如画好命苦啊！！！

[如画捂住脸，痛哭失声，待她抬起头时，脸上变成了骷髅。骷髅如画放声大笑！

如　画　（稳稳地往门里走）道士没告诉你们，人只要舍了脸面，便会无敌于天下吗？区区一个拂尘，挡得了人，挡不了魔！（挥袖，门甲门

乙倒地）

屏风甲　这画面太太太太——吓人了。

屏风乙　我不敢看！

　　　　［屏风甲乙蹲下。陈氏哆哆嗦嗦地举起了刀，上前一步，挡在王生前面。

陈　氏　管你是什么妖魔鬼怪，邪不胜正——

　　　　［如画轻轻一拂，就把陈氏连人带刀拂到了地上。

王　生　不要！

　　　　［如画看着王生。

王　生　不要杀她，取我的心好了！

如　画　我不会杀她，我让她好好看着，你的心，是怎么被我挖出来的！

陈　氏　你先杀了我——

　　　　［陈氏又挣扎起来，拿着菜刀，如画一伸手，扼住了陈氏的喉咙，陈氏晕倒。

王　生　（站直了身体，张开双臂）倘若我的心，能让你解脱，你拿去吧！

　　　　［如画愣怔了一下。］

如　画　（凄凉地）爱从来不能让人解脱，只会让人万劫不复！

王　生　（认命地点头）我欠你的，我还！

　　　　［如画的手朝着王生狠厉地抓过去。

如　画　你还吧！

　　　　［灯光忽明忽灭！黑暗中，王生尖叫了一声。

　　　　［灯灭。

　　　　［灯亮起。

　　　　［王生笔直地倒在地上。如画举着一颗心放声大笑，笑声尖利刺耳！

　　　　［光束收掉，集中在如画身上。

如　画　（举着手里的心，打量着，神情既狰狞又凄凉）相公，这就是你的心？为我跳动，为我疼痛的心？一心一意的那颗心？心心相印的那颗心？你说得多好啊，世间最美的琴声、歌声，都不如你的话动听。曾经，我也有过心，我的心，给了别人，给得彻彻底底，给得毫无保留，我不埋怨那个取走我心的人，既然爱了，就要认！我失去了心，变成孤魂野鬼，我不伤心，我相信我也会找到属于我的那颗真心。我找了很久很久很久，众里寻你千百度，（看着王生）苍天不负我，我终于遇到了你。你爱我，你愿意把心给我，我不要你的心，我愿意跟你一起死，在另一个世间，我们合二为一，一心一意，这样不是最好最浪漫的结局吗？我们说得好好的，爱得好好的，为什么？你的心，说变就变？变得这么硬！变得这么狠？！你让我，拿你的心，怎么办？怎么办？！！！

第 九 场

[群众两两一组，来回走动。

[侧幕：道士一声高喊："妖孽！还我拂尘！"如画仓皇上场，在群众中间跑动。道士一身黑道服持剑在后面追赶。如画在群众中间打了几个滚，跌倒在地。道士追赶上来，用剑指着她。

如　画　（仰脸绝望地看着道士）我们无冤无仇，井水不犯河水，你为何要对我苦苦相逼，赶尽杀绝？！

道　士　妖孽，你杀人取心，罪孽深重，人人得而诛之！

如　画　我和王生两情相悦，你情我愿，何苦你帮闲多事，节外生枝？！

道　士　贫道本想放置拂尘，指示你悬崖勒马，及时回头。你却是胆大包天，折断了拂尘，杀了王生，自寻死路！

[道士举剑欲刺！

如　画　（悲伤欲泣）我不过是想得到一个真正爱我的心，怎么就罪孽深重了？！

道　士　你得到，别人就得死！

如　画　（激愤地）那又如何？王生说他爱我至死，倘若没了爱，他生不如死！

道　士　恋爱中的甜言蜜语，都是爱昏了头的胡言乱语。少女村妇愚昧无知倒也罢了，你修行多年，难道还会相信这种谎言？

如　画　我修行多年，才得人身，又修缘多年，终遇王生。天地有眼，起初我是想要他的心，但后来，我只想和他双宿双栖，偕老田园，是你！是你唆使他怀疑我偷窥我害怕我！（心痛地）我本想给他个机会，让他沉静下来，反思我们情恩双笃，能够超越世俗偏见，爱情至上。万想不到，他却借了你的拂尘，必要跟我恩断义绝。是你害了他，是你是你是你！

群　众　是你是你是你！！！

道　士　天地有法，人鬼殊途。你满口鬼话，哄骗得王生神魂颠倒，沉溺爱河；也是你，续爱无力，五指利爪，取了王生的心！你的爱情于天地而言，于正道而言，是大逆不道！我给过你机会，你却自寻死路。

群　众　自寻死路，天地不恕！

道　士　妖孽！拿命来！

　　　　　[道士执剑追如画。群众演员开始旋转。如画在前跑，道士在后面追。道士挥剑刺出。站在他面前的人变成了王生。道士的剑及时收住。道士身后突然出现了如画，他回头时，手里的剑被如画另一只手夺去。道士再回头去看王生，王生已经不在了。

如　画　道高一尺，魔高一丈！

道　士　你吃了王生的心！

如　画　人心的魔力，可惊天地！

道　士　（点点头）的确如此！（挥了挥手）

［群众演员忽然分开，王生走了出来。

如　画　（呆住了，手一抖，剑掉到地上）相公！

［王生恍若未闻，梦游似的走来走去。道士拣起剑，对着如画。
［如画的目光追随着王生。

如　画　相公！相公！（伸手去拉王生）

［王生梦游似的走动，如画抓不住他。

如　画　（泪流满面）相公，相公——

［道士想杀如画，有些下不去手。如画用目光追逐着王生，目光回转才发现道士用剑直指着自己。

道　士　是你心里的幻象魔影！

如　画　那是相公！（又转头去看王生）

［王生混迹于群众中间，消失了。

如　画　（悲摧地）相公，相公——

［道士待要刺如画，又有些不忍。

道　士　（叹了口气）天若有情天亦老！

［如画怅然若失，停顿片刻，转头看着道士。

如　画　你要杀我？！

道　士　（点点头）今日我不妖其身，他日你必妖于人！

［如画点点头，跪地，伸展双臂。

如　画　如画人世间走一遭，爱过，痛过，恨过！够了！虽然这颗心我拿到手时，已经千疮百孔，好在，余温尚存，这一点点暖热——够了！够了！（对道士）如画有一事相求。

道　士　请讲！

如　画　如画此番离去，但求灰飞烟灭，魂飞魄散，永不超生！

［道士点点头，把剑举得高高的。

道　士　替天行道，贫道职责在此！看剑！

［道士举剑刺向如画！如画挺身接剑。群众惊呼着围上去，把如画

和道士的身影遮挡住。如画脱下外衣，披上袍子变身群众。

[群众散开，退场。舞台上只剩道士和如画的外套。

道　士　（打量着外套）皮囊再美又有何用？没心没灵魂没缘分，还不是白忙一场！（叹息一声，蹲下来，卷衣服）

[陈氏上场，走到道士面前，双膝跪倒。

陈　氏　道长，求求您救救王生！

[道士扭头看陈氏一眼。

道　士　人死不能复生！

陈　氏　（号泣着）是你说的，她见到拂尘就会知难而退！她没有！她她她她取了相公的心！

道　士　你痴心一片，她，（看一眼手里的人皮，叹了口气）也鬼迷心窍。

[道士欲收了人皮，陈氏拉着不放。

陈　氏　你低估了如画，害死了相公，你得弥补过错，救救相公！

道　士　恕我直言，王生被取心，固然是如画妖孽蓄意勾引加害，但他跟如画相亲相爱动了真心，才会咎由自取。

陈　氏　相公逃过此劫，必会洗心革面，上慰高堂，下慈幼子，求神仙道长给他一次机会。

道　士　掏你的心，活王生的命，一命抵一命，你可愿意？

[陈氏愣住了。道长转身欲走。

陈　氏　我愿意——

道　士　我提醒你，你死以后，因为缺了心，会变成跟如画一样的恶鬼，除非你找到一颗爱你的真心，吞而食之，否则，永世不得超生，只能在阴冥世界游来荡去，孤苦无依，这样，你也愿意？

陈　氏　我愿意。

道　士　如画也曾经是一个痴情女子。和你一样有情有义，但你看看她的结局。这样，你还愿意？

陈　氏　我、我我、我愿意——

道　士　人生在世，终有一死。死了就解脱了。你何苦为情所困？一定要以心相许。什么是爱？爱就那么重要？

陈　氏　我不知道什么是爱，可我当初与相公缘定三生：同甘其苦，生死与共，白头偕老。（双手打胸）誓言和初心仍然在这里。

道　士　他的心变了，你不怨，不悔？

陈　氏　我的心没变，不怨！不悔！用我的心换他的心，心甘情愿！

　　　　［陈氏抽出道士的剑，欲刺向自己。

道　士　你这又何必呢？

陈　氏　求道长成全！

道　士　罢了，我道行浅，（长长地叹了口气）集市上的那个疯子，睡粪堆，食垃圾，胡言乱语，你去求他吧，或许还有一线生机。切记切记：无论疯子如何羞辱，你都要甘之如饴！

　　　　［道士摇着头，转身离去。

陈　氏　（磕头）多谢道长指点迷津！

第　十　场

　　　　［王生躺在舞台中央，群众围成一圈，坐在王生周围。疯子上场。

疯　子　世人都晓神仙好，只有夫妻忘不了，痴心女子负心汉，打水竹篮全空了——

　　　　［疯子唱诵时，陈氏上场。

陈　氏　（跪在疯子旁边）神仙救命！

　　　　［疯子坐了起来，一个打滚跳将起来。

陈　氏　（磕头）请神仙救王生一命！

群众甲　她叫他神仙？！

群众乙　这女人疯了！

［群众惊呼一声，都聚集在疯子身后。

疯　　子　（看着陈氏）美人儿！（用手托起陈氏的脸）哇哦，满脸皱纹，愁容满面——你看上我了？爱上我了？想嫁给我？走走走！（指了指一个方向）那边有个茅房，做我们洞房正好。

陈　　氏　（哭着说）道长说神仙神通广大，能取我的心救相公一命，请神仙救王生一命！

疯　　子　（把陈氏的脸用力一摔）哭哭啼啼的，丑死了！

［陈氏的脸上带着疯子手上的脏印迹。群众都斜着眼睛看她。

群众丙　自取其辱啊！

群众丁　病得不轻！！

［陈氏膝行朝着疯子的方向移动。

陈　　氏　求神仙救王生一命！

疯　　子　（挖着鼻孔）王生是谁？

群众甲　是她相公。

群众乙　被小妾杀了！

群众丙　掏心掏肺！

群众丁　肝肠寸断！

群众甲　大案要案！

群众乙　拍案惊奇！

陈　　氏　求神仙救救我相公！

疯　　子　死就死了，一死百了！你变成了小寡妇，正好可以跟我结婚，（挨着陈氏并排跪下）来来来，我们拜天地！

［群众扬声大笑，指指点点。

群　　众　从来寡妇是非多！

陈　　氏　（换了个方向，重又开始磕头）求神仙救救相公！

疯　　子　你跟我结了婚，我就是你相公。

陈　　氏　求神仙救救王生。

疯　　子　你不想跟我婚配?!（跳了起来,随手抓过来群众甲）你想跟他婚配?

群众甲　我是路人甲!

　　　　　[陈氏摇头。

疯　　子　（推开这个群众,又抓了群众乙,推到陈氏面前）那让他当你相公!

群众乙　我是打酱油的!

　　　　　[陈氏摇头。

陈　　氏　求神仙救救王生!

疯　　子　你只会说这一句话吗?难怪你相公死了,他肯定是被你磨叽死的!

　　　　　[陈氏磕头不止。

疯　　子　磕头也没用,我又不是阎王爷的爹,我就算是阎王爷的爹,龟儿子又有几个听爹话的?（疯子转身要走）

陈　　氏　（拉住疯子的脚）请神仙——（哽咽得说不下去了）

疯　　子　你这个婆娘好不要脸!（用手里的芭蕉扇打陈氏）放手!放手!放手!

　　　　　[陈氏默然无语,死拉着疯子的脚,任凭他打。群众围着他们。

疯　　子　（突然换了个嘴脸,嬉皮笑脸地）你这么死缠烂打,果然是爱我爱到不行了!对不对?

　　　　　[群众嘘声四起。疯子想了想,抬手在嘴边,咳了几咳,呕出口痰来。

疯　　子　（把手里的痰放到陈氏面前）把它吃掉!

　　　　　[陈氏呆住了!

疯　　子　吃掉!

群众甲　你吃?!

群众乙　你不吃?!

群众集体　吃还是不吃?!

陈　氏　（颤声）吃——掉——这个——可以救我相公？

疯　子　你不吃算了——

　　　　［疯子待收回手。陈氏抓住疯子的手。

陈　氏　等一下——我吃。

　　　　［陈氏膝行两步，就着疯子的手，一口一口，吃掉了疯子手里的痰。群众全都哑声，呆住了。陈氏吃完了痰，哭倒在地。

疯　子　（向群众和观众展示自己的手心）她吃了！她吃了！她吃了我的痰！

群众集体　她吃了她吃了她吃了他的痰！

　　　　［群众四下呕吐。

疯　子　（跳着脚四处奔跑）她吃了我的痰，她爱我！她吃了我的痰，她爱我！

　　　　［疯子在群众堆里窜来窜去，直窜下了舞台。陈氏急急地站起来，四处张望。

陈　氏　神仙？神仙？

群　众　（看着陈氏）疯子！疯子！

　　　　［陈氏走到一处，所有的群众立刻扇着鼻子躲开，众手同指。陈氏换了一个方向。

陈　氏　神仙去了哪里？你们看到了吗？

群　众　（指着陈氏）羞耻！羞耻！

　　　　［陈氏双膝跪地。

陈　氏　求求你们，告诉我，神仙去哪儿了？

群　众　（指着陈氏）贱人！贱人！

陈　氏　求求你们——

群　众　（指着陈氏）肮脏！肮脏！

　　　　［群众围成一个半圈。一个接一个地朝陈氏身上唾弃，然后到舞台后方。陈氏跪俯于地，双臂展向观众。

陈　氏　（声嘶力竭，声泪俱下）求求你们告诉我，神仙去哪儿了？救救我相公！救救王生！

[陈氏失魂落魄地回到王生身边。屏风甲、屏风乙端着盆，带着毛巾上场。

[陈氏接过盆和毛巾，屏风甲乙到舞台后方。

陈　氏　（绞干了毛巾，看着王生）相公，我来了。你等半天了吧？（伸手摸了摸王生）身子都冷了。（替王生擦脸）相公，你瘦了，瘦得都不像我当初认识的王生了。你第一次来我家的时候，年轻小书生，唇红齿白，张口子曰闭口子曰；十八岁那年，你来求亲，风流倜傥，玉树临风，跟我爹娘许诺：愿得一心人，白首不相离；洞房花烛，你跟我在庭院中拜月，焚香盟誓：山无棱，江水为竭，冬雷震震，夏雨雪，天地合，乃敢与君绝！——

[陈氏越说越激昂，停顿了片刻，又看着王生的脸，替他擦洗。

陈　氏　我们成婚十年，你还是那个王生，我却变成了大娘，我煮的牛肉汤不好喝吗？香干炒脆豆芽不好吃吗？花生要盐爆，黄瓜要凉拌。抄起筷子你吃得津津有味，放下筷子你觉得我满身油烟气，既无诗情又缺画意。家人团聚，吃饱穿暖，读书写诗，这不很好吗？你非要去折腾，你瞧你折腾得，千疮百孔，肝肠寸断，掏心掏肺——（泪水流下来，哽咽）你们成了传奇，我也变成了传奇——我去找了那个疯子，我吃了他的痰！

[陈氏手抚胸口，突然作呕——

群众集体　她想吐！

[陈氏一阵作呕，转身，双手捧住自己的嘴。

群众甲　她吐血了！
群众乙　亮瞎你的眼，那是颗心。

[陈氏站在众人中间，她的双手手心里，一颗心，在跳动。

[音乐：心跳的声音：扑通，扑通，扑通！

陈　氏　是颗心，这是王生的心！

　　　　［陈氏把心放到王生身体里。她一边抓着王生的衣服把王生裹紧，一边对着周围喊叫。

陈　氏　来人啊！救命啊！帮帮我！

　　　　［群众聚集在陈氏身后，把王生陈氏包围在一起。

　　　　［灯光。

　　　　［王生从人群中慢慢地站了起来，群众蹲下。陈氏也上了桌子，两个人对视着。

王　生　娘子？

陈　氏　相公？

王　生　娘子！

陈　氏　相公！

王　生　世事一场大梦！

陈　氏　人生几度秋凉。

王　生　（侧耳倾听状）夜来风叶鸣廊——

陈　氏　（伸手摸摸王生的脸）看取眉头鬓上。

王　生　（握住陈氏的手）这一场大睡，好不惊心动魄。

陈　氏　（安慰）醒了就好，云开雾散，月亮也出来了。

王　生　（顺着陈氏的手往外看，骤然注意到群众，吓了一跳）如何我们家变成了集市？来者熙熙，去者攘攘。

陈　氏　（跳下桌去）都散了吧，散了吧，散了吧。

王　生　（王生从桌子上跳下来，双臂交抱在胸前）明明是夏夜，如何风冷得刺骨？

陈　氏　冷了？那吃火锅吧。

　　　　［陈氏把刚才洗脸的盆放到桌上，撸起袖子。

王　生　好啊！（点点头）绿蚁新醅酒，红泥小火炉！

群众丙　（听见陈氏的话，凑过来）新鲜的草原羊肉片，十文一份！

王　生　八文！

群众丁　刚从林子里采来的蘑菇，五文！

王　生　还带着露水呢，露水压秤，三文吧。

群众戊　吃火锅怎么能少了青菜，油菜生菜空心菜！

陈　氏　够了够了够了！

　　　　［屏风甲乙和门甲乙把群众哄下去，他们也跟着下去。舞台上，只余王生陈氏，对着火锅。

陈　氏　今天的青菜蘑菇，看着就像般若菩提，放到这镜花水月中一搅一烫，入口时，生了欢喜也生了悲凉。

王　生　（意外吃惊地看着陈氏）娘子如何变得多愁善感，长吁短叹起来了？

陈　氏　（回过神儿来，掩饰着）一时有些恍惚。来来来，吃火锅！

王　生　娘子，你也吃！

　　　　［他们沉默了一会儿。

陈　氏　划一拳？

王　生　划就划。

陈　氏　王　生　哥儿俩好啊，五魁手啊，六个六啊，八匹马啊——

陈　氏　（跳起来）我赢了我赢了！

王　生　（笑着在陈氏脸上点一下）如画你真调皮！如画，如画——

陈　氏　相公——

王　生　一时恍惚，再来。

陈　氏　王　生　（又划起来）一网打尽，二龙戏珠，三阳开泰，五谷丰登，四通八达，九九归———

　　　　［两个人声音越来越小。

　　　　［音乐起。

　　　　［两个人的肢体语言变成皮影戏那种剪影。灯光渐熄。

［剧终］

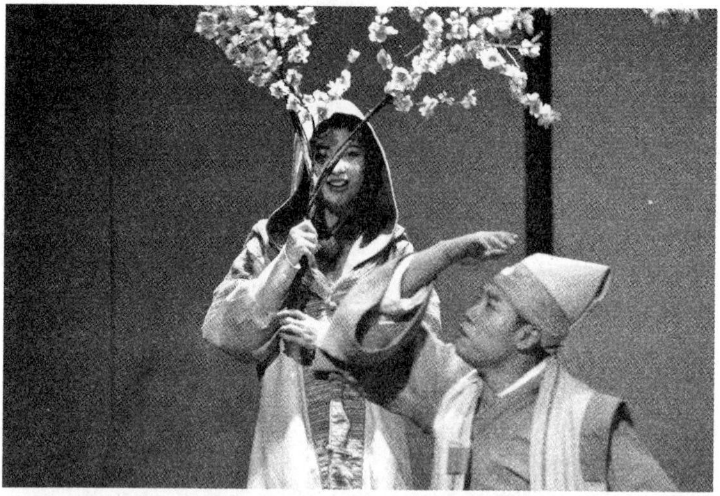

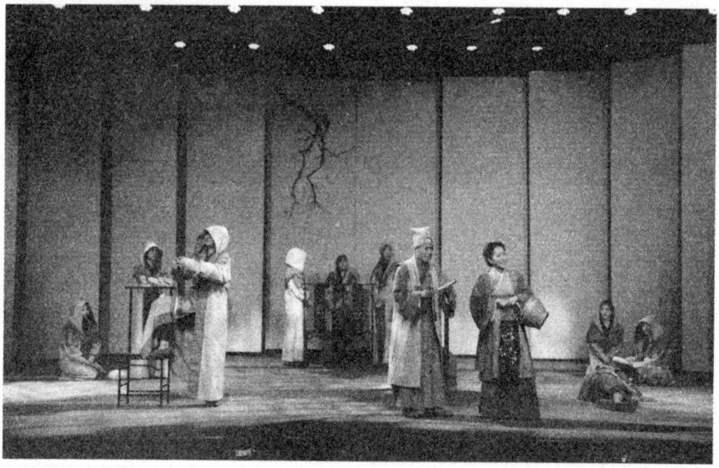

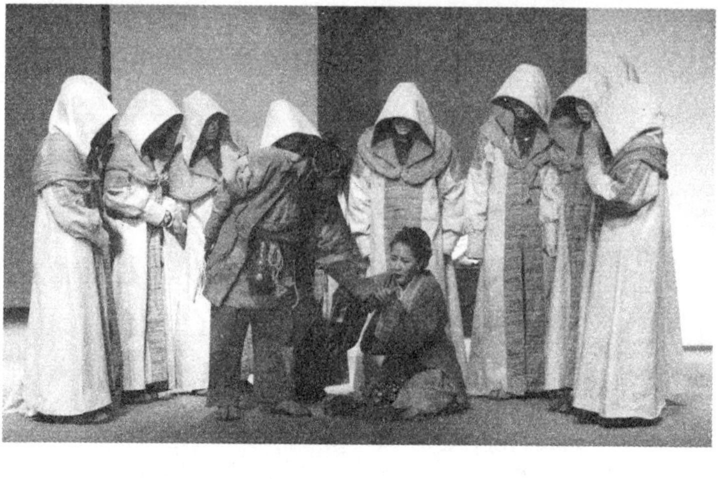

画皮 <<< 277

探寻情感生活的真相

——话剧《画皮》导演阐述

陈晓峰

1. 关于剧本

话剧《画皮》取材于《聊斋志异》,讲述的是书生王生背着妻子在书斋留宿了一个妙龄美女,二人卿卿我我,甚是恩爱。妻子陈氏知道后想拆散二人,王生不依。从这之后一系列光怪陆离的奇异之事就此展开,王生也被这披着人皮的女鬼夺去了性命。妻子陈氏多方奔走想要救活自己的丈夫,就在她失望至极,想要随丈夫而去的时候,丈夫终于又活了过来,二人大喜,感觉像做了一场人生大梦一般。

剧本由著名作家金仁顺改编创作,情节在传统故事的基础上进行展开,并结合现代元素重新演绎,添加很多功能性的人物,如柳枝、墙、桃树。将物体拟人化,解构又重组,跳出原作审视当下。反映了当前社会的浮躁和情感的脆弱,又在另一方面向观众传达正确的价值观,回归质朴纯真。

当两人结婚成为夫妻后,经过时间的磨砺,日子逐渐乏味,没有了激情和冲动,婚姻出现问题的时候,我们会寻找更新鲜的刺激,而这些诱惑不过是幻象,甚至会让人走到万劫不复的境地。其真相不过是夫妻二人回归到一种平平淡淡的日子,珍爱最平常的生活。人是永远会在情感这个漩涡里打转的,我们不是圣贤,不是道士,也不是故事里那个疯子,我们只是凡人。人之所以是人，正是因为人是有情感的动物，所以我们活得比其他动物更纠结，多点欢喜，也多点痛苦。情感让人显得时而美丽、时而恐怖，所谓戏剧性也就在这变化的一瞬间得以展开。

2. 关于表演

当今戏剧舞台上的表演已远非从前的样子，不再需要剑拔弩张式的夸张表演，也不要血脉贲张的台词朗诵。在这个悲喜交加的故事里，希望看到演员松弛、真挚又富有情感张力的表现，唯有表演状态松弛下来，喜剧的节奏才能把握与呈现，情感也才能顺利地表达。而真诚地体验感受人物的内心世界，才会让角色的情感饱满纯粹，在舞台上能释放出巨大的能量。

3. 关于舞美

舞台美术的设计要结合剧本呈现新意。本剧虽然讲述的是传统的故事，但是要想通过新的戏剧表达方式进行呈现，舞台美术的创新尤为重要。要借鉴中国传统戏曲精华，戏曲舞台的表达方式多数是画卷式的，一桌二椅，诗意的背景。但是戏剧的呈现需要复杂的换景，同时《画皮》这部戏是奇幻的人鬼故事，有很多舞台呈现需要流动式的表达。所以，在场景转换上有前卫的创作突破，流动式的舞台呈现，将传统的水墨式舞台与现代的技术相结合，进行一种新古典主义的尝试与探索。

4. 艺术追求

我们希望本剧在内容上做到古典故事和当代情感的结合，所有的历史故事都寄托着现代人的感情。人类繁衍千万年，吃穿住行物质上发生了翻天覆地的变化，但情感世界却没有大的变化。情生于人的心，最后人的心又会被情所困，我们永远在这样一个悖论里挣扎。尤其是《画皮》里呈现出来的情感问题，在当下这个时代就更具有现实意义。当下社会整体的浮躁情绪，会让生活其中的每个人的情绪产生不安。面对浮躁的社会，人们想要追求的东西越来越多，贪念也越来越多，而这种贪念是永远也无法满足的，人们需要静下来好好思考自己真正的生活。

在形式上将中国传统戏曲美学与西方戏剧的现代技法做到有力结合。首先《画皮》这样一个古典故事是回避不了中国传统戏曲美学的，或者说只有在这种美学精神的关照下，这个故事的呈现才能更原汁原味。但话剧毕竟是西方舶来品，尤其是当代戏剧艺术已经呈现出更多的现代甚至后现代艺术的品质。《画皮》毕竟是一部话剧作品，将上述两者在形式上结合起来是必然，也是冒险。我们尝试在舞美、服装、音乐尤其是演员表演上做全方位的探索。

我们希望这部戏剧作品能够融观赏性、艺术性、思想性于一身，成为一部经得起时间检验的经典之作，能够在剧场里与观众相遇，让人们除了欢笑感动外还有思考，并共鸣在动人的故事之中。

"从人性出发的《画皮》，还原真实的情感生活"

——长春小剧场戏剧节对话导演陈晓峰

[导语] 长春小剧场戏剧节正在火热进行中，日前我们有幸采访到了长春小剧场话剧的发起人陈晓峰导演，记者围绕即将上演的话剧《画皮》以及陈导对长春未来话剧市场的一些想法，展开了采访。

记者：陈导您好！我们了解到这次戏剧节您有四部作品，而《画皮》也是这其中的一部，那当您第一次拿到剧本了解了整个故事后，您的第一感受是什么呢？

陈导：看完剧本之后很兴奋，金仁顺老师把原著小说中叙述的东西呈现得淋漓尽致，因为原著小说就几百字的内容，而且都是文言文，没有多少台词，而话剧这门艺术主要就是靠台词刻画人物、讲述故事，金老师把原小说传递的情感、思想以舞台剧的形式完整地诠释出来，我一看就很喜欢这个剧本，并且我也很喜欢这个剧本亦古亦今的风格。

记者：整个话剧故事里最打动您的细节是什么？

陈导：最打动我的还是人物之间那种扭结的关系，以及通过那种关系传递出来的爱情这个永恒的话题。人是有情感的动物，我们活得比其他动物更纠结，多点儿欢喜，也多点儿痛苦。我觉得这个激发了我，让我有想在舞台上呈现出来的欲望，跟观众共同去思考探讨这个命题，这是我比较感兴趣的一点。

记者：那您觉得爱情、人与人之间的复杂关系就是这部话剧的亮点吗？

陈导：对，我觉得这也是《画皮》这个故事的亮点，我们无法揣测当初蒲松龄写这个故事时的初衷和动机是什么，但以现代人的眼光来看，它跟现代结合得最紧的部分就是这点。当我们在面对情感生活的时候，应该做怎么样的取舍，或者在面对这种复杂的情感生活时我们的真实面目是什么样子的。

记者：那您对话剧《画皮》有什么期待呢？您给它的定位又是什么呢？

陈导：我在刚建组做导演阐述的时候曾经说过，在艺术上我们追求一种东方的古典美学和话剧这种西方舶来品的艺术结合，以及与导演技法的结合，再一个结合是古代故事和当代人的现实生活，希望通过古今的结合能给人们带来思考。

记者：您觉得金老师通过话剧传递了一种什么样的讯息？您又想给观众传递一种什么样的讯息呢？

陈导：我认为人是永远在情感这个漩涡里打转儿的，我们不是圣贤，不是道士，也不是故事里那个疯子，我们只是凡人。情感生活让人显得时而美丽、时而恐怖。情生于人的心，最后人的心又会被情所困，这其实是一个悖论。就是说正是因为我们的心诚心真，那个感情才会生出来去爱上一个人，但是这种情最后又会困住我们的心，让人为情所烦恼，其实说来说去生命的真相就是这样的。那我想情侣、夫妻、人与人之间的打打闹闹、分分合合，这一切都是表象。最后我们的生活都要归于一种最庸常的、最日常的柴米油盐的日子，这才是情感生活的真相。不管你今天爱得是死去活来还是活来死去，几年之后还会是手拉着手在一起，吃着火锅划着拳，聊着琐碎小事，那个才是真实的生活。

记者：作为长春小剧场话剧的发起人，您对未来长春话剧市场的发展又有什么样的想法和建议？

陈导：这个话题每次媒体采访都会谈起，可能就是因为我们最早做了小剧场话剧这件事，但是当初做这件事的动机没想到会这么大。我们只是希望能够利用我们所喜爱的、从事的这个专业，排出话剧并且推广出去，让更多的人看到，这是我们的初衷。像以前我们排一个戏就在学校里演出三场五场，观众也就是一些师生加上圈内的，比如话剧院的、文化厅的一些朋友。作为一个创作者自然不会满足这样，我们会希望自己的作品能让更多的人看到、了解到，通过作品能跟更多的人沟通。所以，2008年我们排了一部戏《夜·迷茫》，只有三个演员，是一部黑色幽默的喜剧。我们就尝试着向市场、向百姓去推广这样一部话剧，宣传这种艺术形式。当时我们写的是"长春小剧场运动，即将拉开帷幕"。这都是2008年的事了。这件事结束后，我们又排了《我的老婆叫嫦娥》，确实吸引了一些观众走进剧场了解了这种艺术形式，在这之后媒体就总说我们发展了长春的话剧市场，我们好像也就慢慢地拿它作为己任了，当然我们也希望长春能有一个圈子和氛围，形成一个话剧演出可以持续推出的发展态势，但是做这件事确实是相当艰难的。我们自身的创作要有足够的积累，演出才能够持续不断地在市场上演，这对我们来说是一个困难，因为毕竟我们的本职还是在学校里搞教学。这几年我们接连做了一些戏，应该说对培养市场有一定的效果，但是效果并不是那么太明显。长春真正喜欢话剧的观众群体还是不够大，这是多方面原因决定的。前几天我向新文化报社管票务的了解到，这次长春小剧场戏剧节共七个戏，总票房预计是五六十万，现在日程过去一半了，才卖了十几万的票，可以说任重道远，未来话剧市场还是需要慢慢开拓的。

国家艺术基金2015年度资助项目
南門客棧
NAN MEN KE ZHAN
陈晓峰/王三阳 导演作品
國家藝術基金
出品方:吉林艺术学院
演出时间 2016年5月20日19:00 2016年5月21日14:00/19:00
2016年5月22日14:00/19:00 2016年5月24日19:00 2016年5月26日19:00
2016年5月27日19:00 2016年5月28日14:00/19:00 2016年5月29日14:00/19:00
演出地点 吉林艺术学院 现代剧场

南门客栈

编剧：何苦　陈晓峰　王阿木

国家艺术基金2015年度资助项目

编剧：何苦/王阿木/陈晓峰

栈客门南

陈晓峰 导演作品

NAN MEN KE ZHAN

国家艺术基金

出品方：吉林艺术学院

出 品 人：郭春方	导演助理：姜则雨
总 监 制：陈吉风	场　　记：杨天宇
监　　制：刘军谊　刘金彪　王　月	舞台监督：赵小溪
制 作 人：刘国伟	执行制作人：宋　丹
艺术总监：李永军	宣传推广：万　鑫　赵婉君
文学顾问：史　航	平面设计：安慧英　陈　思
编　　剧：何　苦　陈晓峰　王阿木	
导　　演：陈晓峰	
舞美设计：左　钢　李颖格	
灯光设计：任　铭	高轶男　饰　叶娜兰
服装设计：张大伟	刘恩岐　饰　胡两刀
造型设计：张　璇	杨　彬　饰　三勺子
作　　曲：康　炜	李　森　刘　博　饰　关东浪
道　　具：乔洪琪	宋　阳　饰　一丈红
化　　妆：代美慧　李骏梅　代雯会	王三阳　饰　高木晋二
刘雨丝　杜雪飞	李昕航　孟繁壮　饰　陈翻译
绘　　景：孙合全　邓勇杰　安慧英	吴　瑶　饰　赵队长
蒋梦荷	邰彦铭　饰　马弁甲
副 导 演：孟繁壮	王　鑫　饰　马弁乙

时　间　伪满洲国时期某个寒冬。
地　点　长白山脚下的一个大车店
人　物　叶娜兰——女，32岁，前清格格，南门客栈老板。
　　　　胡两刀——男，30多岁，南门客栈大厨。
　　　　三勺子——男，20多岁，厨师，胡两刀的师弟。
　　　　高木晋二——男，35岁，日本人，关东军情报部军官。
　　　　陈翻译——男，30多岁，汉奸翻译官。
　　　　关东浪——男，35岁，二龙山义匪，大当家的。
　　　　一丈红——女，20多岁，二龙山义匪，二当家的。
　　　　赵队长——男，30多岁，华家沟保安队队长。
　　　　马弁甲、乙——男，20多岁，华家沟保安队成员。

第 一 幕

幕起

[这种客栈在清末民初的东北很常见，俗称"大车店"，是那时东北交通要道上为穷人设置的旅舍，供赶车、赶路的人打尖歇脚。一般都是前店后院，前面是饭店，做一些家常菜。后面则是一个大院，有单间房，也有连着的大炕供人休息。这种店铺对选址十分重视，多开在前不着村，后不着店的地方。方圆几十里没有人家，又是交通要道，这样才能保证不会折本。

早期的大车店主要是接待运输的大车，捎带接纳少数行路人。到后来，住的人员就复杂了，跑江湖的、小商贩、黑白两道、土匪、暗娼。总之是三教九流、龙蛇混杂。

南门客栈比一般的大车店高级一些，进了客栈大门，便是宽敞的大厅，大厅中间呈"品"字形摆着三张八仙桌，每个桌子边上都围着四条长凳子。但是看那桌椅，都已褪了色、起了毛刺，这种陈旧，与格调无关。唯一的解释是——这里的生意算不上景气。

紧挨着客栈大门的，则是柜台。菜牌、酒水、账本都放在那里。柜台左边是通往后院的门，后面是供过客住宿的一排客房。最右侧的门通向后厨，为了上菜下盘方便，没有安门板，只挂了截布帘子。布帘子已经显得敝旧，却浆洗得颇为干净。看得出，这里的经营者绝不懒惰。

客栈外是覆盖着厚厚积雪的群山。几棵青翠的大松树，在凛冽的风雪中微微摇动，似乎也抵挡不住这"满洲国"的寒冬。

[风雪声，远处零星的枪声。叶娜兰在居中的桌子上吃饭，胡两刀躲在桌子下面。

胡两刀　（伸出脑袋）我说兰子……兰子？
叶娜兰　篮子？还筐呢！兰子是你叫的吗！
胡两刀　那啥，伸个手儿，把饭递给我呗，饿啊。
叶娜兰　想吃饭上桌吃，狗才趴地上吃呢。
胡两刀　这是怎么说话呢？我这是趴吗？这是正宗的蹲！
叶娜兰　唉，自打立了这"满洲国"，是啥世道啊？这都腊月二十九了，明天就年三十儿，咋就不能让人过个安生年！
胡两刀　哎呀，大雪一下好几天，山都封上了，咱这华家沟是一进一出都费劲，你说这能是谁呢？
叶娜兰　还能是谁？不是鬼子杀人放火，就是胡子打家劫舍，都不是啥好玩意儿！哎，你出不出来？
胡两刀　哎呀，兰子啊，不是我不想出去啊，你听听刚才这枪响得，老话说得好，事不找人，人别找事……子弹那玩意儿可不长眼睛啊。我这都是为你好啊，你得往心里去啊。（探出身子）来，咱这桌子大，赶紧的，你也上这底下躲躲吧。（拽叶娜兰裤脚）

胡两刀 （被叶娜兰从桌子底下拽着耳朵出来）哎呀呀，你干啥玩意儿，干啥玩意儿？疼！（甩开叶娜兰的手）

叶娜兰 你瞅瞅你那出儿啊！你能不能有点儿老爷们儿样啊？你还拿把菜刀！

胡两刀 我一个厨子，不拿菜刀拿啥啊？这还不是为了保护你吗！

　　［敲门声。胡两刀害怕地躲在叶娜兰身后。

叶娜兰 起来！（拨开胡两刀，大步到门口）谁啊？

三勺子 （画外，带哭腔）开门哪！

　　［叶娜兰开门，三勺子扑倒进屋，叶娜兰后退避让。

叶娜兰 哎呀妈呀，啥玩意儿！

胡两刀 好像是个人！

叶娜兰 （对胡两刀）用你说！

三勺子 （对叶娜兰）敢问您一声，早年间，您老姓是不是叶赫那拉？

叶娜兰 是啊！

三勺子 前清那会儿是格格？

叶娜兰 是啊！

三勺子 现在姓叶，叶娜兰？

叶娜兰 是啊！

三勺子 那就对了啊，（抱叶娜兰双腿）嫂子啊！

叶娜兰 （又惊又喜）你，管我叫嫂子？

三勺子 啊。

叶娜兰 那你哥谁呀……

胡两刀 （凑上前，没好气儿）对啊，你哥谁啊？

三勺子 （看见胡两刀）哥！哥！

叶娜兰　（失望惊讶，对三勺子）他是你哥？

胡两刀　（辨认）三勺子？

三勺子　（跪行几步，抱住胡两刀大腿，哭）哥啊哥啊，我可找着你了！

胡两刀　（对叶娜兰）我师弟，三勺子！

叶娜兰　啊，那，别在门口站着了，进屋再唠。

　　　　[胡两刀带着三勺子走向桌边，叶娜兰关门。

胡两刀　勺子啊，你咋来这儿了呢？

三勺子　（呜咽）哥啊，可别提了，兄弟我遭老罪了。这一路上啊，大雪哗哗的，打枪啪啪的，我跑得是哇哇的啊……

胡两刀　咋地了？刚才开枪你碰上了？那是谁跟谁干起来了啊？

三勺子　可不碰上了嘛！我这命啊，焦苦焦苦的啊！你们这旮雪也太大了，我一路过来是深一脚浅一脚啊，完了半道儿肚子疼，我把包袱往林子外面一放，想进林子方便方便，完了一摸兜还没带纸。本来我合计拿树叶子擦擦得了，完了一进林子才瞅着，都是松树啊！完了正拉一半儿呢，就听外面啪啪枪响啊。完了我探头一瞅，一帮人在后面撵，一个大哥背个包袱在前面蹽，一边蹽一边打枪，就奔我那边儿过去了。完了我寻思这大哥是偷人家啥玩意儿了，咋惹这么多人还开枪追啊。完了那大哥中好几枪，咣当撂地上了，离我就几步啊！完了我得赶紧蹽啊，我赶紧开腔拎裤子就出来了，捡起包袱就往镇子这边儿蹽。完了没蹽几步，你们这儿保安队不知道咋地就过去了，离挺老远就跟刚才追人那伙儿打起来了。完了！

叶、胡　（齐声）完了咋地了？

三勺子　讲完了！完了我这不就蹽你们这儿了嘛，我还敢站那儿看这热闹啊？

胡两刀　哎呀，勺子，你小子命是真大。这要是一枪把你定那儿……老话说得好啊，这黄泉路上无老少啊！我跟你说……

叶娜兰　（打断）勺子老弟啊，白毛风刮这么厉害，你咋挑这时候来呢？

胡两刀　对啊，你虎啊？你要找不着华家沟，不得在山里冻死啊！

三勺子　（哭）师哥啊，你先瞅这个……（摘帽，额头文着三个字："不好吃"）

胡两刀　（仔细看）不！好！吃！哎呀呀，这，这是咋整的啊？（摸三勺子的头）妈呀，刻上的啊！

三勺子　（哭）哥呀，我受大委屈了啊。

叶娜兰　哎，老弟，你快别哭了，坐下咱慢慢说。

[三人坐下，三勺子坐下又跳起。

胡两刀　咋地了啊？

三勺子　没事儿，你们这疙瘩松树太多了！（小心坐下）

胡两刀　啊？

三勺子　我刚才不说了嘛，（小声）在松林子里……我……没带纸！

胡两刀　（歪头看三勺子屁股）松林子……你是拿松树针……兄弟啊，你是真尿性啊！

叶娜兰　（给三勺子倒了杯酒递过）老弟，你喝口酒，压压惊。

三勺子　（接过）谢嫂子！

叶娜兰　我不是……

胡两刀　（阻止叶娜兰）先听他说！（对三勺子）勺子，你这脑瓜子是咋回事啊？

三勺子　（喝完）师哥啊，我原来不一直在新京中央饭店当二厨吗？在一个月以前，小日本就来了个军官，让我给伺候。我就给他做了个菜，可这王八犊子一吃还急眼了，找俩日本兵就把我头给剃了，还在我脑袋卜文了这玩意儿，说以后我再敢进厨房就把我毙了。

叶娜兰　太不像话了，有这么欺负人的吗？

三勺子　嫂子你不知道啊，原来啊，他要给我文"这个混蛋做的东西不好吃"。妈亲呀，那得多少笔画啊？那还不得文一圈啊！我是赶紧给那翻译塞钱啊，好不容易才改这仨字儿的。

胡两刀　你给那日本人做啥菜了啊？咋还能吃急眼了呢？

三勺子　就是咱师傅传给咱的最后那道菜。

胡两刀　九转大肠啊？

三勺子　啊！

胡两刀　那是师傅拿手菜，咋还能难吃呢？

三勺子　我……就变了点儿花样。

胡两刀　啥花样啊？

三勺子　大肠刺身。

叶娜兰　啥？

三勺子　（对叶娜兰）就是生的猪大肠头！

胡两刀　那大肠头里面拿烧酒洗没？

三勺子　没洗。

胡两刀　原味儿的啊？

三勺子　嗯！蘸酱油吃啊！

胡两刀　勺子啊，不是哥说你啊。那日本人没把你毙了，真得说挺够意思了！

三勺子　那能怨我吗？那小鬼子不就爱吃生东西吗？生鱼片，沙西米！再说了，就算做错了，（指自己头）也不带这么欺负人的啊！

叶娜兰　这帮畜生！

胡两刀　（叹气，对三勺子）那你下一步咋打算的啊？

三勺子　我寻思这新京啊，我是待不下去了，这不就投奔师哥你来了嘛，给你打个下手啥的。

胡两刀　哈，哈哈，投奔我啊？

三勺子　啊！

胡两刀　那我就得投奔别人去了。你也瞅着了，这小客栈，用得了俩厨子吗？

三勺子　（环顾）这老店是小点儿，师哥你不还有七八家分号呢吗？

胡两刀　（紧张地）哎呀，这个分号啊……
叶娜兰　啥七八家分号啊？
胡两刀　啊，那什么，它是这么回事儿……
叶娜兰　（打断胡两刀）哎，行了，（对三勺子）老弟啊，有啥事一会儿再说啊，你先上伙房吃点儿东西，歇一会儿。
三勺子　（起身）哎，好嘞嫂子。（起身，对胡两刀）师哥，你别作难，咱三勺子是敞亮人儿，能说甩着俩手就过来投奔你吗？（从腰间解下包袱，递给胡两刀）你自己瞅，老弟这心里啊，是多大诚意！
胡两刀　（开心地）啥玩意儿啊？
三勺子　（神秘地）师父传下来的菜谱秘本，还有师父写的帖子。师哥，东西现在我是交到你手了啊！
胡两刀　（喜不自胜）你小子越来越招人稀罕了！
三勺子　（对叶娜兰）嫂子，伙房是这边不？
叶娜兰　啊！有饭有菜，自己热了吃啊。
三勺子　哎！

　　　　［三勺子进后厨，下。

叶娜兰　（盯着胡两刀，胡两刀尴尬）说说吧，七八家分号，嫂子，都咋回事啊？
胡两刀　（尴尬，作势解包袱）啊？啥咋回事啊？
叶娜兰　又出去吹了，是不？
胡两刀　没有啊。
叶娜兰　（拍桌）那他咋管我叫嫂子呢？
胡两刀　（嗫嚅）那啥，秋天那会儿我师父没了，我不是去新京奔丧了嘛……
叶娜兰　（不耐烦地打断）什么新京？长春！新京新京，心惊肉跳吧新京！
胡两刀　长春早改名叫新京了啊。溥仪那小子，啊不，康德皇上都登基坐殿好几年了。哎，要论起来，他还是你表哥呢。

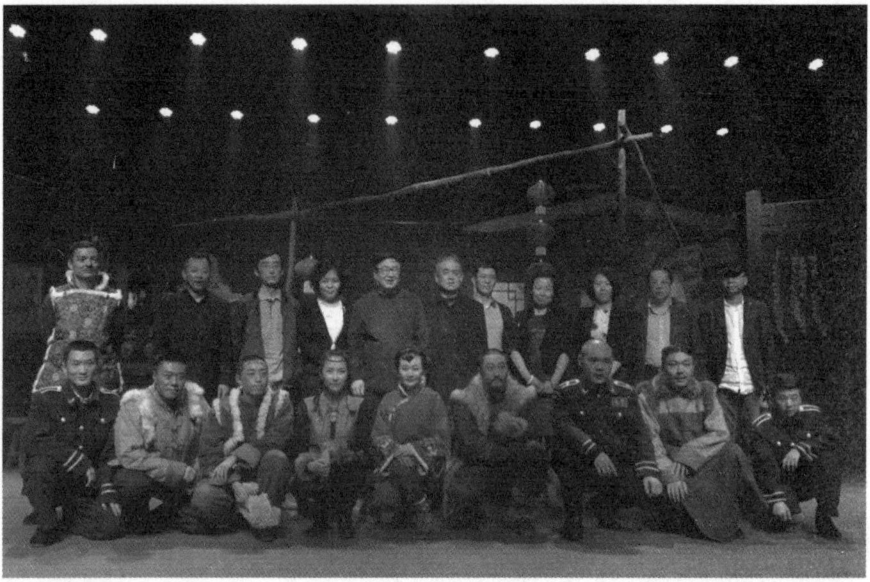

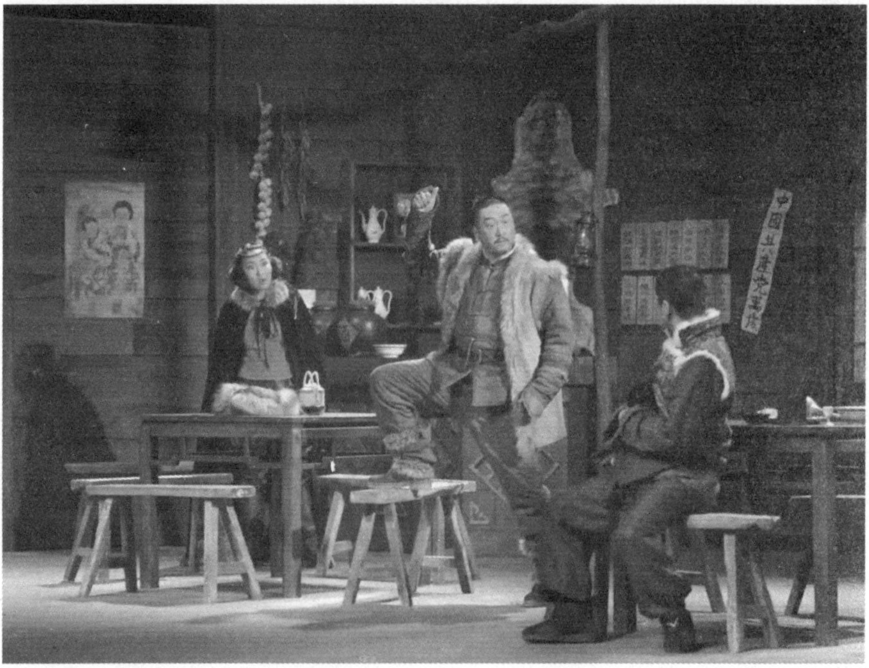

叶娜兰　我没那样儿的表哥！大清国完了，是气数尽了，找日本人当爹算什么玩意儿？

胡两刀　是！

叶娜兰　说你的事！

胡两刀　行行行，我跟我那帮师兄弟儿把师父后事办完了，饭桌上就唠嗑呗。我那帮师兄弟儿，那家伙，现在都有自己绝活儿了，混得都不错，我寻思着，也不能太让人小看了，完了我就吹……说呗……

叶娜兰　嗯，你就说啊，你在华家沟娶了个"满洲"格格出身的媳妇儿，格格她爹留下个客栈，还有七八家分号，那家伙，都是你的了。完了格格对你老好了，你让她跪着她就不敢站着，让她站着她就不敢坐着，天天给你打洗脚水，一句话你听不称心了，一个大嘴巴子就抽上去。

胡两刀　（向往，连连点头，惊讶）哎？兰子，你咋知道的？

叶娜兰　（作势欲扑）我抽你个大嘴巴子！

　　　　［叶娜兰要打，胡两刀绕着桌子逃跑。

胡两刀　哎呀，兰子你别动手，哎呀，家丑不可外扬……

叶娜兰　两刀啊，我都跟你说多少回了？我是有婆家的人！有八百回没？（陷入回忆之中）那是光绪二十八年夏天，奉天府跟下了火似的，我阿玛就跟他结义弟兄在我们王府里喝酒……

胡两刀　（捂脸）八百零一回！

叶娜兰　（投入地）他们老哥儿俩虽说是一满一汉，可就是投脾气。那天啊，他俩聊天、饮酒，就定下两家的亲事，可惜啊，后来我婆家搬了家。再往后到了辛亥年，就断了音讯……

胡两刀　哎呀我的格格啊，那都哪年的黄历了，你还把自己当格格呢？这岁数不等人啊，兰子你瞅你这都三十二了……

叶娜兰　（怒）放屁！我二十六！我，我周岁二十六！

胡两刀　（嘟囔）哎妈呀，这满族跟汉族算法差异也太大了！

叶娜兰　你说啥玩意儿？

胡两刀　没事。

三勺子　（画外）哎，师哥，那包袱你快打开，点点数儿。

胡两刀　（对叶娜兰，小声）别动手，先瞅瞅！

三勺子　（画外）包袱里面那本书，师哥你看好了，是《满汉全席一百道全菜谱》！

胡两刀　（取出册子看封皮）《南满抗联各密营分布图》？

叶娜兰　啊？

三勺子　（画外）底下那两个帖子，是师父亲手写的压轴菜。一个是"关东五珍鸳鸯烩"。

胡两刀　（取出标语展开，颤声）中国共产党万岁？

叶娜兰　啊！

三勺子　（画外）另一个是"极品九转大肠"！

胡两刀　打倒日本天皇？

叶娜兰　啊！

三勺子　（画外）行了师哥，我这心意，你都明白了吧？（自后厨上）嘿！我去睡觉了啊，这一道儿太累了！嫂子，我住哪儿？

叶娜兰　（颤声）啊，后院有房，找个炕，就睡吧。

三勺子　师哥，我先睡觉去了。

　　　　〔三勺子下，胡两刀跌坐凳子上，叶娜兰走到桌边。

叶娜兰　两刀啊，你这师弟是干啥的啊？

胡两刀　他不是我师弟。

叶娜兰　嗯？

胡两刀　他是我亲爹啊！这小子从小脾气就驴性，肯定是挨了日本人欺负，他转身就投了抗联了啊。

叶娜兰　你这个师弟是共产党？

胡两刀　你觉得这事儿还有啥疑问吗？他刚才那话，那是点我呢啊，（模仿

|||三勺子）行了师哥，我这心意，你都明白了吧？
叶娜兰　　那他是啥心意啊？
胡两刀　　他这是要把咱们这儿当他们的点儿啊！
叶娜兰　　当他们的点儿？那……那日本人是不是不能干啊？
胡两刀　　都打倒日本天皇了，你说日本人能不能干？赶紧地啊，快把这东西先收了，让人瞅着就犊子了。
赵队长　　（画外）兰子！兰子！
叶娜兰　　哎呀！
胡两刀　　快收！

[叶胡两人手忙脚乱将密营图放进包袱。大门被踢开，赵队长带着两个马弁上，马弁甲抬拎一个柳条筐，里面放着野鸡。叶娜兰慌忙转身，将标语藏在身后，胡两刀将包袱扔在桌下，自己坐在桌前挡住。

叶娜兰　　赵队长，你咋这么晚过来了呢？
赵队长　　（干笑）说多少回了都，别叫队长，叫赵哥！
叶娜兰　　啊，赵哥。
赵队长　　兰子。
胡两刀　　（嘟囔）篮子，还筐呢！
赵队长　　（对胡两刀）你说啥玩意儿？
胡两刀　　没有，赵队长，我说土豆缓霜呢。
赵队长　　（叱喝）边儿去！（对叶娜兰）兰子，刚才听着枪响了吧？
叶娜兰　　嗯，咋回事啊？
赵队长　　（指挥马弁甲）筐放这儿！（对叶娜兰，得意）刚才啊，哥带着保安队弟兄们出去打野物，正好山外有一杆绺子撞到哥枪口上！雪太大了，可往少了说，也得干死二十好几个。今儿天黑了，明天收尸去，皇军指定有赏！你赵哥这枪法啊，有时候自个儿都控制不住！哎妈呀，追魂夺命啊！

马弁甲　（上前小声）队长，你就别提你那枪法了呗。我这耳朵，不就刚才你打的吗？

赵队长　滚犊子！

叶娜兰　刚才是跟谁啊？

赵队长　还能有谁，胡子呗！穿得花里胡哨的，仗着雪大，以为老子瞅不清呢。（比画）哥就啪啪啪！全给他干趴！

叶娜兰　是胡子啊，还是抗联啊？

赵队长　那不一回事儿嘛？出了华家沟，我赵大嘎子啥也不是，可在这一亩三分地儿，你赵哥就是土皇上！管他胡子还是抗联，我就一个字儿，削他！

叶娜兰　（岔开话题）那啥，赵队长……

赵队长　叫赵哥！

叶娜兰　赵哥！

赵队长　哎！

叶娜兰　赵哥，给你整点儿啥吃啊？

赵队长　（笑，摸叶娜兰的手）不吃了，哥就过来看看你。你帮哥把这沙半鸡收拾收拾，明天过年，我得犒劳犒劳弟兄们……（摸到叶娜兰手中的标语）这是啥玩意儿？

叶娜兰　啊……这……是我们家新菜。

胡两刀　对，是我们新菜，赵队长，你，瞅瞅？

赵队长　（斜视胡两刀）老子不认字儿你不知道吗？

胡两刀　知道，（赔笑）忘了！

赵队长　（端详传单）哎呀，这条子挺大啊！大菜啊？

胡两刀　啊……是，大菜！

赵队长　贴上！我就愿意吃你家菜！（对二马弁）来，你们给贴上！

胡两刀　（对马弁甲）兄弟，别麻烦了！

马弁甲　滚犊子！

[胡两刀给自己个嘴巴，二马弁在赵队长的指挥下，把标语贴到墙上，赵队长凑上去看。

赵队长　这俩是啥菜啊？

胡两刀　（指着"打倒日本天皇"的标语）啊，这个是……是……极品九转大肠。

赵队长　啊……（指着"日本天皇"四字）这四个字儿念"九转大肠"啊？

胡两刀　嗯！

赵队长　瞅着怪眼熟！那剩下这个是……

胡两刀　（指着"中国共产党万岁"的标语）关东五珍鸳鸯烩！

赵队长　啊！听着挺好听！行，明天把这新菜也加上！走了！（摸叶娜兰的手）兰子，这阵子不太平，瞅着可疑人找赵哥报告！啊！

叶娜兰　（不动声色推开）哎，好嘞！

[赵队长欲下，叶娜兰、胡两刀松了一口气。

赵队长　哎，兰子啊！

[叶娜兰、胡两刀一惊。

赵队长　（指筐）沙半鸡，别忘了啊！

叶娜兰　忘不了忘不了，那个，天不好，赵哥你可慢走啊！

赵队长　兰子，你心里还是有赵哥啊！没事，（掏枪）就凭哥这枪法，追魂夺命啊！（走火）

马弁乙　（腿部中弹）哎妈呀，队长，你崩我干啥啊？

赵队长　（对马弁乙）别叫唤！（对叶娜兰）兰子，伤着你没有？

叶娜兰　（颤声）啊，没事。

赵队长　这破枪，回去我必须得换把！

[赵队长带二马弁下，叶娜兰送赵队长出门，赶紧将大门关上。

叶娜兰　（拍胸口）吓死我了吓死我了。

胡两刀　呸！（模仿赵队长）叫赵哥……瞅他那一脸褶子，都能当你爹了，还赵哥！

叶娜兰　（怒）当你爹！

胡两刀　当我孙子还差不多！

叶娜兰　（指胡两刀一直藏在身后的包袱）别白话了，快把这玩意儿收起来啊！

［叶娜兰去撕墙上的标语，胡两刀收包袱。

胡两刀　哎呀，我就说这小子不学好啊，我就说你跟哥似的干点儿正经生意多好。兰子你说，哎呀，他咋干这掉脑袋的事呢，完犊子玩意儿，净走邪道！

叶娜兰　抗联干的是掉脑袋的事不假，可那不是邪道，是正道！

胡两刀　什么正道邪道的，（欲拎着包袱起身）你等着啊，我现在就把这小子撵出去，别连累咱们！

叶娜兰　（摁住包袱）大晚上的，外面顶风冒雪的，他出去不得冻死啊？你可别作孽。

胡两刀　作孽也比作死强啊，那你说咋整？

叶娜兰　这事太大，我不得想想啊？

［叶、胡愁眉苦脸，对坐在桌边。客栈大门外光起，身着便装的高木和陈翻译上。高木满脸苦涩地拿着腰带，寻找着可以上吊的地方，陈翻译追上阻拦。

陈翻译　太君……高木太君啊……你可别的啊！算我求你了行不？可给条活路吧！

高　木　八嘎！你的，为什么阻止我自杀？

陈翻译　就打输场仗呗，至不至于啊？

高　木　半个中队，全部的殉国。抗联的地图，没有的找到，我的，怎么向天皇交代？

陈翻译　太君啊，你不觉得今晚上这事儿蹊跷吗？

［高木皱眉沉思。

陈翻译　你看啊，咱关东军那情报，它从来没错过啊！咱这回便装从新京追到这华家沟，为的就是抗联的密营图不是？刚才打死那小子肯定是抗联的联络人，这事没跑！可他包袱里装的是啥？《满汉全席一百道全菜谱》！

高　木　说下去！

陈翻译　完了我还恍惚地瞅着，有个人影儿，他从林子里面蹽出去了。

高　木　嗯？

陈翻译　这不用问哪，指定是那个人影儿，他把包袱给调包了啊。这说明啥？说明咱还有机会啊！等明天的，咱找这疙瘩的保安队，让他们配合行动，清洗这个地方。只要找到了那个抗联密营图，咱还是大功一件！

高　木　嗖嘎，我的，要活下去。

陈翻译　（长出一口气，小声）累死你爷了！

高　木　（抬头看客栈牌匾）南门客栈！今晚，就住在这里！

陈翻译　（拉住高木）哎，高木太君你等会儿！

高　木　嗯？

陈翻译　才刚伏击咱们的人，没准儿还在这附近呢。咱们枪都跑丢了，这赤手空拳的，要是碰着抗日分子，那就完犊子了。

高　木　（沉思）嗯，所以的，今天晚上，我们要像王八一样地，悄悄地，潜伏在这里。

陈翻译　跟王八一样？嗨！我要说的就是这事啊，太君哪，你中国话说得不地道啊！这准得出事啊！这么的，我教你几句东北话，要是有人说你听不懂的，你就说这几句，知道不？

　　　　　高木点头。

陈翻译　"咋地"，就是"怎么了"。

高　木　咋地！

陈翻译　"干啥"，就是"干什么"。

高　木　干啥！

陈翻译　记住没？

　　　　［高木点头。

陈翻译　要是有啥话，你不知道怎么答，我还不在身边，你就冲人笑着点头。完了我就跟人说你脑子不好使。

高　木　八嘎！

陈翻译　剩下事我说，行不？

高　木　嗖嘎。（欲进客栈）

陈翻译　（再次拉住高木）别急，咱俩还得有个身份啊。这么的，咱是新京来长白山收药材的，我，你姐夫！你，我小舅子！行不？

高　木　我是你的，舅舅？

陈翻译　不是舅舅，是小舅子。

高　木　嗖嘎，最小的舅舅！（下）

陈翻译　哎呀，不对。小舅子，你等等我。（跑下）

　　　　［两人来到客栈门前敲门，胡两刀和叶娜兰惊起，胡两刀犹豫着向门边走去，叶娜兰将包袱藏在柜台后。

胡两刀　（开门）你俩干啥啊？

陈翻译　我们住店。

胡两刀　没地方了！

陈翻译　哎！

叶娜兰　谁啊？

胡两刀　俩住店的。

叶娜兰　（拦住胡两刀）你干啥玩意？（对陈翻译，高木）快进屋吧。

胡两刀　（拉扯叶娜兰衣袖）兰子，你别……

叶娜兰　这雪越下越大，你想冻死他们啊？

胡两刀　不是，那，东西……

叶娜兰　（小声）没事，都藏好了。（对高木、陈翻译）来，快进屋。（对胡两刀）你忙你的去！

[高木、陈翻译进屋。胡两刀拿柳条筐入后厨，叶娜兰入柜台拿茶壶。陈翻译入座，高木环顾四周，四处游荡。

叶娜兰　（为陈翻译倒茶）兄弟啊，咋这天儿出门呢？

陈翻译　（接过茶碗）唉，我俩啊，是小孩儿没娘——说来话长啊。我跟我这小舅子打新京来，上咱长白山这边收药材来了。结果昨天晚上在这沟子里面让胡子给抢了。哎呀，要不是我俩腿快，就交待在山里了。

叶娜兰　唉，是，这年头干啥都不容易。兵荒马乱的，能活下来就行啊。（注意到游荡的高木）唉，兄弟啊，你这小舅子溜达啥呢？看着咋有点儿不对劲呢？

[高木学着陈翻译交给他的表情笑。

陈翻译　啊……那个，他以前有点……（用手指自己的头）

叶娜兰　疯子啊？

[陈翻译痛心疾首，点头。

叶娜兰　那咋还带他出门儿呢？

陈翻译　本来都好了，这让胡子一吓，又犯病了。

叶娜兰　这胡子啊，太作孽了！那他，文疯子武疯子啊？不打人吧？

陈翻译　不能，他听我话。

叶娜兰　那，你可看住他啊！我去给你们整点儿饭去。

[叶娜兰入后厨，边走边担心地看着高木。

陈翻译　小舅子啊，你瞎溜达啥呢，别整露馅喽。

高　木　混蛋！我的观察一下地形。你的，去后面看一看，有什么异常情况。

陈翻译　啊？我……自己去啊？

高　木　哈衣亚古！

陈翻译　是是是。（小跑入客房，下）

[高木强作从容，四处张望。

[客栈大门外光起，关东浪、一丈红上。

一丈红 大当家的，到地方了！抗联的人就是约咱们这儿见面！

关东浪 抗联的人你见过没？

一丈红 没有啊！

关东浪 啊？

一丈红 有切口！

关东浪 切口是啥？

一丈红 正月里来是新年。

关东浪 大年初一头一天？

一丈红 不是，鬼子迟早得玩完。

关东浪 鬼子迟早得玩完？哈哈哈哈哈哈哈！有点儿意思！

一丈红 那咱进去！（欲敲门）

关东浪 （侧耳）等会儿。

一丈红 嗯？

关东浪 四梁八柱都吩咐好了？严紧？

一丈红 局红管亮，不透风！要是镇子里面有枪响，他们马上压进来。

关东浪 二当家的啊，待会儿招子放亮了。

一丈红 嗯哪，咋地？你是怕……

关东浪 抗联的人仁义，我倒不咋担心。要是唠得好，没说的，咱们二龙山的弟兄就是抗联的人了。就算唠不好，也都是打日本子，算是一家人。可是今晚华家沟这架势不对，刚才咱们在山上模模糊糊看着，这二鬼子保安队怎么还跟小日本鬼子干起来了呢？

一丈红 管那些干啥？（拔枪）反正有我一丈红的枪在，没人动得了你。

关东浪 收起来收起来，你能不能别动不动就拔枪？我就够莽撞的了，你一个姑娘家，比我还糙！（指一丈红的头）多用这儿！

一丈红 大当家的，我飞刀还行，铁头功那玩意儿我没练过啊。

[关东浪头疼状。

一丈红　大当家的，你咋地了？

关东浪　没事，反正你少说话，看我眼色行事。哎呀，我关东浪的脑袋，小日本子惦记这么多年也没拿走，就不信还能栽在这疙瘩了？关东军？哼！我关东浪专克关东军！

一丈红　那是！

关东浪　（豪气大笑）走，进店！哎，我说二当家的，没碰着正主子之前，咱口风紧着点儿，就说咱俩是唱蹦蹦的一副架儿。我管你叫红，你管我叫……

一丈红　（喜悦，揽住关东浪手臂）浪！

关东浪　哎呀，这也太浪了！轻点儿，轻点儿！

　　　　[关东浪、一丈红。推门进店，高木刻意将视线投向他处，不看关东浪、一丈红。关东浪、一丈红装作漫不经心地走动。

一丈红　大当家的，鞋精湿，没精神儿，一瞅就是刚进门儿。

关东浪　啊，来挺早啊。哎，他怎么不瞅咱们呢？

一丈红　小心吧？

　　　　[关东浪上下打量高木，高木躲避着关东浪的视线。

关东浪　兄弟。

　　　　[高木将头转向关东浪，学着陈翻译交给他的表情笑。

关东浪　还挺客气。

一丈红　（笃定地）我看就是他了

关东浪　兄弟，我们也来了，你也来了，唠唠吧！

一丈红　唠唠吧！

高　木　（蛮横生硬地）干啥？

关东浪　（感慨，竖起拇指）到底是干大事儿的人！谨慎！谨慎哪！

　　　　[高木惊疑不定。

关东浪　得了兄弟，听我的。（一脚踩在凳子上，带身段儿）正月里来，是新年！

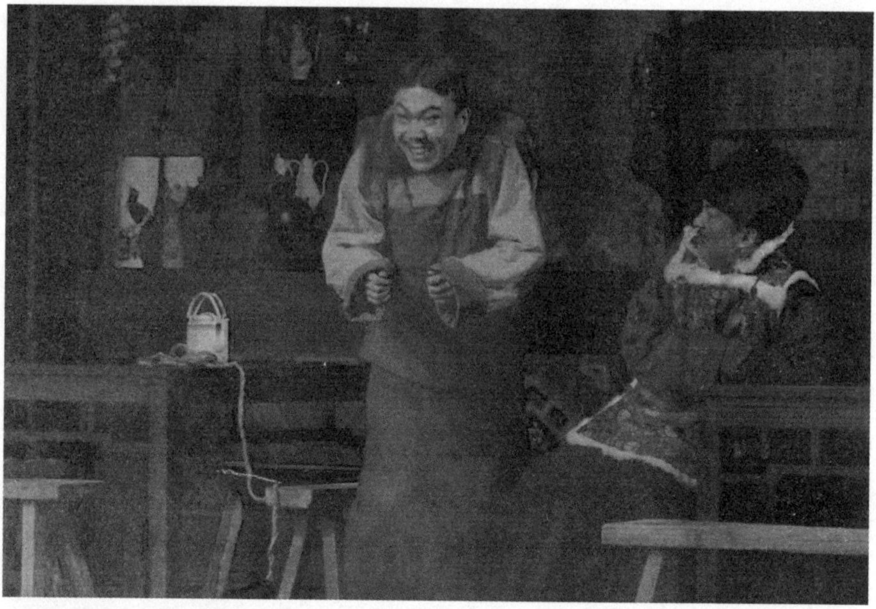

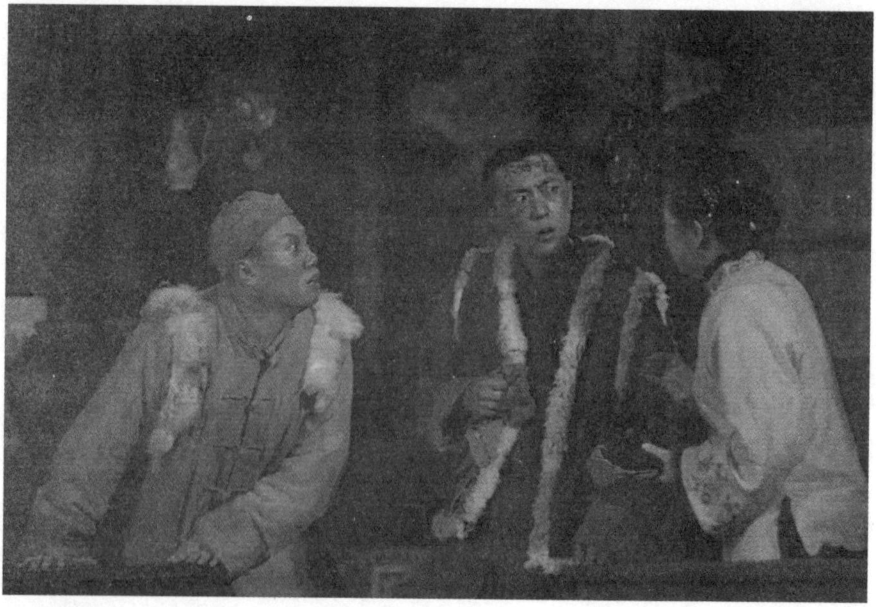

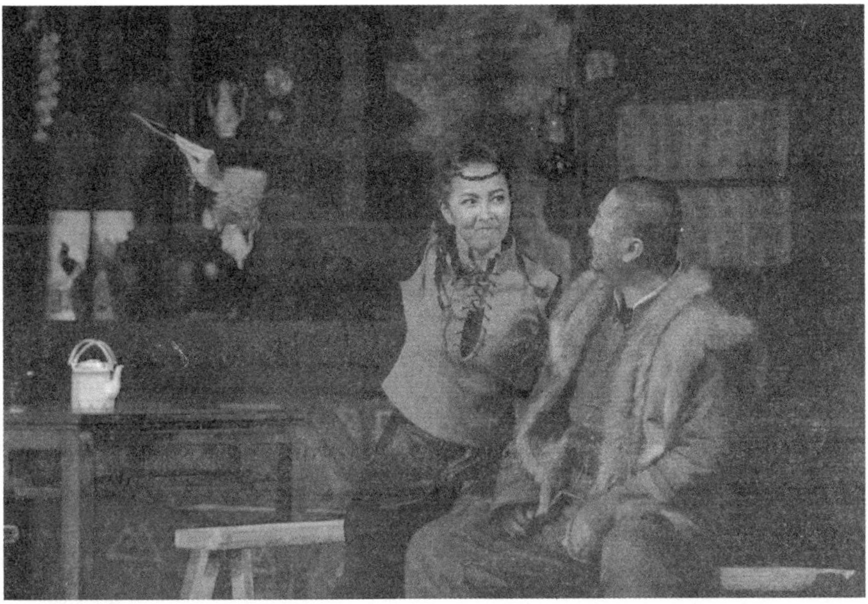

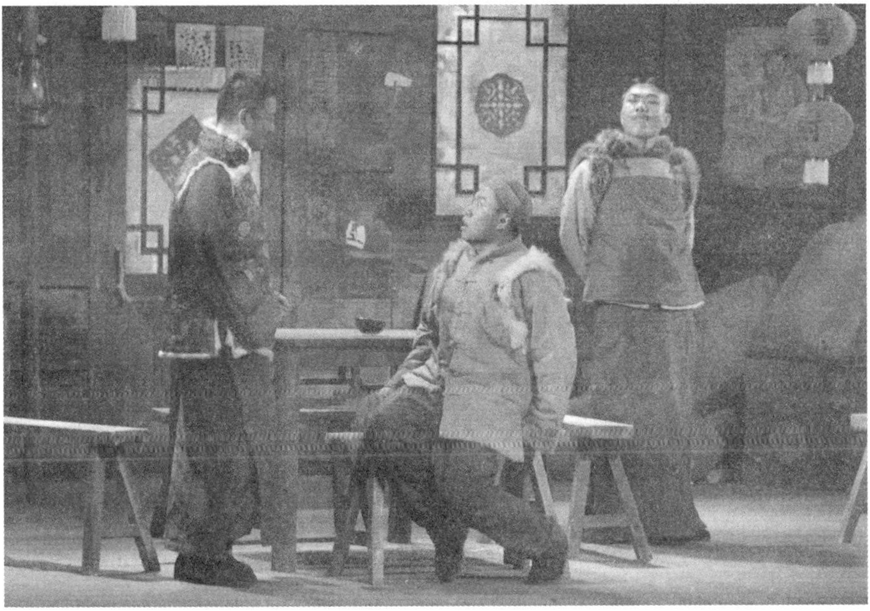

　　　　　[高木傻傻地看着关东浪。

关东浪　啧，快点儿的啊！正月里来，是新年！
高　木　干啥？
一丈红　（对高木）啧，你几个意思啊，这比量半天了，你就跟那干啥干啥的，你拿我们当家的当猴儿耍呢？
高　木　咋地？
一丈红　你这是要找削啊！
　　　　　[高木转眼珠思忖，实在不知如何作答，对一丈红傻笑。
一丈红　还敢装傻！（大步上前，一掌将高木击晕地上，抄起一把凳子欲砸）
关东浪　哎呀，你咋又动手啊？
一丈红　这不咱们山上的规矩吗？能动手，尽量不吵吵。
关东浪　（看高木）这，咋不是呢？
一丈红　哎呀！
关东浪　嗯？
一丈红　我忘了个事儿！
关东浪　快说！
一丈红　好像除了切口暗号，抗联的人还背着个花包袱！
关东浪　啧！这不耽误事嘛！（俯身观察高木）这人没包袱，整错了！
　　　　　[陈翻译和胡两刀从客房出。
陈翻译　（看见大厅中情形，大喊）哎！哎！哎！这……这咋还给放倒了呢？
关东浪　（歪头看陈翻译背后，没看见包袱。指高木，对陈翻译）你……跟他是一道的？
陈翻译　（仔细端详二人，忽然跪下，号啕）可饶命吧！我……我跟他不是一回事啊……这犊子玩意儿，他，他是……
　　　　　[叶娜兰从后厨跑出。
叶娜兰　咋回事这是啊？

胡两刀　都干啥呢啊？我们老板说话没听着吗？（指一丈红）你干啥玩意儿的你？你把凳子给我放下！

一丈红　（撅胡两刀手指）你跟谁俩呢？

胡两刀　哎呀呀呀，疼！

关东浪　（对一丈红）红，撒开他！

胡两刀　（揉着手指，迅速换笑脸）没事，破凳子，不值啥钱，拿走都行。

叶娜兰　（发怒上前，对关东浪）你俩是干啥的啊？

关东浪　（退后半步）我们，我们住店的啊。

叶娜兰　住店？（一拳打在关东浪胸口）住店咋进屋就打人呢？

一丈红　（对叶娜兰）哎你！

叶娜兰　你啥你？这是我的店（推关东浪）愿意住就住，不愿意住你就滚。（连打关东浪两拳）

关东浪　我们住店，刚才对不住了。

叶娜兰　这还差不多，他是个病人！

关东浪　啊？

叶娜兰　他是疯子！

一丈红　疯子？

叶娜兰　我蒙你干啥啊？他俩，来山里收药材的，昨天叫胡子抢了，吓得！

关东浪　让胡子抢了？

陈翻译　啊！

关东浪　昨天？

陈翻译　啊……啊！

关东浪　就在这附近让人抢的？

陈翻译　嗯哪！

　　　　［关东浪用眼神询问一丈红，一丈红摇头，表示不是自己手下人干的。

叶娜兰　问这么细致干啥啊，咋地，你认识那帮胡子啊？

关东浪　啊？哈哈，那哪能呢？哎呀，这么说这人也挺可怜哪。（对一丈红）

鲁莽！嘚，鲁莽了！

一丈红　哎？你刚才跪下说饶命，啥意思？

陈翻译　我……你们上来就动手，我寻思你们是胡子呢！

叶娜兰　不怨你看错了，搁谁都得以为是胡子呢！

一丈红　不是，这胡子……

　　　　〔关东浪制止一丈红。

叶娜兰　（对胡两刀）你愣着干啥啊，快把这大兄弟抬到客房缓缓哪。

　　　　〔胡两刀背着高木入客房，陈翻译跟下。

叶娜兰　（对胡两刀）慢点儿，完了等会儿做点儿热乎的给他们送屋去啊。（表情冷淡地对关东浪、一丈红）住店一晚上一块钱，饭钱另算。要是大洋，还包明早上一顿饭。

一丈红　挺贵啊！

叶娜兰　啊，是有点儿贵哈。

一丈红　太贵了这也！

叶娜兰　出了华家沟，径直往南走，四十五里，就是李家集，那儿许是能便宜点。

一丈红　唉，我说你……

关东浪　（掏大洋扔在桌上）两间上房！

叶娜兰　你们不是两口子啊？

一丈红　啥眼神儿啊？我们是一家的啊！没看出来般配吗？

叶娜兰　两口子？

一丈红　嗯哪！

叶娜兰　两间房？

一丈红　这……

叶娜兰　太恩爱了！

一丈红　我们上半夜住这屋，下半夜住那屋，有钱！咋地？

叶娜兰　哎呀，因为有钱，所以嘚瑟啊！行，后院第三间、第四间，请……

（拿钱入柜台）

关东浪　红啊，先过去瞅瞅。

［一丈红答应一声，下，入客房。

叶娜兰　（见关东浪看着自己）怎么地，还有事儿吗？

关东浪　我是有个事想问问老板娘啊。

叶娜兰　有事明天再说，赶紧回屋睡觉吧！

［叶娜兰从柜台下拿出花包袱背在身后，欲走向后院。

关东浪　（望见包袱眼前一亮）哎呀，花包袱！是你啊！

叶娜兰　啥玩意儿就是我啊？

关东浪　哈哈哈哈哈哈！我就知道……

叶娜兰　有个事你准不知道。

关东浪　嗯？

叶娜兰　你笑得老难听了！

关东浪　不是，我问你，你身后是啥？

叶娜兰　大门！

关东浪　没说那么远的！

叶娜兰　柜台！

关东浪　我说的是你身后背着的……

叶娜兰　（忽然指窗外）哎妈，有鬼！

［关东浪回头看时，叶娜兰一脚跺在关东浪脚上，关东浪吃痛蹦跳，叶娜兰慌忙跑回后院。收光。

第 二 幕

［客栈中灯光昏暗，高木自后院上，独自拎着腰带走到客栈大厅当中，站在凳子上准备上吊，陈翻译自后院上，急忙把高木拉下。

陈翻译　你小孩儿啊你？咋一眼没瞅着又整这出儿呢？不说好不死了吗？

高　木　那个女人，攻击我。我们的，一定已经暴露了。

陈翻译　（抢下腰带）暴露啥暴露啊？要真叫人看出来了，咱现在能没事？早叫人炖酸菜了！她为啥打你啊？你没照着我教你的说吗？

高　木　（生硬蛮横地）干啥？咋地？

陈翻译　太君哪，你这态度不对啊！这在东北太容易挨揍了！你得这样，（谄笑）干啥？咋地？

高　木　太贱了！

陈翻译　嘘……有动静，快躲起来！

　　　　[陈翻译急忙拉高木躲藏入厨房，叶胡二人一左一右，拥着三勺子上，三勺子头上裹着头巾，遮住了额头的文身，叶娜兰掌灯，大厅亮了起来。

三勺子　（睡眼惺忪）哎呀，哎呀，你们这是干啥啊，我这睡得好好的……

胡两刀　勺子，咱们不带急眼的，这不有事嘛，来来，坐，先坐下。

叶娜兰　对，先坐。

　　　　[叶胡二人赔笑看三勺子，一时都不讲话。

三勺子　哥、嫂子，你俩干啥哪？

胡两刀　哈，哈哈，别，别的，别叫哥，叫我小胡儿就行。

三勺子　（对叶娜兰）嫂子，我哥他这是……

叶娜兰　哈，哈哈，那啥，我也不是你嫂子，叫我小叶儿就行，呵呵呵，小叶儿。

三勺子　小叶儿？

叶娜兰　这儿呢！

三勺子　小胡儿？

胡两刀　小胡儿在！

三勺子　你俩搁一块儿，是小夜壶儿啊？

胡两刀、叶娜兰　（齐声）喷！

三勺子　不是，你俩咋地了这是啊？

胡两刀　那个……（询问叶娜兰）是叫长官还是叫同志啊？

叶娜兰　叫名儿吧，显得亲。

胡两刀　（堆笑，向三勺子探身）啊……那个勺儿啊……叫勺儿行吗？

三勺子　师哥，我咋有点儿蒙圈呢？

胡两刀　哈，哈哈，勺儿啊，你看咱俩打小儿就在一块学艺了，你是了解哥的，哥身上那点儿毛病你都知道是不？

三勺子　吹牛吧！

胡两刀　不是那个！

三勺子　抠！

胡两刀　不是！

三勺子　好色啊？啧，（朝胡两刀眨眼）嫂子在这儿呢！

胡两刀　不是，这扯哪儿去了。那个，哈，哈哈，哥怂啊。

三勺子　啊，我还以为你要说啥呢，这谁不知道啊？嫂子，我跟你说啊，我哥可怂了，那，从小就完蛋，那是七岁那年吧……

胡两刀　你，你，你听我说。

三勺子　啊！

胡两刀　勺儿啊，你瞧哥岁数也不小了，真是折腾不起了。你说小日本招不招人恨？那是真招人恨啊！但你说要是跟你似的，和小日本对着干，哥是真没那胆儿啊。

三勺子　哥你啥意思啊？

胡两刀　行了，哥跟你说实话吧，上回我去新京啊。

叶娜兰　长春！

胡两刀　（嗔视叶娜兰一眼，对三勺子）上回我去长春，跟你们说的那些个，都是师哥编的。

叶娜兰　都是编的！

三勺子　啥？

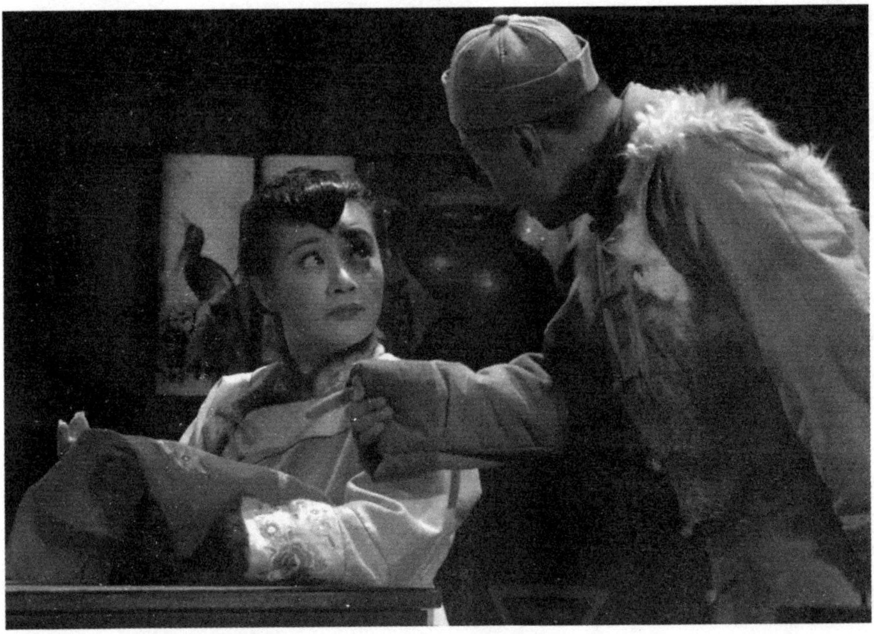

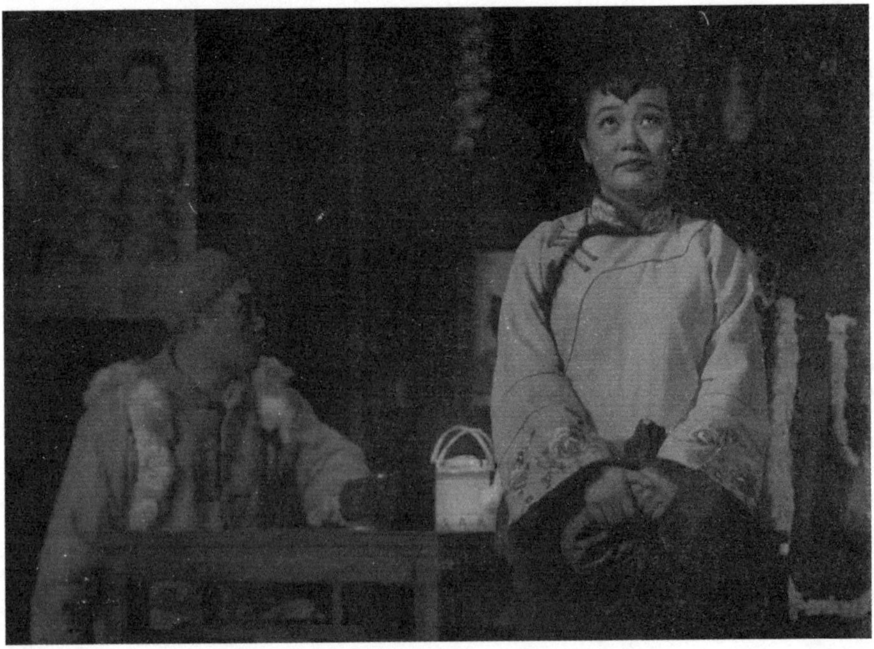

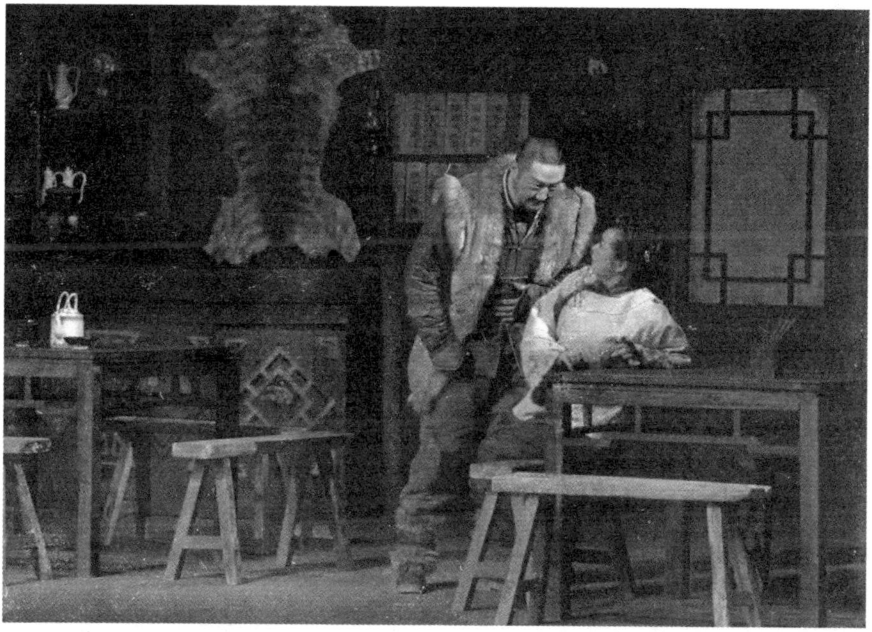

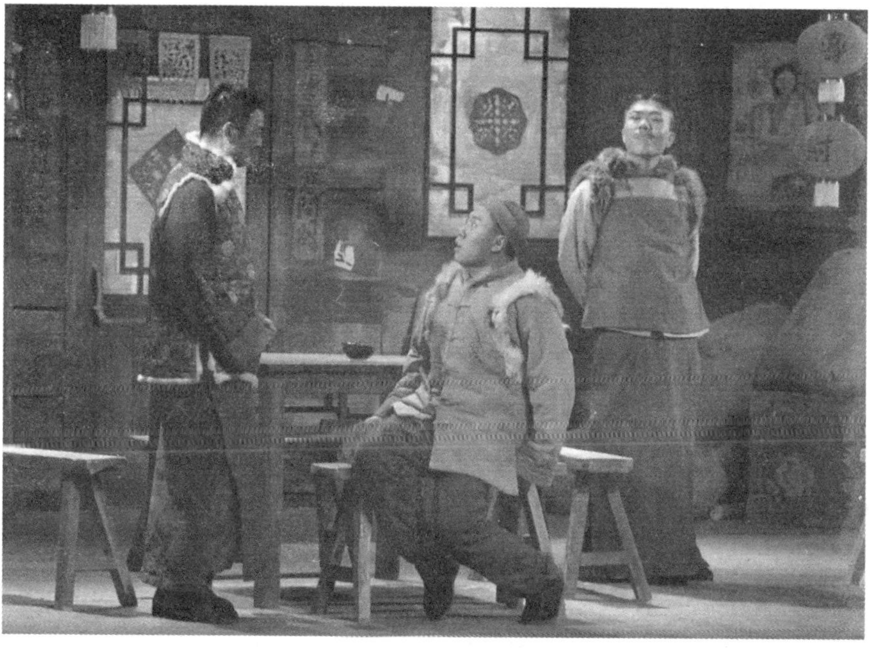

胡两刀　这客栈根本就不是我的,也没有啥分号。

叶娜兰　就这一家!

胡两刀　我也没娶媳妇,(指叶娜兰)这是我们掌柜的,我是稀罕她好些年了,可人家定过亲,根本看不上我。

叶娜兰　我们不是两口子!

胡两刀　勺儿,那啥,你大老远过来一趟,哥也不能让你空手走,店里是真没多少现钱,可后厨还有好猪肉半扇儿,柴鸡蛋一筐,大酸菜一缸半,两嘟噜干辣椒,三瓣子紫皮蒜……反正这店里面所有的东西,除了你嫂……啊不,我们掌柜的,你看啥好可以全拿走,大雪天不好走,那啥,哥这就给你套爬犁去。(起身欲走)

三勺子　(拉住胡两刀)不是,哥你等会儿。你这是要把我撵出去啊?

胡两刀　不是,勺儿啊,可不是那意思啊,你哥我就是个厨子,日本人我是真惹不起啊。

三勺子　唉,我说师哥啊。

胡两刀　勺儿你说,还有啥需要,哥全都满足你!(指叶娜兰)我们老板也可以……啊不,还是哥满足你!

三勺子　师哥啊,不就是我在新京得罪了个日本人吗?瞅给你怕得,害怕你就直说呗。

胡两刀　害怕!

三勺子　害怕,害怕你也不能给我编个故事啊。哎妈呀,这扯不扯,我一来可不要紧哪,把你客栈和媳妇都整没了。行了,我明白了,啥也不用说了,我连夜就走。(起身)

胡两刀、叶娜兰　(退后,齐声)哎!

三勺子　(坐地,哭)师父啊!您看看我师哥他呀……您把他带走吧!

胡两刀　喷!你打扰他老人家干啥啊!(拉起三勺子)勺儿啊,你就听哥一句话吧。那小日本眼尖手黑那不白给啊,老张家爷儿俩几十万部队都没守住东北,你说就你们这些做饭的、种地的咋跟人干啊?哥跟你说了这么多，那都是为你好，你得往心里去啊。

叶娜兰　（推开胡两刀）你起来！（对三勺子）老弟啊，打鬼子是好事，我们也敬佩，但是再咋说这也是掉脑袋的事啊，你来得太突然了，我们俩也没个心理准备啥的。这华家沟和别地儿不一样，保安队走得严，这块儿保安队长叫赵大嘎子，以前就是胡子，他是心狠手辣啊，刚才他来，事就差点儿没露了。姐没别的意思，就是找你合计合计，可别让你有啥危险。

三勺子　不是，啥，啥危险啊？

胡两刀　哎呀哎呀哎呀，就你干的那点儿事，我们都知道了。

叶娜兰　知道了。

三勺子　啥事啊？

胡两刀　还能有啥事，还非得让我说明白了咋地？嘿！就抗联那点儿事呗。

[三勺子目瞪口呆。

胡两刀　（得意）咋样？咋样？傻了吧？（对叶娜兰）还是年轻啊！做事不周密啊！

三勺子　（对胡两刀）你这疙瘩容不下我，你也不能说我是抗联的啊？我要再不走，你是不是就一根绳子把我捆了送日本人手里了？行行行，我说我这么多年刀功一直没你好呢。

胡两刀　刀功，啥意思啊？

三勺子　我切菜，用的是自己的刀，可胡两刀你是借刀啊！借刀杀人啊你！

胡两刀　（对叶娜兰）这叫啥玩意儿！你说，他咋还倒打一耙呢？（拿出包袱摔在三勺子面前）你、你、你自己说说，你这包袱里都是啥？

三勺子　师父遗物呗，还能是啥啊？

胡两刀　一样一样说！

三勺子　《满汉全席一百道全菜谱》啊！

胡两刀　（拿出密营图用力扔在桌上）《南满抗联各密营分布图》啊！

三勺子　啊？那，还有师父写的"关东五珍鸳鸯烩"啊！

胡两刀　（拿出标语用力扔在桌上）"中国共产党万岁"啊！

三勺子　还有……还有……"极品九转大肠"啊！

胡两刀　（拿出另一条标语）"打倒日本天皇"啊！

三勺子　这……这是……我那个包袱？

胡两刀　咋地，我还能给你调包了啊？

三勺子　完了！整岔劈了！

胡两刀　啥意思？

三勺子　我来的时候，不是肚子疼，把包袱放小道儿边上，我就进林子里面方便了嘛？

胡两刀　是啊，拉完了拿松树针开腚，老尿性了你，咋没扎死你啊？

三勺子　我拉半道儿不是有一帮人撵一个大哥……

胡、叶　（齐声）啊！

三勺子　那个大哥被打好几枪，咣当一下倒地上了……

胡、叶　（齐声）啊！

三勺子　完了我抓把松针……不说这个……完了我就往外蹽，捡起我包袱就蹽你们这儿了。

胡、叶　（齐声）啊！

三勺子　我现在往回一琢磨，肯定是他人一倒，他背那个包袱就掉道边儿上了，跟我那个包袱掉一块儿了，我忙里忙慌往镇里面蹽，拎错了！

胡两刀　这真是你拎错的啊？

三勺子　真是！

叶娜兰　这玩意儿可咋整啊？

胡两刀　不行，这个玩意儿是祸根哪，可不能在这儿放着了，勺子啊，趁着这会儿雪大，（将包袱推向三勺子）出去把这玩意儿哪儿捡的放哪儿去，完了回来睡觉，啊，哈，哈哈。

三勺子　（将包袱推回原位，干笑）那为啥是我去啊，这华家沟我也不熟。

胡两刀　你不去谁去啊？这包袱不是你带来的吗？这盐从哪儿咸、糖从哪儿甜，醋从哪儿酸哪？啥事不都有个头吗？

三勺子　你看啊，这包袱呢，是我带来的。那我来华家沟，是为了投奔谁啊？

胡两刀　我呗。

三勺子　（语速渐快）你要不在这儿，我不能来，我不来不能捡着这包袱。没你，没这包袱。你在这儿呢，包袱来了。你招来的包袱，你去埋去！（将包袱塞到胡两刀怀里）

胡两刀　（沉思）有道理啊……（揪住三勺子）不行，一根绳儿上的蚂蚱，谁也别想跑，要去一块儿去！

三勺子　你是当师哥的！

叶娜兰　都给我闭嘴！

　　　　[胡两刀、三勺子噤声，望着叶娜兰。

胡两刀　兰子，不用你去，他自己去就行。

叶娜兰　（指二人）你们俩……我就问你们一个事儿。

胡两刀、三勺子　（齐声）啊！

叶娜兰　抗联是干啥的？

胡两刀　这谁不知道啊，打日本子的啊！

叶娜兰　那日本子，是好是坏啊？

三勺子　这还用说吗？（扯下头巾，指自己头，瞪视叶娜兰）

叶娜兰　坏人欺负你家人，你自己不敢打他，有好汉帮你打坏人，你就算不敢上手一块儿打坏人，是不是也不能坑那个好汉哪？

三勺子　对，是这么个理儿！

胡两刀　兰子，我听你这意思，是要……把它留下？

叶娜兰　对！咋地，你还想交给日本子？

胡两刀　哎呀，哪能呢！我明白你刚才说那意思，可咱们也不坑人也不害人，就是哪儿拿的放哪儿去。

叶娜兰　胡两刀啊，我就知道你胆儿小，可你这脑仁儿咋也不大呢？赵大嘎子刚才那话你没听着啊？他明天就得带人去林子收尸去。放回去就到他手了，这册子到他手里他能不交给日本子？这册子一落到日本子手里面，那得害了抗联多少人哪？要就咱们先收着它，以后要是能碰着抗联的人，就给人家，就算碰不着，放咱们这儿，咋也比落日本人手里好。

胡两刀　不是，这玩意儿它……

叶娜兰　（冷哼）我这南门客栈啊，也小，要养活俩厨子吧，也确实挺费劲，（对三勺子）哎，勺子，你手艺比你师哥咋样？

三勺子　（比画）猪往前拱，鸡往后刨，我们哥儿俩是各练一套，我最拿手的是……

胡两刀　（按住三勺子的手，对叶娜兰）兰子，你说得对！我想好了，可不能让好人吃亏啊。不过这事，咱可不能让人知道啊。

叶娜兰　用你说！（对三勺子）勺子，你拿这个包袱的时候，有没有人瞅着啊？

三勺子　雪那么老大，再说两拨人都离我挺远，我合计不能瞅着。

叶娜兰　（起身）那就行了，你们都回屋睡觉吧，我得把它藏个好地方。

三勺子　（起身，欲下）哎！

胡两刀　（起身）兰子，你要藏哪儿啊？

叶娜兰　这你别管了，这事啊，知道的人越少越好。

胡两刀　（小声）兰子，要不，你再想想？

叶娜兰　（对三勺子）哎，勺子，你刚才说，你最拿手的菜是啥？

三勺子　（回身）啊，（比画）猪往前拱，鸡往后刨，我们哥儿俩是各练一套……

胡两刀　（按住三勺子的手，对叶娜兰）你开啥玩笑？（对三勺子）走，睡觉去。

三勺子　我最拿手的是……

胡两刀　哎呀，走吧！

　　　　　[胡两刀、三勺子下，入后厨。

叶娜兰　（望二人背影，得意，笑）我藏的地方啊，谁也想不到。（下，入后院）

　　　　　[高木、陈翻译从柜台后闪出，陈翻译脖子上挂着高木的腰带。

陈翻译　听着没，太君，密营图就在这客栈里。
高　木　我的，要亲手的，把包袱夺回来。
陈翻译　啊，就咱俩人啊。枪都干没了，咋整啊？
高　木　愚蠢的东西！人，（指自己头）最强大的武器，是这里！我们要靠智取。
陈翻译　咋……咋……咋智取啊？
高　木　你的，想办法。
陈翻译　我？这我能有啥招儿啊？（看到高木瞪他）我想，我想还不行吗……哎，太君，这店里那三人，那个叫"胡两刀"的。我听他说话唠嗑，这小子胆儿贼小，只要一吓唬，肯定听咱的，咱从他下手。
高　木　他的，可以？
陈翻译　哎呀，别的不敢说，汉奸这行业我是太了解了！胡两刀这小子要是当了汉奸，那成就必在我之上啊！
高　木　你的，有把握？
陈翻译　那是，要不咱大日本皇军第二师团，区区一万五千人，当年咋拿下东北的？靠的就是我们……这种人才啊！
高　木　呦西！我宣布，行动正式开始。你的代号是"鸡鸣"，我的代号——"狗盗"。
陈翻译　鸡鸣狗盗？
高　木　"鸡鸣狗盗"是形容本领高强的侠客，就像我们的忍者一样。我说错了吗？
陈翻译　没错儿！啥错儿没有！我这是佩服太君啊！这成语用到咱俩身上，

太合适了。

高　木　很好，明天，我们去接触这个厨师胡两刀，我会潜伏、忍耐，像优秀的猎犬一样的，接近猎物。你的，牵制其他所有人，如果有什么情况，马上要像公鸡一样鸣叫，向我示警。

[陈翻译谄媚地学鸡叫，随即发现不妥，又捂住自己的嘴。

高　木　（从陈翻译脖子上取下腰带系上）现在，我们的任务是没心没肺地休息，养足精神，明天一早，开始行动。

陈翻译　（立正）哈伊！

[高木、陈翻译入后院下，关东浪、一丈红自客房上，两人环视大厅。

一丈红　大当家的，这会儿没动静了！

关东浪　（环顾）这客栈里面咋透着一股邪性呢？

一丈红　唉，管它邪不邪性的？（拔枪）只要风不对，我一枪三个，两枪五个全给他们整死。

关东浪　红啊，你枪法好！

一丈红　那是！

关东浪　你这算数比枪法还好！（回头看见一丈红持枪在手）哎呀，你把喷子收起来行不？屋里这么点儿地方一会儿再走火了。

一丈红　啊，（收枪，掏出飞刀）那我就一刀一个，两刀仨！

关东浪　啧，咋又把青子亮出来了呢？丁零当啷再让人听着。你说你，咱下山就跟抗联碰个头，你提了蒜挂的，带这么多东西干啥啊？

一丈红　这山下不比山上，不带齐了家什儿，这心里不踏实。

[关东浪作头痛状。

一丈红　咋地了？

关东浪　脑瓜子疼！

一丈红　啥时候开始疼的啊，进门时候还没事儿呢！

关东浪　疼挺多年了！没事，说正经的，我感觉今天这意思不对啊，两拨儿

　　　　人，都不理我。我刚才跟那个背花包袱的老板娘对切口，她不理我。刚见面"咣咣咣"捶我三杵子，完了还照我脚面跺一脚……咋这么蹊跷呢？

一丈红　哎？

关东浪　咋的？

一丈红　以前你给我讲古书，不是说过《三国演义》那故事？

关东浪　三国？哪段儿？

一丈红　那段儿！有个猴儿叫孙悟空，离开花果山去学艺……

关东浪　红啊，你太有学问了！这是《三国演义》啊？这是《西游记》！

一丈红　你听不听了？

关东浪　听听听，猴儿咋地了？

一丈红　到了山上，他师父不教他本事，猴儿急眼了，完了他师父也急眼了，他师父伸手往他脑门子上"咣咣咣"凿三下……

关东浪　（沉思）意思是夜半三更，传授武艺！你是说，那个老板娘她是看人多眼杂，约我今晚三更在这儿跟她接头？

　　　　[一丈红得意地看着关东浪。

关东浪　红啊，你可真是长坂坡上设伏兵——粗中有细啊！

一丈红　（嗔怪）你才是沙和尚呢！

　　　　[关东浪作头痛状。

一丈红　又咋的了？

关东浪　没事儿，老毛病了！

一丈红　在山上啥事儿没有，一下山咋全是毛病？

关东浪　（掏出怀表看）哎呀，这眼瞅着就三更了。（收怀表）红，你先回屋睡觉。

一丈红　啊？你自己等她啊？

关东浪　咱俩都在这儿，人家再有顾虑咋整？哈，某家在此等候，（京剧腔）单刀赴会也！

一丈红　（笑）样儿吧！还单刀赴会呢，你不比猪八戒好看多了？

关东浪　猪八戒？

一丈红　（欲下，停步）哎！

关东浪　嗯？

一丈红　要是有事，你就喊我啊！（下，入后院）

　　　　[叶娜兰自后院上。

叶娜兰　（拍着手上灰尘，得意）得，谁也找不着！（行至桌边，坐下，给自己倒茶喝）

关东浪　来了？

　　　　[叶娜兰被吓了一跳，茶水喷出，咳嗽。

关东浪　哎呀哎呀，吓着了！

叶娜兰　是你？你大晚上的不睡觉，在这儿干啥呢？

关东浪　（环顾）一个人啊？

叶娜兰　（警觉）一个人咋地啊？

关东浪　哈哈哈哈哈哈……

叶娜兰　（断喝）别笑了！

关东浪　（笑声戛然而止）啊？

叶娜兰　你笑得老难听了你！

关东浪　不让笑可不行！这一天，可是把我憋得好苦啊！（一分衣襟，自己坐下）

叶娜兰　有事儿说事儿，没事儿回屋睡觉去！

关东浪　爽快，哈哈哈哈哈哈……

叶娜兰　别笑了！

关东浪　行行行，不笑啊！借问一句，下午你拿的那个花包袱，咋回事？

叶娜兰　啊？啥也没拿啊，你看错了！

关东浪　哎呀，老妹儿啊，你太谨慎！行，你听我说啊，正月……

叶娜兰　你想干啥啊？

关东浪　正月里来……

叶娜兰　直说吧，想咋地？是想讹钱啊是想讹人啊？日本人现在是得势了，可人这眼界啊，最好长远点儿！

关东浪　对啊，所以说，正月里来是新年啊。

叶娜兰　少说那没有用的，我就告诉你鬼子迟早得玩完。

关东浪　（一拍手）对上了！哎呀，这不就完了嘛！咋整怎么费事呢？那咱这就算是联系上了呗？

叶娜兰　啥联系上了啊？我认识你是谁啊？

关东浪　对，咱们今儿是头回见面，可从今以后就是一家人了。

叶娜兰　哟，还攀上亲戚了！我跟你说啊，我家那些亲戚啊，辛亥革命那会儿，就死了一拨儿，我看哪，等这"满洲国"……以后啊，还得死一拨儿！

关东浪　亲戚？啊，你说你们自己人是吧？这我知道，我早就听说了。我带着手底下人顶风冒雪过来投奔，那就是敬重你们一不怕死，二不怕苦。我这些年行走江湖啊，也看透了，这个大帅、那个司令的，都是扯淡！真心实意想让中国百姓过上好日子的，就是你们。

叶娜兰　我咋没看出来呢？就指着"满洲国"那帮二鬼子还能让老百姓过上好日子？

关东浪　二鬼子？我是说你们抗联！

叶娜兰　抗什么联啊？你到底是谁呀？

关东浪　我叫关东浪啊！

叶娜兰　你姓关，叫东浪啊？哎妈呀，这名儿也太浪了！

关东浪　不是，关东浪那是外号，我还是向抗联的领导交底吧。我本名叫赵文彬。你别看我现在干的是这个，我家往上数三代那都是读书人，那叫一门七进士啊。城南赵家，那奉天人都知道。

叶娜兰　（起身）你……你是奉天人？

关东浪　啊。

叶娜兰　城南赵家？

关东浪　啊！

叶娜兰　你叫赵文彬？

关东浪　啊！

叶娜兰　文质彬彬的文彬？

关东浪　见笑了，赶上这个年月啊，文质彬彬是不行了，要想救老百姓，（拍腰间）还得靠……

叶娜兰　（激动地）文彬，你认不出我来了吗？

关东浪　咱暗号都对上了，这不就认识了吗？

叶娜兰　我是你的媳妇啊！

关东浪　哈哈哈哈哈哈，那是！（反应过来）啥玩意儿？

叶娜兰　我，我是叶赫那拉-宁聂里齐格。

关东浪　（追忆）叶赫那拉……宁聂里齐格……你是……叶，叶，叶娜兰！

叶娜兰　是我，是我啊！

关东浪　你咋还没死呢？

叶娜兰　啥？

关东浪　不是，我的意思说，你咋在这儿呢。

叶娜兰　辛亥年阿玛带着我离开奉天找你。后来阿玛去世了，我为了等你一直在这个客栈守着，这么多年，我总算把你等来了。（扑到关东浪怀中）

关东浪　娜兰哪，真是你啊！

叶娜兰　是我！

关东浪　你瞅你老得，我都认不出你来了！

叶娜兰　啊？

关东浪　啊，我也老了！（悄悄推开叶娜兰）来，坐下说。

叶娜兰　（坐下）这些年啊，我是天天想你，夜夜盼你，一闭上眼啊，就想起咱们小时候那些事儿。

关东浪　啊。

叶娜兰　你再不来，我都老了！这一晃儿，我都二十六了！

关东浪　是啊！嗯？娜兰，我记得你比我小三岁，我今年三十五，你该是……

叶娜兰　（转移话题）你饿不？

关东浪　我不饿。娜兰啊，你真行！咋干上的抗联呢？

叶娜兰　你咋就认定我是抗联了呢

关东浪　（指墙壁）下午你拿的那个花包袱？

叶娜兰　嗨！捡的！

关东浪　捡的？

叶娜兰　啊！

关东浪　这么说你不是在这儿等我的？

叶娜兰　（拍打关东浪）你有没有良心！我不等你还能等谁？

关东浪　哎，我不是那个意思！

叶娜兰　（盯着关东浪）文彬，快跟我说说，这些年，你是咋过的？

关东浪　我……在江湖上飘呗，头些年啊，挨饿、受冻，要过饭，遭过罪，后来啊，我就……（注意到叶娜兰的表情）哎，对，我就学会唱戏了。

叶娜兰　唱戏？

关东浪　唱蹦蹦！

叶娜兰　等会儿，我听你刚才那意思，你要找抗联啊？干啥啊？

关东浪　我……我看看抗联办不办堂会，跟人家唱个戏啥的。

叶娜兰　这话可别出去说啊，被人听着不得了。对了，今天跟你一起来那个女的是谁啊？（醋意）长得可是挺好看的，还说跟你是两口子！

关东浪　我们不是……

叶娜兰　（得意地）用你说？我早看出来了。

关东浪　那是我们二当家的，一丈红！我们常年出去唱戏，走江湖这不是事儿多吗，这么叫方便。（握住叶娜兰的手）娜兰，我跟你说正事，那标语是在哪儿捡的？

叶娜兰　你啊，先好好睡个觉，啥话明天说。（羞涩，抽回手）就算咱定过亲，可这大半夜，孤男寡女的……咱们都是大宅门出身的，可多不好意思。

关东浪　不是，这事儿它……

叶娜兰　哎呀，先不说了，咱们以后的日子啊，长着呢！

关东浪　哎，不是……

叶娜兰　这么多年都等你了，还怕我跑了啊？

关东浪　我……

叶娜兰　（笑）哎呀，你咋这么着急呢！傻样儿！（下）

关东浪　（拍脑门）啊呀，这事儿怎么越整越乱呢？

　　　　［收光。

第 三 幕

时　间　大年三十，中午。

人　物　叶娜兰，胡两刀，三勺子，高木晋二，陈翻译，关东浪，一丈红，赵队长，马弁甲、乙。

［客栈内挂上了红色灯笼，十分喜庆。

叶娜兰　（坐在凳子上刺绣，唱）一轮明月照西厢，二八佳人巧梳妆……

胡两刀　（自后厨上）老板，做针线活儿呢？（抬头看见满屋红色）哎妈哎妈，这么喜庆呢！

叶娜兰　今儿是年三十儿，没喜气儿能行吗？哼，人家勺子跟我忙活一大早上了！不像有的人啊，一觉睡到大中午！

胡两刀　我能跟他一样吗？他一沾枕头睡得跟死狗似的，我净想事了。

叶娜兰　想那七八家分号，还有你那个"满洲"格格媳妇的事儿呗？

胡两刀　（谄笑）老板！这人能不犯错吗，都过去了不是嘛？总挂嘴边上，显得气量不行。（凑近）哎呀，老板，你手真巧，你瞅，你瞅这针脚儿，你瞅这（词穷）……针脚儿！

叶娜兰　说得跟你懂似的。

胡两刀　那你看看，有我胡两刀不懂的吗？

叶娜兰　（停针，观赏自己的作品）那你说说，我绣的是啥？

胡两刀　考我啊？这谁看不出来啊，我当厨子多少年了！这玩意还少杀了？（指着绣撑，笃定地）鹅！

　　　　［叶娜兰转头怒视胡两刀。

胡两刀　（嗫嚅）大鹅！

叶娜兰　（站起身，将绣撑送到胡两刀面前）你再瞅瞅！

胡两刀　家雀儿啊！

叶娜兰　放屁！我绣的是鸳鸯！（将绣撑扔向胡两刀）

　　　　［叶娜兰生气坐回座位。胡两刀弯腰捡起绣撑，歪头仔细端详。

胡两刀　哪只是啊？

叶娜兰　俩都是！

胡两刀　我说老板哪，这事你可别怨我啊，我是真没见过这样式儿的鸳鸯啊。

叶娜兰　（抓起绣撑扔给胡两刀）你给我拿走！远儿远儿的！

胡两刀　（惊讶）我拿走？闹了半天，（自作多情地将绣撑贴在脸上）这是给我绣的啊？

叶娜兰　两刀啊，你脑袋是真没白长这么大！

胡两刀　（摸头）是吗，哈，我小时候爹妈都说我脑袋大聪明。

叶娜兰　（抢走绣撑）挺大个脑袋瓜子，咋么会想呢？还给你绣的！（抚弄绣撑）你配得上这么好看的大鹅……啊呸，鸳鸯吗？

胡两刀　（尴尬、敏感地）那……那给谁绣的啊？

叶娜兰　（将绣撑放在桌上）管得着吗？（起身，伸展腰身）哎，今晚上这年夜饭啊，加菜！

胡两刀　加了啊，四凉四热一咕嘟，荤素两样大饺子……

叶娜兰　不够，还得加！

胡两刀　客栈里头就这几个人，这都吃不了，还加？

叶娜兰　加！加硬菜！

胡两刀　不是，年夜饭做这么多，剩太多了他就……哎，咋地，今晚上咱们客栈有事啊？

叶娜兰　有喜事！

胡两刀　喜事？

　　　　[叶娜兰欲下。

胡两刀　（拿起绣撑）哎，老板，你这大……鸳鸯！

叶娜兰　（接过绣撑，嫌弃地看看）真那么像鹅吗？

　　　　[胡两刀不知如何接口，将视线投向他处。

叶娜兰　（扫兴地将绣撑扔到胡两刀怀里）得了，给你了！

　　　　[叶娜兰入后院，下。

胡两刀　（看绣撑）这不还是给我绣的吗？（傻笑、坐下、思忖）喜事？哎呀，这兰子，说话没头没尾的，啥意思啊到底？

三勺子　（自后厨上）呀，师哥起来了！你看我帮你忙活点啥？

　　　　[胡两刀陷入沉思，恍若未闻。

三勺子　师哥！师哥？

胡两刀　啊，勺子，啥事啊？

三勺子　没事，我就问问有啥活干。

胡两刀　别说，你小子懂事了！

三勺子　呵呵，这寄人篱下的，眼睛里面不得有活啊！

胡两刀　喷！这话说的，还寄人篱下，你师哥给你脸子看了咋地？你还怕我真给你撵出去啊？

三勺子　（作势打自己嘴）瞅我这破嘴！我师哥打小儿就疼我。把我撵出去，那能吗？

胡两刀　别净捡那好听的说。

三勺子　哎，师哥，你往这疙瘩一坐跟大傻子似的，寻思啥呢？

胡两刀　你别说，还真有个事。来，你帮哥合计合计。

三勺子　（坐下）嗯，你说。

胡两刀　刚才啊，兰子让我晚上加菜。

三勺子　咱们菜够啊！

胡两刀　可不咋地，我也这么说的啊，可兰子说，今晚上客栈有喜事。

三勺子　喜事？

胡两刀　刚才兰子正坐在这做针线活儿，刺绣呢。

三勺子　兰子姐她绣的啥呀？

胡两刀　（举起绣撑）这儿呢，兰子说给我了。

三勺子　兰子姐这手挺巧嘛！喷喷，你瞅这俩大鹅绣的！

胡两刀　（没好气）那是鸳鸯！

三勺子　啥玩意儿？鸳鸯？

胡两刀　啊！

三勺子　不大容易看出来啊。

胡两刀　（抢回绣撑）说事！

三勺子　要我说啊，这是兰子姐想开了，合计着也等不来那个娃娃亲，这是要给你个机会啊。

胡两刀　啊？不能吧？

三勺子　你看你，挺大个老爷们儿，就是没自信！你听我给你掰扯掰扯啊，（起身，边走边说）是，你是长得碛碜点儿……

胡两刀　我……

三勺子　完了胆儿还小……

胡两刀　你……

三勺子　除了做菜，屁本事没有……

胡两刀　（起身）我……

三勺子　可是你知冷知热，会心疼人啊。

胡两刀　（坐下）那倒是。

三勺子　这么多年，就算是一块石头都焐热了，别说一个大活人了。兰子姐等她那娃娃亲这么多年，得算是仁至义尽了吧?

胡两刀　仁至义尽!

三勺子　这嫁汉嫁汉，穿衣吃饭。兰子姐穿过他家一件衣裳，吃过他家一口饭没?

胡两刀　顿顿都我做啊!

三勺子　这些年要是没你，这南门客栈能开下来不?

胡两刀　没我这手艺，谁来啊?

[三勺子向胡两刀摊手，表示事情已经很清楚了。

胡两刀　（喜上眉梢）哎呀，那这么说……

三勺子　就这么回事呗!等你跟兰子姐一成亲，你可真就是老板了。就厨房里那点儿活儿，还用你动手自己颠勺去?都交给我就行了!

胡两刀　哎，事还没定呢，别可哪儿说去啊。

三勺子　我谁都不认识，跟谁说啊我?

胡两刀　你那破嘴，打小儿就碎。

三勺子　行行行行行。（欲下，又停步）哎，师哥啊，你治干燥那个……巴豆，还有没了?

胡两刀　啊?你不是蹿稀吗，还要巴豆干啥啊?

三勺子　我来你这儿那时候是闹肚子，（看四周，伸手比画着开枪）可半道啪啪这么一吓，还给我整憋住了，我寻思整点儿巴豆通通啊。

胡两刀　巴豆在我炕上那小柜儿里呢，你可少整啊。

三勺子　哎！好嘞！

胡两刀　还有哦，咱们后院有茅房，你可别上外面拉野屎去啊。东边有防野猪的炸子儿，别崩着你。

三勺子　还有这玩意儿呢？

胡两刀　那可不，炮药塞得贼多，崩上可没好儿！

三勺子　啊，知道了。那师哥你先坐着，我吃完巴豆给你泡点儿茶喝啊。

[三勺子入后院，下。

胡两刀　哎！嗯？这俩事放一块儿说，听着咋这么恶心呢？（摇头，看手上的绣撑）

[胡两刀抱着绣撑，幸福地憧憬着，高木与陈翻译自后院上。高木向陈翻译做手势，陈翻译在大厅内巡视，高木坐到桌边，向胡两刀露出阴狠的笑容，胡两刀沉醉于心事，没有注意到高木的到来。

高　木　胡桑，胡桑？

[胡两刀恍若未闻。

高　木　（拍胡两刀肩膀）胡桑，我们的，聊一下。

胡两刀　（跳起）哎妈，吓我一跳！你个大疯子，我跟你唠啥啊唠？我叫胡两刀，胡桑胡桑的，大过年的，办啥丧事啊？（转头看陈翻译）哎，你！

陈翻译　嗯？

胡两刀　你，说你呢！我告诉你哦，你把他看好了，回头他发起疯来要把人打了，你吃不了兜着走。

陈翻译　（走近，欲拍桌，又怕别人听见，轻轻拍了一下）姓胡的，你别给脸不要脸，你真以为爷是一般人呢？

胡两刀　（为陈翻译气势所慑）不是，那你们，干啥的啊？

陈翻译　干啥的？哼哼哼，（自衣内掏出证件）……认字吗？

胡两刀　你……你是……关……关……关关关……

高　木　关东军的，情报部。

胡两刀　（对高木）太君哪，你来干啥来了？我们这疙瘩可都是良民啊！

高　木　良民？

胡两刀　良民！大大的良民！

陈翻译　你可拉屁倒吧，你给我起来！（拽起胡两刀，请高木坐下）还在这疙瘩嘴硬呢？良民？良民敢私藏抗联的东西啊？

胡两刀　（大惊）啊？你……你们都知道了？

高　木　（指自己的头）一切，都在我的计算之中。用你们中国的成语说，我的，诡计多端！

胡两刀　啊？

陈翻译　（对胡两刀，用下巴指高木）他，一肚子坏下水！

　　　　[高木对陈翻译微笑，点头赞许。

胡两刀　啊？

陈翻译　别啊啊的了，你就说，认不认这事儿吧？

胡两刀　都是我干的！都是我干的！你要抓抓我！要杀要剐随便，跟我们老板啥关系没有！

高　木　放松些！胡桑，我的，对杀人没有兴趣。只要你配合我们，你就是安全的。

胡两刀　配合？

陈翻译　就是你去把那个包袱偷偷整出来，完了给我们。要是整不着呢，就告诉我们那包袱在哪疙瘩放着，听明白没？

胡两刀　那是别人藏起来的，我真不知道在哪儿啊！

陈翻译　还不老实！我……（作势掏枪，却摸了个空）

高　木　（做手势阻止陈翻译，上前拍胡两刀肩膀）你的，一定会有办法，对不对？

胡两刀　啊，有办法，有办法。

高　木　只要按照我说的去做，我的，保证，你们这里的，每个人都没有事。你的，明白？

胡两刀　明白！明白！

　　　　[胡两刀心惊肉跳，陷入两难，低头思索。

陈翻译　姓胡的，爷告诉你噢，（猥琐地）你们那老板娘长得可挺带劲哪，那要是落在宪兵队的手里，哎呀，啧啧啧啧啧，我都不敢想啊……

胡两刀　那，你们说话能算话啊？

高　木　皇军的，从来说话算话！用一句你们的成语，叫作，出尔反尔！

胡两刀　啊？

陈翻译　（对胡两刀，不耐烦）他说话算数！放屁都能崩个坑！

高　木　（对陈翻译微笑，点头赞许）嗖戴斯！

陈翻译　要死要活给个痛快话，别抻着。反正你们客栈这几条人命都拴这事上了，你自己想好喽。

胡两刀　我去，我去。

陈翻译　那还不快去！

胡两刀　哎！

陈翻译　等会儿！

胡两刀　啊？还咋的？

陈翻译　好酒好菜，麻溜儿上！饿了！

胡两刀　哎！

陈翻译　瞅你那熊样儿！滚吧！

　　　　[胡两刀奔至后厨门口，三勺子端着茶盘上，两人险些撞上。

三勺子　哥，咋急三火四的呢？来，你喝茶！

胡两刀　哎呀，还喝啥茶了还？

三勺子　咋的啦？

胡两刀　（小声、紧张）别瞅！别把他们给惹毛了。

三勺子　你干啥啊师哥，神道的。

胡两刀　（无奈）他们是……（对三勺子耳语）

三勺子　啊？

胡两刀　行了，可别跟别人说啊。我的天妈呀，这一天天的，不省心啊！（下，入后厨）

三勺子　（自语）行！（掏出巴豆，塞入茶壶，摇晃。高声）哎，茶来了！（小步跑到桌边）二位，茶来了！（倒茶）

陈翻译　（对三勺子）哎，我跟你打听个事啊。

三勺子　哎，您说我听着！

陈翻译　你们这华家沟……它咋样啊？

三勺子　嗨，您算问着了！我们这疙瘩是长白山的南大门，依山傍水，是山美水美，谁来谁都不后悔！不光是风景好啊，还有山货哪，榛子蘑菇黑木耳，松子蕨菜刺五加，熊胆灵芝大雪蛤，细辛黄芪好天麻。哎，你说这些还不算好，还有东北三样宝，哪三宝？人参貂皮乌拉草！说起这三宝，那可不得了……

陈翻译　（打断）你给我打住！小子，你说过相声咋的？

三勺子　没有啊，我就是个跑堂的啊。

陈翻译　啧，没问你说的这些个！我是说，就偶尔的，没点儿不太平的事？

三勺子　哎呀，这……

陈翻译　怎么的？

[高木也紧张听着。

三勺子　啥叫偶尔？

陈翻译　偶尔，就是有时候的意思！

三勺子　啊，那指定有啊！

陈翻译　嗯，快说！

三勺子　头些年啊，啥都挺好。就这几年啊，也不知道咋地，就有些不是人的玩意，动不动就往我们老百姓堆儿里钻，净干那不是人的事啊！抢吃的，祸害人，哎呀，别提了，说多了都是眼泪啊。

陈翻译　（和高木一起色变）你是说，这儿总闹胡子？他们有多少人？枪多不多？

三勺子　不是啊，一般胡子再不是人也不能这样式儿的啊。哎呀，那帮畜生啊！你说它们能耐，上北边跟老毛子闹去啊，许是也整不过人家老毛子，就知道祸害我们中国老百姓啊。

陈翻译　（大怒，拍桌）小子，你拐着弯骂谁呢？

三勺子　没骂人哪。

陈翻译　那你刚才说的这是……

三勺子　林子里那些畜生啊，熊瞎子、野猪、狼！祸害庄稼祸害牲口啊。这位爷，您咋还听生气了呢？

陈翻译　我……呃，这不听着老百姓受损失了，我这心里难受啊。（腹痛）哎哟！我这肚子咋也难受了呢？

三勺子　这位爷，您这是？

陈翻译　我要拉屎！

　　　　[陈翻译推开三勺子，奔向后院，下。

高　木　（腹痛）啊！

三勺子　这位爷，您也？

高　木　（起身）我的……（指后院，示意也要去茅房）

三勺子　茅房就一个坑儿，让那位爷占了，你得等会儿！

　　　　[高木痛不欲生，四处张望了下，欲奔向客栈大门。

三勺子　（转眼珠）东边！往东边去！你上东边拉！

　　　　[一丈红、关东浪自客房上，关东浪心不在焉。

一丈红　昨天晚上到底咋样啊？

关东浪　啊，挺好。（坐下）

一丈红　挺好，问了你一宿上了就知道说挺好！（坐下）嗯？你是不是有啥事瞒着我呢？

关东浪　我……我能有啥事瞒着你。

一丈红　不说是吧？（起身）我现在就走！

关东浪　（起身）这大雪封山的，你往哪儿走啊？你给我坐下！

　　　　　　［叶娜兰自后院上，身后紧跟着胡两刀。
胡两刀　兰子……兰子……你听我说。
叶娜兰　（不理胡两刀，看关东浪，笑）都起来了啊？
　　　　　　［胡两刀不见高木和陈翻译，四处张望。
关东浪　啊，起来了！
叶娜兰　昨晚睡咋样啊？
关东浪　啊，挺好。
一丈红　（大步走到叶娜兰面前）老板，我有点事儿想问问呢。
叶娜兰　啊，啥事儿，妹子你问呗！
　　　　　　［一丈红环视四周，看胡两刀。
叶娜兰　啊，两刀，赶紧的，去把赵队长送来那沙半鸡收拾了。
胡两刀　我……
叶娜兰　快去！
　　　　　　［胡两刀入后厨，边走边回头张望。
一丈红　老板，我这人性子直，就直说了啊。
叶娜兰　啊，你说！
一丈红　（指关东浪）你们俩，昨晚上接上头了呗？
叶娜兰　（羞涩）你知道了啊，嗯！
一丈红　那这事，就算定下来了？
叶娜兰　啊！是啊，呵呵，这早就定下来了啊，就等他来呢！
一丈红　那这以后的事？
叶娜兰　以后的事？那还有啥说的，都是一家人了嘛。
一丈红　一家人？
叶娜兰　那可不？实实在在，不掺假的一家人！
一丈红　（松口气）哎妈呀，（对关东浪）这不挺好嘛！（拉住叶娜兰的手）太好了！哎呀，姐，不瞒你说啊，我这一道上心里就犯合计啊。
叶娜兰　合计啥啊？

一丈红　怕你看不上我们这出身，再不愿意啥的呗。

叶娜兰　看你说的，那哪能呢？就这么说吧，这些年你们吃苦了，以后啊，有我一口吃的，准就有你们一口吃的。

一丈红　（感慨）哎呀，这大姐，敞亮！（对关东浪）这么好的事，你刚才吭哧瘪肚的干啥啊？

关东浪　我……这事它……

一丈红　（对叶娜兰）那啥，大姐，我再问个事呗。

叶娜兰　嗨，咋还这么客气呢？随便问！

一丈红　你们也接上头了。那这事啥时候办啊？

叶娜兰　（羞涩）哎呀，这么着急呢？

一丈红　哎呀姐啊，哪能不着急啊？说实话，这事啊，我本来还差着，（指关东浪）他是天天念叨啊。

叶娜兰　（偷瞧关东浪，羞涩而幸福地）那，咋也等过完年的啊。

一丈红　还得等过完年啊？

叶娜兰　那，依着你？

关东浪　（对一丈红）红啊，你别在这疙瘩掺和了行不？

一丈红　（对关东浪）你上一边拉子去！你没事磨磨叨叨的，这事儿都定下来了，你还不着急了！你不着急啊，我着急！（对叶娜兰）姐，你听我说。

叶娜兰　啊，你说。

一丈红　丁是丁，卯是卯，我看今天就挺好！要我说啊，就是今天了！

叶娜兰　今天？

一丈红　大年三十儿，加上这事，双喜临门！就这么定了！

叶娜兰　（偷眼看关东浪）那，能行啊？

关东浪　这事它……

一丈红　大姐，你别管他！哎，大姐，你，是不是对我们还有啥不可心的啊？

叶娜兰　没有没有！那哪能呢？那，今晚上？

一丈红　（拍手）那不就得了嘛！（对关东浪）你看看！你看看！我一出马，一个顶俩！

关东浪　你可拉倒吧你啊！

　　　　[门外传来爆炸声，叶娜兰望向客栈大门。一丈红欲拔枪，被关东浪按住。胡两刀自后厨上。

胡两刀　咋地了？啥动静啊？

叶娜兰　听着咋像炸野猪的炸子儿呢？

　　　　[三勺子搀着高木，自客栈大门上，高木被炸得满脸漆黑，手舞足蹈。

叶娜兰　（对三勺子）勺子，这是咋整的啊？

三勺子　可别提了，这小子坏肚子了，要出去解手。我跟他说，别往东边树林子去，他非不听，那家伙，蹽得老快了，追都追不上啊，这不，踩到炸子儿了？

　　　　[陈翻译自后院上。

陈翻译　（系裤子，看见高木的惨状）啊！谁把他整成这样的？

叶娜兰　不是我们……

三勺子　他自己踩着防野猪的炸子儿了，我还紧着喊呢，也没喊住。

陈翻译　（对高木，痛心疾首地）小舅子啊，你能不能让我省点儿心哪？

高　木　（手舞足蹈）干啥！咋的！干啥！咋的！

陈翻译　完了，又犯疯病了！

　　　　[一丈红在背后击晕高木，关东浪冷眼旁观，似有所感。

陈翻译　（对一丈红）哎，你……打得好啊！

一丈红　啊？

关东浪　来，我扶这位兄弟到后院歇歇。

　　　　[关东浪扶高木入后院，下。

陈翻译　（对三勺子）小子，是不你整的事？

三勺子　咋还冲我来了呢?

陈翻译　不对,你刚才给我们倒那个茶,指定是有毛病!

　　　　[赵队长带马弁乙,自客栈大门上。

马弁乙　赵队长……到!

叶娜兰　(迎上)赵队长。

赵队长　叫赵哥!刚才什么玩意儿响?

叶娜兰　啊,我们这儿一个客人,踩上防野猪的炸子儿了!哎?赵哥,你咋来这么早呢?菜还没预备呢。

赵队长　今天这右眼皮子一个劲儿跳,心里不踏实!再说了,我不早来会儿……咋知道你这儿这么热闹呢,(环视)昨天一晚上,就来这么多人?

叶娜兰　这不雪大,都赶上了嘛。咋地,我这儿生意好,还惹赵哥你不高兴了啊?

赵队长　你生意好,你赵哥老高兴了。(拨开叶娜兰)可昨晚刚有胡子要进华家沟,要是混进来奸细水线子……(到桌旁坐下)那赵哥可就高兴不起来了。

叶娜兰　呵呵,赵哥,瞧你说的,昨晚上那胡子不全都被你带人剿了吗?再说了,就算有个把儿跑了的,知道你赵队长的威名,哪还敢进华家沟了?

赵队长　(坐下)那是,你赵哥这枪法,追魂夺命啊!啊,我昨天拿过来的那沙半鸡……

叶娜兰　都收拾好了,等会儿就进锅!勺了,快端过来,给赵队长看看收拾的干净不。

三勺子　哎!(走向后厨)

赵队长　(对三勺子)等会儿,你小子站住!

三勺子　(停步)啊?

赵队长　你挺眼生啊,干啥的?

叶娜兰　啊，这是我们刚来的厨子，两刀他师弟。

赵队长　胡两刀他师弟？

胡两刀　啊，是，是！

赵队长　我说这小子长得鬼头蛤蟆眼的呢，从哪儿来的？

三勺子　报告队长！我从新京来，以前在新京中央饭店干活儿，来华家沟，是投奔我师哥胡两刀。

赵队长　（对胡两刀）是这么回事儿吗？

胡两刀　千真万确啊！

赵队长　（对胡两刀）放屁！（起身走向三勺子）新京中央饭店那是啥地方？你要是在那儿当厨子，能跑华家沟这小地方来？你这是罐头瓶子里养王八——越养越抽抽儿啊！

胡两刀　赵队长啊，呵呵，是这么回事儿。（快步到三勺子身边）我这师弟啊，他给日本军官做菜，没伺候好，让人从新京给撵出来的。（摘三勺子头巾）赵队长你看，这还有日本大哥给赐的字儿呢。

赵队长　胡两刀，你存心磕碜老子呢是不？

胡两刀　没有啊，我哪敢啊？

赵队长　那你给我看脑袋看屁股的！老子不认字儿！得跟你说多少遍啊？

胡两刀　又忘了！

赵队长　（对叶娜兰）兰子，你说，这小子准成不？

叶娜兰　准成！

赵队长　真事？

叶娜兰　真事！

赵队长　行，兰子，看你面子啊！（对三勺子）滚！

　　　　〔三勺子露出愤怒的神情，叶娜兰向他做手势，胡两刀也示意他快走，三勺子入后厨，下。

赵队长　（注意到一丈红，色眯眯地）哎，哎，哎哎哎哎哎……

　　　　〔一丈红鄙视地瞥赵队长。

赵队长　这老妹儿,你是干啥的啊?

一丈红　唱戏的!

赵队长　(搓手)小花旦哪,怨不得长得这么招人疼呢,哎,你给哥唱两句。

叶娜兰　(对赵队长)哎呀,这没弦儿没鼓的,可咋唱啊?

赵队长　(对一丈红)没事儿,哥跟你搭一回架儿。妹儿是小花旦,哥是大混蛋,咱们小哥儿俩一副架啊,正好,正好!

　　　　[赵队长伸手欲摸一丈红的脸蛋,一丈红欲发作。叶娜兰看着赵队长,干咳一声,脸色一沉。

赵队长　(意识到自己失态,干笑)哈,哈哈,哈哈哈,兰子,我跟这老妹儿闹着玩儿,啊,哈哈哈,(对一丈红)行,小花旦,下去吧!

　　　　[一丈红入客房,下。

赵队长　兰子你看……呵呵呵……

叶娜兰　(冷笑)呵呵呵……

赵队长　兰子,你就这点儿不好,太爱吃醋!我知道这些年你挺得意赵哥的,今天大年三十儿,要不,咱就把亲成了?

　　　　[陈翻译看着赵队长的样子,发出冷笑。

赵队长　(看见陈翻译)你,在那块儿哼哼啥呢?贱薄喽嗖的!

陈翻译　(不屑)你,是跟我说话呢?

赵队长　(怒)你给老子过来!

陈翻译　(怒)你给老子坐下!

　　　　[赵队长意外,看陈翻译几眼,默默坐下。

赵队长　(微一沉吟,对叶娜兰)兰子,赵哥有公事要办!回避!

叶娜兰　(挣开胡两刀,对赵队长)他就是个收药材的。

赵队长　呵呵呵,敢这么跟你赵哥说话的人,来头能简单吗?退下!

　　　　[胡两刀将叶娜兰拉走,二人入后院,下。

赵队长　(起身,对陈翻译)听你刚才那话茬儿,不是没来历的人哪。

陈翻译　来历?哼,也不算大,(坐下)也就能把你吓一溜跟头!

赵队长　（掏出枪在手里把玩）朋友，你这话……是不是大点儿？

陈翻译　大？爷这还搂着说呢！（掏出证件给赵队长看）

赵队长　别给我看这玩意儿，我不认字儿！

陈翻译　关东军的钢印，你总认识吧？

赵队长　（看清钢印，迅速换上笑脸）哎呀，兄弟这双眼珠子啊，就该抠出来踩喽！我说一早就听着喜鸟儿叫唤呢，是碰着贵人了这是！算命的说兄弟今年有贵人接引，这是要应在你老身上啊。你老这回下来，是有公干啊？

陈翻译　这眼么前儿倒是有件事……本来啊，按上边的意思，是不找你了。可爷看你还算懂事，给你个立功的机会。

赵队长　你老尽管说，这华家沟一片儿，咱是要人有人，要枪有枪，谁也不敢跟咱们照量。就说昨天晚上吧，东边林子里，我们保安队就干死好几十号……

陈翻译　嗯！有功！（反应过来，脸色剧变）等会儿，你说，昨天晚上……

马弁甲　（自客栈大门奔上）队长！队长！

赵队长　号个屁！

马弁甲　队长，林子里，咱昨天干死那帮人不对劲儿啊！

赵队长　啥不对劲儿？

马弁甲　它……你去那儿一瞅就知道了！

赵队长　（对马弁甲）要没事儿老子崩了你！

赵队长　（对二马弁）走！（转身对陈翻译）贵人哪，我出去搂一眼，等我回来咱们再唠。

[赵队长、马弁甲、乙自大门下。

陈翻译　（看赵队长等人出门，拍腿，哭腔）靠山山倒，靠天天塌，这可咋整啊！小舅子啊（奔入后院，下）

[收光。

第 四 幕

时　间　除夕夜

人　物　胡两刀、叶娜兰、三勺子、关东浪、一丈红、高木、陈翻译、赵队长、马弁甲、马弁乙

〔红灯笼将大厅内照得通明，桌子被并在一起，桌上已有部分酒菜。高木和陈翻译颓坐在柜台边的凳子上。

三勺子　（自后厨端菜上，长声）红烧鲤鱼，是年年有余！（放桌上）高官得做，是骏马得骑！（回后厨，下）

胡两刀　（端菜上，长声）白肉血肠，富贵绵长。福禄双至，是金玉满堂。（放桌上，偷眼看陈翻译和高木）

陈翻译　（起身快步至胡两刀身边）姓胡的！

胡两刀　（胆怯地）啊？

陈翻译　（小声，凶狠地）那个事，你问出来没？

胡两刀　啥……啥事儿？

陈翻译　胡两刀，你也敢耍我啊！你完了你！宪兵司令部见吧！（转身欲走）

胡两刀　（拉住陈翻译）不不，我这一下午都在伙房忙活年夜饭，也没看着我们掌柜的。

陈翻译　我告诉你啊，这事要小不成……

胡两刀　我这就去找去！（走向后院）

三勺子　（端菜自后厨上，长声）猪肉炖粉条，快乐又逍遥……（欲下，看见胡两刀）师哥，你干啥呢？灶上还炖着菜呢！

胡两刀　我找兰子去。

三勺子　（打趣）咋地，一会儿瞅不着都不行啊？

胡两刀　哎呀，这有事找她呢！

　　　　［叶娜兰身着大红嫁衣，自后院上。胡两刀直勾勾地看着叶娜兰，一时失语。

三勺子　（看着叶娜兰，对胡两刀）哎呀！哎呀呀呀！师哥啊，你瞅瞅，你瞅瞅！我下午咋跟你说的啊？哎呀，我这嘴啊，开光了这是！

　　　　［胡两刀看着明艳的叶娜兰，对三勺子的话恍若未闻。叶娜兰向高木、陈翻译微笑点头，二人挤出笑容回应。叶娜兰走到胡两刀、三勺子面前。

胡两刀　兰子，你……你这……

叶娜兰　啧，好看不好看哪？倒是说话啊！

胡两刀　好看，太好看了！

三勺子　兰子姐，你这，跟仙女似的啊！

叶娜兰　（对三勺子）小子，会说话！（得意，掏出小镜子端详自己）接着忙你的。

三勺子　哎！（欢快地入后厨，下）

胡两刀　那啥，兰子，我……

叶娜兰　（收起小镜子，张望大厅）啊，咋地？

胡两刀　你看我这身儿衣服，这……这也不行啊！

叶娜兰　（心不在焉）有啥不行的？

胡两刀　不是，今儿这日子，我咋也得换一身儿啊。

叶娜兰　（瞥胡两刀一眼）没事，就你这身儿啊，挺好！

　　　　［一丈红、关东浪自后院上。

一丈红　（看见叶娜兰一身新装）哎妈呀，姐，你这……咋这么好看呢？

叶娜兰　（偷瞧关东浪）好看啥呀？

一丈红　我的天哪！姐，你可老带劲了！（扭头对关东浪）你说是不？

关东浪　（尴尬）啊……是！（坐下）

一丈红　（似有所感）姐，啊，你今晚上这打扮……

叶娜兰　这不是下午……和你们说的……喜事嘛。

一丈红　啊？啊！（拍大腿，对关东浪）你瞅瞅！姐这是特意为了……哎呀，（对叶娜兰）姐，你也太上心了！

叶娜兰　（纳闷）这事，我能不上心吗？

胡两刀　这么大的事，应该的。

一丈红　啥也别说了！（小声）姐，店里头这么多人，那事儿就这么办，行啊？

胡两刀　行！

叶娜兰　那怕啥的？人多才热闹呢！

胡两刀　就是！

叶娜兰　（招呼众人）来来来，大伙儿都近便点儿坐着。

胡两刀　（对一丈红）来，坐！就跟在自己家一样！

叶娜兰　（对高木、陈翻译）这两位大兄弟，咱们哪有缘，赶上这大过年的，今儿一块儿吃顿年夜饭！

　　　　[陈翻译对叶娜兰谄笑，将高木拉到桌边坐下。叶娜兰坐在关东浪身边，给关夹菜。胡两刀也在桌边笑嘻嘻地坐下。

叶娜兰　两刀？

胡两刀　（傻笑）啊？我在这疙瘩呢！

叶娜兰　你坐这儿干啥？接着上菜去啊！

胡两刀　啊？哎！（起身，自语）我还用上菜吗？啊，这以后就是自己家买卖了，得比以前更上心哪！

　　　　[胡两刀入后厨，下。

一丈红　（对叶娜兰）姐，那事，咱这就小？

叶娜兰　不急，等人齐了的。咱先喝酒！

　　　　[三勺子端菜自后厨上。

三勺子　（长声）正宗的叫花鸡……它（忘词，停步，杜撰）它气死阎婆惜。（将菜放桌上）全国说不好，关外数第一！兰子姐，就差一个菜了！

叶娜兰　嗯，够麻利！

　　　　［胡两刀端菜自后厨上。

胡两刀　（长声）小鸡炖蘑菇，心里不糊涂！小火一顿煮，谁吃谁有福！（将菜放桌上）

陈翻译　胡大厨，借一步说话。

　　　　［胡两刀被陈翻译拉到一边，陈翻译刚要开口。

胡两刀　今天这事我等了十来年了，我的事办好了就办你的。躲喽！（回到桌边，对叶娜兰，笑）兰子，兰子，菜齐了！

叶娜兰　都坐下，都坐下！（见众人落座，笑）那咱这就开饭！

胡两刀　（挨着叶娜兰坐下）兰子，你往那边窜点儿。

叶娜兰　干啥啊？

高　木　（对胡两刀）干啥？

　　　　［陈翻译马上摁住高木。

胡两刀　（对叶娜兰）我不得坐你边上嘛！

叶娜兰　嗯？

胡两刀　对劲儿！

叶娜兰　（对众人）我先说两句啊，今天是年三十儿，也是我的好日子。这一天我盼了好多年了，皇天不负有心人，我终于是等到了！

胡两刀　兰子，都会好起来的！

叶娜兰　嗯，南门客栈真正的大老板来了！

胡两刀　（端起酒碗，对众人）同喜！同喜！

叶娜兰　（指关东浪）就是他！

胡两刀　啊？你爹活过来了？（看关东浪）

叶娜兰　（打胡两刀）说啥玩意呢你！（对众人）各位啊，给大家介绍一下，（指关东浪）这位，就是我等了十年的——我男人！

陈翻译　（起身拱手）哎呀，恭喜！

胡两刀　（指陈翻译，大喝）闭嘴！

　　　　［陈翻译瞪视胡两刀，尴尬恼怒地坐下。一丈红大怒，急起身，欲言。

胡两刀　（指一丈红，大喝）你也等会儿！

　　　　［胡两刀的反应令一丈红意外，愣住。关东浪按一丈红肩膀，一丈红气愤坐下。

胡两刀　（对叶娜兰）他……他谁？

叶娜兰　我那娃娃亲啊。

胡两刀　啊？他？（指着关东浪，手指痉挛）

一丈红　（对胡两刀）你要挠他啊？

胡两刀　（对关东浪）这么些年啊，我梦着你多少回？梦里面你真不长这样啊！（对叶娜兰）你一直把他说得跟贾宝玉似的！结果……

叶娜兰　嗯？

胡两刀　跟鲁智深似的啊！

　　　　［胡两刀自己倒酒喝下。

三勺子　（担心，对胡两刀）师哥，师哥，你小点口儿！小点口儿！

叶娜兰　（对关东浪）你别跟他一样的，他平时不这样，今儿不知道抽啥风了。

关东浪　哈哈，没事儿。

胡两刀　（对关东浪）哎，我说娃娃亲啊！

　　　　［关东浪恍若未闻，自斟自饮。

胡两刀　亲哪，我跟你说话呢！

关东浪　你是，叫我呢？

胡两刀　啊，亲哪，你是干啥的啊？哎，（指一丈红）你带来的这个小彪娘儿们……

一丈红　（拍桌起身）啥玩意儿？

胡两刀　（对关东浪）你们俩不是一家的吗？

　　　　〔一丈红愣一下，微笑，得意坐下。

叶娜兰　（对胡两刀）他俩不是两口子！

一丈红　（起身，对叶娜兰）我们咋就不是两口子！

叶娜兰　就算你们是两口子……你说啥？

一丈红　（指关东浪）我说，我才是他媳妇儿。

叶娜兰　这不是笑谈嘛。（看关东浪）啊，我明白了……呵呵，也是，好爷们儿哪能没人惦记？我说妹子啊。

一丈红　咋地？

叶娜兰　这树有根，苗有梢。我呀，跟他两小无猜，是青梅竹马！

一丈红　那，我跟他，行走江湖，是半路夫妻！

三勺子　（对一丈红）半路夫妻不是那意思。

胡两刀　（对三勺子）你给我闭嘴！

叶娜兰　我认识他时间久！

一丈红　我陪伴他日子长！

叶娜兰　我聪明干练！

一丈红　我年轻漂亮！

叶娜兰　我会算账，两手分心打算盘，账面上错不了一个大子儿。

一丈红　我会飞刀，左右开弓撒飞刀，林子里头跑不了一只老鸹！

叶娜兰　我，我在这华家沟支撑南门客栈，手底下大厨胡两刀一名，煎炒烹炸，迎来送往招待八方，是生意兴隆。

一丈红　我，我在那二龙山带领山寨绺子，手底下崽子硬炮手上百，四梁八柱，大碗喝酒大口吃肉，是劫富济贫。

关东浪　（将酒碗在桌上一蹾，对一丈红）哎！

叶娜兰　啊？她说啥？你们是……

　　　　〔众人愣住。

关东浪　（起身）没错儿，我是胡子！二龙山大当家的就是我，江湖报号关东浪！

　　　　　［高木从凳子上跌落，陈翻译去扶，众人不解地看他们。

陈翻译　（指高木，对众人）让胡子劫过，吓得，吓得！

关东浪　（指一丈红）这是我们二当家的，一丈红！

胡两刀　（对叶娜兰）你看你看，我咋说的，我就觉着他来路不正。

　　　　　［叶娜兰推开胡两刀。

三勺子　大哥，你，你就是关东浪？

关东浪　别无分号！

三勺子　（兴奋，对叶娜兰）兰子姐，我听说过他，名声老大了。日本人悬赏一万抓他！那告示我在新京街上瞅着过。

胡两刀　（对三勺子）名声大咋地？那也是胡子啊！

关东浪　这位兄弟说得对，名声再大，也是胡子。可这胡子也分个好坏！我当了这些年胡子伤天害理的事儿是一件也没干过，你们信不信？

胡两刀　我不信！

叶娜兰　我信！

胡两刀　嗯？

关东浪　我在绿林落草这些年，凭的就是两样，（拍胸口）心眼子正！（拔枪）枪苗子硬！（低头看枪）这把喷子底下，倒下过为富不仁的地主恶霸，倒下过杀人放火的日本鬼子，倒下过欺压百姓的二鬼子，可是从来就没倒下过一个好人！

陈翻译　（端起酒碗，对关东浪）好汉！纯爷们儿！喝酒！

高　木　咋地？

　　　　　［陈翻译怕高木说走了嘴，将碗中酒泼向高木。

高　木　啊！

陈翻译　（给高木擦拭，小声）哎呀，别说话！

　　　　　［胡两刀拉扯三勺子。

叶娜兰　（对关东浪，决绝地）行！从今往后，你干啥我就干啥！

胡两刀　兰子，他这当胡子的，天天都把脑瓜子别裤腰带上，你哪是能过那种日子的啊？

叶娜兰 嫁鸡随鸡嫁狗随狗，嫁个棒槌抱着走。

一丈红 你凭啥抱？我……

关东浪 （断喝）行了！

［众人愣住。

关东浪 我也跟大家说两句心里话！这些年，我关东浪手下有人，手上有枪，不管是老张小张，还是日本人，这些年没人动得了我，可是我这心里，就是憋着一股气！

三勺子 有人有枪咋还能憋气呢？

关东浪 这一年年在江湖上闯荡，看的都是外族横行，奸佞当道，处处是狼豺虎豹，但凡是个中国人，哪能不憋着气，窝着心？我现在啊，是只会恨，不会爱了！

叶娜兰 （已觉不妙，却不甘）那老人给咱们定的……

关东浪 （对叶娜兰）娜兰，你等我这些年，照理说，我该好好照顾你。可是你也看着了，我现在过的，是刀口舔血的日子。再说，咱们小时候定了娃娃亲不假，可那是老一辈人相处得亲热，咱们俩那会儿都是孩子，也说不上有啥情意……

［叶娜兰沮丧地坐下。

胡两刀 （对关东浪，气愤）你……你……

一丈红 （挽关东浪手臂）大当家的，你……

关东浪 （推开一丈红）红啊，你也听我说，你咋想的我不是不知道，可我现在没这心思。我刚才也说了，一天不打跑这小日本子，我就一天不想这成家的事！

叶娜兰 两刀啊，把酒窖里最好那坛子酒拿出来！我想喝！

胡两刀 哎！（欲下，停步）兰子，那酒可是你爹留着你回门的时候喝的！

叶娜兰 （苦笑）我怕是等不着那一天了，今儿趁着人这么多，这么热闹，咱得赶紧喝了它啊。

胡两刀　（欲哭无泪）啊！（下）

关东浪　娜兰，你……

叶娜兰　（摆手）别说了，不怪你，要怪啊，就怪我命苦，怪这世道不好！

三勺子　可不咋地！（瞪高木）那帮小日本鬼子，那就不是人做的！就该一个一个嘎巴嘎巴掐死。（对关东浪）哎，大当家的，要上你们山上入伙儿，都得啥条件哪？

[胡两刀捧着一个酒坛上。

胡两刀　（对三勺子）你在这瞎嘞嘞啥呢你啊？

三勺子　师哥，你不恨鬼子啊？

胡两刀　恨！（看高木和陈翻译一眼）……那也不能表现那么明显啊。你上一边儿去！兰子要喝酒。

[胡两刀端着酒坛子倒酒，却倒出一个包袱。

胡两刀　呦！

一丈红　哎呀，包袱！

[所有人都望向花包袱，反应各异。胡两刀把包袱扔桌上。

叶娜兰　（对胡两刀）这？你咋……

胡两刀　你让我拿的最好的那坛子啊，这包袱咋在坛子里呢？

叶娜兰　哎呀，（用手护额）我忘了，（对众人）没事儿，没事儿啊，我们藏着玩儿的。（走向桌前，欲拿回花包袱）

[关东浪从叶娜兰手中抢过包袱，拿起密营图端详。

叶娜兰　你别看。

胡两刀　哎！你拿啥呀？

关东浪　（对叶娜兰，激动）这是谁拿来的？

胡两刀　（没好气）你管谁拿来的呢？给兰子！

三勺子　我！大当家的，我拿来的！

关东浪　（对三勺子）这包袱是你的？

三勺子　是我捡的，昨天在西边林子里捡的，背包袱那大哥被打死了！

关东浪　死了？

三勺子　啊！

关东浪　谁下的手？

三勺子　日本子吧？我听着日本话了。

　　　　［关东浪放开三勺子，不语。

叶娜兰　（对关东浪）咋地了，你认识那人啊？

关东浪　（拿起密营图翻着）娜兰，你不知道，我来这儿啊，就是为了在这本册子上，写上我们二龙山这么一号！

叶娜兰　啊？你是要……投抗联？

关东浪　（对众人）我这次下山，为的就是投奔抗联。（拿起密营图）你们看，这一行行一页页，哪是一个个地名儿？哪是一个个汉字儿？这是咱东三省，咱全中国，拼不干、流不尽的英雄血啊！我要和这些英雄们一道儿打鬼子，带着弟兄们拼了咱这一百多斤的身子，不为别的，就为还我中华一片清净！

　　　　［高木、陈翻译趁人不备，偷偷溜向大门。

关东浪　（枪指高木、陈翻译）站住，别动！

　　　　［陈翻译高举双手，高木身体僵住，继而挺立冷笑。

关东浪　小鬼子，装疯卖傻，你那一身的鱼腥味儿啊，昨天进门儿我就闻出来了，太冲！（对众人）你们看，这是下午他们晕倒，我从他们身上搜出来的证件！（对三勺子）这位兄弟，你受累，把这鬼子捆上。

三勺子　（兴奋地）好嘞！

胡两刀　（焦急地）勺子，别动手，大伙儿都别动手啊！

　　　　［三勺子从柜台后拿出绳子捆高木，众人看着陈翻译。

陈翻译　（忽然跪在地上，指着高木）都是他啊，都是他逼我的！我是好人哪！

三勺子　（捆罢高木，踢翻陈翻译，开始捆绑）你是好人堆儿里挑出来的！

陈翻译　兄弟，别的，哎呀，轻点儿勒轻点儿勒！

关东浪　（对高木）说说吧，叫啥？干啥来的？

一丈红　快说，要不插了你！

　　　　[高木冷笑不语。

陈翻译　他叫高木晋二，今年三十五，人是日本人，家住北海道，以前在家是打鱼的，现在是关东军情报部少佐！

　　　　[高木怒视陈翻译。

三勺子　整这么热闹，你是干啥的？说！

高木晋二　他的，陈汉臣，皇军的一只狗。

陈翻译　你……（对众人）列位，列位，别听这鬼子瞎白话，高木这鬼子才不是物儿呢，哪回带队杀咱们中国老百姓，他都没手软啊。大人都不提了，就连孩子他都不放过啊他，远的不说，就说……

一丈红　（对三勺子）把这俩畜生嘴塞上！

三勺子　好嘞，二当家的！（用肩头毛巾塞住陈翻译的嘴，陈翻译呜呜不止）

高　木　最多再过几个小时，皇军的部队，就会赶到这里。你们的，如果把包袱交出来，我可以让你们活下去。否则，所有人都要死了死了的！

三勺子　（走到高木面前）还跟我嘚瑟哪？（扯下包头的毛巾塞入高木口中，向高木指自己头上的文身）小鬼子，你们也有今天！

　　　　[客栈大门被踢开，赵队长带马弁甲、乙上，赵队长失魂落魄。

叶娜兰　（对关东浪、一丈红）快把枪收起来！

　　　　[关东浪、一丈红转身将枪插回腰间，陈翻译向对赵队长求救，发出呜呜声。

赵队长　（对陈翻译）滚一边儿去！兰了，今晚儿挺热闹啊！

叶娜兰　赵队长，这不大年三十儿嘛。

赵队长　兰子，我知道你喜欢赵哥挺多年了，但是今天咱俩成不了亲了，赵哥惹大祸了！赵哥在林子里打死的，都是日本人哪，好几十个，都打死在雪窝子里了。外边穿着老百姓衣服，扒开一瞅，都穿着关东军的军装啊。

［众人反应各异，陈翻译扭动着欲起身，被三勺子偷偷踩在地上。

叶娜兰　咋能是日本子呢？

赵队长　都怨他们自个儿啊，你说平常大皮靴子咔咔的，没事儿穿老百姓衣服干啥呀？

叶娜兰　那现在，这事可咋整？

赵队长　咋整？（翻脸拔枪指众人，马弁甲、乙也端枪指众人）都别动！

马弁乙　（对众人）都坐好喽！

［众人被逼着退坐在长桌一端。

赵队长　（看桌上的绳索）哟，绳儿都预备好了？（对二马弁）把他们都给我捆上！谁喥瑟打死谁！

［马弁甲、乙答应一声，去捆众人双手。

关东浪　（对赵队长）雪里蹦！你长本事了啊！

赵队长　你谁啊？咋知道我这名儿的？

关东浪　我呀，浪荡江湖一闲人！

赵队长　（微沉吟）拜山拜到北极山，北极山上王八窜。王母娘娘金尿盆，到底你端是我端？

关东浪　访山要访昆仑山，昆仑山高有神仙。真龙要向灵霄去，野鸡只往雪里钻！

赵队长　兄弟赵大嘎子，以前江湖上是有个匪号叫雪里蹦。不知道这位朋友什么枝儿，什么蔓儿？是上排琴是下排琴？

关东浪　月海条子格鞑子，闭门山海蔓儿，倒沟子流水，不论排琴！

赵队长　你！你是……二龙山关东浪？

关东浪　赵大嘎子，六年前你带人在老金沟外劫寡妇家的红票，我饶你一命，可没承想啊，你现在给日本子当走狗了。雪里蹦啊，你咋这么没出息呢？

赵队长　看大当家的说的！哎呀！你老这次来这华家沟……

关东浪　我来这儿呢，是办点儿私事。你也放心，我不是奔你来的。可你要是想动我心思……

赵队长　不能！不能！别说你老我冒犯不起，就冲二龙山上那几百条枪，兄弟长了八个胆儿也不敢哪！

关东浪　那，咱们大路朝天，各走半边？

赵队长　不用！不用！大路，那是给大当家的走的，我在沟儿里溜达溜达就行。

　　　　[关东浪、赵队长齐声大笑。赵队长忽然挟持叶娜兰，将枪顶在叶娜兰头上，叶娜兰惊呼。

胡两刀　兰子！

一丈红　放开她！

关东浪　（对赵队长）雪里蹦，你是吓疯了吧？你就不怕我……

赵队长　我怕……个屁！关东浪，你枪苗子硬，老子是真整不过你。可你就一条儿，心眼子太软！不管劫个啥人都能拿住你！来，掏枪打我呗，看看咱俩谁快！这么近，老子可打不偏！

一丈红　你要是个老爷们儿，把她撒开，我陪你玩玩儿！

赵队长　我不和你玩儿！都当老子傻啊！把枪都慢慢掏出来，放桌上！

　　　　[关东浪、一丈红对视一眼，叹气照办。

赵队长　（对马弁甲、乙）都捆上！

　　　　[马弁甲、乙缚住众人双手。

关东浪　雪里蹦，你这么着，就不怕我的兄弟们以后找你算账？

赵队长　我还顾得了以后？妈的，林子里打死那么多皇军……他们能饶得了我？还待在这华家沟，等着被抓去喂狼狗？哈，老子没那么傻！今晚老子就洗了华家沟，带上钱带上粮食，明天拉着弟兄们上山再落草去！（用枪摩擦叶娜兰脸颊）兰子，跟赵哥走，咱上山成亲去啊！

叶娜兰　行！

赵队长　（意外）嗯？

叶娜兰　　你放了他们，让我亲眼看着他们走，我就跟你上山。

胡两刀　　兰子，可不行啊，你……赵大嘎子，你不是人！（欲撞向赵队长）

　　　　　[赵队长开枪，胡两刀腿上中弹，倒下。

叶娜兰　　两刀！

赵队长　　我告诉你，这一屋的人，除了你，谁也活不了。（对马弁甲）你去告诉弟兄们，先把几条街都封了，待会儿听我命令，洗了华家沟。

马弁甲　　是！（出客栈大门）

赵队长　　（将叶娜兰推向马弁乙）把你嫂子也先捆上。

马弁乙　　队长，都嫂子了，还捆啥啊？

赵队长　　（冷笑）这年头儿，老子谁也信不过！

　　　　　[马弁乙将叶娜兰双手缚住，向桌边一推，叶娜兰跌坐凳子上。

赵队长　　（对陈翻译）贵人哪！跪着呢？我给你拿个被卧铺上啊？（拔出陈翻译口中毛巾）

陈翻译　　呸！呸呸！哼，赵大嘎子，别的我也不多废话了，我就问你一句，那关东军，不是你成心打死的，是不？

赵队长　　贵人啊，瞅你说的！关东军那是我衣食父母啊，我就是把我亲爹整死，我也不能整死他们啊！

陈翻译　　我给你指条明路吧。

赵队长　　贵人你说。

陈翻译　　（用下巴指高木）这位，是关东军情报部少佐高木晋二。

赵队长　　（惊恐，拔出高木嘴里的毛巾，对高木）那，昨晚上是你……

高　木　　是的，可惜"满洲"的雪，实在太大了，你赵队长的枪法，又是，追魂夺命！

赵队长　　（惶恐）太君，误会啊，我……

高　木　　赵队长，就像你所说的，这件事，是个误会。我的，个人觉得，新京保安大队大队长的位置，更适合你。

赵队长　　（又惊又喜地）啊？

高　　木　桌子上的，有一本密营图。这是南满地区抗联分子的密营分布图。

赵队长　密营图？

高　　木　皇军的增援部队昨晚就已经出发，很快就会到达，在他们赶到之前，你的，只要配合我，保护好这本册子，你的，就是新京保安大队的大队长了。

赵队长　那，昨晚上那事？

高　　木　昨晚，我的部下遭遇了二龙山悍匪关东浪，为天皇尽忠了。

赵队长　（给高木松绑）高木太君，都是误会，都是误会……

陈翻译　（谄笑）赵队长，赵队长，我是高木太君的翻译，你看，是不是给我也松开呀？

高　　木　（点头）他确实是我的翻译，赵队长，你的，帮我一个忙。

赵队长　行，太君，看你面子。（准备给陈翻译松绑）

高　　木　不不不，不是放了他，是，杀了他！

赵队长　啊？

高　　木　（指着陈翻译）这个人，是皇军的一条狗，可是，他没有了忠诚，就连狗都不如。

陈翻译　高木晋二，你不是人！你千刀万剐啊你！

赵队长　得了！（持枪，狞笑着走向陈翻译）贵人啊，我送你上路呗？

　　　　〔远处密集的枪声，马弁甲自大门奔上。

马弁甲　（气喘）队长，队长，不好了！

赵队长　咋回事？

马弁甲　队长，镇子东头绺子砸窑！报号是二龙山的胡子，他们枪苗子人硬，弟兄们快顶不住了！

赵队长　多少人马？

马弁甲　天太黑，瞅不清人数，反正不少啊！

赵队长　（对马弁乙）你看好他们，我瞅瞅去。（带马弁甲奔向客栈大门，大声）弟兄们，都沉住气！把街口儿都给我守住喽！

　　　　　[赵队长、马弁甲下。

　　　　　[高木跑到桌边，专心地翻看密营图。

马弁乙　（枪指众人）都别动啊，谁动我就开枪啊。（吞吞门外，走到桌边，背上枪，端起一盘菜到柜台，狼吞虎咽）

一丈红　大当家的，放心。我吩咐过二龙山的弟兄们，听着动静就压进来。（用下巴指胡两刀）刚才那姓赵的打了胡大哥一枪，准是弟兄们听着枪响来了。

关东浪　嗯。

叶娜兰　（对胡两刀）两刀啊。

胡两刀　啊，兰子，我在这儿呢。

叶娜兰　腿上疼得厉害不？

胡两刀　没事儿，兰子，不疼，一点儿都不疼。

　　　　　[胡两刀边说边用手去摸腿，发现自己绑手的绳子已经开了，然后去拿桌子上关东浪的枪。叶娜兰和一丈红交换眼色，故意大声说话，掩护胡两刀的动作不被发现。

叶娜兰　（对一丈红）妹儿啊。

一丈红　嗯？

叶娜兰　姐看得出来，强扭的瓜不甜，还是你跟你大哥般配。可是这眼瞅着，大伙儿也就是今晚上的事了，姐谢谢你。

一丈红　谢我啥啊？

叶娜兰　谢谢你这些年一直照顾他，要是还有个往后，你也……

一丈红　现在还说这些玩意儿干啥？

　　　　　[胡两刀悄悄拿起桌上的枪，又坐回地上。

马弁乙　（似有察觉，举枪）你们干啥呢？

　　　　　[赵队长自大门奔上。

赵队长　（脸上有血痕，望见马弁举枪）住手！（对关东浪）大当家的，你山上弟兄好身手啊！

关东浪　（冷笑）不敢当，还算过得去。

赵队长　大当家的，咱明人不说暗话，兄弟拼不过你，（一把揪过高木，用枪顶着高木的头）我这就宰了这王八蛋的小鬼子，送你们回山，这事就算过去了。再过一会儿，我这边儿要真顶不住了，咱就鱼死网破，谁都别想落下好！

高　木　赵队长，你的，不要糊涂。

赵队长　（对高木）我去你的吧！（对关东浪）关大当家的，你上眼！我赵大嘎子为国杀敌了！

高　木　（闭目大喊）天皇万岁！

　　　　〔枪声愈发密集，混杂着迫击炮弹的爆炸声。众人望向客栈大门。

马弁甲　（带伤自大门奔上）队长，完了！完了！

赵队长　说！

马弁甲　一拨关东军从镇子西头往里打呢，他们还有小钢炮，咱们的弟兄死了一大半儿，活着的也蹽差不多了！现在二龙山的胡子和关东军干上了，都打成热窑了！

赵队长　告诉剩下的弟兄，再顶一会儿！

马弁甲　是！

　　　　〔马弁甲自大门奔出。

　　　　〔高木得意地看着赵队长。

赵队长　（还枪入枪套，深吸一口气）高木太君，今晚上……有点儿尴尬啊！

胡两刀　（忽然跃起，用枪指着赵队长）赵大嘎子，你别动！

马弁乙　（枪口转向胡两刀）干啥？把枪放下！

赵队长　哟，胡两刀，猪食槽子改棺材——你盛人了啊？

胡两刀　我是没啥大出息，就想本本分分当个厨子，平平安安过一辈子。可今天我是瞅出来了，有你们这样的汉奸，（看一眼高木）有他这样的鬼子，我们老百姓就别想过一天消停日子！

赵队长　瞅你那熊色，开过枪吗你？（拍胸脯）来，奔老子这儿打啊！来啊，手别哆嗦！

[一声枪响，马弁乙倒地，赵队长不敢相信地看着胡两刀。

关东浪　兄弟好样的！

一丈红　瞄他脑袋打！

三勺子　师哥，你好枪法！

叶娜兰　两刀，你小心！

赵队长　（后退）胡两刀啊，老子是看走眼了，你枪法挺好啊！

胡两刀　（跛行、前进，对赵队长）我没开过枪，我刚才瞄的是你！可要是再来一下子，许是能蒙上。你要不想试试，就往后站！（对高木）把密营图给我！（从高木手中夺过密营图）

赵队长　（后退）你也想要这玩意儿？

胡两刀　这密营图对我没用，可我知道，那上面的密营里面，都是中国最纯最纯的爷们儿，他们为的是中国的老百姓！我今天豁出去了，有我胡两刀在这儿，你就别想把它交给小日本子！兰子，我窝囊半辈子，今天总算有个爷们儿样了吧？

叶娜兰　（泣声）两刀，你是爷们儿！

胡两刀　兰子，你得好好活！照顾好自个儿。这老话说得好，好汉护三街，好狗护三邻，我胡两刀，就护一样。

叶娜兰　啥？

胡两刀　你！

叶娜兰　（泣声）两刀，你别说了！

高　木　（捡起马弁乙的枪，对准胡两刀）你的，把枪给我放下！

[枪声与爆炸声渐近渐响，马弁甲自大门奔上。

马弁甲　（惊惶）队长！队长！抗联！抗联从镇子北头儿打进来了！

高　木　（对胡两刀）密营图的，给我！

赵队长　（疯狂地）不交出密营图，就都别活了！

关东浪　兄弟们，跟他们拼了！

［音乐起，灯光闪烁，众人慢动作打斗，定格，收光。

尾　　声

时　间　　大年初一，清晨。

人　物　　叶娜兰，胡两刀，三勺子，陈翻译，关东浪，一丈红，赵队长。

［客栈大门外，关东浪、一丈红、三勺子向叶娜兰告别，赵队长和陈翻译被捆着，垂头丧气地跪在一边。

关东浪　娜兰啊，那咱们就此别过了！你照顾好自个儿。

叶娜兰　哎，先吃完饭再走！哪有空着肚子出门的？

胡两刀　是啊，我去下面条。

关东浪　不了，抗联的队伍还在镇子外面等着呢。哎呀，要说真是万幸啊。要不是抗联的人马看见这伙子关东军，悄悄跟过来，咱们大伙儿昨儿就都完了。

一丈红　那咱们二龙山的弟兄顶了那么长时间，也有功劳啊。

关东浪　对！哈哈哈哈哈哈，（指着赵队长、陈翻译）咱们这就给抗联送这份儿见面礼去。

［赵队长、陈翻译发出呜呜声。

一丈红　（对二人）再呜呜插了你们俩，跟高木的尸首一块儿扔林子里去！（对叶娜兰）对了，娜兰姐，回头日本子来了，跟他们咋说记住了吧？

胡两刀　（抢话）啊，记住了，赵大嘎子串通陈翻译官，带着手下打死了高木和日本兵，完了就上山投了抗联。

关东浪　（搂住胡两刀肩膀）大勺兄弟啊，昨晚上你有种，好样儿的！

一丈红　可不咋的，真没看出来，老胡，要不你也跟我们干抗联得了！

胡两刀　我就不去了。烧火，做饭，陪着——（看看叶娜兰）当个老百姓就挺好。

关东浪　人各有志，不能勉强。兄弟，你照顾好这南门客栈，还有娜兰。咱们，后会有期！

叶娜兰　以后打鬼子可要多加小心。

关东浪　你就放心吧，等我们的好消息！

［关东浪、一丈红押着赵队长和陈翻译下，三勺子从厨房追出。

三勺子　哎——等等我啊。师哥，兰子姐，我走了，你们多保重啊！

叶娜兰　（拉过三勺子）勺子，到了人家抗联队伍上，可别再毛毛愣愣的，遇事多听关东浪的。

三勺子　知道了。师哥啊，师父传下来的《满汉全席一百道全菜谱》，叫我给整丢了，多少菜啊这是，就都失传了。

胡两刀　勺子啊，哥跟你说：经过这一顿折腾，哥整明白一个事。

三勺子　啥事儿啊？

胡两刀　这失传几道菜啊，咱们中国没事儿。可要是被日本子占了咱们的地方，那就真对不住老祖宗了！哥没啥本事，就知道顾家。可是国家国家，国都没了，还有啥家啊？

三勺子　所以我以后不颠勺了，我扛枪！师哥你放心，我指定不给你丢人！你和兰子姐的事是不是也得抓紧了，啥时候给我整出个大侄子来啊？

胡两刀　别瞎说！哥心里有数。

三勺子　师哥，嫂子，我得跟部队走了，别待会儿他们一寻思再不要我了。敬礼！

［三勺子不伦不类地敬礼，自大门跑下。胡大勺转头，柔情注视叶娜兰。

叶娜兰　（被看得发毛，摸脸）瞅啥啊？

［胡大勺走过来拉住叶娜兰的手。

叶娜兰　喷，正经点儿！是，昨晚上你挺爷们儿的，可那也别觉得就咋地了啊，我可还没答应你啥呢！我饿了，做饭去。

胡两刀　以后啊这厨子我也不干了，专门给你一个人做饭！

［两个人相视而笑，胡大勺下，叶娜兰独自在舞台上坐下。

叶娜兰　这啊，就是当年南门客栈那点儿事。有人说我们是英雄，我们不是，但是我们见过英雄！关东浪，一丈红，他们带着二龙山的弟兄投了抗联，东拼西杀，打得"满洲国"的鬼子是心惊肉跳。三年以后，他们被叛徒出卖，叫关东军包围牺牲在了在抚松。听说那天，光是死在他们枪下的鬼子就有四五十个。

　　　三勺子，他跟着抗联打仗，可到了啊，也没扛上枪，还是颠勺。人家打枪，他颠勺。人家一路打，他一路颠。颠哪颠哪，颠进了山海关，颠到海南岛。再后来，他跟着队伍去了朝鲜，碰见美军飞机扫射，牺牲在朝鲜的龙源里。

　　　我这后半辈子，没啥波折，嫁给了胡两刀，一直吃着他给我做的饭，一吃就是五十年呢。

［老年胡大勺端着一碗热腾腾的面条和一件老太太穿的外套上。

胡两刀　面来喽！（发现叶娜兰目不转睛地盯着自己）你瞅啥呀？这张老脸你还没看够啊？

叶娜兰　老了，老了。

胡两刀　这老太婆，八十多岁了能不老嘛，你可不老，还是那么俊。

［老年胡两刀将衣服给叶娜兰披上，两人互相搀扶着向台后走去。

胡两刀　树木老，叶儿稀，人老猫腰把头低，男儿丈夫世上走，走过了河东走河西。英雄埋在了英雄地，穷人盼到了穷人旗，红旗留着招魂用，招来了兄弟咱们再开席。

［两人缓步入后院。收光。

[剧终]

国家艺术基金2015年度资助项目

编剧：何苦/王阿木/陈晓峰

话剧

南门客栈

NAN MEN KE ZHAN

陈晓峰 导演作品

國家藝術基金
CHINA NATIONAL ARTS FUND

出品方：吉林艺术学院
合作单位：吉林省文化活动中心东方大剧院
吉林省艾克特戏剧文化传播有限公司
长春市华晟文化传媒有限责任公司

出品人：郭春方 总监制：陈吉风 监制：刘军宿/刘金彪/王月 制作人：刘国伟 艺术总监：李永军 文学顾问：史航
编剧：何苦/王阿木/陈晓峰 导演：陈晓峰 副导演：孟繁壮 舞美设计：左钢/李颖格 灯光设计：任铭 服装设计：张大伟
人物造型设计：张薇 作曲：康炜 道具：乔洪琪 化妆：代美梅/李骏梅/代美会/刘雨绥杜雪飞 绘景：孙合全/邓勇杰/安慧英蒋梦荷
导演助理：姜姗雨 场记：杨天宇 音乐音响：朱振兴 音乐录音：大力 小提琴演奏：李华/张彤彤 大提琴演奏：郭妮妮 舞台监督：赵小溪
执行制作人：宋丹 宣传推广：万鑫/赵婉君 平面设计：安慧英陈思

高铁男饰叶娜兰 刘恩岐饰胡两刀 杨彬饰三勺子 李森/刘博饰关东浪 宋阳饰一支红
王三国/赵小溪饰高木晋二 李昕航/孟繁壮饰陈翻译 吴瑶饰赵队长 赵利饰老年胡两刀 邱彦铭饰马弁乙

演出时间：2016年6月4日19:00 2016年6月5日14:00 2016年6月11日19:00 2016年6月12日14:00
2016年6月18日14:00/19:00 2016年6月19日14:00 2016年6月25日14:00/19:00 2016年6月26日14:00
2016年7月2日14:00/19:00 2016年7月3日14:00 2016年7月9日19:00 2016年7月10日14:00

演出地点：吉林市人民大剧院 票价：30元 50元 80元 咨询电话：68589999

《南门客栈》导演阐述

陈晓峰

1. 关于剧本

话剧《南门客栈》以1936年东北地区的抗日战争环境为大背景,以普通的平民百姓和各阶层拥有爱国情怀的抗日民众的视角,反映了在当时恶劣的条件下老百姓最真实的生存状态。

大年二十九,北风凛冽,广阔的东北被连天的大雪覆盖。山岗上的南门客栈里冷冷清清,客栈老板叶娜兰和厨子胡两刀望着漫天大雪发呆。远处传来阵阵枪声,实际是关东军情报部少佐高木晋二带领自己的小队追捕抗联联络员途中误与自己的手下、汉奸赵大队长发生激烈交火,伤亡惨重。最终,只好带着自己的翻译落荒而逃,来到南门客栈。同时,二龙山的土匪大当家关东浪此时也正带着自己的二当家一丈红来到南门客栈打算与抗联人员接头加入抗联。巧合的是,这一切都被一个厨子意外遭遇,此人就是胡两刀的师弟三勺子。他在新京受了日本人的欺负,在来投奔师哥的路上差点儿被激烈的枪战要了小命,却机缘巧合地捡到了一个垂死的人扔下的包袱,而这包袱里装的就是最重要的东西——抗联密营图。多方人马同时在漫天风雪中来到南门客栈,一系列误会和巧合就此展开……

剧本运用了传统的喜剧编剧技巧,通过误会、错位、巧合等手段造成喜剧情境，个性化的人物在情境中生活、行动，碰撞出喜剧效果，这不同于当下剧坛的所谓靠网络段子拼凑出的爆笑喜剧，让笑声变得更高级，笑过之后还能留给观众思考的空间。

2. 关于舞美

舞台空间的设计要为演出服务，鉴于该剧的现实主义风格，首先要能很好地还原伪满时期长白山脚下的地域风貌，展现出那一时期东北黑土地上事物的质感，大到门、墙，小到酒杯、窗花，包括服装、造型，都要能够强烈地体现时代、地域的特点。同时，本剧所有的故事都发生在客栈的大厅里，所有的巧合与误会也都发生在这里，所以每一个小区域既要简洁明了、功能性明确，还要求每个区域都有各自的独立感，要起到对于空间的分隔作用。舞台空间既联系又独立，要能很好地为展现人物之间纠葛与矛盾服务，同时大大加强整部作品的剧场性。

3. 关于表演

演员要通过阅读材料、观看视频资料去了解、熟悉那个年代人们的生活，找到那个时代背景下老百姓生存的基本状态以及生活的质感，同时也要在规定情境下通过真诚的体验和感受，去理解自己所扮演的人物。这是一个喜剧风格的故事，演员在表演上要注意夸张的尺度，既不能过也不能不及，要找到合适的尺度、合适的表演方式、彼此之间的默契、节奏上的和谐，这些都是喜剧表演上要注意的问题。还要注意外部的夸张要以内部的体验为基础，不能光是外在的、洒狗血似的表演，还是要建立在心理体验、内心感受的基础上去释放自己的表演，刻画出具有独特喜剧性格的人物形象。

4. 追求

《南门客栈》讲述的是抗日战争时期发生在东北这片黑土地上的故事。该剧敢于直面在当时恶劣的生存条件下人们真实的生存状态，展现不同人物对于家、国、战争、亲情、爱情最真实的内心情感。该剧最显著的艺术特色便是以喜剧为载体来诠释这段历史，这在同类作品中是不多见的。我们力求每一个人物身上都有他自己独特的喜剧特色，他们或愚蠢鲁莽，或胆小怕事，或霉运连连。正是这些不够完美、不够高大的形象使我们看到了我们自己——一个普通人。而中国抗日战争的胜利正是因为这些千千万万的普通人，他们在面临外来侵略者、在面对着民族尊严与生死存亡时内心的选择。正是这种喜剧的方式才会使人们从不同的角度去回顾这段历史，在笑声中产生更加深刻的思考。

随着人们文化审美情趣和评判水平的不断提高，大家对于话剧作品特别是优秀话剧作品的需求也在不断提高。我们希望通过这样一部以喜剧方式来呈现的抗战题材话剧，不仅能够吸引观众走进剧场，同时还能够让观众在笑声之余有所思考，对过去这段历史的思考，也是对现在的思考。我们也坚信，通过这样一部优秀的话剧作品，将会重新点燃东北人民对于话剧艺术的激情，也将把东北地区的话剧市场氛围再次推向高潮。

专访话剧《南门客栈》导演

记者：请问您创作这部戏的动机是什么？

陈导：首先我个人有些民国情结，对民国的历史比较感兴趣，我觉得这是一个挺让人神往的时代，民国时期落到我们东北应该就是伪满洲国这一阶段。当时我们要选一个大的规定情境，我觉得故事如果发生在东北很有特色的大车店里，各种形形色色的人物频繁登场聚到了一个客栈里，应该是一部很好玩的戏，很好玩的一段生活。当时的初衷就是这样，之后一点一点儿地细化，细化到现在这样每一个人物身上。

记者：大家都知道《南门客栈》是一部喜剧，您是怎样想到用一部喜剧来表达这样的一段历史的？

陈导：就是故事的情境有了，这些有趣的人放到了一起好像必然会是一部喜剧了。因为这些人物都有着自己鲜明的身份个性，这些元素放到一起就会自然而然地呈现出一种喜剧的色彩。另外这些年也一直在排喜剧，很希望通过喜剧这种形式，可以把更多的观众吸引到剧场里来。现在的观众不太能消化严肃的东西，大家还是对喜剧比较热衷。从我们专业的角度来说，我们也希望做一部真正的喜剧，不是像现在的一些喜剧只是一些段子的大杂烩。

同时也给我们自己带来一些实践的机会，如果观众喜欢看，我们也会多一些演出场次，对于演员、对于剧组各个部门来说都是很珍贵的，它会积累宝贵的创作经验。

记者：那您想通过《南门客栈》向观众传递一种怎样的价值观呢？

陈导：这是一部关于抗日题材的作品，当然我们的角度有些不一样，就是这里没有一个高大全的英雄形象，主要还是通过一群普通的老百姓——以胡两刀为代表的这样一群小人物，看他们在生活里怎样从懦弱、胆小，对日本人的畏惧、对权势的那种惧怕，一步一步地成长起来，变得坚强勇敢。这就是我们要传递给大家的，人生是一个过程，不能今天看到一个人怯懦，就说他是一个胆小鬼，因为你不知道他今后会变成什么样。

记者：那您喜欢《南门客栈》的哪个角色？

陈导：我都很喜欢，都是我们自己创作出来的。

记者：下一部戏有考虑好吗？是继续迎合观众的喜好，还是自己创作题材？

陈导：这是个好问题，这是每个创作者都会面对的问题，就是你是为他人创作的还是为自己创作。从更广的意义上来说我觉得我们就是应该为他人创作，我不重要。但是从艺术的理念和追求来说还是希望自己能有一些在艺术方面的追求，这些年也一直在这两者之间选择，有的时候能放到一起，有的时候可能就选择一边。下一部戏我倒是希望能拍一部稍稍严肃点儿的，能够真正传达一些我们自己内心想要说的话。

记者：那还有没有想跟观众说的话？

陈导：《南门客栈》是一部有情怀的喜剧，也是国家艺术基金2015年扶持的唯一一部小剧场话剧。希望和观众在剧场里相逢，共同经历这段有血有肉的历史。

戏剧创作三人谈

时　　间：2016年11月10日下午3：00
地　　点：长春市文泰科技园
主持人：陈晓峰

陈晓峰　今天把史航和金仁顺两位老师请来，主要是想一起聊一聊东北戏剧当下的创作状态和未来的发展方向。史航老师是中央戏剧学院戏文系毕业，金仁顺老师是吉林艺术学院戏文系毕业的，都是学戏剧文学专业的，也都是搞戏剧创作的，也是我合作过的两位大咖。跟史航老师合作过《我的老婆叫嫦娥》，跟金仁顺老师合作过《游戏》和《画皮》。说是东北话剧的当下和未来，我们也可以简单回顾一下东北话剧的过去。

黑吉辽的话剧原来在全国是非常有分量的，院团方面，黑龙江省的哈尔滨话剧院、吉林省的长春话剧院、辽宁省的辽宁人艺，包括沈阳话剧团，都曾经是在全国算得上非常响亮的院团，"文革"结束后，曾经创作出过一些很好的作品，拥有过一些很优秀的、有代表性的演员。

但是从20世纪80年代中后期到90年代，全国的话剧市场都在萎缩，东北的话剧市场也是一样，各个院团困难重重，难以为继。演职人员都是差额开工资，在这种背景下，当然很难再出什么好作品。这种恶性循环持续时间长了，东北的话剧水土也差不多等于是遭受了灭顶之灾。为了改变这种状况，各地开始纷纷改制。辽艺改制后叫辽宁人民艺术剧院股份有限公司，哈尔滨话剧团、长春话剧团也都改制成有限公司。但是，这些院团改制成了国有企业，制是改了，却没能真正变成为市场中的一个企业，仍旧是政府搭把手，院团半死不活地往前走。

进入到21世纪，全国的话剧市场才真正开始回暖。尤其以北京、上海为龙头，话剧市场逐渐形成了正儿八经的产业，每年演出的票房都非常可观。其他一些二线城市，像杭州、南京、西安、广州、重庆，话剧市场也都开始回暖。东北这几年的话剧环境也有了很大的改善，首先政府投入加大了，院团也能生产出一些剧目，虽然这些剧目不以走市场为主，主要还是以参加各种戏剧节、获政府的奖为主要目标，但有戏就有活气，有活气就会有活力。另外，民间剧社星罗棋布。民营剧社显示出来的光芒越来越受到瞩目，哈尔滨有民营剧社，沈阳也有。长春的民营剧社主要以我们吉林艺术学院的这群青年教师为主，每年也都能拿出那么一两部作品，两三年可能能拿出一部原创作品推向市场，整体看是有很好的发展趋势。

这几年我们做的一些戏都有比较共同的特点，都是以东北人的命运、生活为主要出发点进行的创作。但今后会怎么样？按什么方向走？或者说，东北戏剧的创作今后的发展方向是什么？都是应该好好思索的问题。所以今天跟两位朋友一起聊聊这些和戏剧有关的问题，或许有启示和火花。

请史老师先谈。

史　航　咱们说远来的和尚好念经，因为和尚念经是见仁见智的东西。不在其位，不谋其政，不在黑吉辽这个环境中，去指明方向是非常难的。比如，我说我去上海的经验，或者我去乌镇的经验，其实它跟我们东北的共性并不强，所以咱们把指明方向这一层先摘开，就先来单纯谈谈创作。

晓峰刚才说的，我有一点儿感触，因为以往关于创作好像有过一种说法，当这一切变得沉寂了、荒凉了，往往能出作品，所以古人说叫国家不幸诗人幸，话到沧桑句便工。但是真的黑吉辽的产业大规模滑坡了，沈阳铁西区成为全国最大度假村了,这个时候个别创作可能产生了,比如王兵的《铁西区》这样的纪录片,他直接找到鲜活的东西,这是可能的。但大量的,像话剧创作、小说创作,并不可能因此迎来一个高峰,当人类的精神生活处于滑坡或低谷的时候,创作者也随之进入低谷而已,并不可能迎来一个高峰。

为什么我说这点让我有一点儿感慨,因为以往无论文学史、戏剧史,会突显出一点穷愁出诗人、穷愁出天才,我们以为的,其实不是这样的。我们现在说世道变好了,有人买票看了,才能让很多本来胎死腹中的创意,咱们商量着要不要把它写出来,其实一个人搞创作,全在于周围人是拦,是劝,还是鼓励,即使个性突出如陈晓峰者,也不过如此。

所以我们必须面对这一点,世道好了,有人可能花钱买票,而不是张嘴要票,这个时候才能考虑进行原创的创作,然后政府的跟进投入才有的放矢,要不然都不知道谁会做话剧,给谁钱,投谁。所以在世道变好的时候,是我们一切可以启动的时候,但这个启动的同时,对创作者有一个特别重要的要求,既然是世道的好启动了你,那么你能不能跟世道来一路同行,这是很重要的一件事情,也就是在创作中间,你怎么让自己的个性既不与时代为敌,又不给时代为奴,一不是它的敌,二不是它的奴,这是很重要一件事情,尤其是话剧。

为什么?说实话,话剧是不赢房子、不赢地的,没有多少人靠话剧买别墅的,非常少,全中国戏剧史上没几个人靠一直演话剧挣钱。有几个人能咱们也数得出来,麻花能,陈佩斯能,就几家,但话剧是发不了财的,话剧既发不了财,它还是一个抒情工具,同时又是跟陌生人的接头暗号,这个接头暗号就在于它是一个若干小众的集合体,这一场多少人看,下一场多少人看,而不是群众运动似的,突然一晚上大家在追捧某一个剧,收视点多少、网剧多少。

话剧其实好多数字统不统计无所谓的,在大数据时代,话剧并不用搭大数据这个顺风车。我们一个是承认话剧的繁荣与否和世道有关,但在世道中间,我们又不是人家的长房长孙,不是人家的嫡亲嫡系,所以我们自己也要知道一点，我们可以更从容一点儿做自己的文章，压力不大，但是也别指望得到多大机遇。

陈晓峰　这种状态其实挺好。

史　航　这样的话，在生活中小富即安，在创造中才能不安于小富，我才可以有更多的激情去折腾。就比如下次你们弄一个戏，弄一个完全相反的，陈晓峰来写，金仁顺来导，我们在这里折腾。以前沈阳有个话剧叫《哥们儿折腾记》，我觉得这个名字其实很代表戏剧。第一，真得是哥们儿，电影可以本来不熟，有钱我可以请陈晓峰，陈晓峰是个小鲜肉，用完拉倒，资本把大家弄到一起，不亲，完事就拉倒，跟走穴一样，走穴用不着拜把子。但是话剧不亲也得亲，打折骨头连着筋，因为它需要很多的时间成本，首先排练就是，你多来一次，少来一次，就是看情分，看剧本跟我们之间产生的共鸣，所以话剧就得亲一点儿。

话剧给我们天然的关系就是这么一个关系，必须得是哥们儿才行，哥们儿才能折腾，折腾中间多少次，再推倒重来。电影是不敢这么想的，因为电影拍完之后，几乎不能再改了，而且过程中间，这稿本子男主角认可了，那就拍，拍成这样，过后就没法再改了，不能全部补拍。但话剧是永远做调整的，今天再怎么样，明天早上起来商量，明天下午改一改，晚上又是一个样子，所以它必须是哥们儿，也必须是折腾，这两个是必须的。

就像你之前排的几部作品，也是风格各异的，每一部的完成度可能你自己打分也不一样，但它都是"哥们儿折腾记"，没有大款的派对。

陈晓峰　有的可能折腾赔了，比如《我的老婆叫嫦娥》。

史　航　出圈了。

陈晓峰　有的可能折腾砸了，比如《画皮》。

史　航　所以我们能明白这一点东西，很重要。我们安于什么，不安于什么，这是创作者一开始要知道的东西，能省很多心力，你的初衷、初心要清楚，不至于中间着急上火，踏虚踩空。

再一个，我记得当时跟晓峰说要弄《我的老婆叫嫦娥》的时候，我们去找孟京辉，他看过孟京辉的戏，我跟孟京辉也合作三次了。我说我们要在长春弄个戏，我写，晓峰导，我们跟孟京辉讲我们在艺术方面是怎么想的以及想怎么做，但孟京辉跟我们谈的却是，你这个戏票应该怎么定价，那些本来准备送的票，你别写三百八，写五百八、六百八、八百八，这样送出去面子大，还有你怎么把交通台主持人这样的人弄进来，他们有他们的影响力；还有声音演出，就像当初孟京辉给我们做《魔山》的时候，曾志伟、赵薇、何炅都来声音演出，他们没法排，只要放录音就行。

老孟跟我们说了很多，说首轮演出要坚持演十五场，不演十五场就赔，但最后我们勉强演了十场，没办法，老孟跟我说的这一切东西，说明他是特别把我们当成朋友才说的。但是我想晓峰第一次听到这个事，也会有点儿小崩溃，因为他觉得老孟你不是一个先锋实验吗，咱们应该过那个招，结果你给我商量这个事。华山论剑，你问我这鞋子哪买的，坐什么车来的，是不是坐高铁来的华山。咱是要论剑，咱是天下第一，玩这块的。这个我觉得是每个人都必须过的一关，老孟过了这一关，所以他苦口婆心、守着关口跟你操心这个事，而不跟你聊那个事，这个是挺重要的。

晓峰有过几次市场实践，有过几次试水，跟当年不一样了。在长春如果有哪个小年轻的导演来找你，你现在恐怕也不光跟他谈谈皮兰德娄、布莱希特，你也会真正把他当一个兄弟，跟他谈卖票时有个问题，我们那个小剧场楼太高，应该弄个一楼的地方，你就开始跟人家说这个事。这就是人间的戏剧，戏剧的人间，每一部分都有，才是这个戏剧的外延，才成立的，才是人在做戏剧。

陈晓峰　没错，我们的成败得失只为我们认识的人传播，这点我也认同。所以我一直在琢磨要不要把我这些年拍过的戏汇总到一起，弄一个剧本集出来，通过这种方式去传播，让更多热爱这个专业或是想往这方面深造的人，给他们一些可借鉴和参考的东西。

史　航　出剧本特别好，出剧本是特别重要的一件事，为什么，就算你有录像，网上能看到你这个话剧的录像，效果怎么样不知道，但是剧本不一样。我直接看陈晓峰话剧的视频,我只是他的粉丝、学生,但如果看了金仁顺给晓峰写的本子,陈晓峰你先别上手,我看这个本子,我想我会怎么弄,这就跟晓峰成为同行和同事、战友,这个更有意义。

而且面对一个脚本的时候,它跟未来舞台呈现之间到底差哪些东西,特别重要。为什么北京人艺不仅出剧本,还专门出一种东西,叫作某某的舞台艺术,《茶馆》的舞台艺术、《红鼻子》的舞台艺术、《风雪夜归人》的舞台艺术,最后一个是刘恒《窝头会馆》的舞台艺术,再往后就没有了。人艺出的我十一本都买了。因为它前面是剧本,甚至有一稿、二稿,然后找所有的职能部门都得给写篇文章,音效给我写一篇,灯光给我写一篇,道具给我写一篇,演员每个都写一篇,这个凑在一起,才让你拼图是什么样的,一个戏不是天生的,是这么拼出来。所以让人家知道戏剧不仅可看的,还是可造的,可创作的,不仅是可造的,还是可学的,没有神秘化,你出了剧本,就没那么神秘化。

对于好多的业余人士,包括各个大学的剧社,各种戏剧爱好者,他们只要是非商业演出,拿着金仁顺、史航的东西,其实他们是可以排的。这个东西等到咱们做到一定影响,他们自然会跟你联系,他们要商业演出,也会跟你们联系,尊重你的知识产权。但是在这之前,就是他们要能知道有一些剧本不是布莱希特、莎士比亚那种,还有《南门客栈》《游戏》这样的东西,于是,戏剧变成一个根本不是九天之上的东西了,就是转角遇到爱,转角就遇到戏,原来他们写的这点事,我也能写。所以我觉得能出剧本集是特别好的事情,能附点剧照,就附点剧照,让人有个想象空间。

陈晓峰 我跟金老师也合作过很多次了,来谈谈你这些年在戏剧创作中的感触吧。

金仁顺 我觉得我是小说家,跟戏剧关系不大。我从1995年年底开始写小说,写了差不多正好二十年,后来因为阴差阳错,包括朋友关系、师生关系,我的一部分创作又被拉回戏剧圈里面,我觉得跟我在创作气质上倒也是契合的。

戏剧圈的事情我不懂，进入这个圈子，看什么都是白纸，什么景象都是最新最美的图画。关于戏剧创作，它沉静的那一部分很让人着迷。我特别看重戏剧的文本部分，像我们刚才聊天时说到的一些剧，可能在舞台上呈现出来时，让很多人看不下去，比如说，像皮兰德娄、加缪、萨特这些人写的戏剧，但是我读文本的时候，我很被吸引，觉得太有意思了，写得太棒了。从文本再转到舞台上，我就不会再觉得这个戏看不下去，倒是开始转向其他的方向，比如演员的表演，美术，灯光，导手法，等等。

以前我没想到戏剧圈会这么清贫，比我们文学圈、小说圈还要穷，很少一点点钱就可以启动一个戏了。而且让我特别感动的是，没有什么名利的东西在里面，长春搞话剧，你有什么名利？这个跟孟京辉在北京做，不可同日而语，演员演一场戏，拿那么一点点钱，很难想象，我写小说的稿费都远远超过戏剧的稿费。但大家还那么愿意做，充满热情，无怨无悔。这种事情我也没法儿从精神上拔高，我觉得很简单，就是这些戏剧人太喜欢戏了，不疯魔不成活，就做了。

不过，也恰恰是因为它把其他的元素都剔除了之后，回归了戏剧本身的纯洁性、纯净感，我特别喜欢，就这么一个沸腾的时代，这么一个暴土扬长的时代，大家还能在一个小范围里静静心搞戏剧，写写本子，导导戏，包括演员在内所有的团队慢慢磨一个东西，这个感觉我很喜欢。而且戏剧也像刚才史航说的，它可以不停地改动，它和我在改小说的时候，感觉是一样的，它们永远是可以改善，有可能完善的，它有无限的可能性。

陈晓峰　像《游戏》变成《良宵》。

金仁顺　对，是这样。我写《游戏》时，还是不太懂舞台的，不懂其实也没关系，通过这个戏知道自己不懂，就是最大的收获。知道不懂，就知道不足，所以，就要改，改成了《良宵》。《良宵》不尽人意，没关系，继续改，将来可以再改回《游戏》。

我觉得这个东西真是挺有意思的，它可以不断引导你往前走，但是你往前走的时候，你的心态已经和原来不一样了，这个是我很喜欢的，所以也愿意在这个圈子里玩。

陈晓峰　今天中午，北京一个公司给我打电话，要买《夜·迷茫》的版权，前段时间有人打听《南门客栈》，大家现在都太缺故事了，有钱的，没钱的，影视圈，话剧圈。但实际这两部作品放在影视里并不够饱满，它还得加大量的内容。但是连这个点他们都没有，大家都缺故事，可能是跟我们创作能力、教育都有关系。

史　航　还是那句老话，书非借不能读也，每个影视公司可能都囤了一大堆故事，但是他们不看自己存了什么，还在外面四处找故事。

金仁顺　中国作家，尤其是中青年作家有一个普遍问题，就是在我们的阅读史上，我们差不多都选择了阅读上的自觉的殖民主义。就是说，我们自觉地就去买很多国外的作品来看，自觉地被外国艺术、外国文学所殖民。一方面，外国的小说发展确实比中国的发展时间长，也更成熟，更优秀，但是作家的主动选择性也很强烈。

中国作家聊阅读时，四大名著当然都看过，但是四大名著肯定是不够的，唐诗宋词我们也看过，但是那跟小说还是有区别，其他能让大家有共识的东西就很少了，有很多人是不看元曲的，看中国古典戏剧的人就更少。反而是大家说起托尔斯泰的时候，很多人说我全部都看过，博尔赫斯、马尔克斯、契诃夫、福克纳、卡夫卡等，大家都可以列出巨长无比的书单，上面有着惊人恐怖的阅读量。差不多都被阅读过。反倒是中国传统文学的东西，并不那么热门，也不会被一窝蜂似的追捧。

最近这五年左右，我开始回过头来看看传统的东西。《聊斋》我看了很多遍，每次看的时候，都会在这里面看到一些有意思的故事，仿佛初见一样。我不太理解这么多人这么多公司在强调没有故事。怎么会没有故事？故事很多啊，随时都有，到处都是。就一本《聊斋》，我觉得够所有的公司拍多少东西都拍不完的。前段时间，这是我自己阅读的一个感觉，上海的作家金宇澄写了长篇《繁花》，很火。我刚开始看《繁花》的时候，重点看了它市井的那一部分，小说有两条线，另外一条线索是写"文革"。刚读完《繁花》的时候，我正在读《九尾龟》，《九尾龟》是1918年左右完成的，写上海浪荡公子和妓女之间的市井小说，虽然是写市井的风流男女、色情故事。但那个小说写得很干净，清爽，文字讲究，品位也有。

我觉得《繁花》从上海小说的气脉来说，它是从《九尾龟》一脉相传下来的。当然，说联系也是因为我个人的阅读时间方面，这两部作品连得很紧，当时就觉得气脉上很接啊，《繁花》不就是《九尾龟》的一个延续吗，它只是换了一个时代，换了一些外部的东西，其实根上的那些东西还是有一些很接地气的东西。《海上花》更早几年，它跟他们一样，其实都有一根延续的线路。作品的气脉就像大树，我们目光经常的落点是落在叶片上是怎么样的，可能我们不太去注重枝节的东西，甚至躯干的东西，甚至根系的东西，所以我觉得不缺故事，故事是有很多，缺我们看故事的眼光。

陈晓峰　那好故事是什么故事？以你的眼光，一般你觉得一个故事是好的，是什么东西在里边打动你，是人物，是情节，还是某一个点？

金仁顺　我以前跟他们做访谈的时候，也说过一句话，我说好故事是一个魔法匣子，就是你打开之后什么都有，真的就纯天然的那么好。真正的好故事永远不会缺深度，也不缺形象，就是首先一个人物形象立在那，肯定是对的。

当然，那种极品会填补戏剧史、文学史某个空白点，别人没发现，你发现了，你创造出来，这个是最牛的，但这个也是最难的。我觉得它有很多是幸运的成分，命运的成分，你才会创造出这么一个形象，没有幸运和命运，你就不可能创造出来。我说的这个是极品。不是极品的话，普通好的话，它的人物形象也一定是对的，好故事，能让所有老百姓看着都觉得好，像史航这样的大咖看着也觉得挺好，好故事是通吃的。

史　航　它跟性情有关系。

金仁顺　其实故事的起点不重要。前两天我跟述平开会的时候遇到，随便聊了几句。述平说，什么是好故事？八卦就是好故事，市井里八卦里很多都是好故事，问题是我们怎么看八卦，我们作为一个搞创作的人，作为一个编剧，我们怎么把这些八卦里面的细节重新调出来，八卦还是这个八卦，但是我写完的时候，不是这个八卦了，变成九卦、十卦、十二卦、六十四卦，它变成另外一个东西了，这个就是创造者的本事了。

陈晓峰　在那一片有意思的生活下边，肯定就会有一个好故事，你只要开始关注那是一片有意思的生活就行了。就像寻宝似的，那底下肯定有矿，你挖就行了。史老师说说，你编了这么多故事，哪个故事是好故事？

史　航　我给你们讲个故事，来说明我对好故事的定义。汪曾祺讲的，有个农民叫徐小山，上山去种豆子，所有的地方都撒满了豆子，手里还剩一把豆子，他把它放在哪儿呢？正好山坡有块石头，他把石头掀开，把豆子放进去，然后他走了。过段时间他再上来，发现那个石头被发芽的豆子顶得离地面高了将近一寸，他觉得很有意思，就到村里到处跟人说这个事情，还经常把人拽到山上来让人看这个事情，着了魔似的，总跟人说这个事情，没完没了。后来有一个乡村的教师，把这个事情看得很严重，就说，徐小山你跟大家都说这个故事，你要干什么？你想怎么样？徐小山想了半天，特别认真地说，老师，我不想怎么样，我只想表达我的惊奇，我就是想表达惊奇。这是我说好故事第一个定义，这个故事我也讲了好多遍了，我今天跟你讲，还是感到一丝惊奇，我可以上面加一句话、减一句话，始终能让叙述者都感到惊奇的故事，这是好故事的第一个标准。

第二个标准，我还要讲一个故事，美国有特别粗俗的一本书，就叫《美国短篇故事125篇》，就这么一个毫无色彩的名字，就像美国当代民间故事一样。里边有一个故事讲的是美国南北战争以前，在美国南方有个白人出门，看到一群人在围着一棵树，他们正要私刑吊死一个黑人，好像没有什么理由。他非常不赞成这个事情，但他也不知道说什么，也不敢说。他就一直看着，看着这帮人把黑人吊上去，看黑人挣扎了，看黑人不挣扎了，大家离开，就他一个人在那看着黑人像个钟摆一样。他看了一会儿，天黑了，只能回家了。回家一进门，他老婆看了他一会儿，一个嘴巴突然就打过去了，打完，他老婆说，你刚跟女人睡过觉，是不是？为什么会这样呢？他老婆在自己最熟悉的男人脸上看到了浓烈的愧疚，她的理解很狭隘，你当然是跟别的女人睡了觉，所以这么愧疚，她不知道自己的丈夫会见到一个被私刑的黑人，为自己没有帮助那个人而自责。这就是这个世界的真相，我能看出你心情不好，但是我懂得你了吗，其实不是，是另外一件事。

所以，这两个故事形成我对好故事的定义：第一，它永远带来惊奇，无论给讲述者，还是听众；第二，它可能带来的是共鸣，是有一点理解，而不是完全的误解。这个好故事能够导致我跟作者之间，作者是满脸愧疚的男人，我就是他老婆，读者就是他老婆，不是一嘴巴打下去感受到的愧疚，就因为我的阅读理解，不是粗暴的老婆式的，我可能知道了他今天的不好受是因为他看到一个无辜的人的死亡，他束手无策。所以好故事两个定义，一个是惊奇，一个是共鸣。

金仁顺　我接着他的话说啊，这个话题还是挺有意思的，我也举和他相似的两个例子。第一，汪曾祺的小说《陈小手》，那故事很多人都在用。陈小手会接生，当地团长有个姨太太，这个姨太太生孩子，谁也接不下来，最后没办法，想起陈小手，因为他手小，可以进入到里面把孩子接出来，要不然姨太太和孩子都要保不住了。团长把陈小手弄来了，陈小手把这个孩子顺利地接生出来，团长要重赏，该给的大洋全部都给齐了，说你走吧。陈小手拿着大洋走的时候，这个团长在后边一枪把他打死了。很多作家迷恋最后一句，当这个团长把陈小手打死的时候，他很委屈，团长也很委屈。

史　航　奶奶的，我的女人让他摸来摸去，太欺负人了，最后一句话叫"团长觉得怪委屈"。

金仁顺　对，这个用得太好了。这么一个小说，所有的矛盾，全部外化，很合理，人物个性、心理都非常鲜明和突出，这样的故事就非常好。

福克纳有个小说叫《献给爱米莉的一朵玫瑰》，我个人非常喜欢这个短篇小说。爱米丽爸爸是一个上校，她在她爸爸严加管束的家庭里长大，家庭条件还可以，但也没好到特别怎么样的样子，但肯定是很好，在当地算是小名门望族。她爸爸后来死了以后，爱米丽撑起这个家业。他们这个镇子要修一条铁路，来了一个包工头，爱米莉就跟这个包工头好了。有一段时间，他们俩居然坐同一个汽车出去。大家都觉得爱米丽本来是个大家闺秀，这种行为简直是有点儿放荡，看着挺过分的，有伤风化。但是她就这么一直出去。再后来，这个男的又来看了她一次之后，再就不来了。有一个合理的解释，就是说这个铁路是不断地往前修建，一段一段的，肯定是转移到下一段了，这个镇子又恢复了平静，爱米丽的家业也逐渐萧条了。

爱情结束之后，爱米丽原本也不怎么出门，但她也要勉强维生，比如教几个孩子画画，小镇很小，学的人很少，这个事业过了一段时间后也不再做了。爱米丽生活里最后的二十年，是跟一个黑人男仆在房子里面，谁也不知道她这个日子怎么过的。

有一天爱米丽死了，死了以后，全镇子终于可以借着参加葬礼的机会八卦一下，一个接一个地进到她的房子里去。结果进去之后，发现爱米丽的那个床上，睡着那个男人的骸骨，而且她那个床本身早已经完全被灰尘淹没掉了。其实这是一个潜在的谋杀案，就像一个果皮一样，我们看到的是外面的部分，看到爱米丽这么多年寂寞的、平静的、萧条的生活，行尸走肉一样的生活，而果皮之下内部鲜活的果肉以及果肉里包裹着的情感的核，在爱米丽的房子里面，不动声色地肯定又是波澜壮阔地演绎过了，最后通过这样一个方式，把它揭示出来。

我觉得这两个小说这两种方式都非常棒，一种是完全外化，另外一个就是用灰尘把一个巨大的矛盾、巨大的爱恨情仇淹没起来，用那种特别平静的方式说出来，都很有力量。

陈晓峰　说完好故事，再说说咱东北的事。其实从创作《夜·迷茫》的时候，我隐隐有一个想法，就是今后的创作就围绕黑土地来写，因为太熟悉了，生这儿、长这儿。后来到《我的老婆叫嫦娥》，没故意去写东北，但是一群东北演员演，东北的嫦娥，东北的后羿。到后来的《画皮》，虽然也没故意说东北，但是里面的人物却也打着深刻的东北人的烙印。《南门客栈》更不用说了，那就是实实在在发生在这块黑土地上的事。那我们就谈一谈，我们如果把创作视角放到这上面,我们应该怎么开掘这块坚硬的,又很肥沃的黑土地。

金仁顺　我从另外一个角度来说这个话题,也是前两天跟大家聊天说起来,现在不管是写电影、写戏剧、写小说,都有一个语言创新的问题。确实,互联网时代,很多的大家原来固定的语言被颠覆得非常严重,几乎是推翻式的,相对这种情况,以互联网为新水土,产生了一大堆新词新语,话语方式和阐述模式都大大地改变了,在这样的一个背景下,我们想想互联网的利弊——好东西当然有很多,但也有很不好的东西,最不好的地方,是它泯灭了差异性,个性化越来越难了,互联网一统天下,而且是扫荡式的一统天下。

我最早创作的时候,很注意避免在我的作品里出现东北话,很刻意地把地域的因素挤出去。有的时候地域因素挺坏事的,它会让一些人的注意力被表面的元素带走,所以在我最初的创作中,其实是把地方元素全要剔干净。但现在,我开始觉得,到了我们要把地方元素捡回来的时候了,互联网消灭了我们的个性化、差异化、地方性的东西,但这种地方性特殊性是非常宝贵的,正处于消失的边缘,应该好好抢救,好好珍惜。所以我觉得现在倒是可以好好写一写东北了,这个跟晓峰的观点从另外一个路线上殊途同归。

东北的喜剧个性很强烈,自带喜感,东北的喜剧点是天然的。因此,在这样一个层面上进行创作的话,我觉得地方性就代表特别多的东西,非常好。就连我这样有语言洁癖的人,都觉得有必要从地方性的东西里,抠出新的东西,它并不是一定是那么庸俗。二人转极大地毁坏了全国人民对于东北方言的认识,但是其实我们可以用别的方式,做得好的话,再把它重新树立起来。让外面的人知道,东北不只有二人转,东北的幽默也不全是那么庸俗,东北有很高级的喜剧。

史　航　二人转由于它过于扩散,所以它被迫夸张变形,就是这一切,它把自己摊成了一个过大的煎饼,就那点儿面粉,所以处处都看到千疮百孔。

陈晓峰　处处都是破绽，然后还造成一个很大的误解。就像那时候碰到一个事，看完我的《夜·迷茫》，特好一个朋友说，真好看，就像一个大小品似的。我就想说你好像也就看过小品，所以也就这个格局，就只能这么评价。

史　航　这个人可能只看过小品，遇到了他喜欢的东西，他没有别的形容词能形容。

陈晓峰　我那个《夜·迷茫》在上海演的时候，与观众对谈的时候，他说，你这个是不是有点儿学小沈阳？正好我去的时候是那年小沈阳第一年参加春晚，刚火。我说你这是笑话，我们说东北话都说多少年了，小沈阳才多大岁数。我们说东北话的时间已经快四十年了，这个就是东北的人，他就应该说这样的话，我说我们跟二人转没什么关系，大家不自然地就会联系到你这个东西，跟小品、跟二人转的联系。

史　航　我们经常会被别人把这一切都橱窗化，二人转橱窗化的东西，其实本身就是这样的。东北流民文化、大车店文化，骨子里叫穷人乐。穷人乐，不是堂会，不是我们来给他这不说话的人耍，是我们互相就获得乐趣。

我为什么想强调这个问题？堂会是我们没有乐趣，下台数钱，老爷给钱，才有乐趣。但是穷人乐，咱们三个说，没有别人，就咱们三个，互相逗，但我们三个就高兴。所以我认为东北的戏剧它骨子里有这个东西，它的穷人乐的素质导致它两个特点，第一，即使被冷落，也没有那么强的挫败感，因为我们互相就可以消费，自己可以消费。

还有一点，始终没法真心归因于沉闷的先锋。摆个架势，人人演戏，咱们这几个人，戴着个面具，黑、白，你叫女人，我叫男人，就玩这个东西，这个是不太容易就这样的。但是很多地方，像上海张献他们，你看着其他地方的一些戏剧，他们的先锋就是先锋，但我们东北戏剧中，起码我心目中陈晓峰戏剧是一种先天下之忧而乐的戏剧。这人多么没有心。

陈晓峰　没心没肺，就是想把这种没心没肺能够表现得更淋漓尽致。

史　航　东北三省忧不过来，重工业怎么忧？下岗……所以我们先天下之忧而乐。

金仁顺 东北人最好的地方，我最喜欢的地方，就是强烈的娱乐精神。敢出来跟大家开玩笑的人，一定是先把自己豁出去了，舍出去了。把别人全逗乐了，别人全乐，把他自己也逗乐了。

史　航 在更精于计算的人看来，我们东北戏剧很多是炮灰，但对我们自己来说，我们是炮仗，不是炮灰，自己听着响。

陈晓峰 现在我觉得要是做得更高级一点，应该把这种喜剧最后能写出真正的那种悲凉，我觉得这才是最牛的喜剧。

史　航 喜剧，别人看了不笑，悲凉。

陈晓峰 喜剧看哭了，才是悲凉。我觉得这片土地不缺喜剧，也不缺悲凉，我们悲多少年了。

金仁顺 这是个流人城市，流人土地，它怎么能不悲凉？起头就是悲凉的底子，不用找。你说你们家穷，你们家穷在哪？哪都穷，还用找吗！这个悲凉的底子现成的。恰恰因为悲凉，东北才出喜剧，这个是反过来说的，悲凉是那牙根，喜剧是烂牙。

史　航 我有个问题问金老师，除了你之外，中国当代活着的作家，小说适合改编话剧的，你觉得谁适合？不是说具体的作品，大概感觉什么样的人，苏童、王朔、刘震云、刘恒、王安忆、马原，谁更适合改编成话剧？

金仁顺 我不怎么看国内作家的作品。

史　航 你就自己写，不看别人，这坏了。我是自己不写，不看别人的，我觉得我问心无愧。

金仁顺 我看朋友的。其实作家是分几种，有的人天然就有故事，比如须一瓜《烈日灼心》（《太阳黑子》原著）。因为我们很熟，她在报社当记者当了很久，对社会热点新闻、八卦天然地有一定的敏感度。

她写过一个很有意思的短篇小说，一个大款开了辆豪车，被很多人仇富，有一天，有人在他的豪车上面写了一个算式，比方说，就是2+3=6，用刀刻在上面。让这个大款困扰的不是他这个车被划了，而是：谁啊这是？

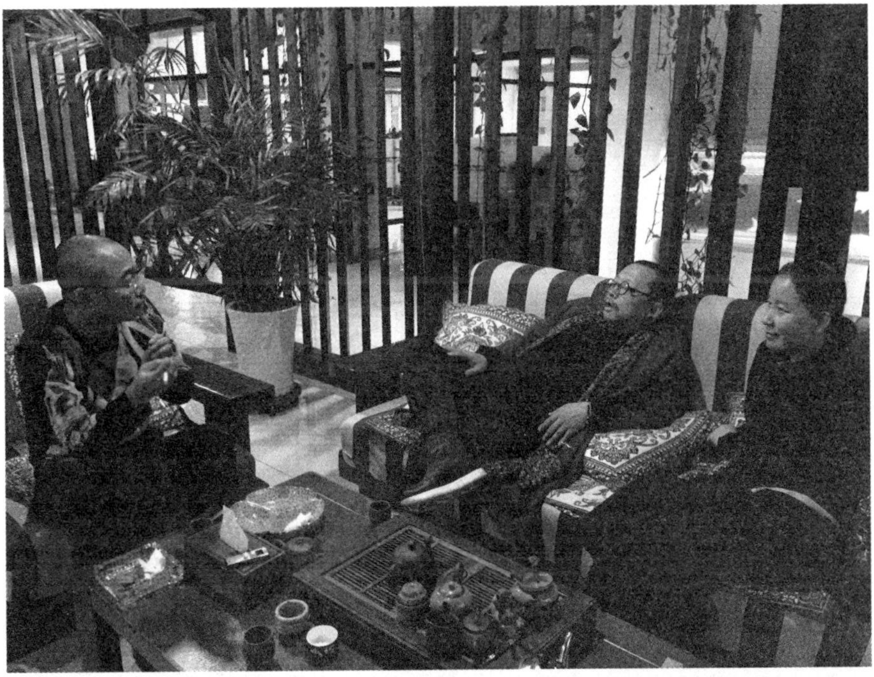

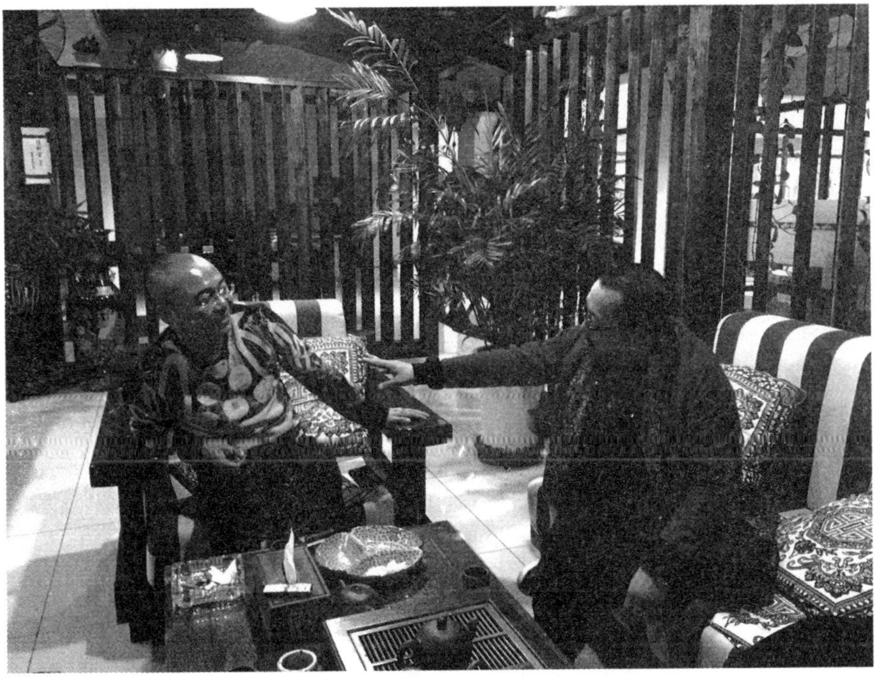

2+3怎么还能算错呢？他就很纠结。好多年前的小说了，当时我就特别想笑，瓜瓜的意识里面，她会把一些戏剧性东西一下就勾出来，她天然就有戏。

还有另外一种作家，就比如林白的小说，她的作品非常个人化。很抒情化或者很内心化的叙述，放到戏剧舞台上你没法弄。现在大部分有戏剧感觉的，可能就被一扫而空了。

史　航　所以我就想问，因为我们是从舞台剧角度来说未来的发展。我觉得现在很多作家，确实影视剧挨个盯着呢，有人等着。我在想，未来这个戏剧跟小说有什么样的结合可能。有个作家，比如在我心目中述平就是一个比较适合改编成舞台剧的，刘震云也很适合，但刘震云就是框架太大，大都是短篇像个长篇一样。

作家和舞台剧中间沟通，把一些不能卖成影视版权的东西，有没有可能变成话剧的东西。而且越把他的短篇和中篇变成话剧，就比他长篇变话剧省事，因为你可以加一点儿东西，导演构思，演员处理，正好够，中篇正合适，短篇也能弄，长篇很麻烦，所以也要考虑这种空间。你改编过别人的小说吗？

金仁顺　没有，从来不改。

史　航　你都是生写的，先写个《游戏》，再写个《画皮》。

金仁顺　我现在被友情绑架了，我现在的创作是被友情绑架的那个创作，朋友需要我写什么，我就写什么。

我现在觉得哪个圈子都各有好坏，我不觉得写剧本不好，这个是我的一个重大改变，我原来觉得写剧本一定是不好，非常抗拒，不是我变了，真的是我们跟世界对话的方式也在不断改变。

史　航　我觉得《一代宗师》说的一句话，说得特别好，说金楼就是英雄地，金楼就是青楼，多少人藏在这里。道理一样，影视就是金楼，也就是青楼。多少作家，像马尔克斯那样的，下午还在青楼写作，多少革命党人当逃犯，也藏在广东的青楼里。所以还是那句话，识时务不如识俊杰，你由小说作家变成舞台剧编剧，不是你识时务，是你为了识俊杰。

陈晓峰　也是这个时代选择了你，这个世界选择了你。就是长春这个时代选择了你，你再找一个编剧，他可能想写，但写不出来。

史　航　所以我在北京混，我觉得最方便一点就是跨界时候感觉不出一个界，长春的问题在于，跨界时候老有人提醒你这是个界，所以她就要选择，她成为一个被动的存在主义者，因为她真的被提醒做选择。

金仁顺　我是习惯把一件事情做到地老天荒的那种人。

陈晓峰　说文艺跟经济没关系，那是不可能的。咱就说观众，饱暖思淫欲，他不富足的话，他没有精神方面的要求。目前看，在长春有这部分要求的人不多，但还是有，我们就为这些人服务，就够了。刚才史航对戏剧的这种评价，小众、非名利，其实反倒是我们喜欢干这个事非常重要的原因，我个人是这样，它不那么闹腾。

金仁顺　唯其如此，我们热爱。

陈晓峰　我本身是一个很在乎文本的导演，有些先锋导演现在已经抛弃文本。我是那种虚荣心比较强的导演，我必须在家里把剧本都整明白，自己修好了，自己感觉气定神闲，开始排练，我很怕跟演员在一起焦虑，我是提前把文本都做好。所以希望二位老师今后能抽出闲暇，还能为我们继续提供优秀的剧本，我们接着合作。

史　航　晓峰今天找我来首先是约稿，然后希望史航老师站在北京那个角度，回首看一看东北话剧的明天，看看家乡戏剧的未来。我不想像一个领导一样，我说三句话吧：第一句，我认识的很多朋友的戏剧巡演计划，长春都不是一站，东三省可能没一站，往多了说，大连、沈阳可能算半站。所以指望着过路财神是没意义的，指望远来和尚也是没意义的，再过二十年，说不定还这样，咱不能突然发达了，等到咱发达了，江浙沪更发达了。首先咱们不是人家巡演路线上的一站，那我们只能自己种庄稼，不能指着人家来空投粮食。我们如果自己不创作，我们永远是等待救济的戏剧的灾民，没法自力更生，所以要生产自救。这是第一点，我从北京能看到这个信息。

第二，戏剧这个东西有个特点，就在于它是个游击队似的，不像大规模作战那样。既然是个游击队的东西，它就能成事，能以小搏大，这个搏大不是赚多少钱，是它在人心中搏一个高分。这个电影忙活了三年，用了五个亿，豆瓣评分6.7，我弄个戏剧，豆瓣评分6.9，有可能，以小搏大是有可能的。

第三，人每天在变老，孩子每天在长大，多一年戏剧的空档，这孩子可能青春期或某一年他就没有这根弦，空档连成一片，在他的知识储备、人生坐标中就没有戏剧这回事，这是让我们着急上火的原因。我们小时候看过戏剧，但我们的孩子那一辈就没看过戏剧，只看过真人秀，看过跑男从他面前过，没见过戏剧从他眼前过，那么未来的话，就像是人机能会退化，器官会退化一样，戏剧这么重要的上帝给人的礼物，可能以后我们这一边连拆礼物的机会都没有了，因为我们不知道那是礼物。从旁边走过去了，所以这个还是非常紧迫的，所以你们东北的同志要抓紧。

金仁顺　我觉得挺好的，史航说得有道理，但是以我们现有的这些，我们已经有一个大车店了，虽然规模不是很大，虽然也没多豪华，但是大家能团在一起玩，就很好了。我们这个大车店，里面很多的演员，都是从《夜·迷茫》《我的老婆叫嫦娥》这几部戏沿用下来的团队，我觉得已经是很成型了，大家现在已经玩得很开心了，完全可以再玩下去。我们是自娱自乐，就挺开心的，挺好的，我对未来还是挺有信心的。

陈晓峰　戏剧是我们选择的一道窄门，走的人也不多，不那么拥挤，我们正好可以平心静气地把作品创作出来。感恩我们这个小团队在这条路上彼此相逢，彼此相扶着走过一段路程，其实从历史的角度看无论我们走多远都是一小段旅程，所以无论是一个戏，还是几个戏，对大家来说都是缘分。感谢两位老师今天来分享你们的创作感受，更期待我们下一次的相逢。